2013年2月25日「毎日俳句大賞」の選者として

大峯あきら全句集

青磁社

大峯あきら全句集＊目　次

第一句集　紺碧の鐘

昭和二十六年―昭和三十六年　13
昭和三十七年―昭和三十九年　19
昭和四十年　27
昭和四十一年　30
昭和四十二年　34
昭和四十三年　36
昭和四十四年―昭和四十五年　39
昭和四十六年―昭和四十七年　42
昭和四十八年　44
昭和四十九年　47
昭和五十年　50
あとがき　54

第二句集　鳥道
昭和五十一年　59
昭和五十二年　67
昭和五十三年　75
昭和五十四年　83
昭和五十五年　93
あとがき　100
第三句集　月讀
昭和五十六年　107
昭和五十七年　116
昭和五十八年　128
昭和五十九年　139
あとがき　154

第四句集　吉野

昭和六十年　161
昭和六十一年　166
昭和六十二年　175
昭和六十三年　183
平成元年　192
あとがき　206

第五句集　夏の峠

平成二年　211
平成三年　214
平成四年　219
平成五年　226
平成六年　233

平成七年 240
平成八年 250
あとがき 261

第六句集 宇宙塵

平成九年 265
平成十年 269
平成十一年 279
平成十二年 293
平成十三年 303
あとがき 312

第七句集 牡丹

平成十四年 317
平成十五年 324

平成十六年 337
平成十七年 352
あとがき 361

第八句集 群生海

平成十七年 367
平成十八年 372
平成十九年 377
平成二十年 380
平成二十一年 391
平成二十二年 399
あとがき 408

第九句集 短夜

平成二十二年 413

平成二十三年　416
平成二十四年　422
平成二十五年　432
平成二十六年　440
あとがき　450
『短夜』以後　「晨集」より四十八句　452
解説　詩人として生きる　中村　雅樹　462
大峯あきら年譜　512
季語索引　559
初句索引　660
あとがき　701

大峯あきら全句集

凡例

＊本集は、大峯あきらの九冊の句集、『紺碧の鐘』『鳥道』『月讀』『吉野』『夏の峠』『宇宙塵』『牡丹』『群生海』『短夜』に収められている全作品、及び第九句集（『短夜』）刊行後に発表された作品の中から四十八句を抜粋して収録したものである。

＊本集の表記は、明らかな誤字及び旧かな遣いの誤りを除いて、それぞれの句集の表記に可能なかぎり従うことを原則とした。また第九句集刊行後に発表された句については、発表時の表記に従った。

＊同一句集内での新旧の漢字の混用については、統一を念頭に置きつつも、そのつど判断せざるをえなかった。

第一句集

紺碧の鐘

第一句集『紺碧の鐘』
昭和五十一年四月十五日、牧羊社刊。B6判、一九〇頁。定価一六〇〇円。全三四〇句。

昭和二十六年―昭和三十六年

炎天の富士となりつつありしかな

ヨットまだ濃き朝蔭をつくりをり

高原の日にうすうすと日焼かな

富士山麓虚子山荘　一句

山荘の夜は暗しや天の川

山の日のすぐ高くなること涼し

セルロイド人形歩け春の宵

雨あとのクローバの立ち直りつつ

この邊りいつも淋しき梅雨の月

讀み始め讀み終りたる夜長かな

暗き灯をともしてゐたり月の家

向うより徑の来てゐし枯木中

緑蔭の蝶飛ぶほどの廣さかな

梅天に立ちゐる虹のちぎれをり

この邊の夜は干草の上に来る

富士山麓　三句

着くとすぐ山の夕べや月見草

月見草急に増えしとおもはずや

森来り森去り夜の登山道

蜻蛉の引く線多くなりにけり

右にまた近づき来たる梅のあり

月の芝枯木の列の通り抜け

赤き日のさつき沈みし春の宵

何鳥か遅日の庭に来て黄色

鹿野山　三句

本堂へつづく廊下や晝寝どき

雲の峰ひとりの旅をつづけをり

山の霧しきりに飛んで天氣かな

なすことの限りなくある炭をつぐ

夜の園のひろびろと敷く落葉かな

燈臺に師走の旅のいたりつく

冬薔薇に旅の時間のありあまる

友を悼む　二句

ひとつ迅き焼野の雲をあやしみぬ

早春の野をゆく人に追ひつけず

マッチの火燃えて黄色やセルの胸

短夜の出船入船かかはらず

青芒一人の道は行きやすし

昴星涙のごとくしぐれけり

十二月半ばの書架を背に負ひぬ

富士山麓　三句

風いつもある白樺や炎天下

うすうすと月の避暑地の灯りをり

夕づつへ道まつすぐや避暑の町

月の下来し人踵かへしけり

歩き来し枯野の道の高まりぬ

芍薬の花のまひるを着る喪服

山のごとき木蓮若葉百姓家

燈臺や八月盡の陸の果

秀嶺の夢かとつづく花野ゆく

三日月のすでに光や清水港

冬ざれの天龍河原妹を點ず

鳰の水の青さも婚後なる

冬晴の和服の裾を蹴つて来る

棕櫚高き師走の空となりにけり

妻遠し稲雀またうねり来る

長女誕生　一句

稲雀いくつ空過ぐ父に抱かれ

船に錠おろしてもどる青蘆中

口割って啼く濱鴉夏の果

末枯や猫来て坐る落暉の前

末枯や出前割り出る日ののれん

冬椿雨戸たつ音とどろかす

野は二月レールに入れて砂利新し

昭和三十七年―昭和三十九年

深秋の天搖れつづく乳母車

冬の棕櫚ポストが吸ふとき文眞白

学生劇の看板日ざらし霧ざらし

冬木根につまづきし女祠灯る

新居近く枯枝で埋もり氷る池

少女の犬寒林遅れてばかりゆく

啓蟄の校舎没日に長くなる

伊豆　五句

伊豆青し麦藁帽の妻と来て

燈臺の芝生の青さ夜蟬落ち

土用浪漁家の佛壇すすけ切る

夕凪や波除わたる黒き猫

青伊豆の青いちじくの旅短か

片蔭や鐵の上来し風甘き

鰯雲町深く海の船のぼり

秋晴の土運ばれて来て匂ふ

露の紫苑柱時計のなほり来る

凍雪やひねもす蒼き楠の風

凍湖翔つ鳥や没日に胸燃やし

夜も新緑少年の磁石机中に醒む

青枇杷や夕刊が来る路地の幅

立葵病廊落暉火のやうに

吾子呉れる飴を掌に受け苗代寒

母の日や午後から日あたる濡れ丸太

泰山木咲きそめ背皮の傷む本

フイヒテ全集鐵片のごと曝しけり

野鳩越ゆ鐵路の炎暑深きとき

きりぎりす木場の朝日はすぐに高し

灼ける橋野菜車をいま渡す

放馬過ぎて乗鞍への道夏白し

生きるはよし七月放馬濃く匂ふ

汽関車に金星ひと粒飛驒青し

老大工分銅ゆれやむ日の盛

蜂多き秋晴の町旅装で抜け

乾きゆく荒壁熱し雁来紅

落釘の錆びてはをらず冬に入る

走者めく宵の明星懸大根

干籾へ柱時計の音かよふ

稽田の濕りつづけて午前過ぎぬ

木場深くゐて極月の馬眞白

塔裏の師走あかるし猫走る

山陰行　五句

冬の旅万年筆まんまんと充たし

峡蒼天駅長に湧く冬清水

人蔘抜く汽車の煙の長き二月

石燈籠二月野のはて海あるらし

大名の墓訪ふ笹の風二月

知多半島　六句

妻子置き来て桃の花粉がとぶ岬

耕馬明眸岬の朝風縞なして

大根咲き岬の女ら眉つよし

雀の巣漁家の石段照りつぱなし

花薺電球しろじろ漁夫の留守

耕馬啼き岬の太陽蓬髪よ

蕗の雨廢屋の土糠のごとし

東風の木馬駈けるよ金星四枚翅

蜻蛉の眼みづいろ沼の神老いたり

蟹歩くところや石に還る臼

大旱の米の中にて光る砂

神島　九句

岩に孤舟煙硝のごと島の熱氣

歸島少女に夏木根明るし猫坐り

白日傘石地に影し歸島の娘

夕凪や漁網の色に過去帳古る

大甕の繼ぎ目あきらか旱雲

血族婚たうきび花粉海へこぼれ

板匂ふ燈臺内部夏百日

土用浪島の芥がながれ出す

夏木根の臼邊も過ぎて離島の歩

杏落ち直立の燭新位牌

振子時計の中まで朝日籾の臼

遠チに照る夕日の牛や神の留守

胎動たしか藁塚そろひ星滿つ夜

母危篤

花柊暮れどきの馬なつかしや

昭和四十年

固雪に母の忌明ける青炊煙

今日あたたか母が遺した緋鯉浮く

未だ枯枝産月の天拭はれて

百ヶ日の春雪果樹を深裂きに

吉野　四句

仁王永久に青春の貌山の虻

杉の花仁王の髪膚ひたして夜氣

雪降る涅槃會炊煙峡を出たがらぬ

雪折竹巨犬の聲は語るがごと

凍蝶やみづから蒼む一巨鐘

鳶の眼下春田となる頃母なつかし

長男誕生　一句

春暁やひつきりなきは赤子の香

赤んぼの溺れる乳房夜の牡丹

長女　一句

花からたち弟出来たる砂遊び

更衣爪はするどき山の鳥

初燕山家の奥の間いまだ夜

遠蛙襁褓を洗ひし母も逝きし

夜の赤子燕の巣の下乳房の下

朝日と共に葬花到著燕の巣

七月十五日父逝く　四句

夕蟹や燭得ては照る新位牌

ちちははは逝き高き梁から来たる夏

蝿とぶや喪中未明の家茫々

片蔭流るる野球放送父亡き町

物音のやむとき正午穴まどひ

鼻濡れて馬らたそがれ貝割菜

海へゆくか石屋の前の月の道

牛の糞ばかり樫の芽まだ吹かぬ

昭和四十一年

吉野　四句

冬鶯火中出てなほ炎える鐵
仁王眼下に寒が明けたる峯の數
水涸れて肋も若き夜の仁王
人を見ざる巨犬や山氣に爆ぜる梅
寒鮒や山市の夕日格子に燃え
日脚伸びゐたり馬の眼かもめの眼
鍛治の火や影はつきりと親雀
米を照らして米屋の灯濃し更衣
矢車や水の氣斷つて切通

蔵王權現旱らふそく眞赤なる

本で重き二階や果樹の苔が咲き

鳥の巣や分流以後も怒る水

九鬼港　五句

雲の峰の尖端速し砂嚙む鯒

魚籠の中魚はするどし夏鶯

水平線に船影出没梅を干す

蜩や磯沿ひにしか歸れぬ家

杏落ち漁家に佛壇たくましき

稲の花島へゆく鳥直路なる

秋の蛇鍛冶場すみずみまで午前

一番星山に發火や新酒造る

蹄跡まつたき中州神の留守

冬晴や蓋もりあがる塩の壺

吊し柿牛のまつげも夕陽盛り

磨かれて映りあふ石町師走

冬鵙や針山待針咲くがごと

墓地から鶏時計に夕日あたる家

昭和四十二年

實で重き一本杉も初景色

朝日の前に馬横顔や軒氷柱

湖凍てて落暉の総《ふさ》のそよぎをり

蝌蚪生れて母邊の午前永かりき

花御堂溝川水の幅落つる

二女出生
灌佛や赤んぼの聲竹幹中

仁王背後すぐに奈落や夜の牡丹

若竹や厩でひかる朝の馬

井戸清水峠越えくる海の雲

かもしかか棲み炊煙に夏来る藁家

赤子睡り鏡の中の青田も夜へ

蟻地獄白髪の神鎮もるか

盆近し他木の中に老ゆ檜

白蓮や石屋疊の奥から夜

青山椒内部毀れて山家保つ

青栗や石彫りやすき黄昏どき

雀猛り倉の定紋涼しさよ
青胡桃はるかな人もさだかな道
橙や下校少女ら落暉へ去り
百度石日まみれ鶫太つたり
初冬や名画の女人永《と》遠《は》にゆたか
武具飾る日本海の瑠璃かたくな

昭和四十三年

春近し山家水甕ひしと蓋

初午や金星先著の空青無垢

木曽上松　四句

木曽馬の黒瞳みひらく二月かな

火の見の下三本出會ふ深雪道

晝夜なき氷柱大爐火母子馬

春隣落日受けて馬鼻白

萩　五句

蝶いまだ松下村塾日浴び切り

朝東風に沓脱ひとつ志士舊宅

燕来てひる月若し萩城下

春服や武家町ふかく鷗来る

夕ざくら目がしら濃ゆき城雀

初蛙峠越すとき振り分け荷

初蟬や單線枕木まちまちなる

蟬の殻父の命日晴れて多雲

兵火以後は衰へし寺月見草

檳林横顔でゆく盆の汽車

新藁や塔の水煙青さだか

冬あたたか新月の下飯が噴き

昭和四十四年―昭和四十五年

煤拂火の見の北はいつも蒼し

堅田　二句

扁額へ一氣に朝日鴨の聲

鶯や米のとぎ汁遠くゆく

越後　四句

蓮の香の北國の闇赤子猛る

生身魂雨あし長き日本海

姥捨の旱雲から岩つばめ

椎の花こぼれ長押の槍錆びず

西行像子をつれ夏越すかいつむり

鶏冠に湧く山風や秋まつり

楪に十時の淵のよく晴れて

丹波篠山　二句

午前九時の聲直通や崖うぐひす

鶯や武家町夕日大きすぎる

蔵王堂梅雨明の月溝中まで

七月や苔つけそめし山の槇

神島　四句

魚の腸ぬく手老いたり日の盛

夕焼の石段二百漁港の上

鳳仙花漁網の裏へ燃え落つ陽

海神に八月あかき蔦一枚

菜蟲とる山人に月早く出て

親鸞舊跡　二句

秋風や籔からのぼる板敷山

冬鶯法難の里藁家清く

短日の日本海鳴る下校かな

冬椿魚籠が吐く水おびただし

水餅やひのきの中も月はさす

昭和四十六年―昭和四十七年

長男小学校入学

菜の花のひがし風なり入学す

ことごとく鱒の水輪や祭来る

白南風の雀降るなり山畑

九月、文部省在外研究員として西ドイツへ
留学、一年間ハイデルベルク滞在

草の實や船来れば川の水高まる

古城去り僧院は来る花野かな

黄落やいつも短きドイツの雨

ヨーロッパ枯れる日の雨ガラス戸に

僧院と望楼とある二月かな

古城出て森へ消えゐる春の道
モーゼル河畔

青葡萄山から村の時計讀む
デンマーク旅中

七月の群羊北へ動きをり

啄木鳥や城に棲む娘に銀の鍵

蒼天に國を分ちて氷る山
ツークシュピッツェ山頂

歸り来て吉野の雷に座りをり

昭和四十八年

花嫁に松毬氷る山の空

未だ枯枝吉野山鳩よく流れ

霰降る月夜の樫が町のなか

桐の實にまだ一月の子守唄

初午やいよいよ猛る枯葎

明らかに鳶の尾楫や春の風

初盆やすでに實重き吉野杉

薪棚を出て薪赤し盆の風

盆近し山また山の一位籬

山鳩の間にあはざりし遅夕焼

七月やたのしきごとき椎の齢

雲の峰上千本に青だたみ

山梔子が咲きねんねこを縫ふ山家

木曽　九句

菜蟲とるこの山日和つづくべし

山人に鶏頭の怒氣静かなり

栗の穂に満ちし力や道祖神

山碧く晩秋蠶のねむり足る

絲巻の絲張り山は歸燕かな

山燕去ぬと寝巻の子があふぐ

蓼の花鍋釜も日にあたたまる

鯉の水澄み澄む宿《しゆく》の正午かな

山畑に猛りゐる火や神無月

金泥の日のぼる谷の氷柱かな

浮寝鳥眞宗の國よく晴れて

昭和四十九年

堅田　四句

冬支度鷗もとほる村の空

湖國晴れ寺の中まで大根干す

赤子まで襖二タ重や實南天

線香のみどり買ひ去る漁夫小春

よべよりも月夜明るき冬田かな

餅搗きに山川の紺ゆく力

冬支度山頂の神多雲かな

越前岬　三句

強東風に鵜たまる岬の難所かな

北陸は燕まだ来ぬ甕よろし

畑打に越前の鵜の聲落す

蟲干や人の下り来る賤ヶ岳

日盛の籔淺からず古戰場

通し鴨何の木つくる日蔭かな

ひよどりをまた吸ふ樫や池普請

はりまだいすけ居　二句

神棚の燭すいとあり菜蟲取り

實南天籾すり明りしてゐたり

口切や瓦を積める竹の奥

瀧涸れてより山の星ぞろぞろと

山國や大根辛く月はやし

籔の家雨戸を閉めて霰降る

雪晴れて妃陵へもどる鶲あり

山人や鯉健やかに年暮るる

鉞の刃こぼれもなし年暮るる

山神は飾とれたる川明り

戸袋に憑く川音や梅早し

白雲の他来ぬ谷の接木かな

昭和五十年

水車への雪まだ踏まず松の内

短日や塵掃き寄せて槇太る

美しき夕日三日や狐罠

探梅は岩躍り越す水見たり

松とるや燦と夕日の遠雨戸

書風呂の燠どつさりと一の午

接木して曇りし水の流れ去る

大雨の杉菜の宵となりにけり

十二時の藤盛りなる木樵徑

五箇山　三句

夏爐燃え越中の雨三日なり

苗代や日と月とある越の空

高きより秘境の雨や桐の花

谷の日の素顔渡れる夏花かな

土佐　六句

さめざめと能登の海あり更衣

蕗すこし生ひし垣根や土用浪

梅雨潮の滿ち滿ちてゐる札所かな

長梅雨の鯉の水輪や靈山寺

夏菊や山からのぼる土佐の雲

南瓜咲き室戸の雨は湯のごとし

梅雨名殘はげしき土佐の芭蕉かな

両岸の蟬強くなる簗場あり

宵月に刈る畦草や北近江

吉野　四句

鳥とんで玉座を遺す山の秋

落栗や庭から見ゆる襖の繪

竹に来る山鳩見えて秋の書
雨長しむらさきもある山紅葉
開山忌とて栗落葉おびただし
狐火や宿の廊下の大撓み
雉子鮮やかに忘年の北伊吹
神發ちて水中の岩みな長し
滿月に落葉を終る欅あり
極月の谷深くある普請かな

あとがき

はじめて虚子先生と出遇った学生の日から、今日まで作って来た俳句の中から、三四〇句を選んでここに集めた。

牧羊社の西内てる子さんから本シリーズに参加することを求められたのは、たしか一昨年の夏であった。一応出稿を約束したものの、なにぶん二十数年間にまたがる処女句集であり、句風や考え方も必ずしも昔のとおりではなくなっているため、どういう形にすべきかなかなか決らなかった。その上一方では、長く注意を集中せねばならない専門の仕事にとり組んでいたこともあって、編集部の方々に御迷惑をかけながら、延引して今日にいたったわけである。いろいろ思案した結果、著者はとにかく今回の作品をもってこれまでの自分を一応清算してみることにした。だから、現在の視点から見れば、捨てたいと思うような句も入れている。ヨーロッパで暮した一年間の作品などもそうである。それらは何かを表現しているというよりも、むしろ俳句が異質の言語圏を通り抜けた際に生じた一種の屈折みたいなものかも知れないが、自分にとっては懐しい経験なので敢えてとどめたのである。

感覚することと思索することとの根源的な合一に形を与えることは、私の永い間の念願ではあるけれども、今のところそれは未だ遠い将来の課題に属するようである。

貧しい仕事を世に送り出すにあたって、著者は何か失望に似た気持であるが、それにしてもこのようなものですら、敬愛する多くの人々の恩恵なくしてはあり得なかったであろう。とりわけ、「青」主宰波多野爽波氏ならびに「青」の諸兄たちの日頃の御厚情に対して、深く感謝の意を表する次第である。

ちなみに、本句集の題名はニィチェの『ツァラツストラ』の中からとった。運命への愛としての魂をいうこの語は、今も著者の心に蘇生する青春の日の鮮やかな形像である。

大峯　あきら

昭和五十一年早春

第二句集

鳥　道

第二句集『鳥道』
昭和五十六年三月五日、卯辰山文庫刊。四六判、二〇〇頁。定価二二〇〇円。全三五五句。

昭和五十一年

七一句

茶畑の風に押されて春の人

激流の上に年來る磨崖佛

乳すこし吐きし赤子や寒牡丹

北風や桑を出し月すぐのぼり

石たたき二疋となりぬ羽子日和

一月の翡翠とほる御寺かな

干柿やひつついて出る幼な星

翡翠にとぶ二ン月の水の玉

紙漉くや橙のまたしぐれをり

湖北　七句

尼講のもどりの道の雪間かな

白梅の日向にゐたり船大工

湖につき出せる田の雪間かな

火事跡の四五日經たり春の鴨

柿の木の根に積む藁や春の鴨

大雪に鐘つく人の見ゆるかな

春祭ひよどり濱へ出てゐたり

天向いて眠る赤子や畑打

山畑を打つやをりをり母と話し

水分の峰に雲ゐる畑打

柿接ぎし女人高野の深空あり

石段のいま照つてゐる彼岸かな

木瓜咲いて天日近き山家あり

大風の茶畠日脚伸びてをり

春山に展墓の水のまあたらし

かはせみが來て七堂の春の書

春風にひよどり多き葬りかな

數珠もちて遠き春田の家へゆく

堂塔を日は塗りつぶす畑打

春風やぶつかり合つて飛ぶ鶲

竹秋の奈落の畑を打つてをり

山裾に葬具寄せある霞かな

鴉また物くはへ飛ぶ若緑

春宵や漁家の上なるくぬぎ山

顔老いし鞍馬の鳶や竹の秋

薫風に大岩冷ゆる鞍馬かな

十薬を抜きたる家の清くあり

白南風に播磨の米屋匂ひをり

紫蘇を吹く播磨の國の青嵐

黒南風の林泉山へつづきをり

河骨を連山かこむ國に來し

冷し瓜老よく通る村のなか

手花火は鯖街道を照らすなり

青田雨妃陵の垣に吹きつけぬ

藻の花に日高くなりし法事かな

山神社土用の入の青簾

鮎落ちて大朝月の古刹あり

秋耕に八角堂を置きにけり

水澄みて魚人を見る榮山寺

秋蒔に古鐘の銘の晴れつづく

山鳩の向きかへて飛ぶ早稲明り

大根をきのふ蒔きたる在所かな

山風にまだ咲く茄子や秋祭

火の山へゆく花葛の徑の幅

菊膾高處の村の音きこゆ

神の藻の花咲きつづく秋の晴

晴れながら暮るる七堂秋の蛇

灯るまで冬雲まみれ常夜燈

秋晴や女神を守る楠二本

猛りたる水すぐやさし柿日和

畦を來て羽織にほふや詣で人

宵月に冬立つ村の十戸かな

山茶花や青空見ゆる奥座敷

亡母十三回忌

命日の星いち早し花茶垣

桑枯れて大きな木曾の家となる

山眠り石で圍ひし楮畑

木曾の子に犬のつきゆく冬至かな

年あゆむ大蜂の巣のある家に

紙漉や日あたれば又石叩き

年用意朝日も夕日も大きくて

齒朶刈に鳥啼かぬ日の妃陵かな

戸袋の青淵あかり大晦日

昭和五十二年　六八句

楪に日和の山を重ねけり

山畑に火を放ちをる七日かな

一月の中流青き社務所あり

冬深し藪へ入り込む川の砂

杉の實のよく見えて村氷るなり

氷る日の杣がものの言ふ雜木山

大寒の山々名ある小村かな

山眠り流木砂に埋れをり

白うさぎ匂ひ木曾の子二月かな

索道の松渡しをる二月かな

深山川氷りて目白歩きをり

凍桑にまた白雲のひつかかり

凍谷に耳利いてゐる兎かな

雪みちをもどりし猫や春山家

雪解水大熊笹をなぎたふし

雉打に木曾街道の蛇行かな
開山の墓掃かれあり春隣
春近し松籟門の内にあり
牛にやるあたらしき水春山家
まだ咲かぬ椿の風に當麻の子
大柿の倒れて芽吹く天氣かな
紀の國の大きな泡や山ざくら
産土に燭あげにゆく桐の花
とぎ汁のはじめは濃ゆし雀の子

宵月のげんげ田にをり飛鳥の子

雪しろの藪につなぎし小舟かな

赤子見ゆ苗代寒の鞍馬村

武具飾り松籟亂れなき山家

薫風や藪の空ゆく鞍馬の日

安乘岬　六句

寄せて來る卯浪に神の錠ひそか

薫風やまつさかさまの海女の徑

波除の暮れゆく村の田植かな

松蟬や太鼓しづかに岬神社

青麥の岬に守る宗旨かな
夏葱や岬の寺の坂短か
宵月の妃陵に近く苗あまる
射干にすぐやむ雨や推古陵
渡岸寺觀音立たす旱かな
裸子が來る渡岸寺觀世音
日盛りをみどりや齋《とき》の膳のもの
堂守に立秋の湯のたぎりをり
桑畑の徑湖へ出づ魂まつり

みづうみに盆來る老の胸乳かな

薙ぎ刈るは丹生川上の神の草

この神に鮎とぶことの太古より

白露の世尊寺みちを作りをり

遠き家の戸口に猫や初あらし

稲の日のいまだ暑くて寺普請

百姓の今もどりたる殘暑かな

葛城の神々老いぬ啄木鳥

神主の雞遠出して柚子黄なり

鹿《しし》垣《がき》や念佛講は夜のこと

大木の隠れもあらず簗の秋

稗抜いて障子灯りぬ一軒家

或る人に

雨の日は阿彌陀のそばに障子貼れ

桶にある忌日の花や冬支度

一休寺

烏瓜佛ごころも戀もあかし

山眠り寺の硯の大凹み

梟の月夜や甕の中までも

秋耕の吉野へ來るや紀伊の雲

玉座あり緋蕪洗ふ流れあり

時計鳴る秋の古江の中二階

疊掃く音ある秋の古江かな

菜畑のしぐるる宵の女人講

諸鳥は朝日の中や炭を切る

池涸れて入る日出る月大きけれ

余呉 二句

雪圍して月早き村社あり

筆硯の見えて山寺雪を待つ

昭和五十三年

七〇句

杉山を餅配る子が越えてゆく

前登志夫氏に

むささびと棲み正月の詩《うた》書くか

観心寺

もののふの菩提寺とほき二月かな

下萠や薪割つてゐる門の内

大寒の女日あたる延命寺

煮凝や凧やんで竹よく見ゆる

余呉　四句

家裏に舟つなぎあり雪囲

大桑は念佛講の雪に立つ

鴨引いて庫裡の障子は灯となりぬ

雪空や桐へ下りくる山鴉

檜山出る屈強の月西行忌

山の木のつぶさに見ゆる彼岸かな

苔啌へきたる雀や雛まつり

白酒やひよどり多き嵯峨住ひ

紅梅や雪いつまでも笹の奥

花ぐもり一徑杣の戸口より

杣徑の大晝月や佛生會

灌佛や影つれて飛ぶ山がらす

春晝や土塀をやぶる村の松

武具飾り朝冷つよき城下あり

谷空に鳥の糞散る安居かな

正面を見る木曾の犬藥の日

上簇の大神棚となりにけり

若竹や縁にうつりて猫とほる

木曾の蝶苗籠に來て紋さだか

山刀あり簎《やす》があり桑の花

白藤や火の粉はげしき杣の風呂

木曾人に犬立ちあがる端午かな

道三つあつまる辻の囮鮎

とこことはの谷杉清し囮鮎

青田雨亡き父母來るによきところ

村涼し飼屋の草履見えてをり

屋根草の上なる國栖の雲の峰

蒲の穂に嫗あらはれ長夕焼

國栖人の貌にとどろく日雷

薪小屋の上に盆墓すこしあり

鐘樓の下に來てゐる田水沸く

田水沸く札所の村の大鴉

八月の社務所掃く音聞えをり

石鏡　七句

仲秋や何を蒔きゐる岬の人

鰯來て日と月とある小村かな

涼しさの鳶の尾楫や伊勢の海

鳥羽人や葛を刈るとき玉の汗

伊勢の海見えゐる秋の簾巻く

初潮に石段長く神います

秋蒔や神島いつも目にありて

たはやすく良夜の栗となりにけり

名月や急流に向き木樵の戸

丹生

この村の神代の淵に泳ぎの子

月の杣高き齢でありにけり

佛間掃き閨を掃くなり竹の春

宇陀の山みな見ゆる日の穴惑

かち渡る杣のしぶきや菊日和
風呂の火を焚きつけてあり菊日和
啄木鳥や針山が見え赤子見え
啄木鳥や休む日もある寺修理
門川を流るる砂や神無月
重陽の夕日をのこす奥嶺あり
産土に燭あたらしき小春かな
晩稲刈眞赤なものを置きにけり
針山も石蕗の日向や舊城下

塔頭の箒目つよし日短か

木枯や門内に飼ふ牛二頭

山頂の神守りて貼る障子かな

歯朶刈の言の葉やさし裏日本

海まではひとつや餅配

雪吊の門前町に赤子抱く

懸大根隠岐見ゆる日の人やさし

掛乞に若狭の潮が鳴りわたる

荒浪に沿うて一里や除夜詣

昭和五十四年

九二句

ひんがしに鈴鹿は青し飾焚く

松とるや伊勢も大和も書の月

水餅や中千本によき娘をる

左義長の雪おく丹生の中洲かな

手毬の子家へはひりぬ藪の風

恐しき檜山の星や寒曝

舊正の山又山でありにけり

寒晒中將姫の寺の前

寒釣をさらひし浪や平家村

蓮如忌や鰈を干して山の中

蓮如忌の松籟濃ゆき漁村あり

大風の出雲の國の春田かな

柿接ぐや遠白波の唯一度

大いなる神代の干潟曇りつつ

地蟲出づ日の山の音海の音

高々と青潮寄せぬ人丸忌

人麿が來りし國の干潟かな

二日灸石見は雨の濤の數

春霞や石見に古りし門徒講

櫻烏賊提げて山路となりにけり

顏に來し雨の一粒出開帳

波音の消えて山みち出開帳

出雲より西する旅の大霞

爐塞いで茶山出る月滿ちてをり

天領の街道沿ひの種物屋

雄姿の尾越の松や西行忌

花の雨國栖の障子のうち震ひ

いくたびの御幸の村の土筆かな

山寺のゆふぐれ寒し桃の花

かまど火の見えて緋桃の風雨かな

盛りあがる春の中洲や神の前

大風の柴山負ひぬ春の寺

土砂降りとなりたる國栖の緋桃かな

刈蘆をたばねて春となりにけり

柊をさして堅田のまくらがり

掃く音す苗代寒の禰宜の家

子雀や寺の中まで濱の砂

武具飾り鶏鳴何とはるかなる

よき庭に魚籠を干したる端午かな

藁葺に苗代寒の彌陀います

龜岡　六句

明易や一里ひがしに老ノ坂

光秀のやさしさ思へ早苗籠

子鴉の峠短し明智領

篠の子に嫗の用事何々ぞ

若竹や村を出る水もり上り

子鴉に石段長き靈地かな

山神も木神も近し梅を干す

前の世の鴉の聲や夏衣

子鴉は僧正谷にいつも鳴く

法常寺　二句

老鶯や杣人とほる勅願寺

老鶯に臨濟の磴屹立す

土用餅木の花遠く咲きにけり

神山を涼しき杣の抜けてゆく

亡父の忌に
胡瓜もみ命日の日の高上り

玉垣や夏蠶を飼ひて唯二軒

とむらひの日の草刈の遠くゐる

若死の土用の入でありにけり

雲の峰一茶の國に入りにけり

掃苔の青葉火となる信濃かな

黑姫に雷ゐてささげ摘む在所

送行や湖水の底の山の影

日盛りに見るや一茶の硯など

生身魂妙高紺を全うす

夕立三日南へ大きな山ばかり

秋蒔にひねもす薄日奥吉野

大露の黑瀧村に忌を修す

仲秋や土橋短き一軒家

洞川へ古き峠や水中り

室生寺のまつくらがりの秋出水

再びの秋の出水の佛かな

水引に女人高野のざんざ降り

神の木を裂きし野分や夜中頃

野分して室生佛のをさな顔

晝月の峠にをりぬ野老掘

十軒の念佛講に稲架の月

堂守の淡きなさけや山の秋

竹の春西國の蝶ゆつくりと

深吉野の風雨に赤し烏瓜

新藁の日ざしどつさり女人堂

みちのくや月渡りゐる鰯雲

十三夜みちのく人に物問はん

中尊寺正午の露の大き玉

秋風のみちのくにこの門構

塔頭にまはす廻狀日短か

尼の菊落葉をかぶらざるはなく

陵守に干柿のまだ新しく

その人の亡き霜月のつづきをり

花枇杷や月のぼるまで村の闇

神功皇后陵
狐火に妃陵の錠のしかとあり

煤掃きし一軒神の池ほとり

餅搗のすみて夕日の前を掃く

かの國のかの寺おもふ年の暮

昭和五十五年

五四句

御降りやいつまで藪の一軒家

人日の雨ややのこる舞子濱

寒櫻人もをらずに咲きにけり

大風の坂日あたりて寒造

象川の夜は聞ゆる屛風かな

松に杖さくらに杖や寒晒

寒肥や南に日ある法隆寺

若狭　四句

良辨の生れし村の雪間かな

雪間草僧追ふごとく女ゆく

二日灸海荒れてゐる村ばかり

この寺の千年椎の雪解かな

伊賀よりも甲賀は寒し春の月

春月にかの山頂の荒御魂

西谷啓治博士八十歳誕辰

八十たびの二月を好み給ふかや

落日にうづくまりたる接木かな

暖かにあればその人來りけり

郭公や一人減りたる村のもの

桑の實や棺をくくりし繩あまり

朝雲雀札所の方に上るらし

月涼し兵火山門に迫りしと

黑南風のやがて白南風長命寺

栗の花糧道いまも城をさす

島に來し聖のこころ夏の月

その僧の巡錫の島大南風

盆墓に北さす潮の蒼さかな

夜濯や島に一つの門徒寺

雲の峰宗旨つたへて島百戸

島人よこの杉伐るな魂祭

日を送り月待つ島の大暑かな

柏村貞子を悼む

上ミ京にかなしき雲の峰となる

飛鳥見ゆ當麻の露の畠より

秋立つや當麻の人の縞着物

木賊刈ゆふべの月のことを言ふ

深吉野にあまり小さき月の家

よき衣を干して一つ家鹿の聲

秋晴の又も大きな水輪かな

鵙の贄朝月はなほ細らむと

重陽やこだまし吠ゆる杣の犬

冬支度神在す森の二つ見え

横降りの木曾の晩稲は人も來ず

雨風の晩秋蠶の障子かな

大幹の日向めでたし神の留守

鰯雲山の湯のややや熱かりし

門川にして激しさよ近松忌

干柿に宇陀の荒星今宵より

京へ出るひくき峠や寒見舞

干柿や京に近くて上天氣

日蓮忌すみても低し雜木山

狐火に長門の寺の大襖

水鳥や台詞けいこに夕日來て

煤掃いて宇陀は日向の山ばかり

掛稲に神慮の雨のかく冷えて

燕去ぬ恵那は朝月神ながら

あとがき

この句集は、昭和五十一年の新春から、昭和五十五年の暮までの間に出来た作品の中から三五五句を自選して収めたものである。『紺碧の鐘』につづく第二句集である。

私の句歴もいつの間にか三十年を超えた。短くない歳月である。しかし、俳句という形式に、私がほんとうに自分自身を託し得たとおもうようになったのは、どちらかと言えば、最近のことなのである。今から九年くらい前になるが、ハイデルベルクの留学から帰国した私を、日本の山河は私がそれまで知らなかった新鮮さをもって迎えてくれた。その頃から、この伝統的短詩型の引力が、にわかに私の内側へ及んできたように思う。

それまでは、この詩型に固有な特殊性は、なかなか自分のものとならなかった。私はよほど不器用だったのだろう。ずいぶん永い間、私はこの詩型に取りつこうとしては弾きとばされ、その周りを徘徊していたような気がする。二十年間も実作していた人間の言にしては、奇妙ではないかと言われるだろうか。

西洋哲学を専攻する学生であった私は、当時私の近くにいた俳句仲間たちのように素朴に、この伝統詩型の中へ自分を没入させることができなかった。それは俳句をたんなる趣味の事と考えていたという意味ではない。たしかにこの詩型は、私をもっと深い層で捉えてはいたのである。しかし、この詩型が私を魅了すればするだけ、私は逆にこの詩型と私との関係をいっそう意識的なものにせざるを得なかった。つまり私は、俳句入門の最初から、俳句に入って、しかも入らないという逆説的な意識をどうしても離れることができなかったのである。

私は伝統派の結社に身を置いてはいたが、このような意識はいきおい、私を孤独にしたとおもう。俳人は実作の鍛錬で苦労するだけでよいのだ、という狭量で固陋な職人意識が、私のぐるりにはあまりにも多過ぎたからである。

けれども一方、社会性俳句、イデオロギー俳句、前衛俳句は、どれも私を満足させなかった。私はこの種の試みをあまり信用していなかった。俳句の形式はすでにあるのだから、大切なのは内容だという式の考えは、定型詩というもののの生理を知らない大変のんきな考え方だ、と私は思った。形式はすでにあるのではない。詩の形式というものは、われわれがこれを生かすとき、はじめてあるのである。詩型は菓子型ではないからだ。私はそういう俳句運動の勇ましい進歩的スタイルよりも、この伝統詩の形式の中に棲む霊の気むづかしさの方を信じたい気持であった。

今にしておもうと、私は俳句という伝統詩型に固有の領土における「詩」の復権を摸索していたのである。ここで言う詩とは、もちろん現代詩の意味ではない。かかる文学の一ジャンルではなく、俳句をふくめての全ての詩型の根源としての詩、ポエジイを言うのである。

そういう普遍的で根源的な詩の地平を、俳句形式の特殊性そのものの中で開示したい。それはこの伝統詩の形式に棲むデモンを、現代に呼びもどすことだと思う。わが俳句は、そういう永遠なる詩的空間がつくる木霊でありたい、と願う。

以前にくらべると、この詩型にひそむデモンは、ずっと私の身近にやって来たとおもう。このデモンが私の苦業に対しておりおりに見せる寛大と不機嫌が、よくわかるような気がするからである。

表現するとは畢竟、湧きやまぬ水を汲み干そうとするいとなみであろうか。私は今度もまた、自分を汲みつくせなかった無念のおもいと共に、この貧しい仕事を読者の判定にゆだねる他ない。

題名とした「鳥道《てうだう》」は、九世紀の中国の禅僧、洞山の語録にある有名なことばである。鳥の飛行する道には何ものも残らない。蹤跡をとどめない鳥道の端的に、洞山は佛道の大いなる自由を教えたのである。そして佛の道とはとりもなおさず、われわれの真の自己の道のことである。

山国に住む私にとって、頭上を通る鳥道は朝な夕なに親しい。洞山が説いた実存の根柢は、そのまま、鳥が行く碧落の美学たることを拒みはしないであろう。

装幀その他万端は、卯辰山文庫主人神崎忠夫氏の並々ならぬ誠意と情熱のたまものである。この本を作るために、東京から待兼山の私の研究室まで何度も足をはこぶ労を惜しまれなかった氏に深い感謝を捧げたい。

昭和五十六年一月　　青空を左義長の煙が流れる日

吉野にて　　大峯　あきら

第三句集　月讀

第三句集『月讀』昭和六十年二月一日、牧羊社刊。四六判、二二〇頁。定価二一〇〇円。全四一三句。

昭和五十六年

海鳴りや明星すでに今年星

歯朶刈のもどる日向の一軒家

七草や源流近く日はのぼり

昴出でしばかり大根掛けしばかり

正月の土を上げたる土竜かな

石段に海鳥の糞実朝忌

二羽となる蒼天の鳶実朝忌

大雨の草木にほひて常楽会

畦道を来つつある子の霞みけり

開帳や赤子の声の山鴉

開帳や松をゆすつて啼く鴉

鳥雲に濠をめぐらす門徒寺

天狗杉晴れたる村の雪間かな

雉子鳴くや無住寺にして白襖

百千鳥伊勢の小島のすべて見ゆ

大風に鶏放ちある芽桑かな

十二時の行人絶えて竹の秋

春行きし能勢の畠の白けむり

ゆく春や能勢の鴉がものを言ふ

行く春や岩と遊べる水の玉

而うして苗代寒の訃はいたる

絹糸の雨に水口まつりけり

杜若風雨にあけて戸いちまい

新しき鍬土間にある夜の牡丹

一つ葉やみどり子も来し竹生島

竹生島見ゆる夕べの徽の宿
青梅の村静かなる御幸かな
ことごとく畦塗られたる御幸かな
夏葱に大湖の雨のなほつづく
村々に余りし苗や開山忌
薫風や物くはへ飛ぶ鵜あきらか

箱根　宗祇の墓　一句

忌日にも時雨にもまだ早けれど
箱根路に戸障子きれい夏の雲
椎の花朝の神風わたりつつ

子雀に雨やむ宵の門徒寺

刈藻焼く煙来るなり門徒寺

門前の出水してをる古刹かな

伊豆　五句

頼朝のひそみし村に田草取る

紫陽花に伊豆の廃家の大月夜

薫風や一舟もなき伊豆の海

青田とぶ蟬や頼朝挙兵の地

遠く来し日傘をたたむ伽藍かな

この国の潮とどろく祭かな

花桐に暁の雨来る出雲崎

虫干や子規に聞きたき事ひとつ

葉生姜に天台宗の晝の露

大声の札所の鴉夏の雨

蒲の穂のすこし傾く盆の風

一つ家の赤子に盆の鴉鳴く

山畑に縄張つてゐる残暑かな

夕鰺や光りそめたる島の月

乱れなき秋の蟬なり関ヶ原

いくたびも真葛の雨の鳴りにけり

風も去り雨も去りけり秋の家

秋出水見むとて登る鼓楼かな

秋耕や南朝守りし紅血を

秋山にみどり子を抱く別れかな

晝月の下に薬を掘りに行く

秋風の堂縁に干す薬かな

崩れ簗観音日々にうつくしく

山の月僧を葬ればさしわたり

後の月茶毘の煙のうしろより

草紅葉きのふは柩通りたる

朝月は晩秋蚕の峡にあり

神発ちて又一つ家となりにけり

中ぞらに時雨吹きとぶ出雲かな

秋風に天地根元造りなり

日あたりて神有月の太柱

水分に眼白日和のつづきけり

無住寺に人来る日あり枇杷の花

干笊の濡れゐる菊の日向かな

霜晴やはるばると来る筧水

山日和三日は持たず藥喰

無住寺はさはの鳥声十二月

この頃の晝月濃ゆき干菜かな

近松忌街道松の遠みどり

玲瓏となりゆく菊に病みにけり

煤掃いて菜畑時雨るる一軒家

数へ日や万年青にかかる糸の屑

大年の西行谷へ去ぬと言ふ

群羊のまん中暗し秋の風

昭和五十七年

御降りの赤き傘なり相国寺

餅花や下京の日のやはらかく

よき毬を吉野の奥の奥につく

藪入の雨たまりゐる葎かな

輪飾や氷を割るに山刀

冬の虹藤樹の村に立ちやすし

佛間掃く箒あたらし寒日和

ねんねこや畦に上れば湖が見え

桑枯れて小さき月の高く行く

荒星の吹かれ片寄る干菜かな

寒晒山の凹みも風が吹く

鴛鴦に山影の濃きところかな

笹鳴や十能の火を書院まで

冬耕のひとりの時の峯の数

尼寺や笊を干すとき笹子鳴く

竹影の地にとどまらぬ余寒かな

奥丹後　九句

針まつり雪濃きところ大江山

荒磯を来りて針をまつりけり

針供養海鳥声を落としゆく

真宗の天井高し鰤起し

狐来る鷹来る雪のおくつきは

一筋の町のさびしき雪間かな

鰤敷の荒れてゐる日の赤子抱く

鰤起し太注連張つて杉二本

鳥雲に大波あがる村はづれ

三木城下春鮒釣のゐそめたる

刀打つ裏山にして雨の雉子

利休忌やまざまざ老いし刀鍛冶

古町の水ぬるみたる子供かな

菊の根を分けて日高し城下人

城攻めのこと語りつぎ打つ田かな

雉子鳴いて白日高し勅願寺

暈を着る西国の日や法然忌
山ひくき国に来にけり法然忌
暖かや海鳥もこのあたりまで
松伐りの面輪さびしき二月かな
畑打に掛け流したる地獄絵図
伊吹まだ白き在所の春障子
大梁を削りかけあり涅槃西風
風が出て曇る大湖や二日灸
みづうみに古りし港や二日灸

花の山に声かすれたる鴉かな

講寺や大釜焚いて花の晝

地蔵堂開けてある日の霞かな

神鶏に松籟冷えて春の晝

よき佛在すゆゑに澄む蜷の水

大寺や遠くに白き春の猫

花御堂雨の西海横たはり

春の寺たたみの上に鐘を吊り

夕風や伊賀も甲賀も苗余り

今さらに鳶は大鳥薬の日
朝潮の今満ちてゐる安居かな
夕潮の今引いてゐる安居かな
難所とはいつも白浪夏衣
薫風や浜に神馬の蹄あと
鞦韆や如来の前にゆれやみて
時鳥注連つけてまだ太る杉
寺の娘のそれきり見えずゆすら梅
村静か実梅とることと正午まで

螢とぶ熊野の闇のおそろしく

日雷熊野詣のふるみちは

千年の温泉湧いて稲が咲く

青田雨とびつく障子丑湯治

父の十七回忌

梅干して薄日尊し先住忌

朝涼しスイスより来し吾娘の葉書

花多き百姓の庭半夏生

虫干や神杉に晝ひそむ鳥

子鴉は女人高野に飛びならふ

子鴉の顔見えてゐるきつね雨

沖縄　摩文仁が丘にて

夏潮の断崖にわが供華は赤

出雲崎　六句

地蔵盆佐渡の夕焼さめてより

大水が置き去りし岩稲の花

稲の花寝巻はや着て越後の子

波に沿ふ越のふるみち地蔵盆

佐渡の灯はもとより見えず地蔵盆

紅蓮の暮れてしまへば越後かな

大旱の月まためのぼる山の国

秋風や流木のこる藪のなか

明智領野分の藪となりゆくも

野分やみ一人とほる明智領

落栗に由ある墓と思ひけり

八朔や針箱見えて一軒家

今宵より丹波の霧の大襖

鹿啼くやうす埃置く違ひ棚

森澄雄氏入院　一句

初雁に癒えよと思ふえにしあり

木賊刈つて鐘寂莫と懸りけり

前登志夫氏の村　八句

菜の虫を取るねむごろの声きこゆ

囮鳴く日昃りやすき村にして

高雲はひむがしすなり薬掘

書砧雨のあなたに聞こえけり

竹伐に日和尊き中州あり

照り昃りはげしき菊の障子かな

重陽の音なき入日杣に憑く

この月の満つれば栗を刈ると言ふ

西谷啓治先生祝賀　一句

いさをしに菊の日和のなほつづく

萩刈つてひるの雨来る文机

吊鐘のあらはれ出でぬ冬構

冬ぬくし椿の花粉指につき

干大根日かげればすぐ風が吹く

山路来て報恩講の白襖

雨降つて忽ち暮るる干菜かな

冬瀧の音かくれなき旦暮かな

注連作朝月高くのこりつつ

花講のだれかれ老いぬ親鸞忌

昭和五十八年

もの音もなくなる春の障子かな

ことごとく遠し二日の物音は

青空に石垣反りぬ羽子日和

羽子日和ゆるぎもなくて奥吉野

煮凝や詩盟おほかた遠国に

蒼天に浪くだけゐるとんどかな

実朝忌竹むらさきに松みどり

葛城の禰宜に日あたり春隣

料峭や松毬たまる庭の奥

神垣に鳴る大風や春の山

竹の奥うすむらさきに雛祭

花咲けば命一つといふことを

風呂の火に面染まりをり花夕

松風のうすれうすれぬ鐘供養

高々と山国に来し燕かな

堅田　六句

蓮如忌や渺渺として湖賊の血

薪割つて小山のごとし雪の果

講寺の日輪うつる蜷の水

恋猫にまつくらがりの浮御堂

惜春や堅田にのこる御文章

みづうみの雪に洗ひし水菜かな

ひがし寺西寺といふ梅の頃

永き日の人こそ行かね竹の奥

畑の木に大風鳴つて御開帳

亀鳴くや名刹ひとつ荒れてゆく

つちふるや大和の寺の太柱
つちふると小さき机に向ひゐる
白酒や金星はやき嵯峨の藪
或る僧の風邪ひく桃の夕かな
霞む日や塚の名知らぬ村の人
惜春やとはに冷たき鐘の肌
竹秋の村を出てくる径ひとつ
青松と白石とあり夏に入る
筍や村のはづれに子供立つ

老禰宜に夏毛の雉子の来る日あり

梅天に心もとなき小島かな

緑立つ隣の島へ嫁くと言ふ

巣立鳥島の日高く渡りつつ

島にあがる魚美しき入梅かな

惜春の蕃山文庫薪を割る

とむらひは若葉の奥の奥の村

筒鳥や如意輪寺まで子の使

水ナ上へ祭の山をうち重ね

祭人あふちの下に立ちにけり

木の花の終りて鮎がよく釣れる

遠ざかりつつ鮎川の音はあり

鮎はねて濡れたる夜の框かな

花なんばん国栖の雀のぶら下り

時鳥一つ読めざる綸旨の字

岡寺に十薬抜いてゐる匂ひ

草刈女橘寺を抜けてゆく

厩戸の皇子の御寺の夏の露

螢火やたたみの上の琴の爪

しつけまだ取らざる衣や螢の夜

大旱の堂深くある灯かな

蚊喰鳥在所の月の真赤なる

父の忌の襖をはらふ白雨中

放課後の渡り廊下や鴨足草

沈む日に上る月ある旱かな

當麻寺

美しき糸くり堂の西日かな

死を賜ふてふことありき稲の花

天狗杉どこからも見え盆支度

盆過ぎの西行谷は唯二軒

大根を蒔いて薬師は大曇り

山寺やひとり秋立つ煤佛

秋海棠見るとき子規を思ふなり

鯉料り水郷の秋立ちにけり

夕風に畦の木老いぬ魂まつり

海原のもろもろ暮れぬ魂祭

夕顔や音して閉まる小抽斗

厄日静か座布団もある地蔵堂
猫もどりたる大露の戸口かな
遠雷や蝶の来てゐる松静か
いくたびの日照雨の雨戸柿の秋
数珠玉に村の月また育ちつつ
はるけくも秋の祭の濤の音
神発ちて川は夕日の前に鳴る
下京につのりつのりぬ菊の雨
鹿鳴くやつくろひ多き堂障子

はるばると鶏鳴渡り山粧ふ

戸袋の釘のゆるみし小春かな

ものみなの果に白浪冬支度

初冬や年忌の汁に顔うつり

雨戸引くこと早き家龍の玉

離室への廊下あぶなし石蕗の花

短日や草まだ青き神の庭

うつくしき廃寺の空も年つまる

當麻寺　一句

しぐれては中将姫の空の青

大木の落葉の中の講日和

障子貼るや鼓楼の影の来るところ

北窓を塞ぎたる夜の正信偈

冬山や鼓楼へのぼる段梯子

濃き杜に神は寄るなり鴨日和

ふろしきの紫たたむ梅の頃

若狭　五句

すみやかに白雲とほる年木かな

煤掃いて北向く浜の夕べかな

煤掃や日向をとほる石たたき

雪圍開山堂にいちはやく

高浪をうしろにしたり暦売

一月や佛を刻む木の匂ひ

昭和五十九年

菜畠にのみある雪や三ヶ日

人死ぬや七日の村の日暮頃

敦賀半島　九句

雪除を沁み出るけむり色ヶ浜

風除や浜二十戸と法華寺

雪女郎真北へ伸びる岬かな

まみどりの潮の傍なる手毬唄

ねんねこや夕べの浜に越が見え

寒潮のそのくろがねを峠より

寒潮をりをりをりに掃く日筋かな

雪起し柩は山へ高になひ

寒菊や乏しからざる海の幸

狐火や一滴もなき大硯

狐火や一揆の寺の襖の絵

観音は雪かかれあり薬師は未だ

大浪の先のちぎれる薺の日

針供養ひの木の中は風やすむ

長谷寺　四句

初瀬はまだ草枯の雨あたたかく

春雨の女人をかくす堂柱

隠国の雨脚長き接木かな

遅き日の長谷の柱に打ち凭れ

法然の国に来てをり母子草

翁より小さき媼や桃の風

雛の日の葭倉にゐる男かな

佛前に赤子やはらか春の晝

夕風の物の芽ふむな長命寺

荒東風に燈明かばふ札所かな

春暁や岩神木神芳しく

蝌蚪生れ河内の空に日の力

蓮如忌や堂座布団の格子縞

越前の如来の前に鳥交る

菜の花に越前のこの長曇り

春雨や大燈籠のうすみどり

松倒すたびたび谷ひびく霞かな

鞦韆にゐて花衣まだ脱がず

楤の芽や日の暈のあと月の暈

山墓はかたむきやすし花曇

一しきり潮たかぶりぬ花夕べ

清明や木樵の庭の鶏白し

清明や妙にも高き杣の齢

椿にはよく来る眼白甘茶寺

薬狩神山いつも雲あそび

牡丹や夜の障子のうすじめり

この植田山神うつる暁あらむ

卯の花や切れ着せてゆく送り膳

あけくれにすがる阿弥陀や夏大根

海べりの苗田さびしき夕べかな

松蟬や玉壺に拾ふ骨の嵩

晝月を茅花の空に探しけり

夏山の奥へ奥へと宗旨かな

麦秋や城のやうなる門徒寺

創建の蓮如をおもふ夏木立

松濃ゆき蓮如の寺の油蟬

産土のひろき木蔭の囮鮎

若竹や水裂けてとぶ明智領

麦秋の行人消えて老ノ坂

夕風にうすくれなゐや鮎の口

杣の子のさみしき宵の出水かな

筒鳥や熱きも熱き杣の風呂

蚊喰鳥大阪の月細りつつ
学校に隣りて住みて蚊喰鳥
螢火や念佛講の膳古び
六月や火の跡のこる屋敷門
四辻に風吹く夏の夜明かな
雲さびし風もなくなる旱畑
山寺や障子の外の月見草
短夜の山に悲しき南朝史
夏夕の鳥さへ啼かぬ大伽藍

律宗の門前に売る早桃かな

門前に難所の潮や盆の月

盆の月草の山より上りけり

魂棚にとどく物音何々ぞ

掃苔や死に別れ又生き別れ

盆の子に谺をかへす吉野杉

とこしとはに幼き盆の佛かな

盆の川棒の如くに暮るるなり

稲咲いてらふそく二本栄山寺

桃売のゐそめて曇る栄山寺
落鮎や朝蔭ながき栄山寺
盆すぎの川風とほる竈かな
黍畑にすぐ満ちし星地蔵盆
雨が又近き小村の囮鳴く
大旱や日を追うて行く月ひそか
怖しき旱の空に日と月と
草山に旱の雲の浮きにけり

室生寺　八句

白露や梯子掛けたる弥勒堂

葛咲けば札所道てふ暑きもの

堂縁にみどり子を置く夏の果

堂守の座布団うすき晩夏かな

水打つて室生は月を待つばかり

長女結婚

龍の玉吾娘が嫁く日は深みどり

桶の鮒いよいよ澄みて時雨かな

時雨れそめたる鳥のこゑ竹のこゑ

文月や熊野は雲の湧きどころ

竹山の静かなる日の冬支度

たちまちに育ちたる火や露の畑

朝蔭の中の葛より刈りはじむ

墓山に減りゆくばかり秋の蟬

今朝秋や立ち並びたる山の貌

ミュンヘンの友の来てゐる草紅葉

残暑とは札所の鯉のよき水輪

蓑虫に月の光は来つつあり

月さして神も佛も冬に入る

日照雨して紀の国近し桃を捥ぐ

月のそば帰る葉月の鴉かな

秋風や大き魚棲む山の池

名を変へてより川細る葛の秋

緋蕪を源氏の里に洗ふなり

黎明の星みな強し狐罠

川風に伐るべき竹となりにけり

金屏に吹き衰へぬ山颪

星月夜より戻りたる猫が鳴く

秋晴や藻草はなるる鮒ひとつ

神々も正午の村の曼珠沙華

青空の大和に大根掛けにけり

村々の旱は長し一遍忌

豊年やゆつくり歩く村のなか

その人の通夜の戻りの秋螢

伊勢　五句

中秋や杜をつらぬく神の川

黄菊白菊潮満ちてゐる伊勢の国

内宮に葉月の鴉こだまして

わだつみに染まる障子を貼りにけり

白萩に来て去る神の風は見ゆ

稲刈つて堂破れたる佛かな

「晨」同人会　堅田　二句

蘆中に棲むもろもろや秋日和

秋風に藻の花のなほ一さかり

神発ちて大湖の日和定まりぬ

大根の真只中や親鸞忌

御正忌の菜畠日和つづくこと

あとがき

ドイツとスイスの大学で日本佛教の講義をする友人が出発直前に電話をかけて来て、最近の俳句人口がどのくらいか知りたい、講義の資料にするので、と言った。突然のことで困ったが、考えてみると調べようもないことなので、まあ一千万人はオーバーとしてもその何分の一かはいるのではないか、というようなあいまいな返事をしてしまった。

俳句に対する関心が、ドイツだけでなく外国人のあいだに増大していることは、今さら言うまでもない。季節の自然というものを主題とする世界に比類のないこの短詩型は、もはや異国趣味や好奇心の対象といったレヴェルをとっくに超えてしまった。禅や親鸞や茶道や華道がそうなっているのと同じである。俳句は現代の人間の生き方についての思想のテーマになろうとしているのである。俳句の内部からは見えないものが、外からのはるかな視線には、かえってさだかに見えるのであろう。いずれにせよ、わが伝統的短詩型が直面しているところのものは、現代世界の根本傾向たる都市化と人間疎外の問題のようである。

風景の変貌がいたるところで目立っている。わたしの住んでいる吉野も例外ではない。むかし神武帝が八咫烏の先導によって踏破した熊野と大和の間は、車でわずか数時間の距離となった。日本にはもう自然はないという極端な悲観論が一方にあるかとおもえば、他方にはいや自然はまだいくらでもあるという楽観論もある。しかし問題はそういう現象面のことではない。目には見えない精神の深層、質の次元での都市化は、まぎれもなく確実に進んでいる。

都市化とは何を云うのか。人間の生活が根源的なものから切りはなされることを言う。たしかに今でも山川草木はある。しかしそれらは人間を生かす根源としてではなく、植物園や動物園のようなものとして現代人の意識に映っているのではないだろうか。今日、自然はせいぜい人間の支配欲や趣味の対象でしかない。

そういう遠近法の中に、わが短詩型を置いて見よう。いったいなぜ今も俳句なのか、という問いだ。この吹けばとぶような短詩型の存在理由は何か。それは、進行する地球の都市化の真只中で、ひとが生の根源とのつながりを取りもどすこと以外の何であろうか。

わたしにとって俳句とは、一言で言うと村を防衛せんとすることばの行為のことである。村とはあらゆるものが、名前をもつ個体として生きている濃密な空間である。村を故郷と言いかえてもよい。たんに生まれた土地という意味ではない。ハイデッガーが言うところの「根源への近み」の場所のことだ。

そういう村や故郷が、今日のわれわれから失われようとしているのである。故郷喪失は現代人の運命である。しかしそれは人間が人間でなくなることを意味する。人間存在というものの故郷はどこか。それを見つけるには、たんなる思いつきや機知ではなく、根源的な想像力が必要である。ことばの力をいわばマグマ地帯のような深さから回復して来るような想像力が――。

実作の根柢を大体このような地点に据えてから何年か経った。現代の俳壇の状況を思うと、孤独を感じないわけにはゆかないが、わたしはここを離れることはできないと思う。都市化の方向に歩調を合わせたモダニズム、都市化なぞどこ吹く風といった日常的な写生俳句、そういう種類の俳句とは別な道を歩いて行きたい。花や鳥や風を他者のように観察するのではなく、それらの物たちと親しくことばを交すためには、わたしの内部に何が起らなくてはならないか。

この句集は『紺碧の鐘』『鳥道』につづく三冊目の句集である。昭和五十六年の正月から今日までの作品から四一三句を選び出す結果になった。出版にあたって何かと面倒をおかけした牧羊社の渡辺典子さんに感謝したい。

昭和五十九年極月

吉野にて　大峯あきら

第四句集

吉　野

第四句集『吉野』
平成二年三月六日、角川書店刊。Ａ５判、
二二二頁。定価二五二四円。全三八七句。

昭和六十年

餅配大和の畝のうつくしく

ひんがしへ大鳥流れ鍬始

旧正の雪を加ふる山ばかり

美しき涅槃の雪に女ゆく

鼬罠かけて村山高からず

講寺の日輪とまる大椿

三月の雪兎あり浮御堂

大風に木の実植ゑゐる男かな

くぬぎ山上り下りや針祭

蓮如忌の日はとどまると思ひけり

蓮如忌やみづうみ蒼きこの峠

風吹いてゐる古草の戸口かな

教科書の第一頁花菜風

み佛にきのふ猛りし畦火かな

摘草やをりをり鳴つて天つ風

春風の山の麓に子がもたれ

炉塞いで檜の中を来る風か

鳥声もあらぬ夕べの炉を塞ぐ

谷杉に春尽きてゐる谺かな

川狩や有明月の大細り

高々と結夏の花の梢あり

みなつきの佛間にひろふ花の塵

畑ものに赤と黄多き閻魔かな

午からも空うつくしき閻魔かな

糸瓜忌や傷ふえてゆく文机

まだ名無き赤子にのぼる山の月

宵闇や薬草園の中の蔵

秋繭や月出るまでの真くらがり

豆稲架の日和ゆるがず開山忌

啄木鳥やこの寺に来し渡海僧

炉開いて川音継ぎ目なかりけり

高山も低山も名や炉を開く

稲架の月すこし寒くて行宮址

銀漢や芦でつながる村二つ

山々は常世の遠さ薬掘る
風吹いて青空減るや掛大根
蒼天の底抜けてゐる干菜かな
よき瀧の涸れてをらざる在所かな
瀧音のまぎれもなくて冬に入る
観音の前の冬田となるばかり
鹿鳴くや花鳥うするる大襖

昭和六十一年

鏡餅午からもまた山しづか
神々のたたかひし野に鍬始
歳神のすこし踏みたる畦の雪
紋服の二日の杣に山おろし
杉の雪しきりに落ちぬ初薬師
初夢に松風のただ吹きゐたる
寒晒雪散りながら月夜かな

産見舞忌中見舞や寒ざくら
繭玉や日向の家のその南
七草の虹ほのぼのと京はづれ
黒谷は月夜の松に鳴る霰
寒見舞衣笠山は松ばかり
京人や寒が明けたる苔のいろ
万両の雨見る熱き炬燵あり
ひんがしの風にとばすな蓬籠
春菊にまだ降る雪のありにけり

うぐひすや昼は使はぬ文机

蓮如忌の雪をおろせば湖みどり

蓮如忌の大雪を掻き終りたる

雪積もりあかぬ裏戸や一の午

白鳥の引きたる午前つづきをり

春の雪しばらくつもる渚かな

木々の芽や夕べ淋しき神ほとけ

春落葉如来の前にふゆるのみ

誰人の墓とも知らず春の雨

菜の花の風吹きあたる古障子

杉山にとりかこまれて雛かな

雛の夜の風吹いてゐる真くらがり

大王崎　四句

恋猫に月の荒磯は照りにけり

海《うな》境《さか》の高くて桃の花ざかり

芳草にとびつく伊勢の潮かな

潮風に一羽のときの春雀

老僧に猿来るといふ花夕べ

四月十二日

その僧の逝きたる花の真昼かな

清明の山鳩竹に隠れゆく

津軽　五句

苗代や様つけて呼ぶ岩木山
花桐やなほ北を指す旅ごころ
北航の船一つあり蕗の雨
惜春や木下にたたむ旅衣
波かぶる街道松の暮春かな
門川の大きな波や星祭
さびしさは直哉旧居の夏の蔓
虫干や門三つある百姓家

初瀬　四句

こもりくの初瀬に見よや盆の月

迎火やすこし濁りし初瀬川

茶畠に提灯吊りぬ地蔵盆

どの橋も風吹いてゐて地蔵盆

夜の秋の布団にさはる白襖

八朔や板間にうつる山刀

宵闇や父よりひくき母の墓

ちちははに松虫鳴きし頃のこと

竹の春にはとりがゐて猫がゐて

薬掘りにゆくべき山の見ゆるかな

大松に杖三本や秋の風

櫻木の神に暑さの残りをり

近江　三句

十三夜湖は北ほど深うして

みづうみに四五枚洗ふ障子かな

菊の日の渚づたひに来る子かな

杉の実の見ゆるほどなる山月夜

夜の椎雨のごとくに降るといふ

山みちの掃かれてありぬ神無月

数珠玉の日照雨二たび三たびなる

連峰のうちかがやきて神送り

裏山はひよどりばかり神送り

法鼓鳴る寺に破るる芭蕉かな

いくたびも伊吹の北に湧く小鳥

齢高き神のおもかげ秋祭

甲津原　七句

白鶴山行徳寺なり日短か

冬支度山寺の娘の美しく

菊乱れ平家の裔と言ふばかり

干菜まだ青くて守る宗旨かな
金屏に雪待つといふこと静か
夕雲の一トにぎはひや冬構
薪割ればよろこぶ犬や日短
大根を抜けば落暉の関ヶ原
冬瀧の音はつきりと暮れてをり
囮籠大昼月の下にあり
枇杷の花鳥の来る日も来ざる日も

昭和六十二年

樵初や糸のやうなる熊野径

大雪に神事の鯉の匂ひけり

寒鮒の日南さびしくなつかしく

雪籠屛風の櫻咲きにけり

神の木の立ち並びけり寒造

しろじろと屛風のさくら寒晒

降りやまぬ雪の夕べの薬師かな

寺の子の寺へ帰るや雪の暮

山門やかへりみせざる雪の人

余呉　六句

雪国の雪のやみたる北斗かな

余呉人に月の出おそき氷柱かな

禅寺も念佛寺も吹雪きをり

鴨引いて真宗寺の大襖

恋猫に明るすぎたる月の湖

むらさきの雪間越えたる雉子かな

白酒やどんどこ降つて昼の雪

古雛深雪の奥に灯りけり

春氷大和の雲の浮きのぼり

春の山松の横から登りけり

淋しさは河内に雉子の鳴く日かな

河内野の雨いま白し西行忌

奥山の月が暈著る古巣あり

おくつきの松風荒き霞かな

蓮如忌やものなつかしき藪の径

大根の花にもつとも雨近し

萱山の午から照りぬ佛生会

花満ちて暗き襖のつづきけり

上り簗まだとのはぬ小村かな

惜春や屏風の中も山たたむ

茄子苗につひに物音なき村か

なつかしき苗代寒の御寺かな

みなつきの村に落石続きけり

人は死に竹は皮脱ぐまひるかな

瓦焼く庭の広さよ栗の花

遅き日のフランス見ゆる峠かな

ヴュルツブルク

日盛りの鐘殷殷と町古りし

青葡萄畠の中の城の窓

そばかすのウイーン乙女と白雨中

シェーンブルン宮

ことごとく宮殿のもの虹も亦

モーツァルトの墓にて

この墓に青葉の雨のしぶく日ぞ

ドイッチュラントベルク城・国際フィヒテ学会　三句

白日や古城に迫るはたた神

峠には涼しき風の吹くものか

夏終る友らそれぞれの大陸へ

乙女ら《ウィーン》にドナウは濁る晩夏かな

日本はつくつく法師鳴く頃か

八月や屋敷柱の刀疵

蒼然とあめつち暮るる円座かな

大根を蒔けば山影すぐに来る

髪白き畠の人やあらし

三《み》尾《を》といふ村の畠の芋の露

丹生神の障子しづかに野分かな

葛掘れば谷の鴉の甘え声

薬掘すこし登れば湖が見え

新米に月満ちてゐる大和かな

仲秋やだんだんだん強き塔の雨

豊年の大湖半分ほどが見ゆ

秋風の吹き曲りくる巌かな

この湖にとる魚は何薄紅葉

余呉人の声暮れかかる龍の玉

古国の古径ゆけば笹子鳴く

神域の中の鐘楼日短か

雪囲せしもろもろや村社
山寺や四五日すれば雪囲
赤星も青星もある干菜かな
この谷の報恩講のしんのやみ
山眠り尼の文机見ゆるかな
神山のみどりの下を餅配
藪巻に垂れたる星の鎖かな
兎狩隣の国も山ばかり

昭和六十三年

一粒も欠けぬ万両手毱唄

白雲の匂ひて通る飾かな

狐火や家一軒と田二枚

藪入の鴨が大きな口で鳴く

寒の鮠聖のごとく浮く日なり

白酒やごうと風鳴る葭の中

葭倉の奥のうす闇雛まつり

啓蟄の日をふり仰ぐ子供かな

鳥の巣に夕風つのる長命寺

宵あさき春の火桶と白襖

菜畠の冴え返りたる札所かな

手術のため阪大病院入院　三句

早春のいのちを託す汝かな

行く雁や薬切れれば痛む創

退院は白き椿の咲く家へ

宇陀の日は暈著やすくて菫草

子雀に如来の前の広さかな

廐戸の皇子の御寺の雀の子

蒔くための花種を置く机かな

芥子の昼人を見舞ひて来りしのみ

卯の花の月夜の声は室生人

木の下といふやさしさの卯月かな

静かにも夕日の前を蛇通る

甲津原　七句

分校の子に撫子のひるの雨

涼しくて薬の草の花も咲く

この頃は茅花流しの村の墓

閑古鳥啼くや火鉢の灰しづか

紋服の人立つ戸口蒲の風

鞘堂の風がもつとも涼しくて

夜の秋の平家におよぶ話かな

鯛や北へ流るる川の幅

鯛の落人村へ帰りゆく

短夜や佛に近く人ねまり

まんまんと吉備の田水や星祭

濁り鮒吉備の社の前に釣る

とめどなき夏うぐひすに宮柱

みなつきの吉備野の鴉きこえけり

昼顔に吉備の広野の雨は降る

某日　二句

梅雨の雷烈しく君が魂は去る

初蟬は君葬る日に鳴くものか

奥宇陀の藪恐ろしき螢かな

石上神宮

雲の峰この時布《ふ》留《る》の山しづか

布留山も布留川もいま青嵐

老鶯や二軒つぶれし大藁家

山高くみづうみ深し盆支度

秋出水この日悲しき薄みどり

悼　森澄雄夫人

虫干やおくれ先立つ人ばかり

村山はもとより低し魂祭

大根を蒔くと面長城下人

大根を蒔いて佛間のひるの闇

宵雨のさびしき円座二三枚

天川　四句

鶫来るふもとの村の赤子かな

鹿垣の村に伝ふる能衣裳

連峰の紫紺を渡る鶫あり

杉の実の天気定まるお山かな

芦刈の天気一気に崩れけり

水澄みて東より来る人を待つ

そこばくの雲を照らしぬ後の月

神渡し杉に檜に吹きにけり

神渡し大芦原の吹き凹み

大阪に来て夕月夜近松忌

短日の人に佛のことを言ふ

大木を伐って短かき日なりけり

短日の小さき村の神事かな

くらがりに女美し親鸞忌

親鸞忌とは大銀杏仰ぐこと

御正忌の鐘聞きとむる藪はづれ

どの道も報恩講の星明り

切干の日南の大和言葉なり

草枯れて昼の月ある東大寺

戒壇院大根提げて通りけり

狐罠日沈むとき月のぼる

煤掃や南都に晴るる一伽藍

南天たわわ金柑たわわ年用意

寒晴の大樹を見上げては掃ける

夕晴となる下京の都鳥

藪巻の村へ行かんと思ひをり

冬座敷くぬぎ林の中にあり

平成元年

兎消え竹ノ内峠初景色

元日の式台にある龍の玉

裏白や灯を消してあるよき座敷

初風の今吹いてゐるものの皆よ

初風は一本杉に渡りつつ

川せみも山せみも来し三日かな

羽子板をさくらの幹の中に抱く

白瀧を負へる一戸や松の内

水餅の家に岩神木神かな

茶畠を廻つてゆくや寒見舞

いまさらにして山深し寒見舞

籔入や吉野杉抜け熊野杉

籔入はうれしき淵の蒼さかな

寒餅を搗けば日和の山の顔

寒餅を搗く音ひびく檜かな

餅花やうるしの如き夜の雨

山眠り碁盤食ひ入る古だたみ

室生寺の僧の来給ふ雪の芹

芹摘みにもちなほしたる天気かな

北窓を開けば見ゆる杣の墓

雨となり雪となりたる水菜かな

草山にまた散る雪や針まつり

大空を風の鳴りゆく蓬かな

春の鮒追ひ観音のほとりまで

子供らに地震《なゐ》のありたる春田かな

猫柳その人の忌にややや遅れ
菜の花の風に河内の女の子
大風の雲雀上りて下りにけり
三輪山の百千《もも ち》の椿落つらんか
遅き日の天の香久山のぼるべし
蕗の薹摘んで弓月ヶ嶽あふぐ
花吹雪浴びて遅るるいくたりか
雉子啼くや嫗が住みて白襖
花御堂わだつみ照れば山つみも

女の子をりをり通る椿かな

復活祭湖の北には白き波

そのかみの安土恋しや百千鳥

百千鳥安土の頃の信長は

芳しき草に日の入る城下かな

青麦の朝風ながき安土なり

武家町や飛ぶとき見ゆる恋雀

芦原にまだ吹く北や春祭

長命寺詣げんげとたんぽぽと

伊賀上野

ひんがしの花菜の風に城下あり

雀の子いせみちに濃き色をして

帰る雁きこゆる夜の机かな

種蒔いて天の香久山登り口

杣の子に樒の花の雨あがり

花樒蹴つてまひるの大鴉

象谷のひこばえに又雨近し

風出れば雨やむならひ竹の秋

大和見ゆ筍藪の坂来れば

惜春や雨に風そふ男山

筍やみどり児神にまみゆる日

大雨の中を春ゆく淀堤

月の出の夜毎おくるる蛙かな

花種を蒔いて夕風やや乱れ

宵月のいたどりにまだ遊ぶ子か

大鐘の撞木替へたる暮春かな

遅き日の竹生島より戻りたる

種池に映る赤子とその母と

湖のいよいよ濃ゆき粽結ふ
薫風に庄屋の松の男振り
門川にくぐさ洗ふ端午かな
島深きところに菖蒲葺きにけり

淡路島　四句

六月の島に一つの御陵かな
夏潮におのころ島と言ひ伝ふ
短夜や神話の島に波くだけ
絶壁の下を通りし日傘かな
梅雨明の雷とどろけば尋ね来よ

虫干や大湖に浮ぶ島三つ

十薬に山寺の日の上り切る

横顔の朝の雀や茄子の花

梅干して大和の山のすべて見ゆ

高野山　二句

夏川を渡りてのぼる御山かな

千年の風こそ通へ夏木立

水打つて松江の夕日まだ沈む

青芦に出雲の日こそ高渡れ

雀みな親になりたる出雲かな

島山といへども高し夏花摘

夏百日花を啌へて来る鳥も

島見ゆる石見の寺の一夏かな

江川　二句

西国のこの川ゆたか魂祭

大川を汐のぼり来る地蔵盆

稲の花使ひの径の行きもどり

初めから鳴いてをりしは鉦叩

雲長くなれば夕べや山の秋

奥山に臥待月の上りつつ

諏訪　二句

朝風の千草の花のおん社

大夕立信濃を叩き甲斐へ去る

仲秋や立ちあがるとき濤の影

仲秋や針山はいま紅の糸

案山子見て宇陀に深入りしてゐたり

宵闇や女人高野の草の丈

山門の下に舟つく秋の雨

稲明り大川明り西国は

下り簗見てその辺の真葛見て

山明らか水明らかや道元忌

荻の声ひがしの方に聞えけり

鬼棲みし山のふもとの落し水

茶の花の朝月丹波中学生

茶が咲いていちばん遠い山が見え

大晴に刈りすすみたる晩稲かな

提灯を抱へて吊す秋まつり

深吉野に秋の祭の嬰を抱く

秋祭すみたる川の流れをり

かうかうと高木の風や七五三

いちさきに鶏戻り秋山家

晴れし日の高見はさびし冬支度

青空のこの色が好き冬支度

神渡し吹き白めたる大湖かな

ふたつぶでやみたる雨や籾筵

吉野山　五句

黒門も銅《かね》の鳥居も日短か

のぼり来てただ秋風の神なりし

御陣地跡とて草の紅葉かな

照紅葉帝の越えし峠これ
風の日は玉座に近く木の実降る
切干も金星もまだ新しく
左京より上京しづか龍の玉
山の日ののどかと入りたる真葛かな
ここに住み採るべき種の何々ぞ
稲刈つて祖霊近づく気配あり

あとがき

この集に収めた三八七句は、昭和六十年の正月から今年の初冬までの約五年間に出来た作品から自選したものである。『紺碧の鐘』、『鳥道』、『月讀』につづく私の第四句集である。

生まれ故郷の吉野に住んで、週に何度か近鉄電車で大阪へ出る生活をつづけて、いつのまにか三十年近くになる。今までは別に何とも思わなかったこの事実に、近頃はわけもなく愕然とすることがある。還暦という齢のしからしむるところであろうか。

山国と都市との間を往復するという生活の構図が、私の意識の深部にいつの間にか堆積させた何かがあるような気がする。さだかには言い難いその何かが、もしかしたら私の俳句の性格のようなものを作っているかもしれない。

俳句を作るのに大変恵まれたところに住んでいますね、と言われることがある。光栄と羞恥の感情をこもごもに誘い出すことばである。

山国の自然の限りない恩沢に対して、お前の俳句は本当に応えているか。聖なるものの輝やかしい多量な光芒を空しく素通りさせているだけではないのか。物たちとの本当の対話が成り立つためには、もっともっと自然のことを知らなくてはならないと思う。たとえば、裏山から庭に下りてくる小鳥たちの名前すら充分に知ってはいない自分の怠惰を恥じるばかりだ。

人間の主観的な想いによって自然を彩色する種類の俳句をだんだん無縁なものと考えるようになった。自分のことばを花や鳥に対して強制するのではなく、花や鳥の語ることばに耳を澄ませて、これらと交響するようなことばの場所へ出たい。山川草木が送ってくるひそやかで情熱的な通信を解読するいとなみとなった俳句。——そういう俳句にいたるはるかな道を思う。

出版の労をとられた角川書店の各位に御礼申しあげる。

平成元年極月

吉野にて　大峯　あきら

第五句集

夏の峠

第五句集『夏の峠』
平成九年五月二十日、花神社刊。四六判、二四〇頁。定価二七〇〇円。全四二七句。

平成二年　　二十八句

寒餅を明日搗くといふ谷の家
芍薬や襖しづかに百姓家
女の子苗代寒に遊びけり
あかつきの苗売行きし峠あり
終ひまで鶯鳴きし葬りかな
鶯の門に出てゐる子供かな
竹植ゑて一蝶すぐに絡みけり

山々に終りし朴や先住忌

菖蒲葺き峠の雨が横に飛ぶ

大いなる雀隠れの夕日あり

夏桑の日照雨を上り框より

悼 平岩武一氏

そら豆の花に涙を落しけり

紫陽花を切る腕見ゆる夕明り

七堂の空あをあをと曝書かな

盆の月上りて風もすこしあり

八朔や畠へはこぶ湖の水

砦ある山高からず稲の花

秋出水鼓楼の下に渦を巻く

大川のしばらく濁る葉月かな

藪を出て藪に入る径秋彼岸

雄姿の松に音立て月の雨

悼　西谷啓治先生

大いなる短日の訃の到りけり

うつくしき鶴折つてゐる寒日和

冬梅に短き神事すみにけり

宮瀧のこの冬梅に情あり

山風の強き日の鴛鴦流れをり

藪巻の村に入れば赤子泣く

藪巻に或る日の空の青光り

平成三年　四十句

阿蘇　五句

火の山に春の寒さのつづきをり

火の山のかき曇りたる田打かな

鳥帰る肥後もここらは山襖

夜の椿火の山裾に落ちたまる

大阿蘇を発せしといふ春の水
硝子戸の漱石旧居冴えかへる
豊後より肥後へ越えけり鳥曇
わらんべの通り抜けたる梅の谷
菊の根を分ちて余りある日かな
紅梅の雨やひねもす伊予言葉
ゆつくりと左流れの花吹雪
芳草に日はいま高し法隆寺
牡丹の雨風の日の文机

このたびは春の時雨の長命寺

銘消えて苗代寒の鐘の肌

悼 冨田蘭房氏

青葉潮あまり濃ければ涙かな

山川に命さびしき御祓かな

天草 三句

天草やきのふも今日も田水沸く

夏潮は一揆の村に引いてをり

灘に立ち墳墓に立つや雲の峰

雨涼し薬の花と毒の花

奥宇陀の大百姓の稲の花

稲の花近道とつて寺に用

秋耕や谷を出て来る風の音

湖北　三句

秋耕やいつも東に竹生島

みづうみに残る高波十三夜

竹生島見ゆる障子を洗ふなり

秋の風岩の間を吹きにけり

秋風や檜皮葺き替へ白書院

赤子泣き竹伐る音のきこえをり

秋雨やゆきわたりたる斎の膳

ゆく秋や屋敷の奥の車井戸

霜月の鴉ふはりと杉に来る

尾上浜　二句

にはとりのいよいよ白し日短

神垣にゐる子に釣瓶落しかな

カリフォルニア　五句

西海岸釣瓶落しとなりにけり

冬晴の留学生に森しづか

秋薔薇に棲みて母国を忘るるか

空深み海蒼みつつ帰り花

サンフランシスコ青空帰り花

平成四年

六十七句

寒の寺もつとも高く見ゆるかな

龍門村

狐火の宇陀に小峠大峠

狐火に代官屋敷ありたりと

涅槃会やしわしわと又山鴉

草餅や吉野の雨のまだ寒く

朝月の淡ければ雁帰るなり

松に来て鵯むらさきき春の昼

春の雁かならず通る月のそば

雛壇は千早の嶮のふもとかな

横雲の長くて雛の夕べかな

吹き降りの連翹明り奥納戸

酬恩庵

芳草やどの道来ても一休寺

芳しき草に入らんとする日あり

耕して高朗の詩の主かな

木蓮や山越えて来る雲ばかり

花咲いて小学校と寺ならぶ

廻廊にみどり子を抱く桜かな

松風のかたまつて吹く蕨かな

ゆく春の水分神社ざんざ降り

春深く林泉荒るるけはひあり

天津日は高くたんぽぽげんげ咲く

蒿苣畑を風呂の煙の通りけり

次女婚約

吾子が嫁く宇陀は月夜の蛙かな

青嵐大きな島に吹きにけり

一里来て又一里来て朴の花

真夜中の空も青くて栗の花

今植ゑし竹見えてゐる机かな

竹酔日てふ美しき日のありて

この雨の百の浮巣を思ふなり

惜春の草ただ青し国分寺

ゆく春の軒破れたる薬師かな

つばくらの今来し丹波国分寺

苗はこぶのみの山路と思ひけり

虫干や二階に来れば近き山

虫干やむかし丹波の大江山

夏花摘み来て文机に座りをり

みちのくの如来の前の茄子の花

萱草が咲いて単線北上す

立石寺

涼しさの蟬よく飛んで霊地かな

桃赤し翁が行きし径なれば

蚊食鳥大川明りいつまでも

十一や海見ゆるまで磴のぼれ

大石田

盆近し土蔵の裏の最上川

月山を青田の果の果に置く

うすうすと山川濁り生身魂

信長が通りし村の昼寐どき

渡米　五句

曝書して太平洋を明日越えん

夏衣ボストンに今来てをりて

日のぼり沈む広野の夏木かな

ハーバード大学涼し栗鼠が来る

青芝の正午の露もハーバード

みどり子を抱けば露とぶ戸口かな

煙すぐひろがる露の畠かな
露草の花のさかりの僧の墓
かまつかを見る座布団を縁に置く
文庫まですこし上りの秋の昼
秋風や門の中なる一畠
竹伐がよべの月夜のことを云ふ
山墓の二つ三つある栗拾ふ
玄海の夕焼長き干菜かな
菜を掛けて西空いつも透いてをり

筑紫野に引き余したる大根かな

西谷啓治博士一周忌　相国寺

笹鳴いてゐる先生の墓へゆく

柊の花の香先師一周忌

新米の大和の家の日向かな

目貼して難所の潮の鳴つてをり

茶畠の中の一戸の煤払

平成五年　五十四句

波の上に七草の雨のこりけり

郡上八幡　三句

探梅としもなく美濃の奥にあり

若宮に今年の雪の匂ひかな

寒鯉に又きぬずれの音のして

寒の雨いま止んでゐる墳墓かな

寒餅をつく奥宇陀の家へゆく

春雨の女傘なり長命寺

炉塞いで松風さへもなかりけり

定年で阪大を去る

この坂の花吹雪には名残あり

長雨の櫁の花の夕あかり

鵯の来ぬ日の椿落ちにけり

らふそくの灯を一つ足す花の中

この雨で下田の梅の終りけり

厠紙いつも清くて竹の秋

蝶々が大和言葉の中を飛ぶ

雀の子大和の家に今生まれ

薬降る日の香久山に登りをり

桑の実の村から登るお山かな

今年竹そびえ弓月が嶽そびえ

陵の影長き田を植ゑてゆく

若宮は今年の竹にとりまかれ

若竹のうしろへ京の入日かな

初蟬に蔵の物出す先住忌

蔵へまた物出しにゆく葵かな

萱草が咲いてきれいな風が吹く

玉虫を拾ひ夕日の宇陀にをり

夜の鮎庭木の中をもたらされ

白南風の井を汲みに来る童子かな

大和いまも神も仏も田水沸く

田水沸く頃の大和の太き梁

盆の川すこし濁りて美しき

豊年や鳶も鴉も古き鳥

磨崖仏見し涼しさのつづきをり

大藪をつらぬく秋の出水かな

何ゆゑに道に置く石秋の風

大和　榮山寺

これよりの八角堂の夜長かな

大阿蘇のふもとは暗し後の月

玄海にすばやく揃ふ冬の星

菜を干して玄海日和と云ふ

大野山見て水《みづ》城《き》見て日短

掛稲のうしろの山はみな日向

残菊となり長崎の夜となる

雁渡し釣鐘の今ゆれてをり

鶴が来る頃の長押の弓と槍

出雲

冬麗や神話の国にあがる濤

麦を蒔く二つの村のつづきをり

木枯となる米屋町塩屋町
行く秋のよき壺に置く埃かな
竹伐と一急流をへだてたる
竹伐れば国栖の入日は錦かな
囮鳴き入日は綺羅を尽しをり
夜の川を潮のぼりをり近松忌
枯桑の中なる夜の御陵かな
写真の母年々若し枇杷の花

平成六年

六十七句

楪や横雲長き夕ごころ

鍬初の大和に満ちぬ昼の月

淡雪の日のみどり子に会ひにゆく

女の子生まれて春の隣かな

老松の凍れば昼の月もまた

午過ぎの女人高野へ雪の傘

寒明の赤子に母がわかりをり

みな騒ぐ河内の藪や一の午

紫の糸あらはれし雪間かな

主峰また雪を加へぬ西行忌

春の猫白き千早の暇かな

がうがうと千早の風や雛祭

戻り路の檜山はさびし針供養

鶯に首据りたる赤子かな

鶴引きし畦に赤子の抱き重り

鶯は身投げの淵を好みけり

いちまいの黄沙の天のあるばかり

大鳥の一羽流るる黄沙かな

丹後　六句

城山のまた颪しをり猫の恋

色鯉をにはかに叩く春霰

高浪にまぎるる蝶や経ヶ岬

海見ゆる松まで登れ春の山

山深くして清浄の蝌蚪の水

大杉に道岐れゐる雪解かな

春の月丹波に来れば隠れけり

洞川　三句

種芋や旅籠の急な梯子段

鳥の巣を見て洞川に泊るなり

鳥雲に中腹いまも一軒家

花桃の中なる家を尋ねあて

天日の歩みとどまる桃盛り

花どきの峠にかかる枢かな

下京や二日つづきの花の雨

縁下の余り瓦や棕櫚の花

朝のうち残る雨なり竹の秋

行く春や人の住まざる湖の島

いせみちにときに落として実梅採る

長命寺みちの青梅まだ採らず

明易や雨の通りし麻畠

麦秋の大土間にある凹みかな

玉島　円通寺

誰か掃く良寛堂の夏落葉

梅雨寒のやまももの木と知られけり

夏花摘む日の旧城下見えわたり

夕顔やみどり子にはや人見知り

八月や鷲家の家の古襖

雲の峰また立つ草の庵かな

稲咲いて明治の詩人みな淡し

縁側にゐて縫物や稲の花

八朔の径大榧の家へゆく

よき松に雨降つてゐる厄日かな

芋の露流れ流れて近江なり

山みちにある石段や初嵐

胡麻干して鯖街道の照るばかり

芋の葉の重なりて島重なりて

第四回国際フィヒテ学会に出席
イェーナ近郊ドルンブルク城にて

花野よく見えてゲーテの机かな

この花野ゲーテの馬車の通ひけん

豊秋の真只中へ帰国かな

秋風や経蔵ひらく鍵一つ

経蔵のうしろへ竹を伐りにゆく

味噌蔵にかなかなかな鳴いて夕べかな

短日の庭石づたひ土蔵まで

切干の日向あたたかか隠れ里

麦蒔いてそこら辺りの月夜かな

ひよどりの来てゐる時の年用意

菅浦　四句

数へ日や手にとるやうに竹生島

みづうみの朝焼夕焼干大根

藪巻に虹の立ちゐる在所かな

浦波の静かなる歯朶刈りにけり

平成七年　七十九句

柊をさせば雪とぶ竹生島

南天をたわめる鵯も今年かな

阪神大震災　五句

厳寒の地はうち震ひ月は照り

悼　豊原大潤師

その僧を奪ひし寒の地震あはれ

雉子啼くや有明月に余震なほ

冬雉子の長啼いてゐる地震かな

あはあはと余震の土に寒雀

日脚伸びたるもろもろや法隆寺

麦の芽に風の止み間のありもする

空の青いろいろありて春隣

旧正の山の名を皆知つてをり

南天の紅のきはみの一の午

鶴引いて在所言葉のもの静か

紅梅に伊予の雪こそ降りしきれ

草焼いて玉の日渡る古戦場

春霞醍醐の人を叩きけり

醍醐寺のうしろの山の古巣かな

文塚を見て繕ひし垣を見て

悼　永作火童氏

山の梅ことし早しと思ひしに
観音の前につきたる挿木かな
三輪山にさらに近づく蝶の昼
観音へ急坂ひとつ蝶の昼
杣の子のひとり遊びの花の昼
もの音もあらぬ山家の竹の秋
竹秋の煙どこからでも上る
苗代に高見は尖る真昼どき
いつまでも蒿苣の山家の夕日かな

薬日や海鳥の声打ちたまり
海鳥の声落したる牡丹かな
惜春や門田あふるるよべの雨
田川みな湖へ出る端午かな
日もすがら薬降るなり不破の関
「晨」同人会　長浜
萱草が咲けば伊吹の男振り
旅したき心のときの茄子の花
鮎とんで夕べに近き風のいろ
河骨に林泉の月夜々遅れ

夕方はすこし日当り苔の花

龍谷大学　安居　二句

黎明の雨つのりゐる安居かな

樹の下に安居の僧の老いにけり

冷し瓜或るとき長き鳶の笛

色鯉の水ややや濁り盆の家

虫干の物のくれなゐ山の中

虫の夜の星空に浮く地球かな

蜩の鳴くときさびし板庇

秋風やからくれなゐの琴覆

山門にかぶさる山や秋の風

膳を吹き鴨居を吹きぬ初嵐

見えてゐる家へ人ゆく稲の秋

花野には畠一枚家一戸

かりがねの来る頃太し峰の松

赤んぼのくしやめしやつくり菊日和

かの柿の家まで行かんかと思ふ

緋の花をつかむ揚羽や秋の風

岸和田

魚屋町もつとも晴れて秋祭

秋雨の音いま高し白書院

隠れ里よき水湧いて照葉かな

干籾の辻を曲れば當麻寺

水尾引くは今来し鴨と思ひけり

稲秋の秀吉領に赤子泣く

坂一つ大根畠の中にあり

いちまいの晩稲明りに廃寺跡

菊の荷をきのふ出したる在所かな

開山忌近づく竹を伐りにけり

すぐそばをエールフランス十三夜
パリ　ドゴール空港

簗の水まいにち晴れて冬に入る

簗崩れ信長領は上天気

おほかたは種を採りたる日向かな

がうがうと釣瓶落しの熊野灘

笹鳴やいせみちにある売屋敷

笹鳴けば仏をたのむ心あり

冬麗の赤子抱かれて出るところ

奥宇陀や大根煮えて夜のとばり

日もすがら神山晴れて年用意

何鳥も来る大木や年用意

雪囲して渦を巻く流れあり

千本の桜の中に煤払

春著縫ふ吉野も奥の松の風

棒二本土塀支へて日短

束の間の日向の種を採りにけり

平成八年

九十二句

樵初や油のごとき熊野灘

初山のよき松にゐる懸巣かな

松風に流れがちなる羽子をつく

釣橋を渡り二日の家へゆく

赤子泣く国際線も今年かな

峰の寺寒雲松にさはりゆく

寒き夜の絵襖にある瑕瑾かな

みんなみの山やさしくて薺の日

探梅の人来る小野妹子墓

藪入の鴉よく鳴く河内かな

梅咲くや朝の雑巾固しぼり

温泉《ゆ》はあふれ雨の鶯日もすがら

むらさきの風呂敷包鶴引く日

吉崎御坊　三句

吉崎やにはかに松の春霰

春暁や蓮如も聞きし濤の音

雨風の越の波間の若布かな

丸岡城

天守閣くらき越前鳥ぐもり

春霰や夕日また射す三国港

夜の梅障子の外に散りにけり

炉塞げば夜の白波つまびらか

壺坂

春雀啼いて薬の町しづか

山畑の暖かければ人の声

蝶の昼すこし移りしかと思ふ

風が吹くたびに崩るる蝶の昼

桃も咲き花菜も咲いて野辺送り

野辺送りして来て花に遊びをり
尾道の昼深ければ桃の花
花衣たたたみて暗き一間かな
青空の伊賀路はどこも恋雀
竹秋の伊賀の山家の法事かな
茄子苗を旧本陣の前に売る
伊賀に来て日の暈仰ぐ竹の秋

国際短詩型文学シンポジウム　タイ・プーケット島　四句

ことのほか水牛しづか雲の峰
朝曇王国の薔薇濃く匂ふ

炎帝の下鳥叫び花真つ赤

竹葉降る昼を跣足のタイ女

大川をさしはさみたる田植かな

とこなつの国より戻り春惜しむ

白南風や鷹もどりゐる峰の松

オアフ島　四句

いくたびも虹立つ島の茂かな

短夜のハワイ大学花匂ふ

夏衣貿易風の街を行く

朝曇ホノルル雀鳴きそむる

盆近き移民の墓に詣りけり

ハワイ島　四句

昼顔は日本遠き墓に咲く

夕焼けて墓は日本に向くと云ふ

釘打つてある椰子の幹雲の峰

大阪の梅雨の潮へ帰国かな

廻廊に人立つときの蓮の花

草刈つて聖の文を読む日かな

村々の梅雨に入りたる大和かな

秋立ちて仏の名ある山ばかり

大榧の下なつかしき九月かな

葛咲けば仏ごころと歌ごころ

どこにでも鵙どこにでも空の青

秋晴や水輪ひろげる一つ岩

夕方は橋に遊ぶ子芦の花

星つれてすでに月ある花野かな

秋風や川さかのぼる潮の色

蜻蛉のとまる句帖に書きにけり

大鯉のはねし水輪も月今宵

女声して隠れ里薄紅葉

秋風や猿来るといふ庭の石

美しき忘れ団扇の山家かな

菊日和あるいは蝶の三つ巴

月の道国栖の翁の来つつあり

立待も居待も山の畠より

高渡る豆名月や奥吉野

月影や掃き寄せてある栗の毬

鹿鳴くや月出る前の山かたち

蕎麦刈つてありたる月の夜道かな

奥宇陀のその残菊の家おもふ

後の月のぼりて暗き大湖かな

行く秋や塔の下なる雨やどり

行く秋の雨の少しくけぶること

椋の実も椎の実も掃く夕べかな

ハイデルベルク　三句

塔の鐘鳴るとき落葉急ぐとき

秋風や鐘鳴るたびに古ぶ町

冬耕に修道院と望楼と

山門を出づればすぐに冬の浜

桑枯れて夜毎の月の高渡り

須賀谷　六句

麦蒔いてありし月夜の茶々の里

悲しさは小谷の城の雪の暮

水鳥や青空ながら山おろし

村々や年木を積めば伊吹澄む

歯朶刈に玉の日和の大伊吹

凍蝶にかぶさる天の深みどり

左義長の山々天にありにけり

寒見舞吉野の嶮もこのあたり

わらんべの二人出てゐる初景色

斧始鶴も懸巣も声長く

杣の子の羽子昼月のところまで

あとがき

この句集は『紺碧の鐘』『鳥道』『月讀』『吉野』につづく私の第五句集になります。平成二年から平成八年にかけての作品の中から選んだ四二七句を収めました。

人間の恣意的な情念によって物の表面を彩色したり、感覚のアングルだけで自然を切りとったりする種類の俳句とは別の道を歩くようになってから、もう大分経ちます。俳句という詩のことばは、個人の心のたんなる叫びの表白ではなく、その叫びがいったん、山川草木や禽獣虫魚たちのことばの世界へ消えてしまって、そこからもう一度再生してきたことばにちがいないと思うからです。何だか世捨人みたいな考え方だと思う人々もいるかもしれませんが、今の私にはどうしようもない実感となっています。

あらゆるものが数字と記号で処理される今日の科学技術とコマーシャリズムの社会は、世界全体が、もはや何ものをも映さず、何ものをも反射しない曇った鏡みたいな一つの水平的な表面というものの中へ滑り落ちてしまった社会のように見えます。世界の深みの方向に向かって垂直的に覚醒し、宇宙の内における人間の位置というものを感じようとする真の詩の復権にとって、今日ほどの悪天候はないかもしれません。

　それにもかかわらず、季節の自然の物たちが贈ってくる、ひそやかで情熱的なメッセージに耳を澄ませていますと、この人間存在の大事ないとなみは、今日なお可能だということを改めて説得され、勇気づけられるのです。

　この句集の刊行にあたってお世話になった多くの方々に感謝いたします。

平成九年二月三日

吉野河畔　　大峯　あきら

第六句集

宇宙塵

第六句集『宇宙塵』

平成十三年十月二十五日、ふらんす堂刊。四六判、二二一頁。定価二七〇〇円。全四〇五句。

平成九年

御嶽の雪かがやけば義仲忌

木曽谷の今日あたたかき子供かな

春の雪薪の上につもりけり

鳥雲に入りたる木曽の火の見かな

牛啼けば山羊も啼くなり春の草

山墓のうちかたまりて昼霞

鳥の巣の淋しや杣も来ぬところ

雛の日の松籟濃ゆき加賀にあり

日蝕の風吹いてゐる蓬かな

朧月のぼりてここら山襖

四五人に花残りゐる元湯かな

げんげ田や月夜ながらの花ざかり

門前によき風吹いて夏蚕飼ふ

芍薬にあけたて重き襖かな

青田とぶ蟬ひるがへり明智領

青梅をとりつくしたる月夜かな

裏愛宕とはこのあたり土用干

よそほへば病なきごと妻の秋

午からも芋の露ある京はづれ

門前に売るくさぐさや雁の秋

菊暮れてまつくらがりの在所かな

ドイツ　五句

国境の冬日まいにち沈みけり

冬日落つラインの鷗狂ふとき

昼霧の走るのみなる国ざかひ

アムゼルが啼けばあがるや冬の雨

眠る山フランス領を隔てたる

ネッカー峡谷　三句

葡萄枯れ城のいづこの窓も雨

望楼を仰ぎ寒雁仰ぎけり

冬の山僧院ありて古城あり

日本に戻りて二日花八ッ手

紫の時雨の空もありにけり

狐罠かけて夕日を大きうす

切干のよき日向ある薬師かな

ぞろぞろと高見の星や薬喰

猪垣の事々しくて村しづか

行く年の高見を仰ぐ村ばかり

茶の花にまだまだ沈む夕日かな

冬鵙は弘川寺をよく通る

平成十年

初風はどんぐり山に吹いてをり

樵初やひがしへ向ふ雲静か

松風に流れ二日の石たたき

針山の糸はむらさき松の内

蔵の中まだつめたくて蝶の昼

花満ちて岩神木神老いにけり

花の雨流れ流れて象《きさ》の川

象谷の家に燕の来しところ

松風のある日無き日や地虫出づ

室生　五句

堂塔を沈めて谷の余寒かな

鳥雲に今もひとつの室生道

畑打の中を貫く室生道

ことごとく女人高野の田は打たれ
惜春や松うつくしき室生古図
竹秋の雨また近き遺跡かな
桃に色来そめし美濃の奥にあり
美濃の子に子鴉のよく啼く日かな
夏の雨神泉すこし濁りけり
蔵まではとび石三つほととぎす
鴉の子大内山に飛び習ふ
七夕の大河音無く流れけり

筒鳥や字を習ふ日の吉野の子

短夜のアメリカへ発つ鞄かな

アメリカへ此度もひとり雲の峰

ナパ・バレー

大鳥のただよふばかり雲の峰

秋薔薇のカリフォルニアに住み慣れて

裏山に鷺啼く夜の暑さかな

夕顔や赤子の声と猫の声

秋立つや社に隣る杣の宿

鈴鳴つて秋草を剪る鋏かな

文書いてゐる朝顔の花の前

山門の夕かたまけて秋出水

花芙蓉とは朝風をほしいまま

赤とんぼ影するたびに薬師古り

待宵や根上り松の大山家

赤とんぼ減り淵のいろ岩のいろ

落柿舎　四句

今さらに小さき庵や柿の秋

仲秋や小さき庵と小さき墓

この頃は竹伐る音に住みにけり

秋風の苔尊さよこの庵

いせみちの朝霧の戸を開けてをり

秀峰を北に重ねて狩場かな

秋の川藪に分れて流れけり

秋祭すみたる浦の子供かな

裏山を百舌鳥宰領す菊日和

みどり子の覚めては眠る菊日和

菊枕干して吉野のよき日向

秋雨のしぶく神事もありにけり

秋山の奥も奥なる弥陀如来

刺《さし》羽《ば》はや渡りし空と思ひけり

大峠小峠鷹の渡る頃

みづうみの釣瓶落しに何洗ふ

鹿鳴くや日の入るときの国境

鹿の糞ありて日の入る山路かな

湖明りまだある懸巣鳴きにけり

朝妻はすたれし湊十三夜

大琵琶の今日は高波大根干す

この浦や南ひらけて鴨が鳴く

神発ちて一筋日さす大湖かな

冬の鵙杉の先から藪の穂へ

長屋門入れば大根引いてをり

門川の鱒の渦なり冬支度

残菊やたまに人来る山畠

冬菊を剪るは湖賊の裔ならん

日だまりの熟柿に来るやみな眼白

月さして一戸一戸の冬構

末枯の夕日の前にゐる子かな

おほかたの星そろひけり霜囲

四足門残る在所や狐啼く

冬の虹どこにかは立つ大湖かな

在原　十一句

犬の声鶏の声する北塞ぐ

新しき萱足して北塞ぎけり

雪が来るまでに萱刈れ大根抜け

をりをりに猿来る萱を刈つてをり

ことごとく北塞ぎたる月夜かな

萱刈が業平塚と言ひにけり

日のくれや猿柿くれし在所人

萱を刈り終れば京へ行くと言ふ

萱を刈り終へて雪待つ十四五戸

萱刈の夕日に上げし面かな

北塞ぐ萱あをあをと余りけり

大晴の高見の裾に春著縫ふ

深吉野の月暗ければ狐啼く

漱石忌また吾が母の忌なりけり

四時頃に書架にさす日や漱石忌

平成十一年

初空といふ大いなるものの下
正月の月皓々と人死ぬる
初夢にさだかなる君のかなしけれ
白雲をいくつか許し斧始
この谷の行きどまりなる賀状かな
七種や西も東も雪の山

若菜摘む或《ある》は大河のほとりかな
七種の白猫畦を歩きをり
大琵琶の寒鯉揚げてゐるところ
馥郁の雲にまぎるる寒鴉
みどり子の匂ふ二日の日向かな
おくつきに紛るるものは冬の鵙
冬の虹一本松に濃かりけり
山鳥の羽根散る畷松の内
寒晴の伊吹の裏に来りけり

寒餅と襖へだてて赤子かな
餅花の見ゆる赤子を抱きにけり
山鳥をまた驚かし春の人

湖北　十二句

鷲がゐて樹頭の雪を落としけり
雪空を畳のやうに鷲飛ぶと
その鷲の行方は知らず吹雪きをり
人の来て薬師を開ける深雪かな
旧正や雪をつけたる竹生島
旧正の雨が朝からつのりけり

堂守にまた来る雪の夕べかな

高々と鳶の笛ある余寒かな

畷みち歩いて寒が明けにけり

ここからは海道となる雪間かな

雨風に又かたまりぬ春の鴨

門川や椿落ちては突走る

寒明の雨たつぷりと葎かな

畦焼いてまだまだ細くなる月か

鴉啼くたびに河内野あたたかく

蝶飛んで赤子に言葉ふえてゆく

春山に掃きしが如き径のあり

龍野　六句

すみれ草咲いて墓の名三木清

ことことはに墓は語らず竹の秋

惜春や怒れと言ひし人の墓

菜の花や君を生みたる村の風

生家訪ひ且つ墓を訪ふ竹の秋

鳶三たび四たびび反転竹の秋

三木清絶筆「親鸞」を見る

ここに来てまみゆる遺稿竹の秋

風が出て灌仏日和やや崩れ

日の暈の下に蒿苣かく奥吉野

鳶は老い鴉は若し仏生会

暖き山畑にゐて老いにけり

横飛びの川上村の花の雨

この雨は牡丹桜にやむまじく

襖取りはらひて春を惜しみけり

みちのく　八句

風鈴は北上川の風に吊れ

啄木の少年の日の蟬鳴けり

十薬の花白ければ生家かな

百年の杏熟れ落つ生家かな

萱草に釜石線がたまにゆく

北上の岸辺にも摘む夏花かな

草刈に北上川の行くばかり

短夜の草に置くなり旅鞄

前の世もその前の世も飛ぶ蛍

朝蟬のゆきわたりたる若狭かな

瓜きざむ蓮如ゆかりの寺にして

小浜線通ればゆれて月見草

雲の峰熊川宿に大崩れ

梅雨の雷太鼓のごとし関ヶ原

沓脱の磐石ひとつ夏館

夕凪や三河の寺に御文古り

夕凪の三河の寺の大蘇鉄

山寺に虫干法座ありにけり

大岩を流れ落ちるや土用浪

草刈のたつた一人や土用浪

涼風に吹き返さるる鴉かな
弥勒まだ仏に成らず蟬の夏
葛はみな雲にとどきて旱村
キラキラと雲の峰より蟬の尿
雷近き松亭々と館かな
欄干の通り雨なり夜の秋
朝焼のすぐさめにけり瓜畠
物かげの無きとき落つる一葉かな
とめどなき涼風に松老いにけり

鬼百合は畦の義民の墓に咲く

一つ松老いし讃岐の青田かな

城内に入り来て蒼し夏の湖

玉藻城　三句

夏の月おそく上りし屋島かな

老松のはや曳く影や夏の月

大根を蒔くか蒔かぬに降り出しぬ

待つとしもなく月上る城下かな

名月やひとり老いゆく峰の松

ここに又湖の入江の地蔵盆

初潮にゆきわたりたる月明り

月高しむかし赤穂の塩作り

葉月潮出窓の下にさしにけり

いつのまに雨降つてゐし花野かな

虫を聞く人もたれゐる堂柱

秋風やはがねとなりし蜘蛛の糸

庭石の中の石臼秋の風

因幡の妙好人源左の生家を訪う　七句

午からも盆道の風よく通る

白露の源左の村に来りけり

仏壇も露も大きく芋の秋

虫鳴いて因幡の闇の深さかな

木像の源左小さし雁の秋

松虫は源左の村に今宵より

願正寺

鐘つきにのぼる楼門秋の昼

我を打つ松の雫や今朝の秋

忘れたる頃に汽車来る芋の秋

石段を洗へる秋の潮かな

泳ぎ子にのこる朝月日本海

星ひとつ連れて上りぬ寝待月

太宰府の月まんまるし稲の秋

竹伐は観世音寺のうしろより

秋の日の観世音寺に旅の人

太宰府や人に親しき秋の蝶

鶴が来し日の玄海の波がしら

雁渡し大絵馬に吹きあたりをり

待宵の松の下なる立話

待宵の石段に着く渡舟かな

松山　四句

菊の日の長き汀を歩きをり

浜に来て返す電車や蘆の花

浦々の潮のみどりや獺祭忌

奥の間のはや暮れかかり菊日和

京よりも山城が好き草の花

たそがれの霜除に来し霰かな

蒼天を濡らす時雨や鷹ヶ峰

稲架の月どかと欠けたる吉野かな

平成十二年

福寿草さきほどよりも天蒼く

泣初の思ひ出遠くありにけり

御降りや萱葺門の一在所

金屛にしばらく夕日松の内

みづうみの岬も長し松の内

落日のひつついてゐる氷柱かな

梟の闇まつさらな一軒家

霰やみ鏡の月や山の寺
もの音もなき大寒の空の蒼
水仙は咲きその人は亡かりけり
寒鯉を盥に飼ひて月夜かな
寒餅を搗く日の山の面がまへ
寒餅を搗き終り土間掃き終り
探梅に行きし如くに逝かれけり
藪の家大笊干して霰鳴る
水ナ上に高見はひとり寒明くる

大鳥を仰いで寒が明けにけり

まな板に置けば匂ふや寒の芹

宇陀へ出し神武の道も日脚伸ぶ

奥宇陀の神々語る野焼かな

寒芹を宇陀の血原に摘んでをり

長屋門出づれば寒の芹田かな

午からは雪消す雨や針供養

神山の影来る家の余寒かな

浦人と話して日脚伸びにけり

山門を入り大椿仏生会

天つ日は古く新し灌仏会

柊をさして月影踏みにけり

紫の山へ黄金《こがね》の春日入る

當麻あたたかくて土塀大崩れ

繕ひし垣によき日の入るところ

朧夜と思ひそめしはをとひか

薪棚まんなか減つて蝶の昼

落城の日もつちふつてをりたるか

夕風は冷ゆる一方苗木市

山寺の荒うぐひすでありにけり

一むらの孟宗藪と雛の宿

悼 飴山實

芳草を踏み来て君を悼みけり

喪ごころの少しくありて朧かな

落日に草芳しき松江かな

鳥雲に入りてヘルンの旅鞄

大山に日のあるうちは畑打て

芳草にとどろく潮や弓ヶ浜

半島にしばらく春の霞かな

ひよどりのしばし狼藉桃の花

鳥の巣に夕映え長き松江かな

椿落つのみなる君が文机

春草に酒倉にほふ石見かな

蓮如忌や堅田大《おほ》責《ぜめ》ありしこと

雁ゆくや堅田ゆかりの僧二人

神さまに大風吹いて種おろし

谷川の音とこしなへ種おろし

古町に古き菓子買ふ竹の秋

薫風のもろもろ正午東大寺

白南風の桑名の町が好きになる

一番蔵二番蔵あり夏木立

高山之寺に今鳴くほととぎす

子鴉の今日から鳴くや高山寺

日高き聖の里に河鹿鳴く

鳥声のかき消えてゐる梅雨入かな

時鳥啼けば人死ぬ在所かな

短夜や地震《なゐ》の過ぎたる山の寺

夕顔を見るに肘つく文机

筆硯の小さき徽の書院かな

色鯉も曝書もしづか午後一時

曝書して色鯉の水明りのみ

背皮やや傷みし本や夏館

虫鳴くや梯子かけたる洋書棚

今朝秋の机に映る仏書かな

若き母来て抱き去りぬ水遊び

伸びやまぬ雲の尖端水遊び

昼顔や雨降ればすぐ暴れ川

雲の峰今日から映る大湖かな

夜蟬また油の闇にひるがへり

一筋の涼しき風を待ちにけり

朝蟬のはや鳴いてゐる薬師かな

雁渡し病むといふにはあらねども

国境に全うしたる秋の虹

大鯉の静かに二百十日かな

寝待月上千本に上りたる

菜虫取山風立てば居ずなりぬ

雨音の又あらたまり竹の春

この沖を大魚回遊神無月

秋風や針金引きし松の枝

山々は峙ち神は還りけり

満月はのぼり落葉はさかんなり

本郷の月の落葉を浴びながら

本郷で人を待つなり漱石忌

漱石忌背皮傷みし書を愛す
若き日の母の思ひ出漱石忌
煤の日の東寺の鴉よく聞こえ
大寺の隅に日の入る冬至かな
青空に鴉また鳴く年の市
石道寺門松立ててゐるところ

平成十三年

元日の白雲すみやかに通る

歯朶の塵こぼれて畳うつくしき

刺羽まづ渡りし峡の初御空

松立てて淋しき駅でありにけり

門前の一枚の田の去年今年

実南天たわわにも年あらたまる

夕日さす書棚の端や松の内

無住寺の隣の空家龍の玉

午からは黄蝶をゆるし冬菜畑

青淵に映る神事や日短か

左義長の雪天心を流れけり

北窓を塞ぎて守る宗旨かな

冬麗や暮るるに間ある竹生島

菜屑また流れ高時川といふ

金星の生まれたてなるとんどかな

この頃の月の出おくれ龍の玉

鴛鴦流れ妹山背山深みどり

寒鯉に夜な夜な上る鎌の月

葱畑の真上となりぬ寒昴

水仙を切れば霙にかはる雨

鰤敷にみどりの星も上りたる

夕雲を黄金《こがね》ふちどる鰤場かな

日脚伸び鳶をかまひにゆく鴉

旧道に出て立話日脚伸ぶ

人も来ぬ藪の小家の寒の餅

どこからも伊吹は白し針供養

書く文の長くて草は芳しき

ゆるやかに地震《なゐ》過ぐ雛の館かな

姉川のいくさも古りぬ鳥帰る

芳草に小雨つづきの在所かな

蔵深くゐて探しもの蝶の昼

鳶は舞ひ鴉は流れ花まつり

西山の日はまだ高し花御堂

姉川の四五日濁る畑打

村々につつちふつてゐる大和かな

つちふつて鳶と鴉と闘へり

朧月薪の上にのぼりけり

その辺の草を歩いて啄木忌

川せみを花の盛りに見失ひ

襖古り屏風古りけり花の宿

春暁の鵯が落とすは白椿

山火事の半鐘鳴つて花の昼

山火事の騒ぎ静まり暮の春

宮瀧の朝月に鳴く燕かな

象谷の入口の畦はや塗られ

松籟の門に筍置いてあり

この谷に古りし湯元の遅桜

法然院九鬼周造之墓

清明や苔うつくしき君が墓

大鐘のあをあを懸る卯月かな

卯の花の峠に来れば京が見え

静かにも牡丹の前の立話

雨すこし残る菖蒲を葺きにけり

村々に松籟濃くて端午かな

夏雲雀ひとつ高しや推古陵

山藤を雲すみやかに上りけり

松風のこよなき日なり書を曝す

米原町上丹生　三句

子鴉は仏を刻む里に鳴く

蜩の一本道を来りけり

涼しくて仏を刻む在所かな

梅干してよき松風の通り道

また別の河鹿の谷のありにけり

北海道　五句

北国の入江は静か月見草

蝦夷と云ひし頃よりの寺月見草

玫瑰にまぬがれがたき雨となる

干草に北国の雲みな浮けり

親潮の紺の上なる雲の峰

あとがき

本集には、平成九年春から今年の夏までにできた作品の中から、四〇五句を選んで収録しました。『紺碧の鐘』『鳥道』『月讀』『吉野』『夏の峠』につづく六冊目の句集になります。

「宇宙塵《うちゅうじん》」というのは、自然科学で観測される宇宙空間に存在する微粒子状の物質のことではありません。むしろ、仏典などに出てくる「微塵」という語に近いものです。

無限の宇宙の内にある万物は、宇宙に比べたら、あるかなきかの塵みたいなものです。この私自身もまた、そんな無力ではかない宇宙塵の一つでしかありえません。万物はみな生滅する塵として、宇宙という場に存在することをゆるされ、宇宙の力に貫かれて生かされているわけです。宇宙という鏡面に映されているのだ、と言えましょう。

しかし、またこれらの塵は、宇宙によって単に映されているだけでなく、それぞれの仕方で、自分自身の内に宇宙そのものを映しているのではないでしょうか。十七世紀のドイツの或る哲学者が、そんなことを言っていたのを思い出します。

私を映してくれる宇宙の愛に応えて、私の方からも無心に宇宙を映したい。わが俳句は宇宙とのそういう交流であって欲しいと願っています。

吉野にて　　大峯　あきら

平成十三年晩夏

第七句集

牡　丹

第七句集『牡丹』
平成十七年八月二十七日、角川書店刊。四六判、二〇九頁。定価二六六七円。全三八五句。

平成十四年

六七句

一瀑のしづかに懸り山始

門松やきのふにまさる空の蒼

ことごとく今年の星となりにけり

初空の下に愛欲生死あり

懸巣よく流れて峡の二日かな

暖かき門前の子と話しけり

磐石に木の根食ひ入り大霞

蝶飛んで宇治の田原といふところ

一と谷を伐り荒したる霞かな

朝風に飛びたる花の種袋

牡丹の庭に今ゐる大工かな

牡丹の重なるもある月夜かな

牡丹に郵便夫来る赤子来る

十あまり蔵のうしろの牡丹かな

傘をさして見てゐる牡丹かな

寺領衰へたりといへども時鳥

挙兵あり遁世ありぬ時鳥

老鶯にだんだん強くなる雨か

神前を一水はやき卯月かな

松風の狂ふときある春惜しむ

伊勢みちに籠置いて採る実梅かな

朝風や伊勢道よぎる夏の鹿

草刈つてあれば蝶々早く飛ぶ

苗運ぶ石見の山路ありにけり

十薬の花によく降る別墅かな

曝書して杉山の畳なはるのみ

全集のフィヒテは古りぬ露の家

鳥威あちこちらに山を置き

九頭龍の鮎落ち落ちて大月夜

秋桜越前すこしづつ曇る

朝顔に二軒つづきの藁家かな

平泉寺　三句

秋風は六千坊の跡に吹く

菩提林今なほ存す秋の風

茜掘聖の山にはやまぎれ

夕映の雲とびとびや茜掘

杣の顔まだ明るくて秋の暮

分校のまた一つ消え秋桜

越前の月欠けてゆくばかりにて

むかご飯夜風も少し出て来たる

紫の花を捉へて秋の風

潮風に乗りたる秋の揚羽かな

越は晴れ加賀さらに晴れ冬支度

最澄の山に響きて木の実降る

待宵や藍深めつつ古都の空

竹伐の音止みて又つづきけり

蝶々に蹤《つ》いて入りゆく花野かな

長門にも古りし温泉《いでゆ》や秋の風

古き湯を出でし現し身秋の風

紅葉寺静かに大工をりにけり

杉山の影の来やすき小豆干す

本降りとなるたそがれの菊畠

薬園の径また岐れ秋の風

呉線をまたぎ大根引きにゆく
をりをりに呉線とほる御講凪
山畑に出て明るさよ後の月
人の来ぬときは鳥来る枇杷の花
真下より子供が仰ぐ枇杷の花
山の月欠けゆく大根畠かな
麦踏に金覆輪の入日あり
石叩き激流ここに折れ曲り
奥宇陀や鵙も懸巣も見えて飛ぶ

大根煮る宇陀の一つ家夕間暮

一川の音すこやかに年の暮

切干の大晴となる當麻かな

沖縄　三句

短日や伸びつつ早き潮の先

冬麗の摩文仁は悲し崖の丈

名を知らぬ岬の年の行かんとす

平成十五年　一一三句

水涸れて昼月にある浮力かな

西行忌まだ雪山にとりまかれ

人をらず冬の梅散る石の上

石道寺

観音のそばに寒猿来るといふ

大杉の星めらめらと猫の恋

天狗杉天狗岩あり猫の恋

初蝶の頃には逢はむかと思ふ

残雪やきのふと同じ夕山家

どこまでも朝空蒼し鶴帰る

鳥雲に入りし若狭の幾仏

芳草に越の潮の先は来る

開帳や雪はしりぞく藪の陰

邸内に藪うつくしき余寒かな

或るときは末黒の雨の唸るなり

涅槃西風吹きはじめたる大樹かな

涅槃西風吹けば山家の鶏赤し

山寺やつもりそめたる涅槃雪

鳶の巣の下に渦巻く吉野川

挿木して山家の入日花のやう

春ごとのすみたる畦を帰りゆく
いつまでも谷は一軒針供養
海鳥の声消す雪や針供養
浪除と老松とあり春の月
大鴉鳴くたび永き日なりけり
まん丸き雨の水輪や雛祭
春雨や林泉に向く文机
若草を母のそばまで踏んで行け
若草を踏んで来し子を抱きとめて

あかつきの雨に溺るる物芽あり

ぴかぴかの雨後の日輪苗木市

雪山のとりまく里の桃咲けり

日輪の燃ゆる音ある蕨かな

雨にまだまじる雪なり雛納

暖かや山のうしろに山のぞき

雪げむり上げて大富士春の昼

酒蔵の囀の今はつきりと

宇ノ気　能登　六句

芳草の西田幾多郎生地なり

生家跡あり暖かき畠あり

能登線の通るのみなる蝶の昼

能登の海見え来る春の山路かな

帯懸けて能登の老舗や竹の秋

宇出津

おくつきは春潮見はるかすところ

いづこへも落花の中に径はあり

遠鴉ばかり聞こゆる霞かな

鞦韆や雲うつくしくそこを行く

庭にゐて人相寄らず花夕べ

花風や鳶もかもめも切長目

花風に来て返しけり山鴉

今庄　三句

花の雨本降りとなる宿場かな

熊皮を敷いて框や花の雨

今庄に苗代寒のつづきをり

美濃国分寺跡

薫風や塔の跡とは石一つ

岩に彫る彌陀と薬師や麦の秋

萵苣欠いて龍門一揆語り継げ

二三輪剪つて牡丹の中に立つ

鐘を撞き終へしは女人夕牡丹
鍬二本研ぎそろへたる牡丹かな
おほかたは道にこぼれて柿の花
人絶えし石見の山路五月雨
夏花摘をらずなりたる荒磯かな
やや青き石見の国の梅雨の月
仏彫るさみだれ明り夕べまで
麦秋や一揆のときも撞きし鐘
遠雷の名張に草を刈つてをり

はんざきに赤目の雨も三日目か

草刈つて頭の上となる日かな

蟬鳴いてゐる向日葵の雨の中

宮瀧　四句

離宮跡とは玉虫の飛ぶところ

玉虫も蟬も飛ぶなり雲の中

鯛の青淵にまだ泳ぎをり

朝顔や象《きさ》のいちばん奥の家

三伏や枝八方に屋敷松

一つ葉にためらはず来し暮色かな

襖絵も欄間も暗し蟬の夏

睡蓮に雲の峰くつがへりさう

白峰　二句

山蟻のしづかに早し崇徳陵

白峰の径に病葉拾ひけり

降つて止み降つて止む雨女郎花

がちやがちやに夜な夜な赤き火星かな

盆過ぎの峡を大ゆれ伯備線

盆の汽車分水嶺を抜けてゆく

蝙蝠に村々暮るる大和かな

白萩のこぼるる加賀のここかしこ

秋彼岸加賀はいづこも松高く

越中の山くろぐろと踊かな

この谷の稲は倒れて風の盆

水引に日暮がすこし早くなる

色ヶ浜

仲秋やますほの小貝拾ふべく

秋鯖の浜なほ北へつづきけり

種を採る日向の移り易きこと

仏壇も土蔵も古りぬ雁の秋

紫のところもありて秋の水

叡福寺

音高く聖徳廟に木の実降る

菊の蕊吸ふとき蝶の翅力

いつのまに影曳く塔や後の月

裏門を出れば急坂後の月

どこまでも豆名月ののぼるなり

後の月ことしは寒し奥吉野

一雲もなきミュンヘンの秋が好き

秋晴や日本に似たる松の下

国際フィヒテ学会　ミュンヘン大学

ルードヴィヒ・マキシミリアン大学秋天下

僧院へ秋耕の野はやや傾ぐ

秋耕の今日もゐるなり国ざかひ

ゲルマンの森暗うして月のぼる

ニュンヘンブルク城　三句

宮殿に色鳥のよくこぼるる日

小鳥来て宮殿の径十文字

宮殿の石階下りてゐる花野

宮殿の月夜の落葉見ゆるかな

冬雁をしばらく仰ぐ国ざかひ

ヘンリッヒ教授邸　三句

繚乱の千草に君が門はあり

コスモスや又来しゲルリヒシュトラーセ

庭に詩人ヘルダーリンの墓より移植せし樫あり

樫の苗つきたる秋の館かな

日本に帰りて石蕗の日向あり

平成十六年　一三一句

初鴉白雲通り抜けてゆく

満月のおもてを走る霰かな

実南天一つも欠けず寒に入る

旧正や山家を訪へば金屏風

大鯉の動く日もあり雪籠

寒の雨岩の凹みにたまりをり

煮凝やにはかに暮れし裏の藪

水仙にみるみるつもる夜の雪

経蔵のほとりに二つ蕗の薹

日輪のぴかりぴかりと鴉の子

河内　弘川寺　二句

おくつきに草芳しき河内かな

弘川や明けても暮れても雉子鳴く

すこし寒けれど鶯しきりなり

早蕨やここに千早の砦跡

蔵こぼつ埃四五日牡丹の芽

涅槃西風暗くなるまで吹きにけり

戸袋の真下まで畦塗つてあり

一時過ぎ二時過ぎにけり蝶の空

蝶々ををりをり映し大河なり

花の昼遠流の島も見えながら

島裏の潮は濃ゆくて桜貝

潮騒の今たけなはや蝶の昼

徳応寺

黒鯛の海そこに来てゐる御寺かな

再会ははくれんの花明りして

坊守の吹く草笛のよく鳴つて

大空の日は唯一つきんぽうげ

吉野山　九句

花満ちて昨日につづく空の青

朝ざくら三光鳥の来鳴くのみ

朝桜鳥入れかはり立ちかはり

花の夜は更けて大きな星ばかり

大桜ありていざよふ入日あり

花どきの山墓傾ぐことごとく

花吹雪浴びて横顔谷鴉

惜別は咲き満ちしこの花の下

藤浪の吉野にやがて夜のとばり

天つ日をよぎる雉子あり離宮跡

菫草咲きひろがりて離宮跡

お辞儀する象谷の子や初蛙

白藤や大工はや来て音立てる

惜春の雨は車軸をかたむけぬ

この春は二日つづきの雨で逝く

石段の燕を仰ぎ詣でけり

橋たもとまで送りゆく竹の秋

竹秋や人も住まずに大屋敷

鶫を吸ひ山鳩を吸ひ竹の秋

城山の月の出おそき蛙かな

苗運ぶ小谷の山の麓まで

二三段磴下りて剪る牡丹かな

牡丹の前に大工と立話
昼火事のすぐに消えたる牡丹かな
鉛筆を持つて見てゐる牡丹かな
牡丹の雨は小糠となるならひ
木曾の雨はげし蕗の葉ひるがへり
御岳の雪映るべき種井あり
苗代の雨の信濃に入りにけり
長野
リラ咲いてかくまで冷ゆる雨なるか
ライラック咲いて調度はもの古りて

次の雨近づいてゐる種井かな

野蒜摘川中島の土堤伝ひ

藤浪の懸らぬ樹とてなかりけり

音立てて苔吸ふ鯉も夏に入る

山裾に沿うて旧道桐の花

止みかけて又降る雨や桐の花

蔵壁は落つるにまかせ桐の花

石垣の聳ゆる伊賀の田植かな

薬師堂あけてありたる田植かな

老松はみな丈へあり夏山家

夏山に古りゆく杣の屛風かな

熊川宿

門川に合歓の花散る濯ぎもの

川に散り薪棚に散り合歓の花

いつのまに真上に来し日冷し瓜

雲の峰鯖街道に真新し

夏の海すこしく見ゆる古刹かな

盆岬さつきの老がまた通る

東吉野村　五句

夏山や監獄峠今もあり

うつくしき山家の猫や盆支度

大雨の時鳥啼きつづけをり

にはとりといふもの静か盆の家

曝涼やつづく太き松の幹

雷来んとする一峰の静かなり

雪舟の庭に今日より雲の峰

夕立の一端かかる大湖かな

蜩の鳴けば浦波蒼くなる

灯籠やみづうみ深きこの辺り

渡米　ネバダ州　五句

又も来しこの大陸の雲の峰

炎天にネバダの岩はそり返り

雲の峰立つや砂漠の小家より

岩山の上を鷲飛ぶ旱かな

南北戦争といふものありき大夏木

リノ

夏の灯の点りそめたる砂漠かな

レイクタホ　三句

州境の一樹を吹くや秋の風

松落葉踏みてはもどる避暑の荘

州境といふもののあり雁の秋

罌粟畑にとろける金の入日かな
夏萩の咲けばはるけきひと一人
青空の見えて雨降る花野かな
大楠の根もとに起り秋の風
秋風の吹いてゐるなり長廊下
重陽の日は三輪山の上にあり
三輪山のかぶさる秋の祭かな
櫓田を桜井線がとほる音
鹿威ひびくは宇陀の深空かな

この頃は水増えてゐる添水かな

上州や月がのぼれば草の影

上州の大きな星や芋の秋

榠樝落つ大いなる音鬼城庵

一つ家にものの怪棲むといふ花野

秋深し杖突峠越えしより

高遠　三句

高《たか》遠《とほ》はとき鶏鳴菊日和

高遠のこの墓あはれ雁渡し

色鳥は流人の墓に又こぼれ

草の実や夕日まだある飯田線

おほかたは日を失へる山紅葉

大岩のうしろへ木曾の秋入日

雁渡しきのふも今日も松に吹く

狐罠あるといふなる径を行く

又となき日和の菊の残りをり

冬ぬくし遠流の船の出し浜も

切干の真新しくて月夜なり

湖北　五句

竹生島どこからも見え冬至かな

大根を漬けてしまへば真暗がり

みづうみは北ほど深し冬支度

行く雲に見え隠れして舞ふは鷲

いち早く萱葺門に笹子鳴く

一僧の高き齢や親鸞忌

大銀杏大石段や御講凪

星空となりて御満座御取越

かの一書どこかに紛れ除夜の鐘

悼　田中裕明　二句

そのあとは鳥さへ鳴かず日短か

初雪の日に訪ひくれし思ひ出も

麦蒔いて月夜は昼をあざむけり

初雪に松が枝たわむ吉野かな

平成十七年

七三句

青空の太陽系に羽子をつく

鳶は鳶からすはからす初御空

翡翠の通り抜けたる羽子日和

白山の少しく覗く羽子日和

初座敷あり松籟のどまん中

一ところ堆書崩れて明の春

樵初や紫紺となりし琵琶の湖

杣径をかはせみよぎる二日かな

銅蓮に雨があふれて寒明くる

大寒や濤の駆け込む島の裏

神の名の長き日向《ひうが》に草を焼く

沖を行く船みな白し春隣

尾の長き鳥が流れて春隣

大鳶の反転したる黄沙かな

初午や風に逆らふ鳶からす

高千穂にさらに近づき耕せり

飛鳥　二句

飛鳥《あすか》坐《にいます》神社そのほか大霞

八百万神の中とぶ春鴉

霾天に暮れ残りたる高見かな

春の闇林泉にゆきわたりたる

すみやかに松の上ゆく春の雲

大樫に注連縄張つて暖かし

一磴の屹立したる春の山

直会峠　三句

亀鳴くや安芸と石見の国ざかひ

亀鳴くや今も残れる尼子道

尼子道沿ひの山家の別れ霜

国境には吹きおろす雪解風

かの松の陽炎ふところまで行かむ

一つだけ星見えてゐる朧かな

涅槃雪はうれん草にどつさりと

鳶の笛春天濃ゆきところより

春の鳶とどまつてゐる虚空かな

松風にいきなり混じる春霰

鶯や土塀を破る松の幹

赤松の幹をのぼるや石鹼玉

石段の下がもつとも暖かし

じやがたらが咲いて長引く立話

花の種阿彌陀の前に置いてある

赤んぼの睡りつづけて花曇

萱山の三つ重なり花ぐもり

囀やふたたび三たび日をよぎり

どこからか揺れはじめたる桜かな

山桜雨をはじきて力あり

この闇の熊野へつづく桜かな

つぎつぎに枝ゆれてゆく大桜

青天や花に当れる風の音

入学やこの径いまも花菜風

本善寺

上人のおくつきどころ大根咲く

清明やをりをり揺れる松の枝

薪棚のまだ新しき端午かな

象谷のいちばん奥に武具飾る

萵苣畠より飾りたる兜見ゆ

鶯に吉野の雨はまだつのり

鶯が蔵のうしろに廻りたる

高井

伊勢みちや地を擦つてゆくつばくらめ

峰ざくら白さよ種を下ろす頃

このたびは花残りゐる室生かな

蝶々のあとやさきなる苗運び

藤の嶮ありて白雲のぼりゆく
牡丹に今宵の月もはやのぼり
満月はのぼり牡丹さかりなり
灯籠に灯が入る頃の牡丹かな
夕風の吹けば牡丹からみ合ふ
薪を割る音や牡丹まつ盛り
母の手に赤子をもどす牡丹かな
朝日子の押し寄せてゐる牡丹かな
畦塗が歩く正午の関ヶ原

あらましの畦は塗られて関ヶ原

羽抜けて鴉飛ぶなり関ヶ原

赤坂の宿

本陣のざんざ降りなる牡丹かな

林泉を行くや揚羽もくちなはも

月はいま地球の裏か磯遊び

あとがき

本集に収めた三八五句は、平成十四年の夏から今年の初夏までの間に得た作の中から自選したものです。『紺碧の鐘』『鳥道』『月讀』『吉野』『夏の峠』『宇宙塵』につづく第七句集になります。題名を『牡丹』としたのは、庭の牡丹の花を詠んだ句が比較的多いためです。

自宅に十株ほどの牡丹があり、松の木以外には、これといった花もない庭の大部分を占めています。私が子供の時分、母の実家の庭から三株移植したのがはじまりですが、一番太い幹はもう百年くらい経っているでしょうか。その後、根分をしたり、別の品種を植え足したりしたので、今では白・淡紅・緋・紅紫・黒の五種類の花々が、年々妍をきそって、晩春初夏の日常をずいぶん楽しませてくれます。

初めてこの牡丹を見た小学生の私は、こんな美しい花がこの世にあるのかとびっくりしたことを今も憶えています。三月頃、燃えるような芽葉のあいだに生まれた小さな莟が、日に日にふくらみ、ついに紅唇を見せはじめると、それが大輪の花弁をひろげるのを待ちかねた子供の頃と同じ感情を今日まで何年もくり返して来たように思います。しかし、いったいどうしたわけでしょう。こんなに長い間親しくして来た牡丹であるのに、句を作ろうという気持がいま一つ起らなかったのです。あまりに美しいこの花は、私には何となく俳句にしにくい花だったわけです。

ところが、或る日、朝日を浴びて、だんだんに花弁をひろげてゆく牡丹の姿を見ているうちに、俄かに気持が一変したのです。今までは唯美しいとだけ思っていた牡丹が、ほんとうは私に何かを話しかけているのではないかということに、ふと気づいたと言ったらよいでしょうか。花は自分の美しさを誇っているのではなく、こちらに話しかけ、私を対話に誘ってくれていた。それなら、牡丹の話すところを聞き、それに答えたらよいのではないか。——これがきっかけで、私にも牡丹の句がいくつか生まれるようになったと、自分では思っています。

「花と話ができるとよいな」と言うのは、鈴木大拙の言葉として知られています。最近の私にも、この思いは切実です。いま、書斎の窓から、朝日を浴びた緋牡丹の花が一輪見えます。その姿を眺めながら、これを書いています。

平成十七年初夏

大峯　あきら

第八句集

群生海

第八句集『群生海』
平成二十二年九月二十三日、ふらんす堂刊。四六判、一九八頁。定価二六六七円。全三五六句。

平成十七年

金の星銀の星出て旱かな

浜おもと島の日ぐいと昇りたる

夏の島蓮如上人上陸す

青蘆に隠れてしまふ在所かな

夏菊や縁側でするほどき物

刈草の流れて早き遠野かな

麦の穂を摑みてここら衣川

高館の方にきこゆる時鳥

毛越寺

あとかたもなき七堂や時鳥

麦秋の川どこまでも南流す

三伏の鯉は朝から逆立てり

忍に水やつてドイツへ明日発たん

年を経て又来し秋のこの河畔

暑き日はライン左岸に今沈む

デュッセルドルフ

街角のハイネ生家や秋の風

女来て古城の木の実拾ひ去る

ケルン

聖堂も駅舎も古りぬ秋の風

仲秋の全長見ゆるラインかな

ベルギーに入りしと思ふ花野かな

ブッパータール　ヤンケ教授邸

秋雷の長引く夜の館かな

白萩の風に旅装をまだ解かず

仲秋や海のやうなる琵琶の湖

葉月潮鐘撞堂の真下まで

秋晴の波駆けのぼる巌かな

もろもろの音の中なる荻の声

薄紅葉してゐる村に入りゆく

かの葛の峠を上る月あらん

竹伐の父につきゆく女の子

越前に御文は古りぬ月の秋

大鯉の跳ねしのみなる良夜かな

残りたる城門ひとつ雁の秋

隠岐　二句

鬼灯の赤らむ隠岐の垣根かな

行在所跡とて胡麻を干すばかり

正面に岩手山あり鵙の秋

途切れては林檎の下に径通ず
みちのくのいづこで付きし草じらみ
雲はみなどこかへ消えて干大根
北窓を塞ぎし夜の仏間かな
裂けて飛ぶ水車の水や日短か
雪囲すみたる棒の余りけり
狐火や脇往還の一軒家
眠りたる山のふもとの水車かな
雨音の高まりて炉火盛んなり

平成十八年

この岩を大廻りして春の水

あらましの星揃ひたる桜かな

神の花静かに人も来ざりけり

霾天や風にあらがふ鳶一羽

象谷の入口に子が霞みをり

はくれんのすぐ裏にある夕日かな

花種をまだ飛ぶ雪に買ひにけり

或る島に高ぶつてゐる卯波かな

薫風やとどまるごとき信濃川

法灯を継ぐといふこと風薫る

一つ葉のところまで水打つてある

梅干の所狭しと法の庭

神山のかならず映る田植かな

擬宝珠ある橋を渡りて苗運び

蟻の道阿弥陀の前をよぎりをり

すぐそばの雲を照らして夏の月

涼しくて知らぬ鳥声まじりけり
隼の流れしのみの菊日和
鮭すでに上りし川の深みどり
屯田の頃の老松秋の風
薄紅葉して森があり沼があり
北国に澄みゆくばかり後の月
今発ちし最終便や十三夜
鹿鳴いて隈なくなりし月明り
下京にひねもす乱れ菊の雨

白山を大廻りして小鳥来る

豆稲架に入る日は音もなかりけり

寺に掛け宮居に掛ける大根かな

奥越や屋敷の中に墓囲ふ

どの村も木枯やんで大月夜

長屋門残りて狐火が燃えて

この浦やきのふにつづく御講凪

その僧の上陸の地の干菜かな

鳥絶えず来る大樹あり冬館

冬の蠅子規全集にとまりけり

ローマ今日靴を埋める落葉かな

草枯れてローマ軍道貫けり

フォロ・ロマーノ

冬空の紫紺の下の廃墟かな

ピサ

ガリレオの生まれし村の冬菜畑

とめどなき落葉の中にローマあり

冬雁の渡るのみなる国境

歯朶刈に夕日まんまる竹生島

今更にして大湖なり年忘

平成十九年

冬耕に満ちてをりたる昼の月

悼　池田晶子

今朝引きし鶴にまじりて行きたるか

金星のまぎれこみたる桜かな

昼飯のすみて鶯ゐなくなる

悼　飯田龍太氏

吾を照らす最も強き春の星

いせみちとはせみち分れ遅桜

その人の逝きたる春を惜しみけり

朧夜のどこかにゐると思ふなり
今年また竹の落葉の中を訪ふ
卯の花や奈良もはづれの破れ寺
蔵こぼつ音の止みたる牡丹かな
祝「天為」二百号
ぼうたんの花の二百を数へけり
夏木中人を思ひて歩きけり
夏菊は咲きその人の忌は明ける
越の山あらまし映る田植かな
山みちをまだまだ上る苗運び

芍薬に近づいてゐる次の雨
夏立つや鳥声違ふ谷二つ
梅天に暮れゆく蔓のただよへる
萍や更けてのぼりし山の月
まだ若きこの惑星に南瓜咲く
時鳥鳴き過ぐ夜の梲あり
簀戸入れて午から子規を読むつもり
行く雲の丸や四角や麦の秋
はたた神来るべし遠き一つ松

さまざまの物の中なる日向水

鳶の羽根浜に拾へば盆が来る

いちはやく當麻に済めり松手入

藪を抜け橋を渡りて秋の暮

林泉に鹿の来てゐる月夜かな

平成二十年

すぐそこを白雲の行く年賀かな

降る雪に池田晶子を読み始む

初電車どんぐり山をすぐ抜ける
七草や南受けたる浦しづか
薺打つ宇陀も吉野も雨けぶり
水仙にたはやすく来る夜のとばり
寒牡丹切つて今日来る人を待つ
裏山に雪ある寒の餅をつく
夕方は青空となる氷柱かな
薪棚あり冬桜咲いてをり
臘梅を見てゐし障子閉めにけり

中京区姉小路の雪うさぎ

径ひとつ来てゐる冬の泉かな

万両にみるみるつもる昼の雪

松並木とぎれしところ雪女

眼白去り鶯来るや深雪晴

いつまでも残る雪なり蔵王堂

旧正やいづこへ行くも雪の道

はだれ野に宵の明星落ちさうな

淡海に牡丹雪こそ降りつのれ

虫出しの鳴る上州に入りにけり

北窓を開きて対す浅間かな

湯の町の坂嶮しくて雪解かな

君逝きて二度目の春も行く気配

花の日も西に廻りしかと思ふ

夕風にすこし蒼みし桜かな

清明や枝さし交す城の松

風吹いて蝶の日和も下り坂

遅桜見上げて登るお山かな

花どきの土をあげたる土竜かな

門一つつぶれさうなる暮春かな

磐石の上に崩れし牡丹かな

山寺や蒼然として夕牡丹

いつまでも日は西にある牡丹かな

女来て門をさす牡丹かな

牡丹を小糠の雨の中に切る

蝶々の止りそこねし牡丹かな

今来たる鳥けたたまし夏館

幟立ち隠れ里とも思はるる

縁側のまた折れ曲りあやめ見る

磐石を跳び越す水も端午かな

松籟と濤音とあり薬の日

おくつきへ行く人通る夏蕨

軒の下まで麦熟れて筑紫なり

大鳥は雲まで上り麦の秋

飛石を伝ひてもどる夏座敷

雨過ぎて灯はなやかや夏館

霊峰に囲まれて摘む夏花かな
土蔵てふ静かなるもの梅を干す
伊勢海のうねりそめたる入梅かな
山荘や霧また襲ふ濃紫陽花
そのかみの隠郡《なばりのこほり》田水沸く
ふらふらと上る鴉や雲の峰
わが指をしばし伝ひし螢かな
夕立の中に内陣灯りをり
経蔵をさして上るや蟻の道

鯉の池すこし濁りて盆が来る

村々に明るくなりぬ盆の月

村ごとの夕蜩の声ちがふ

松原にすぐに薄るる秋の虹

色町へ石段下りて寺の秋

大露の日ののぼりたる筑紫かな

稿継ぎにもどる机や秋の風

新涼の庭いちめんに来りけり

松手入してはじめての夜の雨

まつすぐに雨降つてゐる子規忌かな

鶏頭に一日降りぬ獺祭忌

秋風やまんまんとして神の池

袖触れて芙蓉の露のこぼれけり

荻の戸に月落ちかかりゐるところ

姉のあとついて行く子や花芙蓉

中京に帽子買ふなり暮の秋

中京の松うつくしき月の雨

落鮎や山峙ちて国ざかひ

ここからは比叡正面冬支度

夜すがらの雨に破るる芭蕉かな

裏木戸に舟着く秋の館かな

木の実降る奥に家ある吉野かな

鷹渡る空と思ひぬきのふより

別の径瀧へ来てゐる紅葉かな

萩刈つてより人も来ず庭の奥

貼り替へてすぐに暮れたる障子かな

谷空の真青なる日の障子貼る

青空が落とす雨なり神の留守

真白なる報恩講の雲が浮く

御七夜の吉野は寒くなるばかり

短日や蔵のうしろはすぐに山

梟の森抜けてゆく月の道

世尊寺の坂道来れば冬霞

下京のとある座敷の隙間風

朝の雨すこしけぶりて漱石忌

冬館林の中を来ればあり

北窓を塞ぐ声して上天気

北窓を塞ぎしよりの月夜かな

極月の人来る塔のうしろより

下京に暗き銀屛春星忌

あたたかき団栗山の年の暮

青空のどこも深くて年つまる

平成二十一年

初霞どんぐり山に棚引けり

茶畠の中抜けてゆく年賀かな

月光を踏み来し人と薬喰

凍る夜の星晨めぐる音すなり

藪入や象の小川をさかのぼり

大寒の日のぼんやりと蔵王堂

残雪に雨戸いちにち閉めてあり

梅咲いて鴉が鳴いて日の出かな

また通るさつきの鴉一の午

種芋や室生の家のよき日向

女の子遊びて門辺霞みけり

春ごとの畦を抱かれて来る子かな

畦まだ見えて室生の春の宵

満月のはなれんとする桜かな

ひよどりのいつも出入りの大桜

翡翠が花のおもてを通りけり

その辺を歩いて来たる桜かな

象谷にいの一番の苗代田

竹秋や籠堂まで上り坂

校庭を鴉が歩く暮春かな

阿紀神社縁起読むとき亀鳴けり

牡丹咲く日の信長の城訪はん

麦熟れて信長祭近づくか

大声の宇陀の鴉や麦の秋

この頃の阿弥陀の花は菖蒲かな

日を包みつつ雲動く栗の花

大瑠璃は杉のいちばん先が好き

山道をのぼり来て梅落しけり

いつまでも谷は一軒合歓の花
鮎とどきたる大雨の薄暮かな
暗き間のいくつもありて土用干
時鳥山道ここら繕はれ
色鯉のときに乱れて薬降る
午からもげんのしようこの花の雨
化けさうな一軒家あり螢狩
上弦の月をよぎりぬ梅雨螢
夕影をいつしかまとひ蟻の道

玉虫の飛ぶや室生の真昼時

射干が咲き朝風が吹いてゐる

注連つけし杉のうしろの雲の峰

まつさきに弥山日あたり雹の後

みなづきの落葉するとき神しづか

涼風のとめどもなくて樹齢かな

人立てばすぐに鯉来る夏館

鮎川を分ける磐石太古より

あばらやに人住んでゐる大暑かな

夏の月人もをらずに上りをり

田舎寺一切経を曝しけり

白雲の一つづつ来る曝書かな

雨やみて裏返りゐる花藻かな

高々と安居の磴の懸りたる

かすかにも瀧の音ある夏書かな

大夏木かたむく宇治の早瀬かな

経蔵のうしろに拾ふ落し文

宇治に来ていきなり拾ふ落し文

秋風や長き廊下のつき当り

本堂の裏へ廻れば秋の声

今朝秋や石臼まじる庭の石

竹やぶの中にとどろく秋出水

がちやがちやも邯鄲も鳴く無月かな

この頃は月夜つづきの鮭の秋

鶫の声もつとも勝ちぬ神送り

薪割るやきのふ雪来し南部富士

船がまた着く長命寺日短か

これよりの冬の紅葉の長命寺

舫ひたる舟に干しある大根かな

落葉降りやむとき月の出るならひ

雨音の高まり落葉降りしきり

星空となりて止みたる落葉かな

平成二十二年

硯海に今さして来し初日かな

大空の瑠璃色に年あらたまる

吉野川眼下に鳴れる年賀かな

天狗杉真正面や山始

鍬初やひがしに尖る高見山

一鷹のしだいに高し初御空

紋付の人また通る狸罠

狸罠ありてこの径ゆき止り

狐火や襖つづきの長廊下

狐火を蔵の窓から見たること

狐火やまつくらがりの大欄間

狐火や今も一つの蔵の窓

寒明の雨青松にゆきわたり

初午や鵯がいちばん長い声

初午や鴉が鳴けば鳶が鳴く

すみやかに一雲通る二月かな

悼　山下一海氏

白梅の馥郁たるに悼むなり

芳草を踏みてはもどる古机

雨上りたる鶯の声ひとつ

春雨の屛風にありし瑕瑾かな

鐘楼の四本の柱山笑ふ

祝「雉」二十五周年

雉子鳴くや翁も越えしこの峠

香久山のふもとに飾る雛かな

香久山を下り来し人の陽炎へり

蝶々が堅田湖族の庭を飛ぶ

鳥の巣につのる夕風竹生島

雛の日の倒影濃ゆし竹生島

藪の穂のみな静まりてお中日

金色の日を呑んでゐる春野かな

天津日の歩みとどまる甘茶寺
尾の長き鳥も来てゐる桜かな
花どきの鶏鳴強き山家あり
雲霧のいつも通れる大桜
黒潮の大曲りしてさくら咲く
迷ひたる如くに花の中にをり
雷去りて月かかりたる桜かな
夜桜のしづかに枝を交したる
恐ろしき谷へ径ある朧かな

山畑を打ちては戻る花の昼

山藤に今来し鳥の威丈高

白藤や赤子を抱いて門の内

裏山に花残りゐる法事かな

松の芯映るところを鯉通る

観音の前に種蒔くことしづか

筍を提げて如来の前通る

余花の村よりすこし奥観世音

一本の大欅から来る夏か

嬋妍として蝶を絶つ牡丹かな

土蔵へとつづく廊下や薬の日

夏鴉遠く鳴くとき淋しけれ

山門にとどろく蕗の雨となる

舟道の紺もりあがる端午かな

松はみな苔をつけたる端午かな

臼置いて久しき軒や桐の花

雨の日の蠑螈浮いたり沈んだり

音立てて雨来る黴の古刹かな

竹皮を脱げば宇治川渦を巻く

薬師寺に隣りて梅を落すなり

葭雀葭をつかみて日は正午

このあたり本堅田町実梅とる

夏来れば面影若し今もなほ

回想の野見山朱鳥（祝「菜殻火」七〇〇号）

白南風の高千穂として天に在り

高千穂の荒ぶる神の螢かな

螢火の縦深陣地ありにけり

火の山の映れる代を掻いてをり

きのふけふ噴煙濃ゆし草を刈る

噴煙を鳥の横切る大暑かな

十薬の匂ふ縁から上りけり

玫瑰が咲けばどこかに雲が湧く

岐阜　横蔵寺

大雨に蟇出てあるく横《よこ》蔵《くら》寺《じ》

雨の日の枇杷に色来る書院かな

盆が来る長き土塀でありにけり

あとがき

　これは第八句集になります。平成十七年夏から今年の夏までに出来た作品の中から三五六句を選んだものです。

　すっかり緑に蔽われた吉野連山の上空に、今年はじめての雲の峰が立っています。私は子供の時から雲の峰が大好きで、あれを見るたびにわけもなく興奮したものです。血湧き肉躍るといったほどではありませんが、にわかに大脳が過熱して、日盛りの炎暑も心地よく、何枚もの哲学論文を書きつづけた昔の記憶が蘇って来ます。さすがに今はそんな体力はなくなりましたが、それでもあの雲を見ると、その頃と同じ興奮を覚える自分がいるようです。

　人は季節と人生とを切り離して感受することは至難の業のようです。宇宙内存在はすべて移り行く季節の時間の中にあり、人生は二度と還って来ませんが、季節それ自身は変わることなく巡って来ます。流れ去るものといつもとどまっているもの、もはや取りもどせないものと繰り返し還って来るもの、これら正反対のものが共存している世界とは、何という不思議でしょうか。

そうすると、あの純白の雲塊はいったい何処に立っているのでしょう。もちろん時空の中にではない。一回きりの私たちの人生と、永遠に巡る季節とが交差する地点に立つのだという明らかな事実に、今さらのようにはっと驚かされるのです。

「物の見えたる光、いまだ心に消えざるうちにいひとむべし」と古人が教えた「物の光」は、まさに時と永遠とのこの不思議な交差点から発するに違いない。その光芒を身に浴びて、自分が発光することは、実作者のこの上ない幸福です。「群生海《ぐんじょうかい》」という題名は、浄土仏教の聖典から拾った言葉で、生きとし生けるものという意味です。言葉を探し求めて迷い、ふと言葉を得てはよろこぶ私もまた、群生海の一員であります。

大峯　あきら

平成二十二年六月

第九句集

短夜

第九句集『短夜』
平成二十六年九月二十五日、ＫＡＤＯＫＡＷＡ刊。
四六判、一八一頁。定価二七〇〇円。全三一八句。

平成二十二年

名を知らぬ木の花こぼれ明易し

日向水したる石見に入りにけり

人絶えし青田の道も石見かな

潮煙かたまり飛べる野菊かな

どこからも大山見えて盆支度

稲咲いて言葉すくなき石見人

森澄雄氏を悼む

とめどなき夕蜩となつてをり

本堂の裏へ廻ればば秋の声

逞しき時化の芒となりにけり

学校の芭蕉からまづ破れたる

鮎落ちて千年杉の立ち並ぶ

大時化の来さうな種を採つてをり

日がな鳴る伊良古水道神の留守

灯下やや暗しと思ふ炉を開く

大木の静かになりてしぐれけり

磐石に音を消したる時雨かな

口切やしかと音して椎の雨

鴛鴦のはやも来てゐる茶々の里

城は燃え寺は残りぬ冬の山

九天に舞ひはじめたる落葉かな

午からは日当りよくて冬桜

ことごとく冬の紅葉の京の寺

人も来ぬ離れ座敷の年の暮

雪霏々と除夜の鐘鳴りはじめたる

ものみなの枯れ尽くしたる日向かな

平成二十三年

本の中歩いて年が改まる

御降りの奥に鳴くなり神の鶏

鍬初の白雲通る一つづつ

大寒の日は蒼天を渡りそむ

内陣の灯つてゐたる深雪かな

大雪や音立ててゐる筧水

雪折の音いま止みし書院かな

春雪をしきりに落とす杉が好き

赤椿はね上りたる雪解かな

山焼や月のごとくに日懸り

あかつきの大雪となる涅槃かな

伊賀の国名張の郡きぎす鳴く

東日本大震災

はかりなき事もたらしぬ春の海

鳥帰り一川の折れ曲りたる

永き日の大日寺といふがあり

金銀の木の芽の中の大和かな

種物屋ありて街道岐れをり

一雲もなき日の鶴の帰るなり

山鳥の羽根を拾ひし雪間かな

芹摘の去りて楼門残りたる

啓蟄の日は老松の上にあり

凹みたるところに家や春の山

みな低き宇陀の山なり小鳥引く

高々と屋根替の日の懸るなり

門川に連翹映りあまりたる

橋流れ易きこの川ねむの花

きのふ来て今日帰る人桐の花

竹生島見ゆる葭戸を入れにけり

みなつきや声を惜しまぬ山鴉

竹生島通ひの舟の夏花かな

溝浚すみて松風よく通る

夏の蝶眉目あきらかに駈りけり

岩神も木神も老いぬ日の盛り

天つ日を見上げては干す荒布かな

朝風の通り道なる蓮かな

神山を雲のぼりゐる曝書かな

板廂涼風どどと到りけり

雨音の又あらたまる夏炉かな

梁の太々とある夏炉かな

浦浦に入江入江に盆来る

心持ち夕べが早し花茗荷

八朔や湖水に映る松林

朝月の大輪のこり木槿咲く

威銃よく鳴る島に上陸す
島かげに芋の大露こぼれつぐ
白日をかすめて桐の一葉かな
朝風は芙蓉の白にありあまる
川曲りいせみち曲り豊の秋
ことごとく大根引かれ大月夜
みちのくや上りつめたる後の月
南部富士裾引く牧を閉しけり
上弦の月下に麦を蒔き終る

冬麗や鴉一つもゐなくなり
寒肥をやりし牡丹に夜のとばり
煤払よき松に日の行きわたり
行く年の連山にとり巻かれをり
煤掃や高見は晴れて国ざかひ

平成二十四年

初日出てすこし止りて上るなり
初霞どんぐり山に棚引けり

鍬始青垣山にとり巻かれ
夕明りまだある土竜打ちにけり
吉野川とことはに行くとんどかな
寒鯉やみな支へある庭の松
寒に入る襖の松の夕明り
まん中を大川が行く焼野かな
日輪の傾ぎて懸る雪解かな
残月の伊吹のそばを帰る雁
薪を割る音して草は芳しき

芽柳の雨三日目の丸ノ内

一休寺までは春田の中を行く

その山へ高まつてゆく春田かな

長廊下渡り来て入る雛の部屋

鶯の声の正しき日の出かな

高うねりして玄海の霞みをり

蝶飛んで土塀破れに破れたる

ひよどりの来る日来ぬ日の庭椿

午からは日のあふれたる彼岸かな

花種を蒔き満天の星となる

いつまでも花のうしろにある日かな

日輪に触りゐるこの大桜

物音のなくなりたれば花月夜

かはせみの一閃したる桜かな

大いなる暈着て日あり花御堂

畦道を歩いて甘茶汲みに来る

或る寺に法鼓とどろく花の雨

春宵や三つ並びて強き星

春の日のをりをり揺るるかと思ふ

春暁や屋敷の中の一畠

春逝くと南都の雨の降りつのる

苗代やまだまだ太る屋敷松

山の月照らして暗き牡丹かな

遠山の映つてゐたる植田かな

このあたり隠郡《なばりのこほり》薬狩

奥宇陀の一本杉の鴉の子

薬摘む人立ち寄りぬ仏隆寺

巣立鳥あちこちすなり仏隆寺

方丈の杏落つるにまかせたる

浜名湖

みづうみに入り来るうしほ雲の峰

麦熟れて太平洋の鳴りわたる

昼の月いつしか合歓の花のそば

鴉の子中仙道を歩きをり

日毎掃く姫街道の松落葉

ばさと来し松の鴉や日の盛り

一つ葉の夕暮のまだつづきをり

短夜や栞してある御文章

泳ぎ子を二人見しのみ高見川

本取りに来る二階の秋の声

秋声のしきりなる日の書庫にをり

秋の日の行手さへぎるものもなし

文机にいま廻り来し秋日かな

奥座敷より暮れかかり蘭の秋

鳥羽菅崎　三句

宵闇の潮鳴つてゐる難所かな

宵闇やをりをり強きうしほの香

秋風は太平洋の上を吹く

伊勢の海晴れわたる日の松手入

松手入済みてすつかり暮れてゐる

断崖の上の畠や鷹渡る

居待月出て流木を照しけり

居待月のぼりて暗き波間かな

昼月のそばの通草を引きおろす

海女ひとりゐる浦畑の秋の声

行く雲の丸や四角や大根蒔く

立待ののぼるや松の左より

松虫は明る過ぎたる月に鳴く

竹伐や晴れて伊吹の男振り

みづうみに出ては戻るや稲雀

秋風やいくたび曲る吉野川

竹伐るや宇陀の神々上天気

横雲のゆつくり通る良夜かな

この神に夜昼となく椎は降る

大寺をとり巻く秋の草となる

山茶花にまだまだ細る雨と思ふ

玄海の紺こよなくて大根干す

少しづつ土蔵かたむく枇杷の花

老松に少し掛けたる干菜かな

その本を探してをれば笹子鳴く

山の日の正しき歩み冬桜

草枯れて地球あまねく日が当り

月高く大根甘し親鸞忌

平成二十五年

鶇の声もつとも長し山始

初風に流るるものはもろがへり

御降りの高鳴る草の庵かな

春の猫高石段を下りて来る

亀鳴くや天気ふたたび下り坂

春の山おもひおもひに径通ふ

鳶の巣に朝日殺到奥吉野

木蓮にまた来る夜のとばりかな

ぬかるみをまたいで入りぬ雛の家

げんげんの畦が寺から寺へ行く

灌仏の畦うつくしき大和かな

灌仏の雨は明るくなるばかり

青空となりし菜摘に種選び

よき松の立ち並びたる汐干かな

春蟬や庭石山へつづきをり

筒鳥が鳴くとかたへの人も云ふ

天狗岩天狗杉あり夏来る

子鴉のよく鳴く宇陀に来てゐたり

菖蒲葺いて庭つづきなる隣かな

文読めば遠きさつきの花明り

合歓咲いて月と地球と引き合へる

青梅の中来て君を訪ひにけり

日はすでに頭の真上行々子

消えがての昼の月あり青嵐

時鳥まだまだ薪を積み上げよ

青葉木菟鳴いてこの谷行き止り

最澄の山に飛ぶなり鴉の子

恵心僧都

その僧の千回忌とや夏木立

ひんがしに高見聳ゆる一夏かな

豊岡

コウノトリ昼寐の村の上を飛ぶ

梅むしろ鐘撞堂の前うしろ

梅干してまだまだ伸びる雲の先

涼風を吹き分ちをる柱かな

蛍飛び講の提灯出してあり

みなつきや暇に太る一つ松
雲の峰千年杉の上に湧く
ここからは青田に映る下校かな
夏雲やこたびは寄らぬ平泉
今しがた雹の過ぎたる南部領
夏の蝶用あるごとく来り去る
夏至の日は大湖の上にとどまれる
夏帽を襲ふ雨あり中京区
しろがねの梅雨の夕べとなりにけり

朝顔や仕事はかどる古机

朝顔の雨がうがうと降つてをり

八朔の鴉ものの云ふごとく鳴く

八朔の山立ち並ぶ国ざかひ

秀峰の色また変る花野かな

止むまじき千草の雨となりにけり

この庭のもろもろ濡れて秋の雨

松虫の闇くろぐろと吉野かな

城門のごとき山門秋の風

風吹いて椎拾ふ子の帰りけり

秋雨の刻々冷ゆる書院かな

早稲明りしてゐる加賀に入りにけり

ここからは高見よく見え秋彼岸

籾干して玉の日一つ渡るのみ

色鳥に伊勢のうしほの先が飛ぶ

茶の花の大きな蕊の浜日和

浅井領鶫しきりに渡りけり

弥山まづ雪をつけたる小春かな

よき壺にたまる埃や神無月

この沖を通る嵐か神の留守

鵙猛り鶫猛る日の炉を開く

ひとり居る時の時雨のよく聞こゆ

山廬　一句

筧鳴りあちらこちらに帰り花

菜畠の中の往来や御取越

朴落葉はじまる山の日和かな

さまざまの物音の中冬に入る

白雲とすれ違ひたる刺羽あり

平成二十六年

元日の山を見てゐる机かな

元日の仏の名ある山ばかり

一つ行く白雲はやし初御空

初空のみどり深まりゆくばかり

元日の日向となりて人来る

鶺鴒の芝生を歩く二日かな

藪入は古き峠を越えてゆく

冬麗や足踏み変ふる松の鳶

臘梅の日向があれば歩きけり

少しづつ真砂流るる寒の雨

春近し大昼月を鳶よぎり

雪山の十重二十重なる春隣

大きな日まいにち沈む雪間かな

降りしきる雪に柊さしにけり

雪折の音の絶えたる夜中かな

よき庭に止まずなりたる涅槃雪

昼ごろに一人通りし深雪かな
天つ日の真下に摘みぬ蕗の薹
夕門を出て来て摘めり蕗の薹
その人の逝きし二月の短かけれ
畦を行く恋猫白き當麻かな
笑ひたる山のふもとの大伽藍
春の雪眺めてをれば積りけり
大風にさからひて摘む蓬かな
ことごとく姿よろしき春の山

界隈の草芳しくなりにけり

大根の花に濃くなる霞かな

何鳥か緋桃に来ては威丈高

うぐひすの鳴くたび霞濃ゆくなる

山吹の雨かく冷えて奥吉野

春風の薩摩の人と話しけり

穴を出し蛇に噴煙折れ曲り

噴煙の真新しくて蝶よぎる

ひよどりの高ぶる椿落ちにけり

はくれんの天辺に来て日は止まる

燕来て静まりかへる深空かな

心持ち曇るとおもふ蝶の昼

蝶飛んで物音ひとつ無かりけり

右にまた近づき来たる大桜

花の日に鶺鴒来てはよく歩く

雪つけし一峰近し花の宿

かはせみの見えて飛ぶなり花の昼

蒼然と暮れゆく花の障子かな

出し抜けに雷ともなひて花の雨

花どきの薪棚へ薪取りにゆく

鳥の巣や安芸もここらは山の丈

鳥の巣のつまびらかなる大樹かな

鳥の巣のよく見えてゐる家へ行く

竹秋やゆきとどきたる拭き掃除

腰掛けて縁側ひくくし竹の秋

高々と残れる花の見ゆるかな

四国より吉野へ嫁ぎ種選み

山高く谷深くして種下し

文机から見えてゐる遅桜

すかんぽに大きくなりて入る日かな

赤んぼの抱かれて出たる牡丹かな

夕風となるぼうたんに赤子抱く

筍を掘りかけてある裏の庭

竹植ゑて鳥声さへも無かりけり

坂本の日陰日向や柏餅

葭切の二三羽よぎる行手かな

葭切や歩いてゆけば村はづれ
瀧風といふものいつも吹いてをり
いせみちの坂の途中の梅落とす
青梅をおほかた取りし月夜かな
梅落とす声のしばらくしてゐたり
青梅を落として匂ふ神の庭
すぐそこに噴煙ありて麦を刈る
涼風のとめどもなくて淋しけれ
夏館薪を割つては積み上げる

神山に光りそめたる蛍かな

文机に一つ葉明りありにけり

時鳥鳴いてきれいな空となる

時鳥鳴き移りゆく雨の中

時鳥本を探してをれば鳴く

病葉を降らす大樹に歩み寄る

静かなる磐石に夏来りけり

荒々し女人高野の夏の蝶

噴煙の折れ曲り夏来りけり

南吹く村のはづれの大欅

ゆつくりと大鳥通る旱かな

短夜の火の山近く泊りけり

筒鳥はいちばん遠い声で鳴く

蘇我入鹿亡びし夏野歩きけり

八朔や頭上を通るもろがへり

短夜の雨音にとり巻かれたる

句集　短夜　畢

あとがき

平成二十二年晩夏から今年の夏までに得た作品から三百十八句を選んだ本書は、第九句集になります。

信心をえたる人をば、無碍光仏《むげこうぶつ》の心光つねに照らし護りたまふゆゑに、無明の闇はれ、生死のながき夜すでに暁になりぬとしるべし、となり

他力の信心について説かれた八十六歳の親鸞聖人の文章の一節です。こんな文章に出会いますと、日頃何げなく使っている「短夜」や「明易し」という季語の深層に、思いがけない新鮮な光がさして来る思いがします。自我のはからいを捨てて、無限者のはからいにまかせた人生は、もはや日の暮に向かって過ぎ去る人生ではなく、広大な生命世界の開けを告げる暁なのだ、という真理に気づかされるからです。

季節の詩は、たんに過ぎ去るものに対する哀惜の表白に尽きるものではないように思われます。人生は移り過ぎてゆくと誰もが言いますが、いったい何に対して移り過ぎてゆくのでしょうか。季節内存在はすべて移り去りますが、それでも季節それ自身は変わることなく回帰して来ます。

流れ去るものは、流れ去らないものを一種の河床にして流れているようです。二度と還らないかに見えるわたしたちの人生は、本当は永遠の今の中に回転しているのかも知れません。

平成二十六年八月

大峯　あきら

『短夜』以後

「晨集」より四十八句

平成二十七年

秋風のまん中に置く机かな
「晨」一月号

地べた打つ雨となりけり地蔵盆

大木の下の靜けさ十二月
「晨」三月号

まん円き正月の月のぼりけり

松風のただ吹く二月來りけり

吉野駅出て來るところ初電車

鳶の輪の二つとなりぬ春隣
「晨」五月号

古雛入江の奥に飾りけり

音もなく日輪懸り蝶の昼
「晨」七月号

物書いてから眠らんか蝶の昼

ぐいぐいと吉野川行く端午かな

祝ぎごとは受くべし草は芳しき
「晨」九月号

玄関に蝶一つ來て夏に入る

義仲寺に今とどきたる夏花かな

忘れては思ひ出しては春の行く

日輪のおもてを流れ花の雨
「晨」十一月号

みづうみの北の渚に夏來る

平成二十八年

蒼天を飛ぶ元日の落葉かな
「晨」一月号

冬の雨降りはじめ降り終りたる

島いつも見えて一つや冬支度
「晨」三月号

初風の吹きはじめたる暇かな
「晨」五月号

京へ行く一本道や竹の秋

蝶飛んで古屋根瓦垂れ下り

芳草の雨は午から横なぐり
「晨」七月号

燕來て勉強机川に向く

朴の花まいにち増えて南部領
「晨」九月号

いくたびも雨いくたびも時鳥
「晨」十一月号

風薫る西田幾多郎忌なりけり

表門裏門掃いて盆が來る

のうぜんの暗くなるまで門遊び

平成二十九年

がちやがちやはまつ暗がりの庭に鳴く
「晨」一月号

今朝秋の鴉もの云ふやうに鳴く
「晨」三月号

豊年や暮れてしまへば大月夜

稲雀伊勢路に入ればうねり飛ぶ
秋の暮青空のまだありながら
「晨」五月号

白雲のいくつもありて十三夜
芍薬や昼餉過ぎても雨と風
「晨」七月号

仏間掃き次の間を掃く土用かな
「晨」九月号

草山にどしんどしんと日雷
秋風のまつすぐに來る門のあり
「晨」十一月号

深吉野の奥の奥なるばつたんこ
秋風は草木を吹き人を吹き

平成三十年

「晨」一月号

きのふより淋しき秋の雨と思ふ

青空のここまで降りて菊薫る

見舞はれて見舞ふ文書く日短

「晨」三月号

はつきりと御降り音をなしにけり

大鳥のよぎりしのみの春隣

木の実植う粉雪どつさり降りにけり

解説　詩人として生きる

中村　雅樹

1　京都大学に入るまで

大峯あきらは、昭和四年七月一日、奈良県吉野郡大淀町の専立寺に、父、顯寂、母、千鶴の間に六人兄弟の長男として生まれた。本名、顯《あきら》。専立寺は、蓮如の直弟であった浄円坊が開基したと伝えられている。昭和十一年に大淀第三尋常小学校に入学、昭和十七年に卒業、ただちに旧制の畝傍中学校に進学した。

十二、三歳というからこの前後のことであろう。あきらは、吉野で圧倒的な星空を見て、めまいのような感覚に襲われたという。あの星空と自分とはどんな関係があるのかなど考えもしたらしい。このような感受性は、のちの「ホトトギス」の入選句だけでなく、はるかのちの〈虫の夜の星空に浮く地球かな〉にまで一貫しているとも考えられる。さらに言えば、のちに自然（季語）とわたしとの関係を考察する際に、幾度も立ち返り、吟味を繰り返す原初的体験の一つともなった。

昭和十八年の春、あきらは肋膜炎にかかり一年間休学。一時は絶対安静の状態に陥り、死の恐怖を味わうこともあったらしい。この休学中に、あきらは奥吉野に住むホトトギスの青年僧（俳号、七草）から俳句の手ほどきを受けた。畝傍中学校は阿波野青畝の出身校である。その縁もあってか、あきらは病床から青畝主宰の「飛鳥」（「かつらぎ」の前身）に投句していた。昭和十九年二月号の「入門俳句・犀川選」に〈待つてゐる鴨の来らず實南天〉が掲載されている。

昭和二十一年、「ホトトギス」に入選していた同級生を中心に「畝中俳句会」が結成された。青畝が指導に来たという。翌年には俳誌「芝生」を発行。六月、七月、九月と三号続いたらしい。その中から青畝の選に入ったあきらの句を三句挙げておこう。

桐の花鉛筆の粉を窓に捨つ
苗床の夕べの空の藍は濃く
この庭の瓜の一つに集まる日

あきらは青畝の「かつらぎ」にも投句していた。その初入選は、昭和二十一年の十一月号においてである。あきらは昭和三十四年まで「かつらぎ」に投句している。投句だけでなく、俳句の本質について考察した文章も発表している。これについては、またのちほど触れることにしよう。

昭和二十三年四月、あきらは旧制山口高等学校の文科甲類に入学した。同級にのちに映画監督となった山田洋次がいたという。翌昭和二十四年三月に、学制改革により山口高校を一年で修了し、異例なことであるが、七月に京都大学を受験、九月に文学部哲学科に入学した。学部・大学院においてあきらを指導したのは、西田幾多郎の高弟であった西谷啓治である。

西谷は戦後、公職追放となっていたが、昭和二十七年に宗教学講座の教授として大学に復帰。哲学研究の指導という面だけでなく、俳句の根拠をめぐる思索という点においても、あきらに大きな影響をおよぼした。さらには、のちのことではあるが、死への恐怖により夜眠れなくなったあきらを、「それは夜だけのことですか、昼もその感覚があればもっとよいのだが」、という一言によって救ってくれたのも西谷であった。西谷はあきらにとって終生の師となった。

2 「ホトトギス」の時代

京都大学に入学後、あきらは「京大ホトトギス会」に入会する。鈴鹿野風呂、のちには青畝が指導に来たという。その年の暮れ、あきらは山形理《おさむ》に連れられ、左京区の田中春菜町に住む波多野爽波宅を訪れた。爽波との出会いである。「春菜会」に入会し、爽波をはじめ理、太田文萠、千原草之、五十嵐哲也、牧野春駒ら春菜会の連中と、「ホトトギス」入選を目指して作句に励んだ。当時は二句投句であった。あきらの「ホトトギス」の雑詠の初入選は、昭和二十五年の六月号においてである。

灯を消してあり春泥をおしつゝみ

虚子に初めて会ったのは、この年の七月二十二日、鎌倉の東慶寺にて第一回目の「稽古会」が催されたときである。清崎敏郎や深見けん二らとも、この席で顔を合わせた。翌年の七月には山中湖の虚子山荘にて「稽古会」が催され、次の句が詠まれている。

この句に愛惜があるとすれば、この句は、「自然と自分とが、それを逃すと、もう永久に二度と還つて来ない瞬間において、きわどく結ばれるあの一種の運命感にも似た体験」の産物であるからであろう、とあきらは述べている（「かつらぎ」、昭和三十一年十二月号）。

昭和二十八年、爽波は「春菜会」の連衆を中心に「青」を創刊した。「青」という誌名はあきらの提案によるものである。「ホトトギスの中で吾々の様な若い俳人だけで何から何までやる雑誌である」ということに、爽波は意味を見出そうとした。「ホトトギスという大きな枠の中で吾々の活躍する場所はまだまだある」というのである。「青」は若手による「ホトトギス」の別動隊のような位置づけであった。したがって「虚子先生が居られる限りは行き過ぎたら引戻して貰えるから安心ですね」とあきらが言うように（「『青』創刊にあたって」、「青」昭和二十八年創刊号）、爽波やあきらには、「青」の創刊によって「ホトトギス」に異を唱えるという意図は毛頭なかった。

あきらは「ホトトギス」の雑詠に昭和三十三年の十二月号まで投句している。その間の総入選句は、八十三句である。昭和二十九年四月号では雑詠の第七席に取り挙げられている。
ここであきらの「ホトトギス」の入選句を見ておきたい。あきらの初期の句が感覚的であることは、すでに山本洋子や中杉隆世によって指摘されている。「原色を基調とした色彩感の豊かさ」、「茫漠としたものを排除したような、あくまでも男性的、直線的感覚」。また中杉によると、あきらは「青」創刊以後「季感派の斗将」であり、その作風は「近代感覚の充溢した、『線』と『色彩』で以て特色づけられる」。ここでは色彩と直線的感覚の句を挙げておこう。

赤き日のさつき沈みし春の宵
何鳥か遲日の庭に来て黄色
マッチの火燃えて黄色やセルの胸
向ふより徑の来てゐし枯木中
蜻蛉の引く線多くなりにけり
電線の一すぢ春の虹を抜け

あきらの句に現れている鋭い近代的感覚は、爽波からの影響と言えるであろう。「爽波俳句のゾクッとする様な感覚の後を追いかけようとした」(「大峯あきらに聞く」、「青」昭和四十三年四月号）のである。他方で、昭和三十二、三年のころの句について、「私の感覚はどうもうすで［薄手］でしたね」「使う主体が確立してないと言えますね」とみずからの感覚的俳句の限界を述べている。「思想性というものを欠いた当時の私の俳句環境のせいでしょう。感覚の先鋭化の方へ脱出しようとしたのです」。これらは後年の述懐であるが、すでに若きあきらにおいてもこの限界は自覚されていた。感覚的俳句を乗り越えようとするあきらの奮闘は、のちに述べることにしよう。

ところで次のような入選句にも注目したい。

この邊の夜は干草の上に来る
夕暮は紫苑の上にどつと来る
帚木によるは空より下りて来し
まのあたり月の光は石蕗に来ぬ

夜であれ、夕暮れであれ、月の光であれ、人を超えた大きなものが上から降りてきて、地上のものが包まれ、あるいはそれによって浸透されるのだ。初入選句である〈灯を消してあり春泥をおしつゝみ〉も、同じような感受性に基いている。こうした感受性のうちに、すでに自然・宇宙とあきらとの関係が、暗示されているように思われるのである。

同時に、わたしたちは、これらの句に静謐な「寂しさ」を感じとることができるであろう。それが俗世間の中で感じる寂しさではないことに注目しよう。あきらは、ある断片において（「青」、昭和三十一年八月号）「原始林や海洋の寂しさはどこから来るのか」と問うている。それによると、この寂しさは、「人間の主観の状態でもなく、主観に対立する外物の性質でもない」。この寂しさには理由がなく、その理由が問えないのは、わたしたちの存在の理由が問えないのと同じであるという。

あきらは「寂しさ」を通して、人間と自然との関係を考察するのである。あきらのコスモロジーの萌芽ともいえるかもしれない。「自然はその最深の根底に於ては人間の外にあるのではない。存在と云ふことに於て自然と人間とは一つである。そして詩とは——少なくとも真の詩とは——この存在に触れるところに成立することに間違ひはない」。あえて言えば、自然を前にして感じる寂しさは、「宇宙からくる寂しさ」あるいは「存在の根底からの寂しさ」である。

3　文学の塩

昭和三十二年に「青」の爽波、「年輪」の橋本鶏二、「菜殻火」の野見山朱鳥、「山火」の福田蓼汀によって「四誌連合会」が結成された。「青」の創刊からこの「四誌連合会」が発足する数年のうちに、「ホトトギス」に対する爽波らの評価が大きく変化することとなった。虚子に対する直接的で露骨な批判は見られないにしても、爽波らは、高浜年尾らによるホトトギス流の写生の浅薄さに、我慢できなかったのである。

爽波は年尾や京極杞陽らと「五人会」を結成し、昭和十八年から虚子の選を仰いでいたが、昭和三十一年を最後に「五人会」を退いている。「ホトトギス」に対する批判が高まるなか、断絶の決定的な事件となったのは、中杉隆世によれば、昭和三十二年十月に「かつらぎ青年俳句大会」で行った爽波の短い講演である。爽波は、「ホトトギス俳句は、誤解を恐れずに一言にいえば、古い。若い作者がこれを安易に肯定していては駄目です」と言い放ったのである（「かつらぎ成年俳句大会記」、「かつらぎ」、昭和三十三年一月号）。爽波は昭和三十三年をもって「ホトトギス」への投句を絶った。またあきらも、昭和三十三年十二月号の掲載句をもって「ホトトギス」を去る。「かつらぎ」においては昭和三十四年の九月号の出句が最後となった。

「ホトトギス」から離れた爽波は、当時関西に住んでいた前衛俳句の論客らと、いよいよ交流を深めるようになった。金子兜太、赤尾兜子、堀葦男、林田紀音夫らである。爽波は、「私はかねがね俳句とは究極にはその作家の全人間像の倒影《ママ》であると考えているものでありますが、これら前衛作家の方々との交流によって更にその確信を深くいたしました」と述べている。もっとものちには、前衛との交わりを「徒労であった」と吉本伊智朗に漏らしもするのであるが、少なくともその当時にあっては、爽波には伝統と前衛とが作りなす尾根の上を進んでいるような勢いがあった。

このような爽波と「青」の動向に対して、あきらはまったく別の道を歩むこととなった。あきらは感覚的俳句を克服しようとしたからである。それは、ホトトギス流の写生を乗り越えることにもなった。

その兆しは早くも「かつらぎ」に掲載された「象徴と瞬間」（昭和二十七年三月号）においてもうかがえる。あきらはこの一文において季語としての自然に注目する。自然は日常的によく知られているものであるが、他方において「人間に対しては何時も根源的に新しいもの」、「一個の非日常的存在として主体の前に立ち現れる」ものである。たとえば、一枚の落葉がわたしたちを襲い、わたしたちが感動するという経験が、その「非日常的性格」をよく物語っているという。感動するという経験の瞬間において、わたしたちは日常性から脱却し、ここに「日常的な自己のあり方への根源的な批判の眼が開かれ」るというのである。

わたしたちは自己の孤独に目を開かれ、「一つの根源的状況」に置かれる。「本来的な自己のあり方としての実存に目ざめる」というのである。先ほど述べた「寂しさ」というのも、この根源的状況を表しているのかもしれない。若き哲学徒であるあきらにとって、俳句は季語としての自然を媒介として、「本来的な自己の在り方としての実存」を詠むものであった。ここにすでに人間存在の深みへと垂直に突き進もうとする、あきらの志向がうかがえよう。それは、ホトトギス流の写生にも、また爽波の俳句にも見られない、あきら独自の志向であった。

したがって、俳句について考えることは、現実に俳句を詠んでいる、このみずからについて考えることであった。「俳句が真にとらえられうるのは、いつでも俳句の内部からのみである。即ち現実の句作以外にいかなる俳句の認識方法もあり得ないのである」(「社会性理論に対する懐疑」(「青」、昭和三十年十二月号）。俳句を詠むという自己自身のこの経験（実存）に発しない俳句論議は、外部からさまざまな観念や概念を持ち込み、もてあそぶだけの空騒ぎでしかないのである。

このような信念からあきらは、時代状況に積極的に参加《アンガージュ》しようとする俳句、たとえば「社会性俳句」を徹底的に批判した。沢木欣一によると、「社会性のある俳句とは、社会主義的イデオロギーを根底に持つた生き方、態度、意識、感覚から産まれる俳句を中心に広い範囲、過程の進歩的傾向にある俳句を指す」（「風」昭和二十九年十一月）。しかし、「社会主義的イデオロギー」といい、「進歩的傾向」といい、これらは当時の時代状況によって生み出された観念にすぎない。そしてどのような「観念」であれ「観念による現実の隠蔽」こそ、俳句の最大の敵であった。あきらは言う。「詩作の動機を自己の現存の方向に垂直的にもつことなくして、単に社会情勢の流れの方向に水平的に求めようとしているところに、今日の社会性俳句の大半が属してゐる」（「大風の中の花」、「ホトトギス」昭和三十二年四月号）。

他方であきらは小林秀雄に親近感を覚えた（「文学の塩――友岡子郷氏へ――」「青」、昭和四十年九月号）。文学の出発点となるのは、たとえば小林秀雄が一文「戦争と平和」において直覚した、「人間の心の深き所には、戦による傷と平和な生活での傷とを同じ傷と観ずる知見がある。心に受ける傷であるならば、戦争によるかよらぬかというような区別は意味をなさぬ」という洞察である。この洞察をあきらの言葉で言えば、「人間的存在の根底」への洞察であった。それは戦争下にあっても平和なときにあっても、つまり日常の状況がどのように異なろうとも、変わらないものである。それを見失うことは、文学の自滅でしかない。それこそが、あきらの言う「文学がよってもって文学であり得る制約、いわば文学の塩」であった。

4　写生への批判

さてあきらは、子規以後の主体―客体を前提とした写生観に根本的疑問を突きつける。あきらは、「伝統俳句論ノート」(「俳句研究」、昭和三十五年十月号)において次のように述べている。「彼〔子規〕において起つたことは、いわば主客未分の自然（実在）を主客未分の場で捉える独自の工夫という芭蕉の中世的世界から、主客未分の実在に客観化・対象化という道を通つて接近しようとする近代的世界への転向であつた」。この転向は、「見えるが儘と在るが儘」(「青」昭和三十八年一月号）において、次のように説明される。

あきらが持ち出すのは近代絵画の技法である遠近法である。「物の在るが儘の姿を描くということから、物の見えるが儘の形を描く」というルネッサンス期の革命は、遠近法という技法によってもたらされた。この革命は、「精神の確実性を捨てて、視覚の確実性に即する」という変革であった。同様に子規による写生の提唱も、あきらによれば、俳句の対象が「物の在るが儘から見えるが儘へ移される、という近代的視野の導入であった」。

ここから子規の立場は、「現象の背後に考えられる自然の命とか魂」を捨て去り、「現に知覚される現象そのものの色とか形」に知覚を先鋭化させる「現象の一元論」となるであろう。また子規の立場は、当事者ではなく、傍観者の立場であるとも言えよう。なぜなら、遠近法は「写生の主体が、物から引き下り、物との間に」張り渡すものだからである。

これに対して、「芭蕉の手法の根本は、物を写すということでなしに、物に入るということだと思われます」。「ものに入る」とは、「物自体がそれ自身の奥から開いてくる造化そのものの秩序の只中へ、主体が躍入し没入して行くという態度」である。それはまた、あきらの言葉によると「思想と感性とを二つに分けず、両者の一元のところで思索という行為を実行するという独特な工夫」でもあった。

芭蕉に対する子規の評価は、けっして高いものではなかった。このことは両者がまったく異なった俳句観の上に立っていることを示している。子規の写生に対するあきらの批判は、「ものに入る」という芭蕉の詩魂を現代の俳句に再導入するという試みとなった。子規以後の写生によって失われてきた「自然の命とか魂」を、俳句に復活させようというのである。このような志向のもとに、あきらはいわゆる「人間探求派」の俳人に学ぶことになる。それというのも、人間探求派の作句活動の根底に、「子規の写生説によって屈折あるいは喪失せしめられた俳句文芸の或る重大な要素を、ふたたび芭蕉を反省することによって回復しようという態度」を見出したからである。

人間探求派の俳人のなかで、あきらがとくに親しんだのは中村草田男であった。草田男は何よりも俳句に「思想性を導入した作家」だからである。こうして感覚的俳句を克服するというあきらの奮闘は、子規の写生への批判と芭蕉の詩魂の評価を通して、人間探求派の草田男へとあきらを導くことになった。このことは同時に感覚主義を克服し、「感覚と思想の統一」を句において実現する、という課題に取り組むことでもあった。草田男の句はその導きとなったのである。

5　草田男に学ぶ

「思想」とか「思想性の導入」と言えば、それはあきら自身が否定していた「観念による現実の隠蔽」ではないかと思われるのであるが、実はそうではない。ここであきらが理解していた「思想を持つということ」や「思想性」とは、特定の思想や風潮を意味しているのではなく、作句の態度あるいはあり方であった。「一人の作家が、自分が俳句を作るのは何故かといふことについて明瞭な自己意識をもつこと、少なくともこのことを絶へ《ママ》ず自分自身に向つて問ひつゞけること」（「社会性理論に対する懐疑」）であり、「根本からいえば、イデオロギーを脱ぐことによつて、人間的生存の深処へ素手で食い入らんとする努力のこと」（「伝統俳句論ノート」、「俳句研究」昭和三十五年十月号）であった。草田男の句に満ちている生命力と奔放さは、この「人間的生存の深処へ素手で食い入らんとする努力」の現れであった。そのことによって、あきらによれば、草田男は「イデオロギーから詩の純粋を守」ろうとしたのである。

　あきらは昭和三十七年四月号から昭和四十四年三月号まで「萬緑」に投句し、草田男の選を受けた。あきらの第一句集は『紺碧の鐘』（昭和五十一年）である。

そこに収録されている昭和三十七年から四十三年までの百六十二句のうち、表記上の変更や部分的改作を含めて、百四十七句が草田男の選に入った句である。その中から三句を挙げておく。

夜も新緑少年の磁石机に醒む
青枇杷や夕刊が来る路地の幅
吾子呉れる飴を掌に受け苗代寒

なお、「夜も新緑」の句は、「萬緑」では、〈夜も新緑少年の磁石机中に醒む〉と字余りの句となっている。上五を「新緑や」などとしないで、「夜も新緑」としたことについて、あきらは爽波に次のように述べている（「久しぶりで話す」、「青」昭和四十一年八月号）。

軽いものならすぐ持てるんですね。五七五でやればいいんですから、何か字余りというのは、重いものを全身的に持ち上げるような感じなんです。

さらに字余りの句について、吉本伊智朗に次のように語っている（「大峯あきらに聞く」、「青」昭和四十三年九月号）。

こんな事は今まで言えなかった事なんです。これが言えて今までの事が一ぺんにふっきれましたね。これから心気一転しましたね。

字余りを恐れずに、言いたいことを言うのである。あきらは昭和三十九年に第十回「角川俳句賞」の佳作に入選していた。その中の三句は次の句であった。

耕馬啼き岬の太陽蓬髪よ
妻子置き来て桃の花粉がとぶ岬
走者めく宵の明星懸大根

「これですっかり自由になりましたね」とあきらは言う。「ホトトギス」の禁欲的句作から解放され、句に生命が宿るようになったということであろう。伊智朗との対談の見出しには「俳句開眼」とあるのであるが、のちのあきらの句作を見ると、真の開眼はまだ先のように思われる。

このように奮闘するあきらに、同志として力を与えたのは宇佐美魚目である。あきらが魚目に初めて会ったのは、昭和三十三年五月、名古屋で「四誌連合会賞第一回授賞」を記念して開催された、「俳句と講演の会」においてである。昭和三十八年に魚目が、同人として「青」に迎えられると、二人はいっそう親密になった。翌年の春にあきらは鳴海の魚目宅に泊まり、夏には二人で神島に渡った。

あの人は一句一句について実に慎重でしょう。ねばっこくてね。句に対する態度が。句に執着することがどう言う事かを教えられましたな。ですから僕にとって魚目さんに会えた事は実に有難かったですよ。話も合うしね（「大峯あきらに聞く」、「青」昭和四十三年四月号）。

「僕は魚目さんと交際するようになって、随分有難いと思ってるんですよ。あなたを砥石にして自分を磨くという」、と魚目に語ってもいる（「宇佐美魚目に聞く」、「青」昭和四十四年三・四月号）。昭和四十八年、あきらは「白き『時』の裸形」（「俳句」五月号）と題して魚目を論じたが、この一文が本格的な魚目論の嚆矢となった。

なおあきらが課題とした「感覚と思想の統一」は、容易なことでは実現できなかった。あきらは、『紺碧の鐘』の「あとがき」において、「感覚することと思索することとの根源的な合一に形を与えることは、私の永い間の念願ではあるけれども、今のところそれは未だ遠い将来の課題に属するようである」と書いている。この統一は感覚と思想を並べることによってなしうるのではなく、先走って言えば、双方に深く関わる「言葉」の深みを洞察することによってなしうるのである。これについてはのちほど述べることにしよう。

6 「爽やか」とは何か

写生について考察を深める一方で、あきらが継続して取り組んだのは、季とは何か、という問題であった。季についての考察がはじめて発表されたのは、昭和二十八年の「青」十月号（創刊号）の「季に関する一考察——季感をめぐって——」においてである。以後、あきらは、季や季題について、しばしば文章を発表してきた。その主なものを挙げておこう。「季の時間性について」（「青」昭和三十年八月号）、「季の存在論的考察のために」（「京大俳句」、昭和三十九年五月号）、「季題論の基礎」（「青」、昭和三十九年十月号・十一月号）。季についてのあきらの洞察は昭和三十年代においてほぼ定まったとみなしてよかろう。

さて、多くの俳人が、俳句には季語（季題）が必要不可欠であると考えている。その理由は大きく分けて二つしかない。第一の理由は、季語の有用性を強調するものである。俳句は短いだけに、季語があった方が多様な連想を喚起することができるし、またそれらをわたしたちの間で共有する上で、好都合であるというのである。第二の理由は、和歌や連歌などの文学史をたどることによって、季語の必然性に、歴史的に迫ろうとするものである。しかしながら、季の問題を有用性の観点から論じても、また歴史的に考察しても、せいぜい季の現実性しか明らかにならないであろう。

　これに対してあきらは、季を人間学的に考察することによって、俳句における季の必然性に迫ろうとするのである（「季の時間性について」）。ここで「人間学的に考察する」とは、季がわたしたち人間存在を構成している必然的要因の一つであることを明らかにする、という意味である。この考察の出発点となるのは、季感というわたしたちの具体的経験であった。

　季感は、吾々がそれを自由に取つたり捨てたり出来る諷詠の対象ではなくて、むしろ諷詠の基底であり場所である。季感は吾々に対してあると云ふものではなくて、却つて吾々がその中にあると云ふ如きものである。吾々は季感を詠ふのではなくて、季感の只中にあつて季感から詠ふのである（「季の時間性について」）。

たとえば「爽やか」という季感を取り挙げてみよう。「爽やか」とは、外界の気温や湿度といったような、自然科学的に規定される特定の状態なのではない。また外界に存在するそのような状態によって引き起こされるような、心の状態でもない。わたしが「爽やか」と感じるとき、それはわたし一人の「爽やか」を意味しているのではなく、他人や周囲の自然物、さらには山や空をも含めて「爽やか」なのである。わたしがすでに関わっており、このわたしを含んでいるこの世界が「爽やか」なのである。

「爽やか」は主観の内にあるものでもなく、外の客観に属するものでもなく、却つてこの様な主観と客観の間である。それは吾々の存在のあり方であって、主観的な状態でも客観的な物の性質でもない。

そのような「爽やか」そのものを、わたしたちは直接的に具体的に経験するのである。その「爽やか」を自然科学的に因果的に説明しようとして、初めて気温や湿度が持ち出されるのであって、その逆ではない。気温や湿度が原因となって、私に「爽やか」を結果として生じさせる、と考えるのは、自然科学的反省を経た後の抽象的説明でしかない。あきらが執するのは、自然科学的反省以前のこのわたしの具体的経験であった。

つまりこういうことである。「爽やか」という季語をもちいて句を詠むとき、「爽やか」というわたしのいまの存在のあり方から句を詠んでいるのであって、わたしの外部にある「爽やか」な現象を詠んでいるのでも、またわたしの主観的な「爽やか」という心理状態を詠んでいるのでもない。むしろ「爽やか」とは、わたしのいまの存在のあり方を「爽やか」として了解している言葉であろう。のちにあきらは「私は『季』の感覚あるいは観念を人間の存在論的な自己了解の一つとして捉えたい」(「季の存在論的考察のために」)と述べたが、まさにそのとおりである。

7 季の本質

ところで、「季」が人間存在のあり方の自己了解であるということは、「爽やか」がいまの私の存在のあり方である、という以上のより深い関係が「季」と人間との間にある、ということを示唆している。あきらによれば、「季」は人間存在を構成している必然的要因であった。それをあきらは「人間的存在の根源的な負荷性」と言う。「根源的」というのは、人間という存在の本質と一体になっているという意味である。

季節の感覚が、すべての物の、従って私たち自身の、推移の関係であることを語っているのである。それは「季」というものの本質が、純粋な時間性によって構造されているということである（「季の存在論的考察のために」）。

わたしたちは地球の公転や自転、さらには時計の針の動きなど、動いているものを観察し、そのものの位置の変化から推移を知るのではない。それは時間を目に見えるかたちで空間的に把握したものにすぎない。あきらのいう「純粋な時間性」とは、推移の感覚であるが、それは空間化される以前の「時計で量れない時間」であり、「一回限りの時、決して反復出来ない時間」である。ここにフランスの哲学者であるベルクソンの影響があることは言うまでもない。「季」の本質が「純粋な時間性」として構成されており、その「季」がわたしたち人間存在を構成しているかぎり、人間存在の本質も実はこの「純粋な時間性」にあることになるであろう。それは移り行き成りゆく生命そのものの持続でもあった。

季節が推移として出逢われるのはいつでも、四季という円環的時間表象が一回限りの不可逆的な直線的時間というものへ内面化される仕方においてなのである。季とは時間というものの根源的な会得の場といってもよい。

こうしてあきらは、「季」が人間存在のあり方であり、とりわけ「時間性としての人間存在の根本基底」であることを明らかにしようとしたのである。「われわれは歴史的、社会的、風土的な運命を背負うとともに季節的限定をも背負っている」。「季節において人間は自己存在の根源的な有限性あるいは時間性に面接するのである」。こうして俳句は、四季という永遠の循環的・円環的時間と、わたしたち人間の一回限りの直線的時間が切り結ぶところに生まれるのだ。

このような考察は、ドイツの哲学者であるハイデガーによる「現存在《ダ・ザイン》」の分析に負うところが大きい（『存在と時間』）。ハイデガーは「現存在」の分析を通して、人間存在の本質を時間性に求めたのであった。その時間性は、四季に恵まれ、俳句が生まれたこの日本においては、季節的限定という「われわれの民族に固有な特殊性」を帯びているのである。ハイデガーの「世界―内―存在」に倣って言えば、わたしたちは「季節―内―存在」としてこの日本に生き、生活している、と言えよう。

ところで、俳句における有季論は、すでに潁原退蔵らの議論によって論破されていると考える向きもあるであろう。潁原によれば（「季の問題」、「俳句研究」昭和二十一年十・十一月合併号）、俳句に「季」があるのは、連歌の「形式上の約束」が、そのまま発句としての俳句に持ち込まれたというだけのことである。「言はば偶然の約束が、たとひ長い伝統をもつたにせよ、俳句の詩としての本質と深く関はるべき筈はない」。芭蕉も無季を許容しているではないか。「俳句を季感詩と限定してしまふことは、実は自ら好んで狭い詩境に閉ぢ籠らうとするものである」。

一座への挨拶として発句に当季の景物を詠むという連歌の約束を、潁原は「形式上の約束」であり、「偶然の約束」であると言う。しかし形式上であれ偶然であれ、そもそもなぜそのような約束が生まれたのであろうか。あきらの立場からすると、挨拶として当季の景物を詠むという約束は、まったく偶然による形式的約束とは性質がまったく異なるであろう。季がその本質において、わたしたちの存在をすでに実質的に構造化しているからこそ、当季の景物を詠むという連歌の約束も生まれたのではないか。

8　ドイツ留学と帰郷

昭和四十六年九月一日、あきらは家族とともにアンカレッジ経由でドイツに向かった。文部省在外研究員としてハイデルベルク大学に一年間留学したのである。当地ではガダマー教授とヘンリッヒ教授の指導を受けながら、フィヒテの研究に打ち込んだ。このドイツ滞在は、哲学研究にとってだけでなく、あきらの俳句にとっても大きな意義をもつこととなった。

その一つは、「俳句と云う詩は、日本の風土を離れることは出来ない」（「青」、昭和四十八年十二月号）と確信したことである。あきらの現地での観察によれば、ドイツでは「季節感というものが本質的に欠如」している（「青」、昭和四十七年五月号）。たしかに四季の区別はあっても、推移というものがなく、「流れてやまぬ純粋時間の感得としての季感」をヨーロッパの風土は頑強に拒絶しているというのだ（「青」、昭和四十八年三月号）。ドイツに到着して早々、「『季』とは時間性の感覚だという、私のかねてからの季題論の当否はまもなく試される」とあきらは書いたが（「青」、昭和四十六年九月号）、いまや「純粋な時間性」

としての季が実証されたのである。

こうしてあきらは、彼我の季節感の相違を経験することにより、季が「純粋な時間性」として日本文化に深く浸透していることを確信したのである。季を生きることは同時に日本文化を生きることであり、それは俳句を詠むという営みと同根であった。

> 私は今こそ、「季」は一つの思想であると云を《ママ》うとおもう。私はこれからゆっくり、この独自なる思想の形をみとどけ、この思想を実作で示すことに努力したい（「季節の詩の戦列に」、「青」昭和四十八年三月号）。

ドイツ滞在の第二の意義は、あきらに「帰郷」をもたらしたことにある。故郷を出た人が、ふたたび故郷に帰ってくるという単純な意味ではない。ここにいう「帰郷をもたらす」とは、帰郷へとあきらをふさわしく「熟せ」しめる、というほどの意味である。これは俳句に限らず、詩一般の本質に関わる問題であった。

昭和四十七年の八月二十七日、あきらは秋晴れのフランクフルト空港を発ち、日本に帰国した。十月、京都の東山荘にて帰国歓迎の句会が催された。

歸り来て吉野の雷に座りをり　　　あきら

ドイツから吉野の自坊に帰ったあきらに、浴びせるような雷の音。「つぎつぎに立つ落雷の火柱、谷に谺する雷鳴の中に座りながら、生まれて初めて帰郷というものの実感を噛みしめていた」（「俳句研究」、平成六年六月号）。畳に座りながら、あきらはまさにここがみずからの帰るべき場所であることを噛みしめているのだ。魚目によると、あきらの開眼の一句である。「このとき、彼の身体の中に俳句の鬼がどっかと坐り込んだ。しかも、この鬼は桁はずれの大物らしいのである」（「俳句研究」、昭和五十一年八月号）。

この一句は詩人にとって「帰郷」とは何かを示しているという意味で象徴的である。すでに田中裕明はあきらにおける「内なる帰郷」について的確に述べている（「俳句研究」、平成六年六月号）。よって屋上に屋を重ねることは避け、わたしは若干の感想を述べるにとどめたい。

あきらは「向うから来る根源的なものに出会う」と言う（「青」、昭和五十一年六月号）。たしかに出会うのはこのわたしであるが、そこには「根源的なもの」がわたしに出会うというニュアンスが込められている。ここで思い出すのは、「忘却としての山河」という興味深いエッセイである（「青」、昭和五十一年七月号)。

あきらの住んでいる吉野は、あきらにとって詩的直観の対象や思い出の対象ではなく、「もっと直接に私の近傍にある」「忘却の山河」である。この「忘却の山河が旅先の私を訪れる」というのだ。富士山麓において、木曾や神島において、さらにハイデルベルクにおいてパリにおいて、旅先のあきらを忘却していた故郷の山河が訪れる。

しかもそれはあきらに故郷を思いださせるという仕方ではなく、「未知の風景に再会する」というかたちであきらを襲うのだ。ハイデガーによるヘルダーリン解釈(『ヘルダーリンにおける詩作の解明』)を踏まえて言えば、異郷においてすでに故郷はあきらに出会っているのであるが、あきらによってまだ見出されていないのである。すでに送り届けられてはいるが、しかしまだ譲渡されていないのだ。

「帰郷」とは故郷がみずからを詩人に対してあらわにすることであり、それは詩人の側からすれば、故郷の本質が存在の喜びとしてあらわになることである。あきらの俳句は、故郷においてすでに出会っているものを見出す。見出すというより、忘却していた山河にあきらが見出されるのだ。

してみると、「熟する」とは、ドイツ滞在の期間のみについて言われるのではないであろう。初期の俳句において指摘された特徴、すなわち「宇宙から来る寂しさ」「存在の根底からの寂しさ」は、「向こうから来る根源的なもの」ではないのか。この意味では、長年かけてあきらにおいて「帰郷」が準備されつつあったのだ。「帰郷」とは、ハイデガーの言う「根源への近み」へと、まさに詩の根拠へと帰ることである。

9「写す」から「応じる」へ

あきらは同じ問題に繰り返し立ち返り、問い直し、吟味するという、ねばり強い俳人である。それは「季」についても、「写生」についても言えることである。すでに述べられたように、あきらは子規以来の写生概念を批判し、むしろ芭蕉の詩魂を現代によみがえらせることを試みたのであった。それは「ものに入る」という作句態度であった。しかし「ものに入る」というのは、わたしの能動的態度とも考えられよう。そうであるかぎり、この態度はまだ自我から十分には離れていない。そこであきらはさらに進み、芭蕉の言葉を取りあげながら、「応じる」ということを説くに至る（「青」、昭和五十年十二月号）。

芭蕉の言葉、「たとへ物あらはに云ひ出ても、そのものより自然に出る情にあらざれば、物と我二つになりて、その情誠にいたらず。私意のなす作意なり（『あかさうし』）」を、あきらは次のように理解した。

写生が写す立場である以上、物と自分とは最後まで二つである。自己は物の外にとどまる。芭蕉が言うのは、自己が物の内に入ること、物に応ずることである。自分が物になり、物が自分になるということである。写すことの即物性でなく、応ずることの即物性でゆきたい。

「自己が物の内に入る」「自分が物になり、物が自分になる」、このような表現は、なかなか理解しにくいものである。あきらは芭蕉の句と虚子の句をあげながら、「写す」と「応ずる」の違いを、より具体的に説明している（「『写す』と『応ず』」、「俳句」昭和五十四年十二月号）。

さまざまの事思ひ出す桜かな　芭蕉
咲き満ちてこぼるゝ花もなかりけり　虚子

これら両句の相違は、あきらによると、「外なる客体を写すという立場と、物に応じるという立場のちがい」である。虚子は向こう側にある桜を仰ぎながら、こちら側にいる虚子が、その桜の姿を感動とともに写生したのである。ここにおいて、「客体を見る主観そのものは排除されえない」。主観と客観という子規以来の枠組みは維持されているのである。

これに対して芭蕉の句はどうか。

この句において、芭蕉の心はさくらという物の中へ出ている。自分の思いの内にとどまっていないで、外へ脱出しているのである。この句の秘密は実にこの果敢なる脱自性にある。芭蕉は桜の花となり桜は芭蕉となっている。だから、さくらはもはや芭蕉の外にある客体ではない。花びらが戦いだり、匂ったり、花が散ったりするたびに、それらは半生の出来事の一つ一つを、まざまざと芭蕉に透視させるのである。人生という時間をすっぽりと包んでいるさくら。そういうさくらは、客体ではなく世界である。

自己が主観としてこちら側に残っているかぎり、「物に入る」ことはできない。「物に入る」ためには、そのものに「応じる」ということがなければならない。芭蕉の心はさくらという物に「応じ」て、主観の殻を破り自我の外へと出てい芭蕉は一体となっているのであり、芭蕉はさくらという「物に入」っている。「さまざまの事」を思い出しているのは、芭蕉であると同時に、その桜でもある。

あきらによれば、「写す」ことから「応ずる」というところまですすんで初めての本当の即物である。『あかさうし』の言葉は「写生の即物性に安住している人々に、百尺竿頭に一歩をすすめることを説く芭蕉の親切」である。

このように芭蕉の言葉から、あきらが「物に応ずる」という立場を読み取るというのは、ハイデガーの思想からの影響が大きいと思われる。

ハイデガーによると、言葉を語ることは言葉を聞くことによってのみ起こりうる。ここでの言葉は、わたしたちがコミュニケーションの道具として日常使用している言葉のことではない。手段として消費される言葉ではなく、本源的意味における言葉（詩としての言葉）である。「本来語るのは言葉であって人間ではない。人間は、その都度言葉に応えつつ―語るかぎりにおいて、はじめて語るのである」（『ヘーベル――家の友』）。詩作とは、ハイデガーによると、神々（物）の名を呼ぶことであった。あきらの言葉で言えば、詩作とは、「山川草木がわれわれに呼びかけている聖なる言葉に対して、人間が応えることなのです」（『宗教への招待』、平成九年）。

こうして昭和五十年頃からあきらは、自然がひそかに語りかけてくる言葉を聞く、ということを説くようになる。たとえば第四句集『吉野』(平成元年)の「あとがき」に述べている。

花や鳥の語ることばに耳を澄ませて、これらと交響するようなことばの場所へ出たい。山川草木が送ってくれるひそやかで情熱的な通信を解読するいとなみとなった俳句。——そういう俳句にいたるはるかな道を思う。

句にも変化が生じた。草田男の影響のもとで詠まれた、全身に熱が籠っているような句は沈潜し、むしろひろびろとした平易な句境が現れている。ここでは『吉野』の句を挙げておきたい。

みづうみに四五枚洗ふ障子かな
人は死に竹は皮脱ぐまひるかな
冬座敷くぬぎ林の中にあり
雲長くなれば夕べや山の秋
旧正の雪を加ふる山ばかり

茶が咲いていちばん遠い山が見え
花御堂わだつみ照れば山つみも

10　初めに言葉ありき

すでに明らかなように、あきらはハイデガーの思想から大きな影響をうけている。「象徴と瞬間」（昭和二十七年）及び「季に関する一考察――季感をめぐって――」（昭和二十八年）は、ハイデガーの『存在と時間』を下敷きにしている。また「社会性理論に対する懐疑」（昭和三十年）の文中には、早くも『ヘルダーリンにおける詩の解明』からの言葉が引用されている。あきらがハイデガーを通してヘルダーリンに親しんだことは、あきらにとって、詩としての俳句を考察するうえで決定的なことであった。

俳句はたしかに日本の伝統的文芸であるが、その俳句も詩であるかぎり、詩としての普遍的根拠をもつ、とあきらが考えるのは、まさにこの二人の洞察に負うところが大きい。ただ、ここで言う「詩」とは、いわゆるポエムの意味ではなく、あらゆる芸術の根底にある「人間以上のものとの対話」の別称である。

ハイデガーの思想の一端についてはすでに触れられた。ここではもう少しその言語論について述べておきたい。

ハイデガーによると、「言葉は存在に人間が外からつけた記号ではなく、『存在の家』である」。つまり言葉という大きな家のなかに、あらゆるものが存在しているのだ。言葉は人間の使う記号や道具である前に、人間そのものを支える基盤なのである。あきらの比喩によれば、魚にとっての水のようなものである（「言葉の不思議」、「真宗研究会紀要」、第四十二号、平成二十二年）。

水がなければ魚は泳ぐことも餌を摂ることも繁殖することもできない。魚を生かしているのは水である。同じように、わたしたち人間を生かしているのも言葉である。水があってはじめて魚が存在しうるように、言葉のなかに人類が誕生し、言葉のなかで進化を遂げてきたというのだ。「言語は個人以前の地平、人間に先立つ根本地平」であり、「人間存在の根本条件」である（「言葉と人間」、『命ひとつ――よく生きるヒント』）。まさに「初めに言葉ありき」である。

言葉こそが「人間存在の根本条件」である。あきらがハイデガーから学んだもっとも重要な思想の一つである。詩（俳句）について考察する際も、さらに浄土真宗の僧侶として「南無阿弥陀仏」の「名号」について考察する際においても、このハイデガーの思想が導きの糸となった。このことは、（宗教のことはさておき）詩が人間存在の本質と密接にかかわっていることを示唆するであろう。

11　詩の普遍性

さてここで注目するのは、あきらがハイデガーの影響のもと、芭蕉とヘルダーリンとの間に見出した共通性である。それは詩が生まれる東西の時代・風土・環境などが異なっていても、根底において詩は普遍的である、ということを示している。

芭蕉は、「予が風雅は夏炉冬扇のごとし。衆にさかひて用る所なし」と言っている。要するに俳句は何かの役に立つというものではないというのだ。子規のいう「天下無用の閑事業」である。同じようにヘルダーリンは母親宛ての手紙において、「詩を作ること、あらゆる人間のいとなみの中でももっとも無邪気なもの」と述べた。子供の遊びのように、詩作という営みは、目的や効用などとはまったく異なった次元にある、と言うのだ。詩作は「言葉というものに純粋にかかわるいとなみ」である（「詩と宗教」、『宗教と詩の源泉』所収）。自我の計らいから離れた無私ということかもしれない。

しかしそうであるならば、詩の存在理由は何なのか。あきらは「くろさうし」のなかの文章をとり挙げる。「師のいはく、俳諧の益は俗語を正す也」。「俗語」とは、「真実がこもっていない言葉、空っぽの言葉という意味です。見かけだけは言葉できれいに飾り立てているが、どこか嘘っぽい言葉のことです」。あきらによれば、そのような俗語によって人間は物の存在を喪失し、自分自身を喪失する。役に立つことのない俳句であるが、ただ俗語を正すことにのみ俳句の存在意義があるというのだ。

他方、ヘルダーリンは言う。「それゆえにあらゆるものの中でもっとも危険なもの、言葉がわれわれに与えられた。［中略］それによって人間は自分が何であるかを証《あか》しするのだ」。言葉はわたしたち人間に与えられた最も危険なものである。なぜなら、「言葉は人間に対して真理が現れる場所であると同時に、真理が隠される場所」でもあるからだ。言葉によって人間はみずからがどのような存在であるかを証明するのであるが、その言葉によって、人間は人間であることを喪失もするのである。言葉の喪失が同時に人間存在の喪失である。「ヘルダーリンが言う人間存在にとってのこの本質的な危険のことを、芭蕉は『俗語』と言ったわけです」。

この二人の言葉を、虚子の言葉で言えば次のようになろう。

俳句は、自分が本当に感じたことを正直に言うのが大切です。感じてもいないことを言ってもだめです。言葉だけでこさえあげた俳句はよくないのです。

二十代のときに虚子から聞いたのであるが、若きあきらにとっては、この老虚子の言葉は頭を素通りしたらしい。のちになってこの言葉に深く感銘したという。わたしたちは、晩年のあきらから、しばしば虚子のこの教えを聞くこととなった。

ところで芭蕉は次のようにも言っている（『あかさうし』）。「乾坤の変は風雅のたね也といへり。静かなるものは不変の姿也。動《うつ》るものは変也。時としてとめざればとどまらず。止めるといふは見とめ聞きとむる也。飛花落葉の散り乱るも、その中にして見とめ聞きとめざればをさまることなし。その活きたる物だに消えて跡なし」。「乾坤の変」を言葉で言い止め、聞き止めることによって、この移りゆくものは永遠の景としてとどまるのである。

同じようにヘルダーリンは言う。「神的なものはすべて、速く過ぎ去り易い」が、この「速く過ぎ去り易いもの」を、言葉で言い止めるのが詩人である、と。「常住のものは、しかし、詩人がこれを建設するのである」。「常住のもの」とは、

「留まるもの」を意味するドイツ語からの翻訳である。すべてが変わってゆくこの乾坤にあって、変わらない永遠なるものを建設できるのは、詩人だけである、というのだ。

功績《いさおし》は多い。だが人はこの地上に詩人として住んでいる。

あきらは折に触れてはこのヘルダーリンの言葉を口にした。たしかにこの世の中は多くの人によって成し遂げられた大小さまざまな功績によって溢れている。功績を残した人が優れた人として称賛されもする。現代の文明はこれら人類の功績の集積であると言っても過言ではない。しかしヘルダーリンは、人間の本質はそこにはないというのだ。いくら功績を積んでも及ばないところに、人間の本質は存在する。詩人であることにこそ、人間の人間たる本質があるというのである。芭蕉も「風雅」について「像《かたち》花にあらざる時は夷狄にひとし。心花にあらざる時は鳥獣に類す」と言っているではないか。ここにいう言う「詩人」とは、原文では「詩的」「詩人のような」を意味するドイツ語であるが、あきらは「詩人」という訳を用いている。あきらはみずからの句作を通して、この地上に詩人として生きようとした俳人であった。

「詩とは何か」という根本的な点においても、芭蕉とヘルダーリンは共通の認識をもっていると言えよう。このようなあきらの洞察は昭和五十年代において確立したと思われる。あきらの俳句観はここに定まった、と言えるであろう。（ちなみに、あきらが説法の場などにおいて「名号論」を説き始めるのは昭和六十年頃からだという）。

ところで、詩作は「言葉というものに純粋にかかわるいとなみ」であった。そのいとなみは効用の次元からは離れており、「事柄が事柄自身として直接的にあらわれるところでもある。純粋な言はそのまま純粋な事でもある」（「詩と宗教」、『宗教と詩の源泉』所収）。ここからあきらは言う。「純粋言語の経験としての詩の立場は、事実のあるがままの呈示であらんとする要求、つまり真理要求というものを本質的にふくんでいる」。ハイデガーは詩を作ることと思惟作用は、その根源において同じであると言っている。真理を追究する思惟は、またそのいとなみの結果としての思想は、言葉の深みにおいて、詩作と同じ源をもっている、と言えるであろう。

『紺碧の鐘』以後においても句作の課題であり続けた「感覚と思想の統一」は、「応ずる」という人間と言葉との根源的関係において、実現されているとも言えるであろう。句作において「事実のあるがまま」すなわち「真理」を受け取るかぎり、すでに成し遂げられているのである。

12 「晨」創刊

爽波の「青」は一貫して写生を標榜してきた。しかしあきらが子規以後の写生に根本的疑問を呈し、「物に入る」、さらには「ものに応じる」という芭蕉の句作に、現代俳句の活路を見出そうとするに至って、両者の俳句観の相違は歴然となった。爽波の句作は、所詮、近代主義的写生の延長に過ぎない、とあきらが思っていたとしても不思議ではない。昭和五十八年をもって、あきらは「俳句観が相容れない」という理由によって「青」を退いた。

それに先立つ同年の晩夏、あきらは森澄雄、飴山實、岡井省二、魚目らと三重県の榊原温泉に遊んだ。あきらと爽波との確執に話が及び、澄雄の慫慂によって、あきらは魚目、省二と同人誌「晨」(隔月刊)を創刊することとなった。その趣意書である「同人誌『晨』へのお誘い」(昭和五十八年十二月)において、あきらは一見繁栄を誇る現代俳句のなかに、俳句が「只の芸事に転落してしまう」兆候を感じ、次のように書いた。

俳句が伝統詩型としての活力を十全に発揮するためには、俳句をふくめた全ての詩型に通ずる普遍的なポエジィの源泉から不断に給水すべきだ、と私たちは考えます。俳句以外の文芸や思想の領域に対する積極的な関心が、この普遍的なポエジィとのつながりの中に、俳句を再発見せしめる方途となるでしょう。

「俳句をふくめた全ての詩型に通ずる普遍的なポエジィの源泉」という表現に、当時のあきらの志向がうかがえよう。俳句は季に浸透されている日本独自の文化の一形態であるが、それが「詩」であるかぎり、「普遍的なポエジィの源泉」を持つ、というのである。あきらは、俳句の独自性と普遍性を同時に視野に入れている。すでにあきらは第二句集『鳥道』(昭和五十六年)の「あとがき」において述べている。「普遍的で根源的な詩の地平を、俳句形式の特殊性そのものの中で開示したい。それはこの伝統詩の形式に棲むデモンを、現代に呼びもどすことだと思う」。いまやそれを一誌において試みようというのである。

「晨」は同人誌でありながら、「雑詠」欄を設けることとした。雑詠の選者には代表同人であるあきら、魚目、省二の他に、實と鷲谷七菜子が加わることになっていた。ところが雑詠欄の設置をめぐってあきらと實との間の齟齬が明らかとなり、結果的に實は「晨」に参加することを取りやめた。實は雑詠欄を設けることに反対したのである。また七菜子は、師である山口草堂の了承のもとに参加を決めたのであったが、高齢の草堂はこのことを失念してしまったらしく、七菜子が加わることに不快感をあらわにした。こうして七菜子は「晨」に参加することをあきらめた。

「晨」の創刊号には、「詩と哲学――俳句の世界観をめぐって――」というあきらと梅原猛の対談が掲載された。「思想が叙情の中に溶けこんでいる」「和歌と俳句との世界像の違い」「言葉の中に棲んでいる霊とかデーモンの眠りを覚ますのが詩人の仕事」「俳句は自我の詩ではなく、存在の詩」「日本の世界観とヨーロッパの世界観の違い」等々、東西の思想にわたる闊達な対談は梅原の言葉で終わっている。「これは第二芸術論以来の大理論やで大峯さん、これは(大笑)」。

梅原との対談であきらは、みずからの句について、「まあ思想みたいなものが出てるとしたら」と言いながら、以下の句を挙げている。前半の二句は『鳥道』(昭和五十六年)に、残りの二句は『月讀』(昭和六十年)に収められている。

光秀のやさしさ思へ早苗籠
柿接ぐや遠白波の唯一度
難所とはいつも白浪夏衣
蓮如忌や渺渺として湖賊の血

「要するに感性的なものを越えた、メタフィジカルな世界が感性の中に溶けているようなことがあればいいと思っているんですよ。逆に言うと、感性を貫いてメタフィジカルな世界が透けてみえるような…」。「感覚と思想の統一」は、そのときに応じて異なった表現となるのであるが、ここでは、「メタフィジカルな世界が感性の中に溶けている」、このような表現であらわされている。

「晨」には多くの俳人が結集した。創刊時の同人数は六十八名であるが、次第にその数は増えた。ちなみに昭和六十年二月十一日には、名古屋市公会堂にて第一回「晨 東海俳句大会」が開催され、二百三十名が集まったという。

平成三年に省二は「晨」の代表同人を辞退し、新たに「槐」を創刊した。それに伴い省二の影響下にあった俳人たちの多くが「晨」を去った。以後あきらは山本洋子の献身的尽力を得つつ、魚目とともに「晨」を支えて行くこととなった。

13　詩人として生きる

省二が去ったあと、あきらと魚目は「晨」を支える二本柱として奮闘した。雑詠の選者もこの二人であった。平成八年からは選者に山本洋子が加わり、あきらと魚目は隔号で選を担当することとなった。あきらの負担軽減ということもあったのかもしれないが、魚目の体調不良が大きな要因であった。その後も魚目の体調は万全とは言いがたく、平成十七年の七月号を最後に、魚目は雑詠選から完全に手を引いてしまった。翌十八年には代表同人を辞退するに至った。「晨」への出句は、同年七月号の「晨集」が最後である。

魚目はみずからの状態を、あきらや洋子に十分説明することをしなかったようだ。わたしには報告すべきことを放置しているようにも見えた。あきらならわかってくれるだろうという、ある種の甘えがあったのかもしれない。魚目をよく知っているあきらであるが、その一連の経緯は、あきらの目には無責任な態度に映ったに違いない。魚目が「晨」から遠ざかるにつれて、あきらは魚目俳句について批判的言葉を口にするようになった。魚目の俳句は美意識に貫かれた「言葉だけでこさえあげたもの」のように思われたのであろう。しかし魚目はあきらの批判に最後まで気づいていなかったように思われる。

平成二十五年、あきらは『命ひとつ――よく生きるヒント』を刊行した。その本が魚目からわたしの元に届いた。扉に魚目が次のように墨書している。「謹呈　これは若き日の彼の大事な論文　何卒何卒ご覧下さい　宇佐美魚目」。この小冊は、たしかにあきらが若いときから考え抜いてきた内容であろうが、「若き日の」大事な論文ではない。魚目にとってあきらは、熱い友情で結ばれていたころの、若き日のあきらそのままであった。

あきらは情にほだされて、信念を曲げるような人ではなかった。これは、若いときから一貫して俳句の本質を探究するというあきらの姿勢と無関係ではない。この姿勢は同時に、「詩人の使命とは何か」を一途に問い求めてゆくことでもあった。考えてみれば、あきらほど詩人の使命に自覚的であった俳人はいない。すでに二十代にして社会性俳句に対して、「何よりも詩人に固有の使命の認識が忘却されてゐる」と批判しているのだ（「大風の中の花」、「ホトトギス」昭和三十二年四月号）。

詩人の使命とは、自己の思索の動機を、自己の現存とふ単純だがしかし複雑な事実の一点に集中して持ち、この事実を表現すること以外にはない。

また、「詩の本質をなすものは、［中略］永遠への私達の関係以外ではないと言ふことが出来る」と言い、次のようにも述べている。

詩人とは、いつの時代でも、この永遠への関係を自分の唯一の仕事だと誓つた人々の名をさす。

若き日に抱いていたこの「詩人の使命」は、「人はこの地上に詩人として住んでいる」というヘルダーリンの言葉によって、この地上に、さらにはこの宇宙に人間が存在することの意味を問うことへと深められていった。あきらの言葉を挙げておこう。「俳句とは、一つの宇宙的視座を遂行する言語のことではないか。——最近しきりにこんな風に思う」（「宇宙的視座」、「俳句とエッセイ」、昭和六十年六月号）。「世界の深みの方向に向かって垂直的に覚醒し、宇宙の内における人間の位置というものを感じようとする真の詩の復権」（『夏の峠』「あとがき」平成九年）。『宇宙塵』の「あとがき」では次のように述べる。

万物はみな生滅する塵として［中略］宇宙の力に貫かれて生かされているわけです。宇宙という鏡面に映されているのだ、と言えましょう。

私を映してくれる宇宙の愛に応えて、私の方からも無心に宇宙を映したい。わが俳句は宇宙とのそういう交流であって欲しいと願っています。

吉野で圧倒的な星空を見て、自分と星空との関係を考えたりした少年の感受性は、そのあきらをついに宇宙的視座を遂行する俳句へと導いたのである。

あきらは、その生涯に九冊の句集を世に出した。それら句集に収められた三千四百句に及ぶ俳句作品は、あきらの「この地上に詩人として」生きようとしたことの証である。同時にあきらは、『花月の思想』（平成元年）『命ひとつ――よく生きるヒント』（平成二十五年）など、俳句をめぐる多くの論考を残した。あきらは俳句が日本の風土を離れることのできない伝統的文芸であることを肯いつつ、他方でその俳句を詩として根拠づけることによって、俳句の独自性と普遍性を、明らかにしようとしたのである。

あきらが亡くなったのは平成三十年一月三十日である。八十八歳であった。法名は「傳法院釋顯智」。その墓所は専立寺境内にある。

大峯あきら年譜

＊俳句に関わる事項を中心に作成したものである。

一九二九年（昭和四年）

七月一日、奈良県吉野郡大淀町増口の専立寺に、六人兄弟の長男として生まれる。本名、顯。父、顯寂、母、千鶴。専立寺は、蓮如の直弟であった浄円坊が開基したと伝えられている。

一九三六年（昭和十一年）　七歳

四月、大淀第三尋常小学校入学（昭和十六年四月、大淀第三国民学校と改称）。

一九四二年（昭和十七年）　十三歳

三月、大淀第三国民学校卒業。
四月、旧制畝傍中学校に入学。

一九四三年（昭和十八年）　十四歳

畝傍中学二年、春、肋膜炎になり、一年間休学。奥吉野に住むホトトギスの青年僧（号、七草）から俳句の手ほどきを受ける。
父の書棚にあった『正岡子規集』（改造社）を読む。青年僧は二十四、五歳で亡くなる。

一九四四年（昭和十九年）　十五歳

二月、「入門俳句・犀川選」に入選（「飛鳥」二月号）。

待つてゐる鴨の來らず實南天　顯

＊「かつらぎ」は昭和十七年十一月～昭和二十一年十月まで「飛鳥」と称した。

四月、復学。

一九四六年（昭和二十一年）　十七歳

「ホトトギス」の雑詠に入選していた同級生を中心に、「畝中俳句会」を結成。月一回句会。同窓の先輩である阿波野青畝が指導に来校。

十一月、「かつらぎ」雑詠（青畝選）に初入選（「かつらぎ」十一月号）。

奥宇陀の山並低し今日の月　畝傍中　大峯顯

一九四七年（昭和二十二年）　十八歳

六月、俳誌「芝生」を発行。六月、七月、九月と三号続く。青畝入選より三句。

桐の花鉛筆の粉を窓に捨つ

苗床の夕べの空の藍は濃く

この庭の瓜の一つに集まる日

一九四八年（昭和二十三年）　十九歳

四月、旧制山口高等学校の文科甲類入学。同級に後に映画監督となった山田洋次がいた。

一九四九年（昭和二十四年）　二十歳

二月、「かつらぎ」二月から「山口高　大峯あきら」名で投句

三月、学制改革により、三月に山口高校を一年で修了、七月に京都大学を受験する。

九月、京都大学文学部哲学科に入学。

「京大ホトトギス会」に入会。鈴鹿野風呂、のちには阿波野青畝が指導に来る。

暮れ、山形理《おさむ》に連れられ、左京区の田中春菜町の波多野爽波宅を訪れる。爽波と初めて会う。

十月、「かつらぎ」十月号から「京大　大峯あきら」名に。

十一月、爽波の「春菜会」に入会。

＊旧制高校の募集は昭和二十三年まであった。しかし三年在学して卒業できるのは、昭和二十二年の入学者が最後。昭和二十三年の入学生は、昭和二十四年三月で学籍が消滅するので、新制大学を受験し直すことになった。

一九五〇年（昭和二十五年）　二十一歳

六月、「ホトトギス」雑詠初入選（「ホトトギス」六月号）。

灯を消してあり春泥をおしつゝみ

七月、二十二日から二十四日「春菜会」と東京の「新人会」（深見けん二、清崎敏郎ら）が合同して、鎌倉の東慶寺にて夏季稽古会。約三十名が集う。二日間で虚子選に四句入選する（あきらは二十四日は欠席か）。虚子と初めて会う。

十二月、年末、ガリ刷りの「春菜会作品集」が出される。「玉藻」の雑詠に初入選（「玉藻」十二月号）。「たより欄」に短文、七月の稽古会に参加した感想（「玉藻」十二月号）。十七日、京都玉藻句会に出席（「玉藻」昭和二十六年四月号）。

一九五一年（昭和二十六年）　二十二歳
七月、二十二日から二十六日まで、富士山麓の山中湖にある虚子山荘にて稽古会。さらに一日山荘に滞在。
　炎天の富士となりつゝありしかな

一九五二年（昭和二十七年）　二十三歳
三月、「象徴と瞬間―俳句的形式と實存的内容との関係について―」（「かつらぎ」三月号）。

一九五三年（昭和二十八年）　二十四歳
二月、「季題解説〈下萌〉」（「かつらぎ」二月号）。

三月、京都大学文学部哲学科卒業。

四月、大学院に進学、西谷啓治の指導を受く。

五月、十七日、「かつらぎ」創刊二十五周年大会にて講演「俳句と近代」（於大阪市　大阪美術倶楽部）。

六月、『春菜会作品集』に「干草」三十九句。

十月、「新人層の結集を図る」という旗印のもと、爽波主宰の「青」創刊。「青」という誌名はあきらの提案による。編輯同人となる。座談会「『青』創刊にあたって」波多野爽波・大峯あきら・五十嵐哲也・中井黄燕子・牧野春駒・齊藤三味・千原草之・和田西方（「青」十月号）。「季に関する一考察―季感をめぐって―」（「青」十月号）。雑詠に「京大　大峯あきら」として投句。

十二月、対談「素十俳句について」大峯あきら・牧野春駒（「青」十二月号）。
・「季に関する一考察は面白く拝読しました」と感想を記した葉書が虚子から届く。

一九五四年（昭和二十九年）　二十五歳

一月、「季に関する一考察（二）―自然について―」（「青」一月号）。

二月、「季に関する一考察（三）―俳句の近代性―」（「青」二月号）。座談会（三）「敏子と語る」神田敏子・波多野爽波・大峯あきら（「青」二月号）。

五月、句集「『天馬』の背景」（「青」五月号）。

八日、九日、「青」高松吟行に参加。

六月、六月集（雑詠・青畝選）初巻頭〈稿進みつゝ雛の日を過ぎにけり〉他三句（「かつらぎ」六月号）。座談会（五）「『草田男』について」波多野爽波・大峯あきら・太田文萠・島田刀根夫・岩田藜・橋本和風・牧野春駒・千原草之（「青」六月号）。「青」雑詠初巻頭〈花の中枝のやさしく過ぎてゐる〉他五句（「青」六月号）。「理さんの俳句」（「かつらぎ」六月号）。

七月、二十四日、二十五日、「かつらぎ」夏行に参加（於福井　永平寺）。

八月、雑詠鑑賞会に参加（「青」八月号）。

九月、雑詠鑑賞会に参加（「青」九月号）。

十月、雑詠鑑賞会に参加（「青」十月号）。

十一月、「写生の問題―一つの解釈」（「青」十一月号）。「狭き門」（「玉藻」十一月号）。

十二月、「かつらぎ」同人に推薦される（「かつらぎ」三〇〇号）。
・虚子から「『花鳥がささやきかける』といふのは、厳密に云つたらどういふ事になるのですか」との葉書。

一九五五年（昭和三十年）　二十六歳

一月、「爽波寸描（春菜会）〝近さ〟の美」（「青」一月号）。雑詠鑑賞会に参加（「青」一月号）。

二月、座談会（七）「『ホトトギス』の一年を顧る」（「青」二月号）波多野爽波・大峯あきら・太田文蒴・牧野春駒。

四月、第七回（昭和三十年度）「かつらぎ」推薦作家となる。第七回推薦作家自選作品七句（「かつらぎ」四月号）。

六月、北斗集に八句（「かつらぎ」六月号）。

七月、二十三日、二十四日、第八回「かつらぎ」四国夏行に参加（二十三日、屋島「屋島館」・二十四日琴平「さくら屋」）。三十日、三十一日、鹿野山神野寺における稽古会に参加。

八月、「季の時間性について」（「青」八月号）。

十一月、三日、「青」神戸吟行会参加。「季節の詩人」（「かつらぎ」十一月号）。「玉藻」の雑詠入選は十一月号の二句をもって最後となる（「玉藻」十一月号）。

十二月、北斗集に八句（「かつらぎ」十二月号）。

「〈社会性理論に対する懐疑〉たかく炬火をかざせ―ゲオルグ」（「青」十二月号）。


一九五六年（昭和三十一年）　二十七歳
一月、「往復書簡（一）大峯あきら―有馬朗人」（「青」一月号）。

三月、座談会「今月の雑詠から」（「青」三月号）波多野爽波・大峯あきら・太田文蒴。

四月、「冬日」一〇句（「俳句研究」四月号）。座談会「今月の雑詠から」（「青」四月号）波多野爽波・大峯あきら・太田文蒴。

五月、「断片」（日記風エッセイ）を執筆（「青」五月号）。

六月、「断片―二―」（「青」六月号）。十六日、十七日、「青」六甲山吟行に参加。

七月、十五日から十七日、鹿野山神野寺における稽古会に参加。北斗集に八句（「かつらぎ」七月号）。

八月、「断片―三―」（「青」八月号）。

九月、「〈稽古会の印象「霧の山」〉」（「青」九月号）。「断片―四―」（「青」九月号）。

十月、北斗集に一〇句（「かつらぎ」十月号）。第一回青賞受賞。「友への手紙―受賞の言葉に代へて―」（「青」十月号）。青賞受賞作品三〇句（「青」）。

十一月、座談会「高野素十氏を囲んで」高野素十・波多野爽波・大峯あきら・太田文萠・牧野春駒・小路紫峡・島田刀根夫・中野達也・中杉隆世・久保佳子・千原草之・高野富士子（「青」十一月号）。「存在と存在するもの―秋元不死男氏への御返事―」（「青」）。

十二月、結社賞作品集　青賞三〇句（「俳句研究」十二月号）。「この句の成るまで」〈炎天の富士となりつゝありしかな〉（「かつらぎ」十二月号）。「断片―五―」（「青」十二月号）。

一九五七年（昭和三十二年）　二十八歳

一月、「作家における理論とは何か」（「かつらぎ」一月号）。「断片―六―」（「青」一月号）。「青」百号記念大会のための講演原稿「見えるが儘と在るが儘」（「青」一月号）。〈現代俳句月評十三回〉大峯あきら・舟津りん一・中西愛・中川和子・山本三樹夫・西川章夫（「青」一月号）。

二月、俳句作品「昴」二〇句（「青」二月号）。「断片―七―」（「青」二月号）。

三月、「断片―八―」（「青」三月号）。波多野爽波・橋本鶏二・野見山朱鳥・福田蓼汀により四誌連合会結成の相談。

四月、「大風の中の花」（「ホトトギス」四月号）。特別作品「自然と學問」七句（「かつらぎ」四月号）。「深見けん二句集『父子唱和』を読む」（「青」四月号）。

五月、「断片―九―」（「青」五月号）。座談会「現代俳句鑑賞―昭和三十二年度俳句年鑑より―」大峯あきら・中杉隆世・船津りん一・赤坂敦子・小路紫峡・森澪雨（「青」五月号）。

六月、特別作品「学生生活」七句（「かつらぎ」六月号）。「断片―十一―」（「青」六月号）。座談会「現代俳句鑑賞―俳句五月号より―」大峯あきら・中杉隆世・船津りん一・赤坂敦子・小路紫峡・森澪雨・千原草之（「青」六月号）。

七月、座談会「現代俳句鑑賞―俳句六月号より―」大峯あきら・中杉隆世・船津りん一・赤坂敦子・太田文萠・浜崎素粒子・伊藤ちあ

き（「青」七月号）。「断片―十一―」（「青」七月号）。

八月、三日、四日、山中湖畔稽古会参加。特別作品「淡路行」二一句（「かつらぎ」八月号）。「断片―十二―」（「青」八月号）。

九月、「源義雄氏へ」（「青」九月号）。座談会「現代俳句鑑賞―俳句八月号より―」大峯あきら・中杉隆世・船津りん一・赤坂敦子・太田文萠・浜崎素粒子・伊藤ちあき（「青」九月号）。

十月、「当たりまえなこと―山口草堂氏へ―」（「かつらぎ」十月号）。

十一月、「写生私見」（「年輪」十一月号）。

十二月、「四誌連合会の言葉」（橋本鶏二執筆）が発表される。赤坂敦子・小路紫峡と共に四誌連合賞候補に推薦される。


一九五八年（昭和三十三年）　二十九歳
一月、研究座談会「写生とは何か」大峯あきら・友岡子郷・中野達也（「青」一月号）。

二月、『泉湧く』（「菜殻火」同人句集）の読後評（「菜殻火」二月号）。

三月、「かつらぎ庵の冬」（「かつらぎ」三月号）。第一回四誌連合会賞第二位作品三〇句掲載（「青」三月号）。

四月、座談会「金子兜太氏を囲んで」金子兜太・波多野爽波・大峯あきら・小路紫峡・友岡子郷（「青」四月号）。

五月、四日、「かつらぎ」創刊三十周年記念俳句大会に出席（於大阪市中央電気倶楽部）。十八日、名古屋市公会堂にて、四誌連合会賞第一回授賞記念「俳句と講演の会」。宇佐美魚目と初めて会う。魚目が第一回「四誌連合会賞」受賞、あきらは第二席。

六月、「詩と知―『ノサップ岬』（古館曹人）を読んで―」（「青」六月号）。

八月、座談会「阿波野青畝氏を囲んで」阿波野青畝・波多野爽波・大峯あきら・小路紫峡・森澪雨・森本愛子（「青」八月号）。

九月、二十日、二十一日、四誌連合会主催吉野山鍛練会（於吉野山「芳雲館」）に参加。

十月、特別作品「みなづき」七句（「かつらぎ」十月号）。座談会「青五周年を迎えて」波多野爽波・大峯あきら・千原草之・森澪雨・太田文萠・中杉隆世・野村慧二・山口谷緑卯（「青」十月号）。

十二月、特別作品「湖畔思慕」七句（「かつらぎ」十二月号）。特別作品「慈眼」一四句（「青」十二月号）。座談会「爽波作品の一年を顧みて」大峯あきら・本永可能・吉田秀芝・石塚祐晃・太田文萠（「青」十二月号）。「ホトトギス」の雑詠入選は十二月号が最後となる。・「青」が五周年を迎え、太田文萠らとともに編集委員を委託される。

一九五九年（昭和三十四年）　三十歳

一月、青畝研究「入松乱曲合評（一）」大峯あきら・森田峠・吉田汀白（「かつらぎ」一月号）。

二月、青畝研究「入松乱曲合評（二）」大峯あきら・森田峠・吉田汀白（「かつらぎ」二月号）。

三月、大学院博士課程修了。女流群像「もりゑ・叡子」（「かつらぎ」三月号）。

四月、宗教学研究室の助手となる。

五月、「青作家小論特集・I〈友岡子郷―同君への手紙―〉」（「青」五月号）。

七月、高浜虚子研究号「虚子の俳句」（「俳句研究」七月号）。

八月、座談会「虚子先生を偲ぶ」波多野爽波・大峯あきら・千原草之・太田文萠・鳥田刀根夫（「青」八月号）。

九月、〈れたあ・ぼっくす〉に手紙（「青」九月号）。

十月、「かつらぎ」に以後投句なし。

十一月、座談会「この一年の爽波作品を顧みて（その一）」大峯あきら・千原草之・本永可能・吉田秀芝・太田文萠（「青」十一月号）。

十二月、座談会「この一年の爽波作品を顧みて（その二）」大峯あきら・千原草之・本永可能・吉田秀芝・太田文萠（「青」十二月号）。

・山本陽子と結婚。

一九六〇年（昭和三十五年）　三十一歳

三月、「四誌連合新人会（仮称）」（事務局は岡田日郎宅）が結成され、入会する。会員は、日郎、あきらの他に、宇佐美魚目、岡部六弥太、神尾季羊、友岡子郷、中杉隆世、馬場駿吉、本郷昭雄、吉本伊智朗ら。対談「久しぶりで話す」波多野爽波・大峯あきら（「青」三月号）。

四月、対談「久しぶりで話す」波多野爽波・大峯あきら（「青」四月号）。

五月、「四誌連合会新人会作品第一集」が謄写版刷りにて出る。（この年は第八集まで。但し、あきらは、二集、三集、五集には参加せず）。

八月、座談会「作家展望　その三①〈青の女流作家〉」波多野爽波・大峯あきら・友岡子郷・浜崎素粒子・山本良明（「青」八月号）。

九月、座談会「作家展望　その三②〈青の女流作家〉」波多野爽波・大峯あきら・友岡子郷・浜崎素粒子・山本良明（「青」九月号）。〈現代俳句合評第一回〉波多野爽波・大峯あきら・太田文萠・中野達也・友岡子郷・山本良明・浜崎素粒子・村上夏郷（「青」九月号）。

十月、特集・伝統俳句論ノート（「俳句研究」十月号）。座談会「作家展望　その三③〈青の女流作家〉」波多野爽波・大峯あきら・友岡子郷・浜崎素粒子・山本良明（「青」十月号）。〈現代俳句合評第二回〉波多野爽波・大峯あきら・太田文萠・中野達也・友岡子郷・山本良明・浜崎素粒子・村上夏郷（「青」十月号）。

十一月、「詩的言語と伝統」（「青」十一月号）。〈現代俳句合評第三回〉波多野爽波・大峯あきら・太田文萠・中野達也・友岡子郷・山本良明・浜崎素粒子・村上夏郷・中杉隆世（「青」十一月号）。二十日、四誌連合会第三回授賞記念俳句と講演の会に参加（於名古屋市公会堂）。

十二月、友岡子郷・本永可能と共に第四回四誌連合会賞候補作家に。第四回四誌連合会賞候補作品三〇句（「青」十二月号）。〈現代俳句合評第四回〉大峯あきら・伊藤ちあき・太田文蒴・中野達也・友岡子郷・山本良明・浜崎素粒子・中杉隆世（「青」十二月号）。

一九六一年（昭和三十六年）　三十二歳

一月、座談会「爽波句の一年をめぐって」（「青」一月号）波多野爽波・大峯あきら・友岡子郷・山本良明。「現代俳句合評第四回」波多野爽波・大峯あきら・伊藤ちあき・太田文蒴・中野達也・友岡子郷・山本良明・浜崎素粒子・中杉隆世・川波啓一郎（「青」一月号）。＊「現代俳句合評第四回」は第五回の間違い。以後回数は一つずつ繰り下がる。『獅子作品集　第九集』（「四誌連合会新人会（仮称）」が「獅子の会」と正式に決定される）。

二月、座談会「爽波句の一年をめぐって─続き─」波多野爽波・大峯あきら・友岡子郷・山本良明（「青」二月号）。「現代俳句合評第五回」波多野爽波・大峯あきら・伊藤ちあき・太田文蒴・中野達也・友岡子郷・山本良明・浜崎素粒子・中杉隆世・川波啓一郎（「青」二月号）。

三月、第四回四誌連合会賞　第三位入賞。第四回四誌連合会賞　第三位作品三〇句掲載（「青」三月号）。「現代俳句合評第六回」大峯あきら・伊藤ちあき・太田文蒴・中野達也・友岡子郷・山本良明・浜崎素粒子・中杉隆世・川波啓一郎（「青」三月号）。

四月、「句集『実』読後」（「青」四月号）。『獅子作品集　第十二集』

五月、座談会「この一年間の爽波作品」大峯あきら・太田文蒴・吉田秀芝・島田刀根夫・本永可能・高木智（「青」五月号）。

六月、「青新人賞」審査員になる。

九月、「〈青新人賞〉選後に」（「青」九月号）。

十月、「新人賞をめぐって─新人賞詮衡座談会」波多野爽波・大峯あきら・太田文蒴・友岡子郷・本永可能（「青」十月号）。特別作品「泉」二〇句（「青」十月号）。

一九六二年（昭和三十七年）　三十三歳
一月、座談会「三十六年度爽波作品の回顧（一）」大峯あきら・太田文蒴・金成たかを・本永可能・吉田秀芝（「青」一月号）。「現代俳句合評第七回―俳句十月号より―」大峯あきら・本永可能・高木智・金成たかを・太田文蒴・吉田秀芝（「青」一月号）。

二月、「現代俳句合評第八回」大峯あきら・本永可能・高木智・金成たかを・太田文蒴・吉田秀芝（「青」二月号）。

三月、『京大句集』（京大俳句会）発行。「冬の棕櫚」二〇句掲載。他に大串章、太田文蒴、清水哲男、竹中宏、田中成明、西川章夫らが作品を発表。

四月、「感覚主義」の克服を図り、中村草田男の「萬緑」に、昭和四十四年三月号まで投句する。

六月、第二回青賞「審査のあとに」（「青」六月号）。

八月、座談会「百号を迎えて」波多野爽波・大峯あきら・太田文蒴・吉田秀芝・友岡子郷（「青」八月号）。

九月、俳句作品「黒穂の麦」五〇句（「青」九月号）。

十月、特別作品「崖草」二〇句（「青」十月号）。

十一月、八日、「青」百号記念大会に出席（於神戸新聞会館）。

一九六三年（昭和三十八年）　三十四歳
一月、「青」百号記念大会のための講演録「見えるが儘と在るが儘」（「青」一月号）。「現代俳句合評十三回」大峯あきら・舟津りん一・中西愛・中川和子・山本三樹夫・西川章夫（「青」一月号）。
二月、「現代俳句合評第十四回」大峯あきら・舟津りん一・中西愛・中川和子・山本三樹夫・西川章夫（「青」二月号）。
三月、「現代俳句合評第十五回　三十七年度俳句年鑑より」大峯あきら・舟津りん一・中西愛・中川和子・山本三樹夫・西川章夫（「青」

三月号）。

四月、京都大学講師となる。対談「あきら氏と語る」源啓一郎・大峯あきら（「青」四月号）。「現代俳句合評第十六回」大峯あきら・舟津りん一・中西愛・中川和子・山本三樹夫・西川章夫（「青」四月号）。

五月、『京大句集』（京大俳句会）発行。「除夜眺望」二〇句。中谷寛章、原田暹らが京大俳句会に加わる。「現代俳句合評第十七回」大峯あきら・舟津りん一・中西愛・中川和子・山本三樹夫・西川章夫（「青」五月号）。

七月、俳句作品「駱駝」二〇句（「青」七月号）。「三十七年度爽波作品の検討」（「青」七月号）。「現代俳句合評第十八回（「俳句」・続現代俳句の百人より）」大峯あきら・舟津りん一・中西愛・中川和子・山本三樹夫・西川章夫（「青」七月号）。

八月、三十八年度青新人賞「審査のあとに」（「青」八月号）。

九月、「青」に同人制が敷かれ、宇佐美魚目、太田文蒴、友岡子郷らとともに同人となる。魚目との交流が始まる。この号より「碧鐘」（同人欄）に作品を発表。

十二月、「断片一」（「青」十二月）。「青」十二月号、翌年一月号、波多野爽波アメリカ出張のため雑詠の代選を行う。

一九六四年（昭和三十九年）　三十五歳

一月、「松尾いはほ氏を悼む特集」〈追悼〉（「青」一月号）。「断片二」（「青」一月号）。

二月、「断片三」（「青」二月号）。十六日、四誌連合会第六回授賞記念俳句と講演の会出席（於京都市・京大楽友会館）。

三月、「作家の視角—断片四」（「青」三月号）。

四月、魚目が専立寺来訪。名古屋市鳴海の魚目宅に泊まり、一人知多半島へ。「季節の感覚—断片五」（「青」四月号）。

五月、「季の存在論的考察のために」（「京大俳句」第一号）。俳句作品「夏の鹿」二〇句（「京大俳句」第一号）。俳句作品「半島」二〇句（「青」

五月号）。「詩と詩的なもの―断片六」（「青」五月号）。

六月、「三十八年度爽波作品の検討」〈感想〉（「青」六月号）。

七月、「ミロのヴィナス―断片七」（「青」七月号）。

八月、三十九年度青新人賞「審査のあとに」（「青」八月号）。「詩的感情―断片八」（「青」八月号）。魚目と神島へ渡る、二泊三日。

九月、特別作品「神島」二四句（「青」九月号）。「芸術的新―断片九」（「青」九月号）。

十月、第十回角川俳句賞　佳作「花粉」（「俳句」十月号）。「季題論の基礎」（「青」十月号）。

十一月、俳句作品「巨鐘の内」一二句（「京大俳句」第二号）。「季題論の基礎（続）」（「青」十一月号）。座談会「伝統派の明日を担う―爽波作品批判に答えて―」波多野爽波・金成たかを・大峯あきら・源啓一郎（「青」十一月号）。

十二月、九日、母死す。

一九六五年（昭和四十年）　三十六歳

二月、「伝統と時―原子・飴山論争をめぐって」（「俳句」二月号）。

三月、「句集『断面』読後」（「青」三月号）。

四月、三日、馬場駿吉句集『断面』出版記念会に出席（於大阪市・大阪銀行協会）。

五月、四十年度青新人賞「審査のあとに」（「青」五月号）。

六月、「一句の背景（四）」（「青」六月号）。

七月、十五日、父が急逝。十六年間住んだ京都を引き上げ、大淀町増口の自坊に帰る。専立寺住職となる。

九月、「文学の塩―友岡子郷氏へ」（「青」九月号）。

十月、俳句作品「初月満紅」一二句（「京大俳句」第四号）。

十一月、馬場駿吉により「点」創刊。魚目、友岡子郷、本郷昭雄らとともに参加。十六日、「俳句の今昔について」講演（待鳳婦人学級にて）。

一九六六年（昭和四十一年）　三十七歳

一月、「遭遇と意識―堀葦男の方法について」（「青」一月号）。「風煌煌」一〇句及び短文（「青」一月号）。

二月、「私の選んだ一〇句（「青」十一月号より）と感想」（「青」二月号）。「銀の太陽」一二句（「京大俳句」第五号）。十日、吉田秀芝追悼句会に出席。

四月、「追悼」（吉田秀芝）（「青」四月号）。

五月、「短命」一二句（「京大俳句」第六号）。

七月、対談「久しぶりで話す」波多野爽波・大峯あきら（「青」七月号）。

八月、対談「久しぶりで話す（承前）」波多野爽波・大峯あきら（「青」八月号）。魚目と九鬼へ。

九月、「九鬼港」一七句（「青」九月号）。四十一年度青新人賞「審査のあとに」（「青」九月号）。

十月、「青自選三句」（「青」十月号）。「大串章〈種見えず〉五十句の感想」（「京大俳句」第七号）。「鯆」一二句（「京大俳句」第七号）。

一九六七年（昭和四十二年）　三十八歳

一月、「魚籠」一二句（「京大俳句」第八号）。

三月、「青春のエキス―二十代特集を読む」（「青」三月号）。

五月、「詩と沈黙」（マックス・ピカートの『沈黙の世界』の紹介と抄訳）（「萬緑」五月号）。「発火」一二句（「京大俳句」第九号）。

七月、「巨花」一四句（「青」七月号）。十六日、「青」百五十号記念大会にてパネルディスカッション（於芦屋市民会館）。タイトル「青の進むべき道」大峯あきら・源啓一郎・中野達也・馬場駿吉・友岡子郷・竹中宏。十月、「神代杉」一二句（「京大俳句」第十号）。

十一月、「真紅の真相」（「青」十一月号）。四十二年度青新人賞「審査のあとに」（「青」十一月号）

一九六八年（昭和四十三年）　三十九歳

一月、「檜」一二句（「京大俳句」第十一号）。

二月、特別作品「浅き春」一五句（「青」二月号）。十七日、十八日、宇佐美魚目・山本洋子・西川章夫らと木曾上松へ。

四月、「特別作品「木曾路」二一句（「青」四月号）。

五月、大峯あきら五〇句特集「母辺」五〇句及び小文「言葉とその場所」（「京大俳句」第十二号）。

六月、特別作品「萩城下」一八句（「青」六月号）。

七月、「一句鑑賞」〈夏の雲湧き人形の唇ひと粒　飯田龍太〉（「青」七月号）。

八月、「一句鑑賞」〈大木を見てもどりけり夏の山　高桑闌更〉（「青」八月号）。

九月、特集・青の作家〈3〉対談「大峯あきらに聞く」吉本伊智朗・大峯あきら（「青」九月号）。「標高」二〇句（「青」九月号）。「一句鑑賞」〈頂上や殊に野菊の吹かれをり　原石鼎〉（「青」九月号）。「青雲」一二句（「京大俳句」第十三号）。

十月、「一句鑑賞」〈稲を刈る人の水踏む光かな　宇佐美魚目〉（「青」十月号）。二十六日、二十七日、専立寺に魚目来訪。

十一月、吉野吟行に参加（於吉野町大峯あきら宅「専立寺」）。

一九六九年（昭和四十四年）　四十歳

一月、「一句鑑賞」〈深雪晴非想非非想天までも　松本たかし〉（「青」一月号）。「白朝顔」一二句（「京大俳句」第十四号）。

二月、「一句鑑賞」〈春寒し朱の神殿のつよき拒絶　大井雅人〉（「青」二月号）。

三月、「飛鳥」一五句（「俳句」三月号）。「灯暈」二〇句（「俳句研究」三月号）。

四月、特集・青の作家〈五〉対談「宇佐美魚目に聞く」大峯あきら・宇佐美魚目（「青」三・四月号）。

六月、昭和四十三年度青賞審査後記「感想」（「青」六月号）。特別作品「吉野」一八句（「青」六月号）。

十月、「句集『遠方』（友岡子郷）を読んで」（「青」十月号）。「山女」一二句（「京大俳句」第十六号）。鼎談・タイトル「俳句・自然・その他」大峯あきら・竹中宏・高木智（「京大俳句」第十六号）。


一九七〇年（昭和四十五年）　四十一歳
二月、「北国」一二句（「京大俳句」第十七号）。

三月、「煤掃」八句（「俳句」三月号）。座談会「ある姿勢」宇佐美魚目・大峯あきら・吉本伊智朗（「青」三月号）。「青」の丹波篠山吟行会に参加。

四月、特別作品「城下」一五句（「青」四月号）。

昭和四十四年度青賞審査後記（「青」四月号）。

五月、「寒」一〇句（「俳句研究」五月号）。追悼　朱鳥昇天「野見山朱鳥氏を悼む」（「青」五月号）。「青」五月号雑詠代選。

七月、二十五日、二十六日、「青」神島鍛練会に参加（於三重県鳥羽市神島・藤文旅館）。

八月、特別作品「神島」一七句（「青」八月号）。「京大俳句」退会。

十二月、「作品展望Ｉ」にて初めて金子兜太に〈煤払火の見の北はいつも青し　あきら〉他三句が採り上げらる（「俳句研究年鑑」）。


一九七一年（昭和四十六年）　四十二歳
三月、吉野山吟行参加（於吉野　国民宿舎吉野荘及びあきら宅）。昭和四十五年度青賞審査後記「感想」（「青」三月号）。

七月、四日、「青」二〇〇号記念大会出席（於京都市みくるま会館）。二〇〇号記念大会特集講演・タイトル「はなし」（「青」七月号）。

九月、一日、夕方家族とともに伊丹空港を出発、ドイツに向かう。文部省在外研究員としてハイデルベルク大学に一年間留学。ガダマー教授、ヘンリッヒ教授の指導を受ける。「ハイデルベルク便り（一）」（「青」九月号）。

十一月、「ハイデルベルク便り（二）」（「青」十一月号）。

一九七二年（昭和四十七年）　四十三歳
一月、「ハイデルベルク便り（三）」（「青」一月号）。

四月、「ハイデルベルク短信」（「青」四月号）。

五月、「ヨーロッパの花の中で―ハイデルベルク便り（四）」（「青」五月号）。

八月、二十七日、秋晴れのフランクフルト空港を発ち、日本へ帰国。

十月、二十一日、二十二日、秋の合同句会参加―帰国の大峯あきらさんを迎えて―（於京都市東山荘）。この句会に〈帰り来て吉野の雷に座りをり〉が投句され、後日の爽波選に入る。

十一月、碧鐘欄に帰郷第一回目「柿日和」〈帰り来て吉野の雷に座りをり〉他八句（「青」十一月号）。


一九七三年（昭和四十八年）　四十四歳
三月、特別企画・海外作品を考える　自選作品五句（「俳句」三月号）。「―新同人を迎えて―季節の詩の戦列に」（「青」三月号）。

四月、大阪外国語大学に教授として赴任。「吉野」一五句（「俳句」四月号）。「碧鐘春秋―凱旋門の落日―パリ（一）」（「青」四月号）。

五月、特集・期待する作家・「白き〈時〉の裸形」にて、魚目を論じる。（「俳句」五月号）。昭和四十七年度青賞「選後に」（「青」五月号）。

七月、二十日、魚目と爽波が専立寺に泊まる。二十一日、二十二日、「青」発刊二十周年記念鍛練会に参加（於吉野山・東南院）。

八月、特別作品「吉野杉」一七句（「青」八月号）。

十月、二十一日、「青」創刊二十周年記念大会に参加（於京都堀川会館）。対談「空の上の水―創る姿勢について―」宇佐美魚目・大峯あきら（「青」十月号）。

十一月、「木曾山中」一〇句（「新潮」十一月号）。

十二月、「青」創刊二十周年記念大会講演録「東西の自然」（「青」十二月号）。

一九七四年（昭和四十九年）　四十五歳

一月、「熟柿」一五句（「俳句」一月号）。

二月、越前岬吟行、急用で途中退席。

三月、座談会―俳壇の諸問題に触れて・タイトル「言葉と風土」赤尾兜子・大峯あきら・森田峠・鷲谷七菜子（「俳句」三月号）。

四月、昭和四十八年度青賞「選後に」（「青」四月号）。

七月、二十日、二十一日、「青」湖北余呉湖周辺夏期鍛練会に参加（於滋賀県木之本町大音「想古亭」及び国民宿舎「余呉湖荘」にて）。

十二月、特集『水瓶』（柏村貞子）鑑賞欄に「句集『水瓶』一〇句―ある聡明のめまいについて―」（「青」十二月号）。「俳句年鑑」諸家自選句に五句（以下没年まで続く）。

一九七五年（昭和五十年）　四十六歳

二月、特別作品「吉野の雉」一五句（「青」二月号）。

七月、特集・有季定型とは何か「飛花落葉の散乱―有季とは何か―」（「俳句研究」七月号）。特別作品「越中五箇山」一五句及び短文「橡の花」（「青」七月号）。十九日、二十日、「青」夏期鍛練会出席（於滋賀県高島町「川口家」）。

九月、「句集『山の木』（飯田龍太）管見」（「青」七月号）。

十月、特集現代の俳人・森澄雄「生死の視覚―森澄雄氏における芭蕉の問題」（「俳句とエッセイ」十月号）。

十一月、三日、「青」二百五十号記念大会・『秋収冬蔵』（宇佐美魚目）出版記念祝賀会（於大阪市・東洋ホテル）出席。

一九七六年（昭和五十一年）　四十七歳

一月、『フィヒテ研究』（創文社）上梓。「爽波作品鑑賞」（「青」一月号）。

二月、エッセイ・春隣「青春のハイデルベルク」（「俳句とエッセイ」二月号）。「『秋収冬蔵』瞥見」（「青」二月号）。

三月、「春の人」一五句（「俳句」三月号）。「青」同人会・大和室生寺吟行に参加。

四月、『紺碧の鐘』（牧羊社）刊行。昭和五十年度青賞審査後記（「青」四月号）。特別作品「湖北早春」二〇句（「青」四月号）。

五月、特集現代の俳人・波多野爽波「狭隘の光芒─波多野爽波のプロフィール」（「俳句とエッセイ」五月号）。エッセイ「春隣のハイデルベルク」（「青」五月号）。二十四日、「フィヒテの宗教哲学」にて京都大学より「文学博士」の学位を受ける。

六月、作品特集　自選五十人集（「俳句」六月号）。特別作品「畑打」七句（「青」六月号）。対談「この人に聞く①」大峯あきら・はりまだいすけ（「青」六月号）。十九日、二十日、「青」神戸句会三周年記念大会出席（於明石市明城苑）。

七月、十日、『紺碧の鐘』出版記念祝賀会出席（於大阪市・新阪急ホテル）。エッセイ「忘却としての山河」（「青」七月号）。

八月、特集「紺碧の鐘①」平畑静塔・佐藤鬼房・大井雅人（「青」八月号）。二十八日、二十九日、「青」鍛練会出席（於吉野山東南院）。

九月、特集「紺碧の鐘②」前登志夫・上田閑照（「青」九月号）。

十月、「森澄雄の俳句」（「俳句研究」十月号）。特集「紺碧の鐘③」宇佐美魚目・吉本伊智朗・柏村貞子・山本洋子（「青」十月号）。エッセイ「想像力について」（「青」十月号）

十一月、二十日、「青」同人会・鞍馬吟行に参加。


一九七七年（昭和五十二年）　四十八歳
一月、特別作品「鳥道」二〇句（「青」一月号）。

三月、「昭和五十一年度青賞審査の後に」（「青」三月号）。

四月、「現代俳句月評　四月」（「俳句」四月号）。

五月、「現代俳句月評　五月」（「俳句」五月号）。「春山家」一五句（「俳句研究」五月号）。「青」同人吟行会に参加（於三重県安乗岬）。

六月、「現代俳句月評　六月」（「俳句」六月号）。

八月、二十七日、二十八日、「青」鍛練会参加（於滋賀県近江高島「井口屋」）。

九月、特別作品「渡岸寺十一面観音その他」二〇句（「青」九月号）
十一月、五日、六日、「青」同人吟行会に参加（於兵庫県丹波篠山町「濤陽楼」）。
十二月、「句集展望4」にて福田甲子雄に『紺碧の鐘』が採り上げらる（「俳句研究年鑑」）。
六月頃（あるいは翌年か）、講演「花月の思想　芭蕉とヘルダーリン」（「新国語研究」第二十二号、大阪府高等学校国語研究会）
・この年か翌年の秋、森澄雄が専立寺来訪、澄雄と初めて会う。

一九七八年（昭和五十三年）　四十九歳
一月、「新春アンケート」に回答（「俳句」一月号）。特別作品「雪を待つ」二〇句と短文掲載（「青」一月号）。

二月、「虚空の彩り―『鯉素』における森澄雄―」（「青」二月号）。

三月、「昭和五十二年度青賞審査のあとに」（「青」三月号）。「青」同人吟行会に参加（於滋賀県長浜市）。

四月、「氷る日」一二句（「俳句とエッセイ」四月号）。

五月、一頁時評「自然の復権」（「俳句」五月号）。「雛祭」一五句（「俳句研究」五月号）。「青」同人吟行会に参加（於木曾須原宿「かもしか荘」及び妙覚寺）。

八月、五日、六日、「がきの会」稽古会に参加（於吉野町国栖）。二十六日、二十七日、「青」夏季鍛練会に参加（於三重県鳥羽市石鏡町「ニュー石鏡」）。

九月、「望郷の軌跡」（句集『朝の舟』大串章・濱叢書七三篇）跋。

十月、特集祭　エッセイ「村祭り」（「俳句とエッセイ」十月号）。一日、大和探勝会に参加（於室生村頓光寺）。特別作品「月の杣」一五句（「青十月号）。「花月の思想―芭蕉とヘルダーリン」（「青」十月号）。二十二日、「青」二十五周年記念大会参加（於京都市「花園会館」）。「青二十五周年記念特別作品・審査のあとに」（「青」十月号）。「飯田龍太の世界」（『飯田龍太読本』角川書店）。

十一月、「飯田龍太の世界」（「俳句」十一月号）。「幻視の人」（『わが愛する俳人　第三集』有斐閣）。

十二月、「S五十二年・今年の句集アンケート」に回答（「俳句年鑑」）。

一九七九年（昭和五十四年）　五十歳
一月、「菊」一五句（「俳句研究」一月号）。特別作品「裏日本」八句及び小文（「青」一月号）。二十一日、大和探勝会参加（於當麻寺）。

二月、「風雅への回帰」（山﨑秋穂「俳句」四月号）。三日、四日、青同人吟行会に参加（於滋賀県堅田「いせや」）。

三月、特集虚子と現代俳句「春夏秋冬の音響と波濤の中に―晩年の虚子―」（「俳句とエッセイ」三月号）。「昭和五十三年度青賞審査のあとに」（「青」三月号）。

四月、「蓮如忌」三〇句（「俳句」四月号）。

五月、十九日、二十日、「青」鍛練会に参加（於京都府亀岡市「天山荘」）。

六月、「極楽の文学」「高虚子先生」「虚子俳話」（『虚子物語』有斐閣）。二十四日、「青」みなづき五周年記念句会に参加（於神戸市「高倉台老人いこいの家」）。

八月、二十五日、二十六日、「青」同人吟行会に参加（於吉野黒滝村「なかや」）。

九月、「青」対談「人麿から虚子まで」梅原猛・大峯あきら（「青」九月号）。「青創刊三〇〇号記念特別作品審査後記」（「青」九月号）。

十月、特別作品「黒瀧郷」八句及び小文（「青」十月号）。二十八日、「青」三百号記念大会に参加（於大阪市「東洋ホテル」）。

十一月、特別作品「月夜」八句及び小文（「青」十一月号）。

十二月、特集・現代の俳人「風雲月露」（森澄雄）。〈「写す」と「応ず」〉自選百句・略歴。「花鳥諷詠の後―大峯あきらの人と作品」（赤尾兜子）（「俳句」十二月号）。特別作品「みちのく」八句及び小文（「青」十二月号）。

一九八〇年（昭和五十五年）　五十一歳

一月、特別作品「狐火」八句及び小文（「青」一月号）。六日、「青」京都新年句会参加（於嵐山「小督庵」）。

二月、特別作品「日脚伸ぶ」八句及び小文（「青」二月号）。「青」同人吟行会に参加（於若狭小浜市）。

三月、特別作品「雪間」八句及び小文（「青」三月号）。「昭和五十四年度青賞審査後記」（「青」三月号）。

四月、大阪大学に教授として赴任。特別作品「春の月」八句及び小文（「青」四月号）。

五月、「春の月」一五句（「俳句研究」五月号）。特別作品「鳥雲に」八句及び小文（「青」五月号）。「写生について」（『俳句の本　第二巻俳句の実践』筑摩書房）。

六月、特別作品「初夏」八句及び小文（「青」六月号）。対談「詩と思想の狭間で」前登志夫・大峯あきら（「青」六月号）。

七月、特別作品「郭公」八句及び小文（「青」七月号）。十三日、柏村貞子追悼句会に参加（於京都市「平安会館」）。

八月、「青」に特別作品「雲の峰」八句及び小文（「青」八月号）。特集「柏村貞子さんを偲んで」にて〈青空の思い出〉（「青」八月号）。

九月、特別作品「当麻」八句及び小文（「青」九月号）。二十七日、二十八日、「青」同人吟行会に参加（於木曾中津川市「たかもり」）引き続き、二十八日午後『天地存問』（宇佐美魚目）出版祝賀会に参加（於名古屋市「松岡」）。

十月、特別作品「月」八句及び小文（「青」十月号）。

十一月、特別作品「恵那」八句及び小文（「青」十一月号）。

十二月、特別作品「干柿」八句及び小文（「青」十二月号）。特集『天地存問』にて「風景との再会」（「青」十二月号）。

一九八一年（昭和五十六年）　五十二歳

一月、特別作品「長門」八句及び小文（「青」一月号）。

二月、特別作品「海鳴」八句及び小文（「青」二月号）。

三月、第二句集『鳥道』（卯辰山文庫）刊行。「今年星」一五句（「俳句研究」三月号）。特別作品「実朝忌」八句及び小文（「青」三月号）。『白秋』（島田刀根夫）の一〇句執筆（「青」三月号）。

四月、「高浜虚子」（『鑑賞　現代俳句全集第一巻』立風書房）。特別作品「撃竹抄（一）」八句及び小文（「青」四月号）。「昭和五十五年度青賞審査のあとに」（「青」四月号）。

五月、特別作品「撃竹抄（二）」八句及び小文（「青」五月号）。

六月、六日、『湯呑』（波多野爽波）出版記念祝賀会に出席（於大阪市・東洋ホテル）。特別作品「撃竹抄（三）」八句及び小文（「青」六月号）。

七月、特別作品「撃竹抄（四）」八句及び小文（「青」七月号）。

八月、二十二日、二十三日、「青」鍛練会に参加（於丹波篠山市「近又楼」）特別作品「撃竹抄（五）」八句及び小文（「青」八月号）。特集『鳥道』平畑静塔・宇佐美魚目・山本洋子・田中裕明（「青」八月号）。

九月、作品三〇句「椎のみ」（「俳句とエッセイ」九月号）。特別作品「撃竹抄（六）」八句及び小文（「青」九月号）。対談「アニミズムの復権―鳥道をめぐって」前登志夫・大峯あきら（「青」九月号）。「昭和五十六年度新人賞審査後記」（「青」九月号）。「湿れる炬火のごとく」（句集『當麻』山本洋子・跋）。

十月、特別作品「撃竹抄（七）」八句及び小文（「青」十月号）。

十一月、書評　平畑静塔句集『漁歌』（「俳句」十一月号）。特別作品「撃竹抄（八）」八句及び小文（「青」十一月号）。

十二月、五日、六日、青吉野同人会に参加（於吉野山東南院）。特別作品「撃竹抄（九）」八句及び小文（「青」十二月号）。

一九八二年（昭和五十七年）　五十三歳

一月、特別作品「撃竹抄（十）」八句及び小文（「青」一月号）。

二月、七日、『當麻』（山本洋子）出版記念会出席（於大阪市「新北京」）。特別作品「撃竹抄（十一）」八句及び小文（「青」二月号）。

三月、特別作品「撃竹抄（十二）」八句及び小文（「青」三月号）。

四月、「雲居」一五句（「俳句研究」四月号）。特別作品「闘草抄（一）」八句及び小文（「青」四月号）。

五月、『鳥道』が森澄雄の推薦により、『現代俳句集成　第十七巻』（河出書房新社）に収録される。奥丹後競詠「大波早春」一五句（「俳句とエッセイ」五月号）。特別作品「闘草抄（二）」八句及び小文（「青」五月号）。

六月、書評・森澄雄句集『淡海』「羈旅の光芒」（「俳句とエッセイ」六月号）。特別作品「闘草抄（三）」八句（「青」六月号）。

七月、特別作品「闘草抄（四）」八句（「青」七月号）。

八月、特別作品「闘草抄（五）」八句（「青」八月号）。

九月、特別作品「闘草抄（六）」八句（「青」九月号）。

十月、特別作品「闘草抄（七）」八句（「青」十月号）。

十一月、特別作品「闘草抄（八）」八句（「青」十一月号）。

十二月、特別作品「闘草抄（九）」八句（「青」十二月号）。「句集展望4」にて廣瀬直人に、「句集展望5」にて星野麥丘人に『鳥道』が採り上げらる（「俳句研究年鑑」）。

一九八三年（昭和五十八年）　五十四歳

一月、特別作品「闘草抄（十）」八句（「青」一月号）。

二月、特別作品「闘草抄（十一）」八句（「青」

二月号）。

三月、特別作品「鬪草抄（十二）」八句（「青」三月号）。

四月、特別作品「月兎抄（一）」八句（「青」四月号）。

五月、「堅田淡雪」一五句（「俳句研究」五月号）。特別作品「月兎抄（二）」八句（「青」五月号）。

六月、特別作品「月兎抄（三）」八句（「青」六月号）。

七月、特別作品「月兎抄（四）」八句（「青」七月号）。

八月、特別作品「月兎抄（五）」八句（「青」八月号）。

九月、「俳句月報」（「俳句研究」九月号）。特別作品「月兎抄（六）」八句（「青」九月号）。

十月、「俳句月報」（「俳句研究」十月号）。特別作品「月兎抄（七）」八句（「青」十月号）。

十一月、「俳句月報」（「俳句研究」十一月号）。特別作品「月兎抄（八）」八句（「青」十一月号）。

十二月、特別作品「月兎抄（九）」八句（「青」十二月号）。「青」退会。「同人誌『晨』へのお誘い」発表。
・晩夏、森澄雄、飴山實、宇佐美魚目、岡井省二らと三重県の榊原温泉に一泊。澄雄から新たに一誌発行を勧められる。

一九八四年（昭和五十九年）　五十五歳

三月、「敦賀半島」一二句（「俳句」三月号）。

五月、大峯あきら、宇佐美魚目、岡井省二代表の同人誌「晨」創刊。対談「詩と哲学」梅原猛・大峯あきら（「晨」創刊号）。

九月、堅田の「いせや」にて「晨」第一回同人会。「シリーズ・私の愛する日本の詩人・良寛」〈天心のうた〉（「晨」九月号）。

十二月、諸家自選ベスト一句〈狐火や一滴もなき大硯〉（「俳壇」創刊号）。

「人麻呂から虚子まで」（『梅原猛全対話　第六巻・万葉人と詩の心』講談社）

一九八五年（昭和六十年）　五十六歳

一月、「親鸞忌」二〇句（「俳句研究」一月号）。

二月、第三句集『月讀』（牧羊社）刊行。十一日、名古屋市公会堂に於いて、第一回「晨」東海俳句大会が開催された。

四月、特集飯田蛇笏生誕一〇〇年　蛇笏一〇〇句私の好きな一句（「俳句」四月号）。

七月、佐藤鬼房『何處へ』特集、『何處へ』の一句（「俳句」七月号）。「日本的自然の系譜」（上）（「晨」七月号）。

夏、二日にわたり、三重県相差にて「晨」同人会。

九月、「日本的自然の系譜」（下）（「晨」九月号）。

十月、「盆前後」一五句（「俳句」十月号）。

十一月、競詠実力作家〈月〉を詠う「秋繭」（「俳壇」十一月号」）。

十二月、特集　戦後俳句との邂逅―私が選ぶ戦後の一句（「俳句」十二月号）。


一九八六年（昭和六十一年）　五十七歳
一月、森澄雄特集　森澄雄の世界　悲しみの花から忘却の花へ―森澄雄の軌跡―（「俳句研究」一月号）。

三月、八日、九日、滋賀県尾上浜の「紅鮎荘」にて「晨」同人会。「雛の日まで」二〇句（「俳壇」三月号）。

四月、「清明」一五句（「俳句」四月号）。

六月、交流詩のひろば「山姥」　宇宙的視座（「俳句とエッセイ」六月号）。

八月、三十一日、京都の「霊山温泉」にて「晨」同人会。

九月、「南海」九句（「俳句研究」九月号）。

十月、「大和晩夏」五句（「小説新潮」十月号）。

十二月、特集現代俳句挨拶と季のいのち　季語ショートストーリー　寂寞の浜（「俳句」十二月号）。「夜の椎」二五句（「俳句研究」十二月号）。

一九八七年（昭和六十二年）　五十八歳
四月、大阪大学評議員、及び総長補佐（平成三年三月まで）。特集『曉蜩』宮津昭彦句集

『暁蜩』の一句「湖の情動」（「俳句」四月号）。

特集・高浜虚子「壮大なる存問」（「俳句研究」四月号）。

七月、前登志夫と対談〈詩と超越〉（「晨」七月号）。

八月、三十日、堅田「いせや」にて「晨」同人会。人と作品　鷲谷七菜子　季節的宇宙の視線（「俳句四季」八月号）。

十月、大特集最新季語入門　季の魅力　秋（「俳句」十月号）。

十二月、私の選んだ本年度BEST10・「タマシイある俳句」（「俳句年鑑」）。

一九八八年（昭和六十三年）　五十九歳

一月、大特集入門旅の歳時記　吉野（「俳句」一月号）。

二月、「湖」一九句（「俳句」二月号）。

三月、阪大病院にて胆嚢切除の手術。

四月、大阪大学医学部医学倫理委員会委員（平成五年三月まで）。二十九日、大阪「太閤園」にて現代俳句女流賞受賞祝賀「山本洋子を囲む会」。

五月、「雛祭」五句（「小説新潮」五月号）。

ギュンター・クリンゲ会見記「ミュンヘンの夏の花の中で」（「晨」五月号）。

十月、二十三日、奈良、共済会館「やまと」にて「晨」同人会。「魂は去る」一〇句（「俳句研究」十月号）

十二月、「俳句空間の水平化」（「俳句研究年鑑」）

一九八九年（昭和六十四年・平成元年）　六十歳

二月、「親鸞忌」二一句（「俳句」二月号）。

三月、『花月の思想』（晃洋書房）刊行。

五月、特集赤松蕙子句集『月幽』『月幽』の一句六角堂（「俳句」五月号）。

七月、二十二日、吹田市江坂の「東急イン」にて「晨五周年記念大会」開催。連載　鑑賞俳句体系　岡井省二／大峯あきら（「俳句」

七月号）。対談「伝統詩の深層」中西進・大峯あきら（「晨」七月号）。

十月、特集〈漂泊してますか？〉「漂泊と帰郷」（「俳壇」十月号）。書評・中西進『日本文学と死』（「短歌」十月号）。

十一月、十二日、京都下鴨「蕪庵」にて晨の「同人会総会」。森澄雄句集『所生』一句鑑賞（「俳句」十一月号）。

一九九〇年（平成二年）　六十一歳

一月、宇佐美魚目、岡井省二と鼎談「俳句雑感」〈五周年回顧をこめて〉（「晨」一月号）。

三月、第四句集『吉野』（角川書店）刊行
石田勝彦句集『百千』の一句（「俳句」三月号）。

七月、一日、「滋賀厚生年金休暇センター」にて「晨」同人総会。「山霊のこだまの中で」―吉野山時代の石鼎―（「晨」七月号）。

八月、特集　大峯あきら句集『吉野』（「俳句」八月号）。作品一一句。　俳句を作りはじめた頃―私の俳歴一通。「季語の奥行き」（「俳句研究」八月号）。

十二月、今年の句集から・「澄・優・深」にて大嶽青児、「永遠の戸口」にて千葉皓史、「掌に重き五集」にて丸山哲郎が『吉野』を採り上げる（「俳句研究年鑑」）。

一九九一年（平成三年）　六十二歳

二月、学んで読んで季語の上達　春の季語（「俳句」二月号）。

三月、「西谷啓治先生を悼む」（大峯顕「創文」三一九）。

四月、「春の阿蘇」一五句（「俳句」四月号）。

五月、岡井省二が「晨」発行同人を辞退する旨の報告と挨拶（「晨」五月号）。

六月、三十日、「京都プリンスホテル」にて「晨」同人総会。思い切った切字の季《ママ》語の使い方（「俳句」六月号）。「草芳し」二〇句（「俳壇」六月号）。

七月、俳号の由来と思い出（「俳句」七月号）。

十月、特集例句作品企画　ふるさと吟行の秀句名句に学ぶ（「俳句」十月号）。

十一月、バークレーの「米国仏教研究所」にて講演。カリフォルニア大学バークレー校で講義。帰りの機上から太平洋の海流を見る。のちに、浄土真宗とは、阿彌陀如来の往相廻向と還相廻向のはたらきである、という親鸞の言葉がいきいきとよみがえってきた。

十二月、鷲谷七菜子句集『天鼓』の一句鑑賞（「俳句」十二月号）。巻頭随筆「吉野の秋に思うこと」（俳句研究年鑑）

一九九二年（平成四年）　六十三歳

一月、新春人気俳人作品大特集「白」一五句（「俳句」一月号）。『良寛・一茶』（『浄土仏教の思想』第十三巻　講談社）刊行。

五月、遠藤若狭男句集『青年』一句鑑賞（「俳句」五月号）。「雛」三三句（「俳句研究」五月号）

六月、二十八日、「彦根プリンスホテル」にて「晨」同人総会。「吉野満開」一五句（「俳句」六月号）。

七月、「季節のコスモロジー」—芭蕉をおもう—（「晨」七月号）。

八月、ボストン大学にて「国際仏教キリスト教交流学会」。作品大特集「かはほり」一一句（「俳句」八月号）。

十月、爽秋作品二十一人集「渡洋」二二句（「俳句研究」十月号）。

十一月、「露」一五句（「俳句」十一月号）。

一九九三年（平成五年）　六十四歳

二月、角川春樹句集『月の船』一句鑑賞（「俳句」二月号）。

三月、大阪大学定年退官、大阪大学名誉教授。「寒」一五句（「俳句」三月号）。追悼特集　阿波野青畝　阿波野青畝一句鑑賞（「俳句」三月号）。森澄雄句集『餘日』一句鑑賞（「俳句」三月号）。特集・飯田龍太の世界「雪の峰」（「俳句研究」三月号）。「海の思想」（「晨」三月号）。

四月、龍谷大学に教授として赴任。切字「や・

かな・けり」の俳句開眼実践法（「俳句」四月号）。

六月、二十七日、愛知・犬山の「名鉄犬山ホテル」にて「晨」同人総会。

八月、「今年竹」一五句（「俳句研究」八月号）。

十月、「夕日の宇陀」一五句（「俳句」十月号）。

十一月、二十日、「南風」の六十周年・六〇〇号記念大会にて講演「自然と言葉」。

十二月、虚子の切字開眼（「俳句」十二月号）。

一九九四年（平成六年）　六十五歳
一月、現代俳句文庫『大峯あきら句集』（ふらんす堂）刊行。新春人気俳人作品大特集「綺羅」一五句（「俳句」一月号）。新春作品特集「筑紫・吉野」一二句（「俳句研究」一月号）。

二月、自分らしい吟行写生句の作り方（「俳句」二月号）。十九日、俳句作品「鶴帰る」五句（「毎日新聞」）。

三月、五日、「花月のコスモロジー（1）」（「読売新聞」）。十二日、「花月のコスモロジー（2）」（「読売新聞」）。十九日、「花月のコスモロジー（3）」（「読売新聞」）。二十六日、「花月のコスモロジー（4）」（「読売新聞」）。二十六日、「毎日新聞」に毎日俳壇新選者に大峯氏と紹介される。「言葉でなく心を」。

四月、山本洋子句集『渚にて』一句鑑賞（「俳句」四月号）。二日、「花月のコスモロジー（5）」（「読売新聞」）。二日より毎日俳壇選者を務める（二〇一八年二月十二日まで）。九日、「花月のコスモロジー（6）」（「読売新聞」）。十三日、インタビュー記事「毎日俳壇の選者となった—大峯あきらさん」（酒井佐忠記「毎日新聞」）。十六日、「花月のコスモロジー（7）」（「読売新聞」）。二十三日、「花月のコスモロジー（8）」（「読売新聞」）。三十日、「花月のコスモロジー（9）」（「読売新聞」）。

五月、クローズアップインタビュー「大峯あきら」（聞き手片山由美子「俳壇」五月号）。

六月、シリーズ平成俳壇④「大峯あきらの世界」（「俳句研究」六月号）。「あきら句への提言—大峯あきらの世界—」「根源の近みへ」（田中裕明）。

七月、今日の面白く写生に秀れた吟行句に学ぶこと　森澄雄の句（「俳句」七月号）。「花月のコスモロジー」（「晨」七月号）。十日、ホテルニューオータニ大阪にて「『晨』創刊十周年記念大会」開催。三十日、「毎日新聞」に「毎日俳壇賞」推薦作家に寄せる言葉。

八月、巻頭二〇句「夏至まで」（「俳壇」八月号）。

九月、「現代の俳句（あきらの一句）」（河野多希女「あざみ」九月号）。

十月、素顔の俳人　一〇句とエッセイ「俳句アルファ八号」（秋）。二十九日、作品「ドイツの菊」五句（「毎日新聞」）。

十二月、二十四日、「私が選んだ今年の秀句」（「毎日新聞」）。二十九日、作品「浦波」七句（「読売新聞」）。私の選んだ本年度BEST10・「句集の洪水の中で」（「俳句年鑑」）

一九九五年（平成七年）　六十六歳

一月、特集　新春を迎えて「花月との共生へ」（「俳句」一月号）。七日、「楪」三句（「毎日新聞」）。

二月、四日、一九九四年後期毎日俳壇賞「受賞者に寄せる言葉」（「毎日新聞」）。

三月、「實句への提言　端正な詩塊」（「俳句研究」三月号）。

四月、「紅梅」一五句　カラー口絵「四月の吟」大峯あきら選（「俳句」四月号）。

五月、三十日、『宗教と詩の源泉』（大峯顕　法蔵館）刊行。

六月、二十五日、長浜の「鮒留楼」にて「晨」同人総会。藤崎実句集『還流』一句鑑賞（「俳句」六月号）。花の山吉野吟行に「山桜」八句（「俳句研究」六月号）。

七月、二十九日、「毎日新聞」の一九九五年前期毎日俳壇賞「受賞者に寄せる言葉」。

八月、五日、「吉野からの発信（上）―花月という自然と人間」（「毎日新聞」）十九日、「吉野からの発信（中）―闇を裂く青鷺の声」（「毎日新聞」）。

九月、二日、「毎日新聞」に「吉野からの発信（下）―〈物〉と〈我〉の交わる詩」。

十月、創立五十周年記念　現代俳人作品大特集「盂蘭盆」一五句（「俳句」十月号）。「鮎」七句（「俳句朝日」九・十月号）。

十一月、「西田幾多郎と夏目漱石―その詩的世界の意義―」（「思想」十一月号）。「吉野からの発信」（「晨」十一月号）。

十二月、十六日、「私が選んだ今年の秀句」（「毎日新聞」）。巻頭エッセイ「ウクライナの乙女との会話」（「俳句研究年鑑」）。

一九九六年（平成八年）　六十七歳

一月、六日、「今年」三句（「毎日新聞」）。新春作品特集「初山」二一句（「俳句研究」一月号）。

二月、十日、一九九五年後期毎日俳壇賞「受賞者に寄せる言葉」（「毎日新聞」）。「照葉」二一句（「俳句」二月号）。名句にみる切れ字の効果的な使い方（「俳句」二月号）。

四月、特集桜を詠む〈アンケート・桜の一句〉（「俳句朝日」四月号八号）。

五月、作品七句（「俳句朝日」五月号九号）。

六月、五日、「自然と共生する〈ことば〉の宇宙」（短詩型文学国際シンポから）（「毎日新聞」）。二十三日、岡崎ニューグランドホテルにて「晨」同人会総会。「卯の花の女人高野」（「俳句」六月号）。

七月、二十一日、一九九六年前期毎日俳壇賞選者評（「毎日新聞」）。

八月、巻頭二〇句「貿易風」（「俳壇」八月号）。

十月、競作・秋を詠う「葛の花」七句（「俳句」十月号）。

十二月、今月の俳句「鹿」七句（「俳句アルファ」十二・一月号）。二十二日「私が選んだ今年の秀句」（「毎日新聞」）。

一九九七年（平成九年）　六十八歳

一月、新春作品大特集「吉野の月」八句（「俳句」一月号）。新春特別作品「行く秋」二一句（「俳句研究」一月号）。七日、「初景色」三句（「毎日新聞」）。

二月、九日、一九九六年後期毎日俳壇賞「受賞者に寄せる言葉」(「毎日新聞」)。二十二日、第一回毎日俳句大賞「選を終えて」(「毎日新聞」)。

三月　大特集　はじめての一句—俳句開眼(「俳句」三月号)。

五月、第五句集『夏の峠』(花神社)刊行。四日、作品「吉野山暮春」五句(「毎日新聞」)。「木曾山中」一五句(「俳句」五月号)。

六月、二十九日、近江今津「今津サンブリッジホテル」にて「晨」同人会総会。作品七句(「俳句朝日」六月号二十二号)。

八月、三日、一九九七年前期毎日俳壇賞「受賞者に寄せる言葉」(「毎日新聞」)。

十二月、二十八日、「私が選んだ今年の秀句」(「毎日新聞」)。鼎談「今年の句集」(西村和子・遠藤若狭男・高野ムツオ)にて『夏の峠』が採り上げらる(「俳句研究年鑑」)。

一九九八年(平成十年)　六十九歳

一月、「寒雁」一二句(「俳句研究」一月号)。四日、「初凪」三句(「毎日新聞」)。

二月、八日、一九九七年後期毎日俳壇賞「受賞者に寄せる言葉」(「毎日新聞」)。「ラインの鷗」二一句(「俳句」二月号)。

四月、十九日、作品「奥千本老桜」五句(「毎日新聞」)。

五月、「ゲーテの詩の前で」(「晨」五月号)。

六月、二十八日、長良川畔の「岐阜ルネッサンスホテル」にて「晨」同人会総会。作品七句(「俳句朝日」六月号三十四号)。

八月、二日、一九九八年前期毎日俳壇賞「受賞者に寄せる言葉」(「毎日新聞」)。

九月、六十歳代大特集「鴉の子」(「俳句」九月号)。

十月、「花芙蓉」一二句(「俳句研究」十月号)。

十一月、第四十四回角川俳句賞選考委員(「俳句」十一月号)αアルファの顔㉒(「俳句アルファ」十・十一月号)。大特集俳句実作入門これから俳句を作る人のためにアンケート

「私の初めて詠んだ句」（「俳句朝日」十一月号四十号）。

十二月、二十七日「私が選んだ今年の秀句」（「毎日新聞」）。巻頭作品一〇句「菊枕」（「俳壇」十二月号）。今年の句集30選・「わが句集を語る『夏の峠』」（「俳句年鑑」）。

一九九九年（平成十一年）　七十歳

一月、三日「初空」三句（「毎日新聞」）。

二月、十四日、一九九八年後期毎日俳壇賞「受賞者に寄せる言葉」（「毎日新聞」）。

三月、二十一日、百鳥五周年記念大会にて講演「花月の思想」（於熱海・ホテル池田）。「七種」二一句（「俳句」三月号）。

四月、作品七句（「俳句朝日」四月号四十六号）。

五月、「雪の鷺」一二句（「俳句研究」五月号）。

六月、十七日、企画特集第三回毎日俳句大賞選後評「今年は迷った」（「毎日新聞」）。二十七日、京都宝ケ池「国立京都国際会館」にて「『晨』創刊十五周年記念大会」開催。

七月、二十五日、「北上川」五句（「毎日新聞」）。

八月、一日、一九九九年前期毎日俳壇賞「受賞者に寄せる言葉」（「毎日新聞」）。

十一月、巻頭作品「名月」（「俳壇」十一月号）。第四十五回角川俳句賞選考委員（「俳句」十一月号）。

十二月、二十六日、「私が選んだ今年の秀句」（「毎日新聞」）。〔シリーズ・夭折の詩人⑪〕野見山朱鳥　他界との交信（「俳句四季」十二月号）。

二〇〇〇年（平成十二年）　七十一歳

一月、俳人に問う！一九九九年の一句、二〇〇〇年の夢（「俳句界」十二月一月合併号）。九日、「初泣」三句（「毎日新聞」）。

二月、十三日、一九九九年後期毎日俳壇賞「受賞者に寄せる言葉」（「毎日新聞」）。テーマ別私の一句　新◆三十六人集1〔今月のテーマ梅〕（「俳句」二月号）。

三月、テーマ別私の一句　新◆三十六人集2

〈今月のテーマ春の燈〉（「俳句」三月号）。

四月、テーマ別私の一句　◆三十六人集3〈今月のテーマ春の鳥〉（「俳句」四月号）。近影近詠（二十五）大峯あきら（「俳句朝日」四月号五十九号）。

五月、「芳草」二一句（「俳句」五月号）。テーマ別私の一句　◆三十六人集4〈今月のテーマ初夏の街〉（「俳句」五月号）。「花月のコスモロジー」（「晨」五月号）。

六月、九日、特集第四回毎日俳句大賞「選を終えて」（「毎日新聞」）。二十五日、「桑名シティホテル」にて「晨」同人会総会。テーマ別私の一句　◆三十六人集5〈今月のテーマ夏の女〉（「俳句」六月号）。

七月、三十日、一九九九年前期毎日俳壇賞選者評「受賞者に寄せる言葉」（「毎日新聞」）。テーマ別私の一句　◆三十六人集6〈今月のテーマ夏の花〉（「俳句」七月号）。講演「凡夫の詩―一茶・才市」（「風俗史学」日本風俗史学会　二〇〇〇年夏号）。

八月、テーマ別私の一句　◆三十六人集7〈今月のテーマ花火〉（「俳句」八月号）。巻頭作品八句「高山寺」（「俳句界」八月号）。

九月、テーマ別私の一句　◆三十六人集8〈今月のテーマ虫〉（「俳句」九月号）。

十月、テーマ別私の一句　◆三十六人集9〈今月のテーマ紅葉〉（「俳句」十月号）。「水遊び」七句（「俳句研究」十月号）。

十一月、テーマ別私の一句　◆三十六人集10〈今月のテーマ冬の雨〉（「俳句」十一月号）。第四十六回角川俳句賞選考委員（「俳句」十一月号）。「凡夫の詩」―〈一茶・才一・子規〉―（「晨」十一月号）。

十二月、二十四日、「私が選んだ今年の秀句」（「毎日新聞」）。テーマ別私の一句　◆三十六人集11〈今月のテーマ夏の花〉（「俳句」十二月）。「今年の感銘句・新しさと勁さと」にて山本洋子が〈秋風やはがねとなりし蜘蛛の糸　あきら〉を採り上げる（「俳句研究年鑑」）。

二〇〇一年（平成十三年）　七十二歳

一月、七日、「初空」三句（「毎日新聞」）。

二月、二十一日、毎日俳壇賞2000年後期最優秀作品「受賞者に寄せる言葉」（「毎日新聞」）。巻頭一〇句「冬木の桜」（「俳壇」二月号）。

三月、作品二一句「寒昴」（「俳句」三月号）。

四月、二十二日、「深吉野桜」五句（「毎日新聞」）。

六月、八日、特集第5回毎日俳句大賞「選を終えて」（「毎日新聞」）。二十四日、奈良・東吉野村「天好園」にて「晨」同人会総会。

七月、「卯月」七句（「俳句研究」七月号）。作品七句（「俳句朝日」七月号七十四号）。

十月、第六句集『宇宙塵』（ふらんす堂）刊行。

十一月、第四十七回角川俳句賞選考委員（「俳句」十一月号）。

十二月、大峯顕著『本願海流』刊行（本願寺）。十六日「私が選んだ今年の秀句」（「毎日新聞」）。

二〇〇二年（平成十四年）　七十三歳

一月、六日、「今年の星」三句（「毎日新聞」）。

二月、三日、毎日俳壇賞二〇〇一年最優秀作品「受賞者に寄せる言葉」（「毎日新聞」）。

三月、『花月のコスモロジー』（法蔵館）刊行。

五月、二十七日、第六回毎日俳句大賞「選を終えて」（「毎日新聞」）。

六月、三十日、岐阜県大垣市「チサングランドホテル」にて「晨」同人総会。

十一月、第四十八回角川俳句賞選考委員（「俳句」十一月号）。「俳句はなんのために」「大峯あきら―有馬朗人　往復書簡」（「晨」十一月号）。

二〇〇三年（平成十五年）　七十四歳

一月、五日、「初日」三句（「毎日新聞」）。『宇宙塵』にて第四十二回俳人協会賞受賞。

二月、「浮力」一六句（「俳句」二月号）。二日、毎日俳壇賞二〇〇二年最優秀作品「受賞者に寄せる言葉」（「毎日新聞」）。

四月、第四十二回俳人協会賞『宇宙塵』三〇句抄、及び受賞第一作「若狭」一二句（「俳句」

四月号)。巻頭作品一二句(「俳句界」四月号)。

二十日、「能登春潮」五句(「毎日新聞」)。

五月、『永遠なるもの―歴史と自然の根底―』(大峯顕、法蔵館)刊行。「今月の顔　大峯あきら」(「俳句研究」五月号)。俳人協会賞受賞記念「鳥帰る」二〇句(「俳句研究」五月号)。

六月、二十九日、「長浜北ビワコホテル　グラツィエ」にて「晨」同人総会。

七月、「わたしの昭和俳句(一)俳句入門まで」(「俳句研究」七月号)。

八月、「わたしの昭和俳句(二)『春菜会』と『稽古会』」(「俳句研究」八月号)。

九月、「わたしの昭和俳句(三)花鳥諷詠と『青』」(「俳句研究」九月号)。

十月、「わたしの昭和俳句(四)第一句集『紺碧の鐘』まで」(「俳句研究」十月号)。「はんざき」一六句(「WEP俳句通信」十月十六号)。

十一月、「わたしの昭和俳句(五)第二句集『鳥道』のころ」(「俳句研究」十一月号)。第四十九回角川俳句賞選考委員座談会(「俳句」十一月号)。

十二月、「後の月」三二句(「俳句」十二月号)。「わたしの昭和俳句(六)『月讀』から『吉野』へ」(「俳句研究」十二月号)。「俳句の国・日本」三句(「俳句界」十二月号)。今年の句集BEST15・「詩的密度の濃いものから」で『宇宙塵』が山本洋子に採り上げらる(「俳句年鑑」)。

二〇〇四年(平成十六年)　七十五歳

一月、一日、「初御空」三句(「毎日新聞」)。

二月、「ゲルマンの森」一〇句(「俳句研究」二月号)。毎日俳壇賞二〇〇三年最優秀作品「受賞者に寄せる言葉」(「毎日新聞」)。

三月、「『季節のコスモロジー』―自作を語る―」(「晨」三月号)。

五月、第六回俳句界賞選考委員(「俳句界」五月号)。

六月、「竹の秋」一六句(「WEP俳句通信」六月　二十号)。第八回毎日俳句大賞「選を

終えて」（「毎日新聞」）。二十七日、「ウェスティン都ホテル京都」にて「『晨』創刊二十周年記念大会」開催。

七月、特別作品「牡丹」三三句（「俳句研究」七月号）。

九月、五日、「ネヴァダ」五句（「毎日新聞」）。

十二月、「今年の感銘句・自在なる精神」にて田中裕明が〈御岳の雲映るべき種井あきら〉を採り挙げる（「俳句研究年鑑」）。

二〇〇五年（平成十七年）　七十六歳

一月、新年詠「高遠」八句（「俳句」一月号）。「渾身の巻頭新作二句大競詠」（「俳句界」一月号）。「アメリカ文明の孤独感」（「晨」一月号）。九日、「太陽系」三句（「毎日新聞」）。

二月、特別作品「初雪」二五句（「WEP俳句通信」二月　二十四号）。六日、毎日俳壇賞二〇〇四年最優秀作品「受賞者に寄せる言葉」（「毎日新聞」）。

四月、作品七句（「俳句朝日」四月号）。

五月、第七回俳句界賞選考委員（「俳句界」五月号）。

六月、七日、第九回毎日俳句大賞「選を終えて」（「毎日新聞」）。二十六日、「名鉄犬山ホテル」にて「晨」同人総会。

七月、巻頭一〇句「牡丹」（「俳壇」七月号）。

八月、第七句集『牡丹』（「角川書店」刊行）。

九月、『宗教の授業』（大峯顕「法蔵館」）刊行。

十月、二日、「ラインの秋」五句（「毎日新聞」）。

十二月、「巻頭句」三句（「俳句四季」十二月号）。

二〇〇六年（平成十八年）　七十七歳

一月、角川俳句叢書小特集　大峯あきら句集『牡丹』（「俳句」一月号）。「みちのく」新作七句。「花と語る―私の俳歴」。「自選二〇句抄」。新春特別作品「雪囲」一〇句（「俳句研究」一月号）。「渾身の巻頭新作三句大競詠」（「俳句界」一月号）。八日、「初日」三句（「毎日新聞」）。

二月、五日、毎日俳壇賞二〇〇五年最優秀作品「受賞者に寄せる言葉」（「毎日新聞」）。

五月、第八回俳句界賞選考委員（「俳句界」五月号）。

六月、森田峠句集『四阿』一句鑑賞（「俳句」六月号）。二十五日、「今津サンブリッジホテル」にて「晨」同人総会。

七月、「詩はどこから生まれるか?・」（「晨」七月号「禅と念仏」第二十一号より転載）。

八月、「越後」一〇句（「俳句研究」八月号）。

九月、宇佐美魚目が「晨」代表同人を辞退する旨の報告掲載（「晨」九月号）。

十月、特別作品「初嵐」二五句（「「WEP俳句通信」十月　三十四号」）。五日、「虫の音に想う」（池田晶子「サンデー毎日」十月五日号）。

十二月、「北国」一〇句（「俳壇」十二月号）。「渾身の新作巻頭三句大競詠」（「俳句界」十二月号）。五日、第十回毎日俳句大賞「選を終えて」（「毎日新聞」）。今年の句集BEST15・「俳句の神に愛されて」で『牡丹』が山本洋子に採り上げらる（「俳句年鑑」）。
・専立寺住職を退任する。

二〇〇七年（平成十九年）　七十八歳

一月、新春作品「羽子日和」一〇句（「俳句研究」一月号）。七日、「初風」三句（「毎日新聞」）。

二月、特別作品「大湖」三二句（「俳句」二月号）。「大峯あきら論」（友岡子郷、「WEP俳句通信」二月　三十七号）。四日、毎日俳壇賞二〇〇六年最優秀作品「受賞者に寄せる言葉」（「毎日新聞」）。

四月、句作日記「ここに来て」（「俳句研究」四月号）。

五月、追悼大特集飯田龍太の生涯と仕事　五十人の俳人による追悼句（「俳句」五月号）。第九回俳句界賞選考委員（「俳句界」五月号）。「人間と言葉（前）」（大峯顕「晨」五月号）。

六月、巻頭グラビア（「俳句研究」六月号）。二十四日、「岡崎ニューグランドホテル」にて「晨」同人総会。

七月、『君自身に還れ　知と信を巡る対話』（池

田晶子・大峯顕　本願寺出版社）刊行。「人間と言葉（後）」（大峯顕「晨」七月号）。

九月、「南瓜咲く」八句（「俳句研究」九月号）。手書きエッセイ　虫の一句（「俳句界」九月号）。

十二月、「思い出の日々」（「メタフュシカ」三十八）。五日、第十一回毎日俳句大賞「選を終えて」（「毎日新聞」）。

二〇〇八年（平成二十年）　七十九歳

一月、山本洋子句集『桜』一句鑑賞（「俳句」一月号）。六日、「初電車」三句（「毎日新聞」）。

二月、三日、毎日俳壇賞二〇〇七年最優秀作品「受賞者に寄せる言葉」（「毎日新聞」）。

五月、第十回俳句界賞選考委員（「俳句界」五月号）。「仏教とことば」（「晨」五月号）。

六月、特別作品「牡丹」三三句（「俳句」六月号）。「夏来る」一二句（「俳句研究」夏の号）。第四十二回蛇笏賞選考委員（「俳句」六月号）。

二十二日、「長浜ロイヤルホテル」にて「晨」同人総会。


十二月、「君自身に還れ―日本の哲学のために」（日本哲学フォーラム編　九）。九日、第十二回毎日俳句大賞「選を終えて」（「毎日新聞」）。

二〇〇九年（平成二十一年）　八十歳

一月、四日、「初霞」三句（「毎日新聞」）。

二月、一日、毎日俳壇賞二〇〇八年最優秀作品「受賞者に寄せる言葉」（「毎日新聞」）。

三月、特別作品「春隣」一〇句（「晨」三月号）。第四回島原「蕪村忌大会」（「俳句研究」春の号）。

四月、五日、「桜咲く」三句（「毎日新聞」）。

五月、新刊書評　大峯顕著『浄土の哲学』（相山一善「晨」五月号）。

六月、俳句大会入選のコツ教えます！　季語と即物（「俳句界」六月号）。第四十三回蛇笏賞選考委員（「俳句」六月号）。二十八日、「ウェスティン都ホテル京都」にて「『晨』創刊二十五周年記念大会」開催。

七月、『青雲』（大峯あきら自選句集　ふらん

す堂）刊行。「青嵐」一〇句（「俳壇」七月号）。

九月、特別作品「大瑠璃」二一句（「俳句」九月号）。「今朝の秋」一〇句（「俳句研究」秋の号）。友岡子郷の世界　一句鑑賞（「俳句研究」秋の号）。新作巻頭三句（「俳句界」九月号）。

十一月、「季節とことば―芭蕉とヘルダーリンをめぐって―」（「晨」十一月号）。

十二月、九日、第十三回毎日俳句大賞「選を終えて」（「毎日新聞」）。

「今年の感銘句・夜のはじまり」にて藤本夕衣が〈白雲の一つづつ来る曝書かな　あきら〉を採り上げる（「俳句研究年鑑」）。

二〇一〇年（平成二十二年）　八十一歳

一月、新年詠「初御空」八句（「俳句」一月号）。

三日、「初日」三句（「毎日新聞」）。

二月、七日、毎日俳壇賞二〇〇九年最優秀作品「受賞者に寄せる言葉」（「毎日新聞」）。

三月、「自註三十四句」（「俳句研究」春の号）。

四月、「雛」一六句（「WEP俳句通信」四月五十五号）。

五月、「二〇〇九年の句集から」にて『星雲』が土肥あき子に採り上げらる（「俳壇年鑑」）。

六月、いよよ華やぐ―八十歳からの俳句人生（「俳壇」六月号）。第四十四回「蛇笏賞」選考委員選評（「俳句」六月号）。「夏に入る」一〇句（「俳句研究」夏の号）。二十七日、「岐阜都ホテル」にて「晨」同人総会。

九月、第八句集『群生海』（ふらんす堂）刊行。

五日、第十二回平畑静塔記念俳句大会（宇都宮市）にて講演「回想の平畑静塔」。

十一月、「自句の周辺　とめどなき落葉の中にローマあり」（「晨」十一月号）。「澄雄の一句」（「俳句研究」冬の号）。

十二月、森澄雄の俳句鑑賞―無心を照らす桜（「俳句」十二月号）。十一日、第十四回毎日俳句大賞「選を終えて」（「毎日新聞」）。十九日、「私が選んだ今年の秀句」（「毎日新聞」）。十
今年の句集BEST15・「恩寵としての句

集」で『星雲　大峯あきら自選句集』が井上弘美に採り上げらる（「俳句年鑑」）。

二〇一一年（平成二十三年）　八十二歳

一月、新年詠「九天」八句（「俳句」一月号）。一日、『群生海』にて第五十二回毎日芸術賞受賞（「毎日新聞」）。十一日、「毎日芸術賞の人々（上）」（「毎日新聞」）。九日、「二日」三句（「毎日新聞」）にて紹介される（「毎日新聞」）。二十五日、「東京プリンスホテル」にて「毎日芸術賞」受賞贈呈式。三十一日、第五十二回毎日芸術賞贈呈式「受賞者喜びの声」（「毎日新聞」）。

二月、六日、毎日俳壇賞二〇一〇年最優秀作品「受賞者に寄せる言葉」（「毎日新聞」）。

三月、巻頭エッセイ「宇宙から贈られる言葉」（「俳壇」三月号）。「紫紺」一〇句（「俳句研究」春の号）。「毎日芸術賞贈呈式次第」（「晨」三月号）。新刊サロン『群生海』（「俳句」三月号）。

四月、特別作品「鶴帰る」二一句（「俳句」四月号）。緊急企画東日本大震災　被災地にエールを！　俳人一四〇名が送る「励ましの一句」（「俳句」四月号）。

五月、「第十二回平畑静塔記念俳句大会」講演「回想の平畑静塔」（「晨」五月号）。「二〇一〇年の句集から」にて『群生海』が大竹多可志に採り挙げらる（「俳壇年鑑」）。

六月、『群生海』にて第二十六回詩歌文学館賞（「すばる」六月号）。第五十二回毎日芸術賞受賞記念作品「古巣」一二句（「俳句研究」夏の号）。二十六日、「今津サンブリッジホテル」にて「晨」同人総会、及び「『毎日芸術賞』『詩歌文学館賞』受賞祝賀会」。

八月、『シリーズ自句自解Ⅰ　ベスト一〇〇大峯あきら』（ふらんす堂）刊行。

九月、第二十六回詩歌文学館賞受賞記念作品「盆」二〇句（「俳句研究」秋の号）。

十月、口絵写真・顔・「石見晩夏」一〇句及びインタビュー（毎日芸術賞・詩歌文学館賞ダブル受賞）（「俳句アルファ」十・十一月号）。八日、日本現代詩歌文学館（北上市）にて「第二十六回詩歌文学館賞」受賞贈呈式。

十一月、特別作品「葉月」二一句（「俳句界」十一月号）。

十二月、十一日、第十五回毎日俳句大賞「選を終えて」（「毎日新聞」）。二十五日、「私が選んだ今年の秀句」（「毎日新聞」）。

二〇一二年（平成二十四年）　八十三歳

一月、新年詠「南部富士」八句（「俳句」一月号）。八日、「青垣山」三句（「毎日新聞」）。

二月、五日、毎日俳壇賞二〇一一年最優秀作品「受賞者に寄せる言葉」（「毎日新聞」）。

六月、記念作品「花月夜」五句＋エッセイ「『俳句』とわたし」（「俳句」六月号）。特別作品「春日」二一句（「俳句界」六月号）。「立夏」一六句（「WEP俳句通信」六月　六十八号）。二十四日、「浜名湖ロイヤルホテル」にて「晨」同人総会。

九月、「出水」一〇句（「俳壇」九月号）。

十二月、特別作品「宵闇」二一句（「俳句」十二月号）。九日、「私が選んだ今年の秀句」（「毎日新聞」）。十二日、第十六回毎日俳句大賞「選を終えて」（「毎日新聞」）。

二〇一三年（平成二十五年）　八十四歳

一月、新年詠「冬桜」七句＋エッセイ「新年に思うこと」（「俳句」一月号）。七日、「初風」三句（「毎日新聞」）。

二月、四日、毎日俳壇賞二〇一二年最優秀作品「受賞者に寄せる言葉」（「毎日新聞」）。

四月、「知っておきたい！俳人一〇〇名言」に取り挙げられる（「俳句」四月号）。

六月、秋富克哉と対談「言葉の宇宙へ」（「文明と哲学　5」こぶし書房）。三十日、「長浜ロイヤルホテル」にて「晨」同人総会。

八月、『命ひとつ―よく生きるヒント』（小学館）刊行。記念作品「夏木立」五句＋エッセイ（「俳句」八月号）。二十六日、「雹」五句（「毎日新聞」）。

十一月、三日、第二十八回国民文化祭やまな聞」)。

十三日、「私が選んだ今年の秀句」(「毎日新聞」)。

十二月、創刊二十周年記念特別作品「良夜」一〇句(「俳句アルファ」十二・一月号)。二十三日、「私が選んだ今年の秀句」(「毎日新聞」)。


二〇一四年(平成二十六年)　八十五歳
一月、新年詠「元日」七句＋エッセイ「新年に思う」(「俳句」一月号)。六日、「元日」三句(「毎日新聞」)。

二月、三日、毎日俳壇賞二〇一三年最優秀作品「受賞者に寄せる言葉」(「毎日新聞」)。「回想の池田晶子」(「三田文学」(第三期)第九十三巻　第一一六号)。「宝石のように輝く木の葉を見る老哲学者」(伊藤一博「三田文学」(第三期)第九十三巻　第一一六号)。

三月、特別作品「臘梅」一〇句(「晨」三月号)。

五月、「大峯あきら代表に聴く」〈『命』ひとつ―よく生きるヒントを巡って〉(「晨」五月号)。

六月、「花」一六句(「WEP俳句通信」六月八十号)。二十一日、「ウェスティン都ホテル京都」にて「『晨』三十周年記念大会」開催記念講演「季節と言葉」。

七月、カラー口絵　俳人の時間㊳「大峯あきら」(「俳句」七月号)。新作「短夜」五句思い出の写真から　春景色を見ながら(「俳句」七月号)。

九月、第九句集『短夜』(角川学芸出版)刊行。魅惑の俳人七十一「平成に逝きし人　森澄雄」一句鑑賞(「俳句界」九月号)。

十月、「夏野」一〇句(「俳壇」十月号)。

十一月、「晨」三十周年記念大会・記念講演「季節と言葉」(「晨」十一月号)。

十二月、特別作品「みちのく」二一句(「俳句」十二月号)。二十二日、「私が選んだ今年の秀句」(「毎日新聞」)。

二〇一五年(平成二十七年)　八十六歳
一月、新年詠「初電車」七句＋エッセイ「新年に思う」（「俳句」一月号）。五日、「七草」三句（「毎日新聞」）。

二月、二日、毎日俳壇賞二〇一四年最優秀作品「受賞者に寄せる言葉」（「毎日新聞」）。

三月、五〇俳人の代表句―オモテの一句、ウラの一句　柿本多映・大峯あきら（「俳句」三月号）。新作「二月」一〇句・私の俳句遍歴「言葉は宇宙からの贈り物」（「俳壇」三月号）。

四月、日本の俳人一〇〇　大峯あきら句集『短夜』（「俳句」四月号）。新作「早春」七句・俳句とわたし・自選二〇句抄。大峯あきら小論（片山由美子）・一句鑑賞（中西進・友岡子郷・宮坂静生・正木ゆう子）。

五月、「二〇一四年の句集から」にて『短夜』が遠藤若狭男に採り挙げらる（「俳壇年鑑」）。

六月、第四十九回蛇笏賞決定！（「俳句」六月号）。「短夜」五〇句抄。受賞の言葉「詩と哲学のあいだに」。選考委員評（宇多喜代子・齋藤愼爾・片山由美子・長谷川櫂）。二十八日、津市「プラザ洞津」にて「晨」同人総会、及び「『第四十九回蛇笏賞』・『第七回小野市詩歌文学賞』受賞祝賀会」。

七月、第四十九回蛇笏賞受賞第一作「牡丹」二一句（「俳句」七月号）。特別作品「吉野山中」二一句（「俳句界」七月号）。「第七回小野市詩歌文学賞」受賞挨拶（「晨」七月号）。十三日、蛇笏賞贈呈式の挨拶・「欧州精神、俳句に共存」（「毎日新聞」）。

八月、カラー口絵　第四十九回蛇笏賞贈呈式（「俳句」八月号）。大峯あきら『短夜』哲学と俳句の平和共存。

九月、「第四十九回蛇笏賞」受賞挨拶（「晨」九月号）。

十二月、今月の俳句「ばったんこ」一〇句（「俳句アルファ」十二・一月号）。十五日、「私が選んだ今年の秀句」（「毎日新聞」）。今年の句集BEST15・「幸せ・ふつう・そして」で『短夜』が加藤かな文に採り上げらる（「俳句年鑑」）。

二〇一六年（平成二十八年）　八十七歳

一月、新年詠「初空」七句＋エッセイ「新年に思う」（「俳句」一月号）。特別作品「初空」一〇句（「晨」一月号）。四日、「初空」三句（「毎日新聞」）。

二月、三日、毎日俳壇賞二〇一五年最優秀作品「受賞者に寄せる言葉」（「毎日新聞」）。

三月、「季節のコスモロジー」（「歳時記学」八）。

五月、大特集　飯田蛇笏の魅力　歴代蛇笏賞作家に聞く！　私の好きな一句（「俳句」五月号）。

六月、二十六日、「今津サンブリッジホテル」にて「晨」同人総会。

七月、特別対談「存在者」をめぐって―それぞれの俳句観　金子兜太×大峯あきら　司会宮坂静生　カラー口絵（「俳句」七月号）。「第三十一回詩歌文学館賞」贈呈式の選考委員代表選評（「晨」七月号）。

十一月、「ほんとうのいのち」（『教えて、お坊さん！「さとり」ってなんですか』小出遥子　角川書店　所収）。特別作品「秋風」五〇句（「俳句界」十一月号）。

十二月、特別作品「僧都」五〇句（「俳句」十二月号）。二十六日、「私が選んだ今年の秀句」（「毎日新聞」）。

二〇一七年（平成二十九年）　八十八歳

一月、新年詠「月影」七句＋エッセイ「新年に思う」（「俳句」一月号）。新春巻頭「初空」七句（「俳壇」一月号）。九日、「一峰」三句（「毎日新聞」）。

二月、六日、毎日俳壇賞二〇一六年最優秀作品「受賞者に寄せる言葉」（「毎日新聞」）。

四月、『本当の言葉に救われる』（大峯顯　百華苑）刊行。

五月、俳句界ＮＯＷ　大峯あきら「晨」（「俳句界」五月号）。二十七日、日本現代詩歌文学館（北上市）にて「第三十二回詩歌文学館賞」贈呈式。記念講演「季節のコスモロジー」。

六月、十八日、静岡市「ホテルセンチュリー静岡」にて「晨」同人総会。

七月、「晨」創刊二百号記念特集に自選一〇句と小文（「晨」七月号）。

十月、二日、歌を詠む「自我の破れ目から」（「朝日新聞」）。

十二月、「八朔」一〇句（「俳句アルファ」十二月号）。「詩と宗教―言葉についてー」（「日本の哲学」日本哲学史フォーラム編　十八）。十八日、「私が選んだ今年の秀句」（「毎日新聞」）。

二〇一八年（平成三十年）

一月、新年詠「初景色」七句＋エッセイ「新年に思う」（「俳句」一月号）。八日、〈二〇一八年を詠む〉「九天」三句（「毎日新聞」）。三十日、自宅にて急性心臓死により逝去。享年八十八歳。

二月、十二日、毎日俳壇賞二〇一七年最優秀作品「受賞者に寄せる言葉」（「毎日新聞」）。「毎日俳壇」選者終了。

三月、特集「水の俳句」・第二十一回「毎日俳句大賞（一般の部）」選者（「俳句アルファ」増刊号）。

四月、「追悼　大峯あきら」（「俳句」四月号）。

五月、「大峯あきら代表追悼特集」（「晨」五月号）。

六月、二十四日、「橿原ロイヤルホテル」にて「晨」同人総会、及び「故大峯あきら代表追悼会」開催。

九月、「円熟俳人の俳句ベスト二〇」（角谷昌子選）に〈秋風やいくたび曲がる吉野川〉が選ばれる（「俳壇」九月号）。

二〇一九年（平成三十一年・令和元年）
七月、特集・「俳句と仏教」五句及び短文（「俳句アルファ」夏号）。

季語索引

＊〈桃も咲き花菜も咲いて野辺送り〉〈玉虫も蟬も飛ぶなり雲の中〉、これらの句のように、二つの季語が連続して用いられている場合は、原則として最初の季語を索引に採用した。

春

時候

春
古城出て森へ消えゐる春の道 43
茶畑の風に押されて春の人 59
盛りあがる春の中洲や神の前 86
大風の柴山負ひぬ春の寺 86
刈蘆をたばねて春となりにけり 86
春の寺たたみの上に鐘を吊り 121
山鳥をまた驚かし春の人 281

二月
野は二月レールに入れて砂利新し 19
人蔘抜く汽車の煙の長き二月 24
石燈籠二月野のはて海あるらし 24
大名の墓訪ふ笹の風二月 24
木曽馬の黒瞳みひらく二月かな 37
僧院と望樓とある二月かな 43
翡翠にとぶ二ン月の水の玉 60
白うさぎ匂ひ木曾の子二月かな 68
索道の松渡しをる二月かな 68
もののふの菩提寺とほき二月かな 75
八十たびの二月を好み給ふかや 95
松伐りの面輪さびしき二月かな 120
すみやかに一雲通る二月かな 401
その人の逝きし二月の短かけれ 442
松風のただ吹く二月來りけり 455

旧正月
舊正の山又山でありにけり 83
旧正の雪を加ふる山ばかり 161
旧正の山の名を皆知つてをり 242
旧正や雪をつけたる竹生島 281

旧正の雨が朝からつのりけり 281
旧正や山家を訪へば金屏風 338
旧正やいづこへ行くも雪の道 382

寒明

仁王眼下に寒が明けたる峯の數 31
京人や寒が明けたる苔のいろ 167
寒明の赤子に母がわかりをり 233
畷みち歩いて寒が明けにけり 282
寒明の雨たつぷりと葎かな 282
水ナ上に高見はひとり寒明くる 294
大鳥を仰いで寒が明けにけり 295
銅蓮に雨があふれて寒明くる 353
寒明の雨青松にゆきわたり 401

早春

早春の野をゆく人に追ひつけず 16
早春のいのちを託す汝かな 184

冴返る

菜畠の冴え返りたる札所かな 184
硝子戸の漱石旧居冴えかへる 215

余寒

竹影の地にとどまらぬ余寒かな 118
堂塔を沈めて谷の余寒かな 270
高々と鳶の笛ある余寒かな 282
神山の影来る家の余寒かな 295
邸内に藪うつくしき余寒かな 326

春寒

料峭や松毬たまる庭の奥 129
火の山に春の寒さのつづきをり 214

三月

三月の雪兎あり浮御堂 161

啓蟄

啓蟄の校舎没日に長くなる 20
啓蟄の日をふり仰ぐ子供かな 184
啓蟄の日は老松の上にあり 418

彼岸

石段のいま照つてゐる彼岸かな 61
山の木のつぶさに見ゆる彼岸かな 76
午からは日のあふれたる彼岸かな 424

清明

清明や木樵の庭の鶏白し 143
清明や妙にも高き杣の齢 143
清明の山鳩竹に隠れゆく 170
清明や苔うつくしき君が墓 309
清明やをりをり揺れる松の枝 357

清明や枝さし交す城の松　383

春暁

春曉やひつきりなきは赤子の香　29
春暁や岩神木神芳しく　142
春暁や蓮如も聞きし濤の音　251
春暁の鵯が落とすは白椿　308
春暁や屋敷の中の一畠　426

春昼

かはせみが來て七堂の春の晝　61
春晝や土塀をやぶる村の松　77
神鶏に松籟冷えて春の晝　121
佛前に赤子やはらか春の晝　142
松に来て鴉むらさき春の昼　219
雪げむり上げて大富士春の昼　328

春の宵

セルロイド人形歩け春の宵　13
赤き日のさつき沈みし春の宵　15
春宵や漁家の上なるくぬぎ山　62
畦まだ見えて室生の春の宵　393
春宵や三つ並びて強き星　425

朧夜

朧夜と思ひそめしはをととひか　296
朧夜のどこかにゐると思ふなり　378

暖か

暖かにあればその人來りけり　95
暖かや海鳥もこのあたりまで　120
山畑の暖かければ人の声　252
木曽谷の今日あたたかき子供かな　265
鴉啼くたびに河内野あたたかく　282
暖き山畑にゐて老いにけり　284
當麻あたたかくて土塀大崩れ　296
暖かき門前の子と話しけり　317
暖かや山のうしろに山のぞき　328
生家跡あり暖かき畠あり　329
大樫に注連縄張つて暖かし　354
石段の下がもつとも暖かし　356

日永

永き日の人こそ行かね竹の奥　130
大鴉鳴くたび永き日なりけり　327
永き日の大日寺といふがあり　417

遅日

何鳥か遲日の庭に来て黄色　15
遅き日の長谷の柱に打ち凭れ　141
遅き日のフランス見ゆる峠かな　179

遅き日の天の香久山のぼるべし　195
遅き日の竹生島より戻りたる　198

花時

花どきの峠にかかる柩かな　236
花どきの山墓傾ぐことごとく　341
花どきの土をあげたる土竜かな　384
花どきの鶏鳴強き山家あり　403
花どきの薪棚へ薪取りにゆく　445

苗代寒

吾子呉れる飴を掌に受け苗代寒　22
赤子見ゆ苗代寒の鞍馬村　70
掃く音す苗代寒の禰宜の家　87
藁葺に苗代寒の彌陀います　87
而うして苗代寒の訃はいたる　109
なつかしき苗代寒の御寺かな　178
女の子苗代寒に遊びけり　211
銘消えて苗代寒の鐘の肌　216
今庄に苗代寒のつづきをり　330

春深し

春深く林泉荒るるけはひあり　221

暮の春

波かぶる街道松の暮春かな　170
大鐘の撞木替へたる暮春かな　198
山火事の騒ぎ静まり暮の春　308
門一つつぶれさうなる暮春かな　384
校庭を鴉が歩く暮春かな　394

行く春

春行きし能勢の畠の白けむり　109
ゆく春や能勢の鴉がものを言ふ　109
行く春や岩と遊べる水の玉　109
谷杉に春尽きてゐる谺かな　163
大雨の中を春ゆく淀堤　198
ゆく春の水分神社ざんざ降り　221
ゆく春の軒破れたる薬師かな　222
行く春や人の住まざる湖の島　237
この春は二日つづきの雨で逝く　342
君逝きて二度目の春も行く気配　383
春逝くと南都の雨の降りつのる　426
忘れては思ひ出しては春の行く　456

春惜しむ

惜春や堅田にのこる御文章　130
惜春やとはに冷たき鐘の肌　131
惜春の蕃山文庫薪を割る　132
惜春や木下にたたむ旅衣　170

惜春や屏風の中も山たたむ 178
惜春や雨に風そふ男山 198
惜春の草ただ青し国分寺 222
惜春や門田あふるるよべの雨 244
とこなつの国より戻り春惜しむ 254
惜春や松うつくしき室生古図 271
惜春や怒れと言ひし人の墓 283
襖取りはらひて春を惜しみけり 284
松風の狂ふときある春惜しむ 319
惜春の雨は車軸をかたむけぬ 342
その人の逝きたる春を惜しみけり 377

天文

春の日
紫の山へ黄金の春日入る 296
春の日のをりをり揺るるかと思ふ 426

春の空
鳶の笛春天濃ゆきところより 355

春の雲
すみやかに松の上ゆく春の雲 354

春の月
伊賀よりも甲賀は寒し春の月 94
春月にかの山頂の荒御魂 95
春の月丹波に来れば隠れけり 235
浪除と老松とあり春の月 327

朧
喪ごころの少しくありて朧かな 297
一つだけ星見えてゐる朧かな 355
恐ろしき谷へ径ある朧かな 403

朧月
朧月のぼりてここら山襖 266
朧月薪の上にのぼりけり 307

春の星
吾を照らす最も強き春の星 377

春の闇
春の闇林泉にゆきわたりたる 354

春風
明らかに鳶の尾楫や春の風 44
春風にひよどり多き葬りかな 62
春風やぶつかり合つて飛ぶ鶵 62
春風の山の麓に子がもたれ 162
春風の薩摩の人と話しけり 443

東風
東風の木馬駈けるよ金星四枚翅 25

朝東風に沓脱ひとつ志士舊宅　37
強東風に鵜たまる岬の難所かな　48
荒東風に燈明かばふ札所かな　142

涅槃西風

大梁を削りかけあり涅槃西風　120
涅槃西風吹きはじめたる大樹かな　326
涅槃西風吹けば山家の鶏赤し　326
涅槃西風暗くなるまで吹きにけり　339

霾

つちふるや大和の寺の太柱　131
つちふると小さき机に向ひゐる　131
いちまいの黄沙の天のあるばかり　235
大鳥の一羽流るる黄沙かな　235
落城の日もつちふつてをりたるか　296
村々につちふつてゐる大和かな　307
つちふつて鳶と鴉と闘へり　307
大鳶の反転したる黄沙かな　354
霾天に暮れ残りたる高見かな　354
霾天や凪にあらがふ鳶一羽　372

春雨

春雨の女人をかくす堂柱　141
春雨や大燈籠のうすみどり　143
誰人の墓とも知らず春の雨　168
春雨の女傘なり長命寺　227
春雨や林泉に向く文机　327
春雨の屏風にありし瑕瑾かな　401

春時雨

このたびは春の時雨の長命寺　216

春の雪

百ヶ日の春雪果樹を深裂きに　28
春の雪しばらくつもる渚かな　168
淡雪の日のみどり子に会ひにゆく　233
春の雪薪の上につもりけり　265
淡海に牡丹雪こそ降りつのれ　382
春雪をしきりに落とす杉が好き　417
春の雪眺めてをれば積りけり　442

斑雪

はだれ野に宵の明星落ちさうな　382

雪の果

薪割つて小山のごとし雪の果　130
美しき涅槃の雪に女ゆく　161
山寺やつもりそめたる涅槃雪　326
涅槃雪はうれん草にどつさりと　355
よき庭に止まずなりたる涅槃雪　441

春の霰
春霰や石見に古りし門徒講　85
色鯉をにはかに叩く春霰　235
春霰醍醐の人を叩きけり　242
吉崎やにはかに松の春霰　251
春霰や夕日また射す三国港　252
半島にしばらく春の霰かな　298
松風にいきなり混じる春霰　356

別れ霜
尼子道沿ひの山家の別れ霜　355

虫出し
虫出しの鳴る上州に入りにけり　383

霞
山裾に葬具寄せある霞かな　62
出雲より西する旅の大霞　85
畦道を来つつある子の霞みけり　108
地蔵堂開けてある日の霞かな　121
霞む日や塚の名知らぬ村の人　131
松倒すたび谷ひびく霞かな　143
おくつきの松風荒き霞かな　177
山墓のうちかたまりて昼霞　265
磐石に木の根食ひ入り大霞　317
一と谷を伐り荒したる霞かな　318
遠鴉ばかり聞こゆる霞かな　329
飛鳥坐神社そのほか大霞　354
象谷の入口に子が霞みをり　372
女の子遊びて門辺霞みけり　393
高うねりして玄海の霞みをり　424
大根の花に濃くなる霞かな　443

陽炎
かの松の陽炎ふところまで行かむ　355
香久山を下り来し人の陽炎へり　402

花曇
花ぐもり一徑杣の戸口より　76
山墓はかたむきやすし花曇　143
赤んぼの睡りつづけて花曇　356
萱山の三つ重なり花ぐもり　356

鳥曇
豊後より肥後へ越えけり鳥曇　215
天守閣くらき越前鳥ぐもり　252

地理

春の山
春山に展墓の水のあたらし　61

雪みちをもどりし猫や春山家　68
牛にやるあたらしき水春山家　69
神垣に鳴る大風や春の山　129
春の山松の横から登りけり　177
海見ゆる松まで登れ春の山　235
春山に掃きしが如き径のあり　283
能登の海見え来る春の山路かな　329
一磴の屹立したる春の山　355
凹みたるところに家や春の山　418
春の山おもひおもひに径通ふ　432
ことごとく姿よろしき春の山　442

山笑ふ

鐘楼の四本の柱山笑ふ　402
笑ひたる山のふもとの大伽藍　442

春の野

金色の日を呑んでゐる春野かな　402

焼野

ひとつ迅き焼野の雲をあやしみぬ　16
或るときは末黒の雨の唸るなり　326
まん中を大川が行く焼野かな　423

春の水

大阿蘇を発せしといふ春の水　215
この岩を大廻りして春の水　372

水温む

古町の水ぬるみたる子供かな　119

春の海

はかりなき事もたらしぬ春の海　417

春潮

おくつきは春潮見はるかすところ　329

干潟

大いなる神代の干潟曇りつつ　84
人麿が來りし國の干潟かな　85

春田

鳶の眼下春田となる頃母なつかし　28
數珠もちて遠き春田の家へゆく　62
大風の出雲の國の春田かな　84
子供らに地震のありたる春田かな　194
一休寺までは春田の中を行く　424
その山へ高まつてゆく春田かな　424

苗代

苗代や日と月とある越の空　51
海べりの苗田さびしき夕べかな　144
苗代や様つけて呼ぶ岩木山　170
苗代に高見は尖る真昼どき　243

苗代の雨の信濃に入りにけり　343
象谷にいの一番の苗代田　393
苗代やまだまだ太る屋敷松　426

残雪

残雪やきのふと同じ夕山家　325
いつまでも残る雪なり蔵王堂　382
残雪に雨戸いちにち閉めてあり　392

雪間

尼講のもどりの道の雪間かな　60
湖につき出せる田の雪間かな　60
良辨の生れし村の雪間かな　94
天狗杉晴れたる村の雪間かな　108
一筋の町のさびしき雪間かな　118
紫の糸あらはれし雪間かな　234
ここからは海道となる雪間かな　282
山鳥の羽根を拾ひし雪間かな　418
大きな日まいにち沈む雪間かな　441

雪解

雪解水大熊笹をなぎたふし　68
この寺の千年椎の雪解かな　94
大杉に道岐れゐる雪解かな　235
国境には吹きおろす雪解風　355
湯の町の坂嶮しくて雪解かな　383
赤椿はね上りたる雪解かな　417
日輪の傾ぎて懸る雪解かな　423

春氷

春氷大和の雲の浮きのぼり　177

雪しろ

雪しろの藪につなぎし小舟かな　70

生活

春ごと

春ごとのすみたる畦を帰りゆく　327
春ごとの畦を抱かれて来る子かな　393

入学

菜の花のひがし風なり入学す　42
入学やこの径いまも花菜風　357

花衣

鞦韆にゐて花衣まだ脱がず　143
花衣たたみて暗き一間かな　253

春の服

春服や武家町ふかく鷗来る　37

草餅

草餅や吉野の雨のまだ寒く　219

春障子
伊吹まだ白き在所の春障子　120
もの音もなくなる春の障子かな　128
春火桶
宵あさき春の火桶と白襖　184
炉塞ぎ
爐塞いで茶山出る月満ちてをり　85
炉塞いで檜の中を来る風か　163
鳥声もあらぬ夕べの炉を塞ぐ　163
炉塞いで松風さへもなかりけり　227
炉塞げば夜の白波つまびらか　252
北窓開く
北窓を開けば見ゆる杣の墓　194
北窓を開きて対す浅間かな　383
屋根替
高々と屋根替の日の懸るなり　418
垣繕ふ
文塚を見て繕ひし垣を見て　242
繕ひし垣によき日の入るところ　296
麦踏
麦踏に金覆輪の入日あり　323
野焼く
草焼いて玉の日渡る古戦場　242
奥宇陀の神々語る野焼かな　295
神の名の長き日向に草を焼く　353
山焼く
山焼や月のごとくに日懸り　417
畦焼く
み佛にきのふ猛りし畦火かな　162
畦焼いてまだまだ細くなる月か　282
耕
耕馬明眸岬の朝風縞なして　25
耕馬嘶き岬の太陽蓬髪よ　25
耕して高朗の詩の主かな　220
高千穂にさらに近づき耕せり　354
田打
城攻めのこと語りつぎ打つ田かな　119
火の山のかき曇りたる田打かな　214
ことごとく女人高野の田は打たれ　271
畑打
畑打に越前の鵜の聲落す　48
天向いて眠る赤子や畑打　61
山畑を打つやをりをり母と話し　61
水分の峰に雲ゐる畑打　61

堂塔を日は塗りつぶす畑打 62
畑打に掛け流したる地獄絵図 120
畑打の中を貫く室生道 270
大山に日のあるうちは畑打て 297
姉川の四五日濁る畑打 307

畦塗

ことごとく畦塗られたる御幸かな 110
象谷の入口の畦はや塗られ 308
戸袋の真下まで畦塗つてあり 339
畦塗が歩く正午の関ヶ原 359
あらましの畦は塗られて関ヶ原 360

種物

天領の街道沿ひの種物屋 85
蒔くための花種を置く机かな 185
朝風に飛びたる花の種袋 318
花の種阿彌陀の前に置いてある 356
花種をまだ飛ぶ雪に買ひにけり 372
種物屋ありて街道岐れをり 418

種選

青空となりし菜摘に種選び 433
四国より吉野へ嫁ぎ種選み 445

種浸し

種池に映る赤子とその母と 198
御岳の雪映るべき種井あり 343
次の雨近づいてゐる種井かな 344

種蒔

種蒔いて天の香久山登り口 197
神さまに大風吹いて種おろし 298
谷川の音とこしなへ種おろし 298
峰ざくら白さよ種を下ろす頃 358
観音の前に種蒔くことしづか 404
山高く谷深くして種下し 446

花種蒔く

花種を蒔いて夕風やや乱れ 198
花種を蒔き満天の星となる 425

苗木市

夕風は冷ゆる一方苗木市 297
ぴかぴかの雨後の日輪苗木市 328

苗売

あかつきの苗売行きし峠あり 211

木の実植う

大風に木の実植ゑゐる男かな 162
木の実植う粉雪どつさり降りにけり 460

接木

白雲の他来ぬ谷の接木かな 50
接木して曇りし水の流れ去る 51
柿接ぎし女人高野の深空あり 61
柿接ぐや遠白波の唯一度 84
落日にうづくまりたる接木かな 95
隠国の雨脚長き接木かな 141

挿木
観音の前につきたる挿木かな 243
挿木して山家の入日花のやう 326

菊根分
菊の根を分けて日高し城下人 119
菊の根を分ちて余りある日かな 215

上り簗
上り簗まだととのはぬ小村かな 178

磯遊
月はいま地球の裏か磯遊び 360

汐干
よき松の立ち並びたる汐干かな 433

摘草
摘草やをりをり鳴つて天つ風 162
ひんがしの風にとばすな蓬籠 167

石鹼玉
赤松の幹をのぼるや石鹼玉 356

鞦韆
鞦韆や如来の前にゆれやみて 122
鞦韆や雲うつくしくそこを行く 329

野老掘る
晝月の峠にをりぬ野老掘 91

行事

初午
初午や金星先著の空青無垢 37
初午やいよいよ猛る枯葎 44
晝風呂の燠どつさりと一の午 50
雪積もりあかぬ裏戸や一の午 168
みな騒ぐ河内の藪や一の午 234
南天の紅のきはみの一の午 242
初午や風に逆らふ鳶からす 354
また通るさつきの鴉一の午 392
初午や鵯がいちばん長い声 401
初午や鴉が鳴けば鳶が鳴く 401

二日灸
二日灸石見は雨の濤の數 85
二日灸海荒れてゐる村ばかり 94

風が出て曇る大湖や二日灸　120
みづうみに古りし港や二日灸　120

針供養

針まつり雪濃きところ大江山　118
荒磯を来りて針をまつりけり　118
針供養海鳥声を落としゆく　118
針供養ひの木の中は風やすむ　141
くぬぎ山上り下りや針祭　162
草山にまた散る雪や針まつり　194
戻り路の檜山はさびし針供養　234
午からは雪消す雨や針供養　295
どこからも伊吹は白し針供養　306
いつまでも谷は一軒針供養　327
海鳥の声消す雪や針供養　327

雛祭

苔咥へきたる雀や雛まつり　76
白酒やひよどり多き嵯峨住ひ　76
竹の奥うすむらさきに雛祭　129
白酒や金星はやき嵯峨の藪　131
雛の日の葭倉にゐる男かな　142
杉山にとりかこまれて雛かな　169
雛の夜の風吹いてゐる真くらがり　169
白酒やどんどこ降つて昼の雪　176
古雛深雪の奥に灯りけり　177
白酒やごうと風鳴る葭の中　183
葭倉の奥のうす闇雛まつり　183
雛壇は千早の嶮のふもとかな　220
横雲の長くて雛の夕べかな　220
がうがうと千早の風や雛祭　234
雛の日の松籟濃ゆき加賀にあり　266
一むらの孟宗藪と雛の宿　297
ゆるやかに地震過ぐ雛の館かな　306
まん丸き雨の水輪や雛祭　327
香久山のふもとに飾る雛かな　402
雛の日の倒影濃ゆし竹生島　402
長廊下渡り来て入る雛の部屋　424
ぬかるみをまたいで入りぬ雛の家　433
古雛入江の奥に飾りけり　455

雛納

雨にまだまじる雪なり雛納　328

水口祭

絹糸の雨に水口まつりけり　109

春祭

春祭ひよどり濱へ出てゐたり　60

芦原にまだ吹く北や春祭　196

涅槃会

雪降る涅槃會炊煙峡を出たがらぬ　28
涅槃会やしわしわと又山鴉　219
あかつきの大雪となる涅槃かな　417

常楽会

大雨の草木にほひて常楽会　108

お中日

藪の穂のみな静まりてお中日　402

開帳

顔に來し雨の一粒出開帳　85
波音の消えて山みち出開帳　85
開帳や赤子の声の山鴉　108
開帳や松をゆすつて啼く鴉　108
畑の木に大風鳴つて御開帳　130
開帳や雪はしりぞく藪の陰　326

仏生会

花御堂溝川水の幅落つる　34
灌佛や赤んぼの聲竹幹中　34
杣徑の大晝月や佛生會　77
灌佛や影つれて飛ぶ山がらす　77
花御堂雨の西海横たはり　121
椿にはよく来る眼白甘茶寺　143
萱山の午から照りぬ佛生会　178
花御堂わだつみ照れば山つみも　195
風が出て灌仏日和やや崩れ　284
鳶は老い鴉は若し仏生会　284
山門を入り大椿仏生会　296
天つ日は古く新し灌仏会　296
西山の日はまだ高し花御堂　307
鳶は舞ひ鴉は流れ花まつり　307
天津日の歩みとどまる甘茶寺　403
大いなる暈着て日あり花御堂　425
畦道を歩いて甘茶汲みに来る　425
灌仏の畦うつくしき大和かな　433
灌仏の雨は明るくなるばかり　433

法然忌

暈を着る西国の日や法然忌　120
山ひくき国に来にけり法然忌　120

鐘供養

松風のうすれうすれぬ鐘供養　129

復活祭

復活祭湖の北には白き波　196

義仲忌

御嶽の雪かがやけば義仲忌 265

実朝忌

石段に海鳥の糞実朝忌 107
二羽となる蒼天の鳶実朝忌 107
実朝忌竹むらさきに松みどり 128

西行忌

檜山出る屈強の月西行忌 76
雄姿の尾越の松や西行忌 86
河内野の雨いま白し西行忌 177
主峰また雪を加へぬ西行忌 234
西行忌まだ雪山にとりまかれ 325

利休忌

利休忌やまざまざ老いし刀鍛冶 119

人麻呂忌

高々と青潮寄せぬ人丸忌 84

蓮如忌

蓮如忌や鰈を干して山の中 84
蓮如忌の松籟濃ゆき漁村あり 84
蓮如忌や渺渺として湖賊の血 129
蓮如忌や堂座布団の格子縞 142
蓮如忌の日はとどまると思ひけり 162
蓮如忌やみづうみ蒼きこの峠 162
蓮如忌の雪をおろせば湖みどり 168
蓮如忌の大雪を掻き終りたる 168
蓮如忌やものなつかしき藪の径 177
蓮如忌や堅田大責ありしこと 298

啄木忌

その辺の草を歩いて啄木忌 308

動物

猫の恋

大寺や遠くに白き春の猫 121
恋猫にまつくらがりの浮御堂 130
恋猫に月の荒磯は照りにけり 169
恋猫に明るすぎたる月の湖 176
春の猫白き千早の暇かな 234
城山のまた颪しをり猫の恋 235
大杉の星めらめらと猫の恋 325
天狗杉天狗岩あり猫の恋 325
春の猫高石段を下りて来る 432
畦を行く恋猫白き當麻かな 442

亀鳴く

亀鳴くや名刹ひとつ荒れてゆく 130
亀鳴くや安芸と石見の国ざかひ 355

亀鳴くや今も残れる尼子道　355
阿紀神社縁起読むとき亀鳴けり　394
亀鳴くや天気ふたたび下り坂　432

蛇穴を出づ
穴を出し蛇に噴煙折れ曲り　443

蝌蚪
蝌蚪生れて母邊の午前永かりき　34
蝌蚪生れ河内の空に日の力　142
山深くして清浄の蝌蚪の水　235

蛙
遠蛙襁褓を洗ひし母も逝きし　29
初蛙峠越すとき振り分け荷　38
月の出の夜毎おくるる蛙かな　198
吾子が嫁く宇陀は月夜の蛙かな　221
お辞儀する象谷の子や初蛙　341
城山の月の出おそき蛙かな　342

春の鳥
春雀啼いて薬の町しづか　252
八百万神の中とぶ春鴉　354
春の鳶とどまつてゐる虚空かな　356

百千鳥
百千鳥伊勢の小島のすべて見ゆ　108
そのかみの安土恋しや百千鳥　196
百千鳥安土の頃の信長は　196

囀
酒蔵の囀の今はつきりと　328
囀やふたたび三たび日をよぎり　357

鶯
鶯や米のとぎ汁遠くゆく　39
午前九時の聲直通や崖うぐひす　40
鶯や武家町夕日大きすぎる　40
うぐひすや昼は使はぬ文机　168
終ひまで鶯鳴きし葬りかな　211
鶯の門に出てゐる子供かな　211
鶯に首据りたる赤子かな　234
鶯は身投げの淵を好みけり　234
温泉はあふれ雨の鶯日もすがら　251
山寺の荒うぐひすでありにけり　297
すこし寒けれど鶯しきりなり　339
鶯や土塀を破る松の幹　356
鶯に吉野の雨はまだつのり　358
鶯が蔵のうしろに廻りたる　358
昼飯のすみて鶯ゐなくなる　377
雨上りたる鶯の声ひとつ　401

鶯の声の正しき日の出かな　424
うぐひすの鳴くたび霞濃ゆくなる　443

雉

雉打に木曾街道の蛇行かな　69
雉子鳴くや無住寺にして白襖　108
刀打つ裏山にして雨の雉子　119
雉子鳴いて白日高し勅願寺　119
老禰宜に夏毛の雉子の来る日あり　132
むらさきの雪間越えたる雉子かな　176
淋しさは河内に雉子の鳴く日かな　177
雉子啼くや嫗が住みて白襖　195
雉子啼くや有明月に余震なほ　241
弘川や明けても暮れても雉子鳴く　338
天つ日をよぎる雉子あり離宮跡　341
雉子鳴くや翁も越えしこの峠　402
伊賀の国名張の郡きぎす鳴く　417

雲雀

朝雲雀札所の方に上るらし　95
大風の雲雀上りて下りにけり　195

燕

初燕山家の奥の間いまだ夜　29
燕来てひる月若し萩城下　37
北陸は燕まだ来ぬ甕よろし　48
高々と山国に来し燕かな　129
つばくらの今来し丹波国分寺　222
象谷の家に燕の来しところ　270
宮瀧の朝月に鳴く燕かな　308
石段の燕を仰ぎ詣でけり　342
伊勢みちや地を擦つてゆくつばくらめ　358
燕来て静まりかへる深空かな　444
燕來て勉強机川に向く　457

引鶴

鶴引きし畦に赤子の抱き重り　234
鶴引いて在所言葉のもの静か　242
むらさきの風呂敷包鶴引く日　251
どこまでも朝空蒼し鶴帰る　325
今朝引きし鶴にまじりて行きたるか　377
一雲もなき日の鶴の帰るなり　418

白鳥引く

白鳥の引きたる午前つづきをり　168

春の雁

春の雁かならず通る月のそば　220

帰る雁

行く雁や薬切れれば痛む創　184

帰る雁きこゆる夜の机かな 197
朝月の淡ければ雁帰るなり 219
雁ゆくや堅田ゆかりの僧二人 298
残月の伊吹のそばを帰る雁 423

引鴨

鴨引いて庫裡の障子は灯となりぬ 76
鴨引いて真宗寺の大襖 176

春の鴨

火事跡の四五日經たり春の鴨 60
柿の木の根に積む藁や春の鴨 60
雨風に又かたまりぬ春の鴨 282

鳥帰る

鳥帰る肥後もここらは山襖 214
姉川のいくさも古りぬ鳥帰る 307
鳥帰り一川の折れ曲りたる 417
みな低き宇陀の山なり小鳥引く 418

鳥雲に入る

鳥雲に濠をめぐらす門徒寺 108
鳥雲に大波あがる村はづれ 119
鳥雲に中腹いまも一軒家 236
鳥雲に入りたる木曽の火の見かな 265
鳥雲に今もひとつの室生道 270
鳥雲に入りてヘルンの旅鞄 297
鳥雲に入りし若狭の幾仏 325

鳥交る

越前の如来の前に鳥交る 142
武家町や飛ぶとき見ゆる恋雀 196
青空の伊賀路はどこも恋雀 253

雀の子

鍛冶の火や影はつきりと親雀 31
とぎ汁のはじめは濃ゆし雀の子 69
子雀や寺の中まで濱の砂 87
子雀に雨やむ宵の門徒寺 111
潮風に一羽のときの春雀 169
子雀に如来の前の広さかな 184
厩戸の皇子の御寺の雀の子 185
雀の子いせみちに濃き色をして 197
雀みな親になりたる出雲かな 200
雀の子大和の家に今生まれ 228

鳥の巣

鳥の巣や分流以後も怒る水 32
奥山の月が暈著る古巣あり 177
鳥の巣に夕風つのる長命寺 184
鳥の巣を見て洞川に泊るなり 236

醍醐寺のうしろの山の古巣かな　242
鳥の巣の淋しや杣も来ぬところ　265
鳥の巣に夕映え長き松江かな　298
鳥の巣につのる夕風竹生島　402
鳥の巣や安芸もここらは山の丈　445
鳥の巣のつまびらかなる大樹かな　445
鳥の巣のよく見えてゐる家へ行く　445

鳶の巣
鳶の巣の下に渦巻く吉野川　326
鳶の巣に朝日殺到奥吉野　432

燕の巣
夜の赤子燕の巣の下乳房の下　29
朝日と共に葬花到著燕の巣　29

雀の巣
雀の巣漁家の石段照りつぱなし　25

巣立鳥
巣立鳥島の日高く渡りつつ　132
巣立鳥あちこちすなり仏隆寺　427

春の鮒
三木城下春鮒釣のゐそめたる　119
春の鮒追ひ観音のほとりまで　194

桜烏賊
櫻烏賊提げて山路となりにけり　85

桜貝
島裏の潮は濃ゆくて桜貝　339

蜷
よき佛在すゆゑに澄む蜷の水　121
講寺の日輪うつる蜷の水　130

地虫穴を出づ
地蟲出づ日の山の音海の音　84
松風のある日無き日や地虫出づ　270

蝶
蝶いまだ松下村塾日浴び切り　37
木曾の蝶苗籠に來て紋さだか　77
蝶々が大和言葉の中を飛ぶ　228
高浪にまぎるる蝶や経ヶ岬　235
三輪山にさらに近づく蝶の昼　243
観音へ急坂ひとつ蝶の昼　243
蝶の昼すこし移りしかと思ふ　252
風が吹くたびに崩るる蝶の昼　252
蔵の中まだつめたくて蝶の昼　270
蝶飛んで赤子に言葉ふえてゆく　283
薪棚まんなか減つて蝶の昼　296
蔵深くゐて探しもの蝶の昼　307

蝶飛んで宇治の田原といふところ 318
初蝶の頃には逢はむかと思ふ 325
能登線の通るのみなる蝶の昼 329
一時過ぎ二時過ぎにけり蝶の空 339
蝶々ををりをり映し大河なり 339
潮騒の今たけなはや蝶の昼 340
風吹いて蝶の日和も下り坂 383
蝶々が堅田湖族の庭を飛ぶ 402
蝶飛んで土塀破れに破れたる 424
噴煙の真新しくて蝶よぎる 443
心持ち曇るとおもふ蝶の昼 444
蝶飛んで物音ひとつ無かりけり 444
音もなく日輪懸り蝶の昼 456
物書いてから眠らんか蝶の昼 456
蝶飛んで古屋根瓦垂れ下り 457

虻

仁王永久に青春の貌山の虻 28

春蟬

松蟬や太鼓しづかに岬神社 70
松蟬や玉壺に拾ふ骨の嵩 144
春蟬や庭石山へつづきをり 433

植物

梅

右にまた近づき来たる梅のあり 15
人を見ざる巨犬や山氣に爆ぜる梅 31
白梅の日向にゐたり船大工 60
ひがし寺西寺といふ梅の頃 130
ふろしきの紫たたむ梅の頃 138
わらんべの通り抜けたる梅の谷 215
この雨で下田の梅の終りけり 228
山の梅ことし早しと思ひしに 243
梅咲くや朝の雑巾固しぼり 251
夜の梅障子の外に散りにけり 252
梅咲いて鴉が鳴いて日の出かな 392
白梅の馥郁たるに悼むなり 401

紅梅

紅梅や雪いつまでも笹の奥 76
紅梅の雨やひねもす伊予言葉 215
紅梅に伊予の雪こそ降りしきれ 242

椿

まだ咲かぬ椿の風に當麻の子 69
講寺の日輪とまる大椿 161

退院は白き椿の咲く家へ 184
三輪山の百千の椿落つらんか 195
女の子をりをり通る椿かな 196
夜の椿火の山裾に落ちたまる 214
鵯の来ぬ日の椿落ちにけり 228
門川や椿落ちては突走る 282
椿落つのみなる君が文机 298
ひよどりの来る日来ぬ日の庭椿 424
ひよどりの高ぶる椿落ちにけり 443

桜

夕ざくら目がしら濃ゆき城雀 38
廻廊にみどり子を抱く桜かな 221
朝ざくら三光鳥の来鳴くのみ 340
朝桜鳥入れかはり立ちかはり 340
大桜ありていざよふ入日あり 341
どこからか揺れはじめたる桜かな 357
この闇の熊野へつづく桜かな 357
つぎつぎに枝ゆれてゆく大桜 357
あらましの星揃ひたる桜かな 372
金星のまぎれこみたる桜かな 377
夕風にすこし蒼みし桜かな 383
満月のはなれんとする桜かな 393
ひよどりのいつも出入りの大桜 393
その辺を歩いて来たる桜かな 393
尾の長き鳥も来てゐる桜かな 403
雲霧のいつも通れる大桜 403
黒潮の大曲りしてさくら咲く 403
雷去りて月かかりたる桜かな 403
夜桜のしづかに枝を交したる 403
日輪に触りゐるこの大桜 425
かはせみの一閃したる桜かな 425
右にまた近づき来たる大桜 444

花

花の雨國栖の障子のうち震ひ 86
花の山に声かすれたる鴉かな 121
講寺や大釜焚いて花の昼 121
花咲けば命一つといふことを 129
風呂の火に面染まりをり花夕 129
一しきり潮たかぶりぬ花夕べ 143
老僧に猿来るといふ花夕べ 169
その僧の逝きたる花の真昼かな 169
花満ちて暗き襖のつづきけり 178
花咲いて小学校と寺ならぶ 220
らふそくの灯を一つ足す花の中 228

下京や二日つづきの花の雨 236
杣の子のひとり遊びの花の昼 243
野辺送りして来て花に遊びをり 253
花満ちて岩神木神老いにけり 270
花の雨流れ流れて象の川 270
横飛びの川上村の花の雨 284
川せみを花の盛りに見失ひ 308
襖古り屏風古りけり花の宿 308
山火事の半鐘鳴つて花の昼 308
庭にゐて人相寄らず花夕べ 329
花風や鳶もかもめも切長目 330
花風に来て返しけり山鴉 330
花の雨本降りとなる宿場かな 330
熊皮を敷いて框や花の雨 330
花の昼遠流の島も見えながら 339
花満ちて昨日につづく空の青 340
花の夜は更けて大きな星ばかり 340
惜別は咲き満ちしこの花の下 341
青天や花に当れる風の音 357
神の花静かに人も来ざりけり 372
花の日も西に廻りしかと思ふ 383
翡翠が花のおもてを通りけり 393
迷ひたる如くに花の中にをり 403
山畑を打ちては戻る花の昼 404
いつまでも花のうしろにある日かな 425
物音のなくなりたれば花月夜 425
或る寺に法鼓とどろく花の雨 425
花の日に鶺鴒来てはよく歩く 444
雪つけし一峰近し花の宿 444
かはせみの見えて飛ぶなり花の昼 444
蒼然と暮れゆく花の障子かな 444
出し抜けに雷ともなひて花の雨 445
日輪のおもてを流れ花の雨 456

山桜

紀の國の大きな泡や山ざくら 69
山桜雨をはじきて力あり 357

牡丹桜

この雨は牡丹桜にやむまじく 284

遅桜

この谷に古りし湯元の遅桜 309
いせみちとはせみち分れ遅桜 377
遅桜見上げて登るお山かな 383
文机から見えてゐる遅桜 446

残花

四五人に花残りゐる元湯かな 266
このたびは花残りゐる室生かな 358
裏山に花残りゐる法事かな 404
高々と残れる花の見ゆるかな 445

落花

花吹雪浴びて遅るるいくたりか 195
ゆつくりと左流れの花吹雪 215
この坂の花吹雪には名残あり 227
いづこへも落花の中に径はあり 329
花吹雪浴びて横顔谷鴉 341

牡丹の芽

蔵こぼつ埃四五日牡丹の芽 339

連翹

吹き降りの連翹明り奥納戸 220
門川に連翹映りあまりたる 418

ライラック

リラ咲いてかくまで冷ゆる雨なるか 343
ライラック咲いて調度はもの古りて 343

木蓮

木蓮や山越えて来る雲ばかり 220
再会ははくれんの花明りして 340
はくれんのすぐ裏にある夕日かな 372
木蓮にまた来る夜のとばりかな 433
はくれんの天辺に来て日は止まる 444

藤

十二時の藤盛りなる木樵徑 51
白藤や火の粉はげしき杣の風呂 78
山藤を雲すみやかに上りけり 309
藤浪の吉野にやがて夜のとばり 341
白藤や大工はや来て音立てる 341
藤浪の懸らぬ樹とてなかりけり 344
藤の嶮ありて白雲のぼりゆく 359
山藤に今来し鳥の威丈高 404
白藤や赤子を抱いて門の内 404

山吹

山吹の雨かく冷えて奥吉野 443

桃の花

妻子置き来て桃の花粉がとぶ岬 24
山寺のゆふぐれ寒し桃の花 86
かまど火の見えて緋桃の風雨かな 86
土砂降りとなりたる國栖の緋桃かな 86
或る僧の風邪ひく桃の夕かな 131
翁より小さき嫗や桃の風 141
海境の高くて桃の花ざかり 169

花桃の中なる家を尋ねあて　236
天日の歩みとどまる桃盛り　236
桃も咲き花菜も咲いて野辺送り　252
尾道の昼深ければ桃の花　253
ひよどりのしばし狼藉桃の花　298
雪山のとりまく里の桃咲けり　328
何鳥か緋桃に来ては威丈高　443

木瓜の花
木瓜咲いて天日近き山家あり　61

木の芽
牛の糞ばかり樫の芽まだ吹かぬ　30
大柿の倒れて芽吹く天氣かな　69
木々の芽や夕べ淋しき神ほとけ　168
金銀の木の芽の中の大和かな　417

蘖
象谷のひこばえに又雨近し　197

若緑
鴉また物くはへ飛ぶ若緑　62
緑立つ隣の島へ嫁くと言ふ　132
松の芯映るところを鯉通る　404

柳の芽
芽柳の雨三日目の丸ノ内　424

楤の芽
楤の芽や日の暈のあと月の暈　143

杉の花
杉の花仁王の髪膚ひたして夜氣　28

猫柳
猫柳その人の忌にやや遅れ　195

枸橘の花
花からたち弟出来たる砂遊び　29

桑
山刀あり箍があり桑の花　78
大風に鶏放ちある芽桑かな　108

榴の花
杣の子に榴の花の雨あがり　197
花榴蹴つてまひるの大鴉　197
長雨の榴の花の夕あかり　227

竹の秋
竹秋の奈落の畑を打つてをり　62
顔老いし鞍馬の鳶や竹の秋　62
十二時の行人絶えて竹の秋　109
竹秋の村を出てくる径ひとつ　131
風出れば雨やむならひ竹の秋　197
厠紙いつも清くて竹の秋　228

朝のうち残る雨なり竹の秋 236
もの音もあらぬ山家の竹の秋 243
竹秋の煙どこからでも上る 243
竹秋の伊賀の山家の法事かな 253
伊賀に来て日の暈仰ぐ竹の秋 253
竹秋の雨また近き遺跡かな 271
とことはに墓は語らず竹の秋 283
生家訪ひ且つ墓を訪ふ竹の秋 283
鳶三たび四たび反転竹の秋 283
ここに来てまみゆる遺稿竹の秋 283
古町に古き菓子買ふ竹の秋 299
帯懸けて能登の老舗や竹の秋 329
橋たもとまで送りゆく竹の秋 342
竹秋や人も住まずに大屋敷 342
鶫を吸ひ山鳩を吸ひ竹の秋 342
竹秋や籠堂まで上り坂 393
竹秋やゆきとどきたる拭き掃除 445
腰掛けて縁側ひくし竹の秋 445
京へ行く一本道や竹の秋 457

春落葉

春落葉如来の前にふゆるのみ 168

菜の花

菜の花に越前のこの長曇り 142
教科書の第一頁花菜風 162
菜の花の風吹きあたる古障子 169
菜の花の風に河内の女の子 195
ひんがしの花菜の風に城下あり 197
菜の花や君を生みたる村の風 283

大根の花

大根咲き岬の女ら眉つよし 25
大根の花にもつとも雨近し 177
上人のおくつきどころ大根咲く 357

萵苣

萵苣畑を風呂の煙の通りけり 221
いつまでも萵苣の山家の夕日かな 243
日の暈の下に萵苣かく奥吉野 284
萵苣欠いて龍門一揆語り継げ 330

水菜

みづうみの雪に洗ひし水菜かな 130
雨となり雪となりたる水菜かな 194

春菊

春菊にまだ降る雪のありにけり 167

青麦

青麥の岬に守る宗旨かな 71

青麦の朝風ながき安土なり　196

種芋

種芋や旅籠の急な梯子段　236
種芋や室生の家のよき日向　392

春の草

芳草にとびつく伊勢の潮かな　169
芳しき草に日の入る城下かな　196
芳草に日はいま高し法隆寺　215
芳草やどの道来ても一休寺　220
芳しき草に入らんとする日あり　220
牛啼けば山羊も啼くなり春の草　265
芳草を踏み来て君を悼みけり　297
落日に草芳しき松江かな　297
芳草にとどろく潮や弓ヶ浜　297
春草に酒倉にほふ石見かな　298
書く文の長くて草は芳しき　306
芳草に小雨つづきの在所かな　307
芳草に越の潮の先は来る　326
芳草の西田幾多郎生地なり　328
おくつきに草芳しき河内かな　338
芳草を踏みてはもどる古机　401
薪を割る音して草は芳しき　423
界隈の草芳しくなりにけり　443
祝ぎごとは受くべし草は芳しき　456
芳草の雨は午から横なぐり　457

下萌

下萌や薪割つてゐる門の内　75

ものの芽

夕風の物の芽ふむな長命寺　142
あかつきの雨に溺るる物芽あり　328

雪間草

雪間草僧追ふごとく女ゆく　94

若草

大いなる雀隠れの夕日あり　212
若草を母のそばまで踏んで行け　327
若草を踏んで来し子を抱きとめて　327

古草

風吹いてゐる古草の戸口かな　162

菫

宇陀の日は暈著やすくて菫草　184
すみれ草咲いて墓の名三木清　283
菫草咲きひろがりて離宮跡　341

紫雲英

宵月のげんげ田にをり飛鳥の子　70

長命寺詣げんげとたんぽぽと　196
げんげ田や月夜ながらの花ざかり　266
げんげんの畦が寺から寺へ行く　433

苜蓿
雨あとのクローバの立ち直りつつ　13

薺の花
花薺電球しろじろ漁夫の留守　25

蒲公英
天津日は高くたんぽぽげんげ咲く　221

土筆
いくたびの御幸の村の土筆かな　86

杉菜
大雨の杉菜の宵となりにけり　51

虎杖
宵月のいたどりにまだ遊ぶ子か　198

酸模
すかんぽに大きくなりて入る日かな　446

蕨
松風のかたまつて吹く蕨かな　221
日輪の燃ゆる音ある蕨かな　328
早蕨やここに千早の砦跡　339

芹
室生寺の僧の来給ふ雪の芹　194
芹摘みにもちなほしたる天気かな　194
芹摘の去りて楼門残りたる　418

野蒜
野蒜摘川中島の土堤伝ひ　344

金鳳花
大空の日は唯一つきんぽうげ　340

母子草
法然の国に来てをり母子草　141

蕗の薹
蕗の薹摘んで弓月ヶ嶽あふぐ　195
経蔵のほとりに二つ蕗の薹　338
天つ日の真下に摘みぬ蕗の薹　442
夕門を出て来て摘めり蕗の薹　442

蓬
大空を風の鳴りゆく蓬かな　194
日蝕の風吹いてゐる蓬かな　266
大風にさからひて摘む蓬かな　442

茅花
晝月を茅花の空に探しけり　144

若布
雨風の越の波間の若布かな　251

夏

時候

夏

放馬過ぎて乗鞍への道夏白し　23
西行像子をつれ夏越すかいつむり　40
さびしさは直哉旧居の夏の蔓　170
炎帝の下鳥叫び花真つ赤　254
城内に入り来て蒼し夏の湖　288
朝風や伊勢道よぎる夏の鹿　319
夏の島蓮如上人上陸す　367
夏鴉遠く鳴くとき淋しけれ　405

卯月

木の下といふやさしさの卯月かな　185
大鐘のあをあを懸る卯月かな　309
神前を一水はやき卯月かな　319

立夏

ちちはは逝き高き梁から来たる夏　30
かもしか棲み炊煙に夏来る藁家　35
青松と白石とあり夏に入る　131
音立てて苔吸ふ鯉も夏に入る　344
夏立つや鳥声違ふ谷二つ　379
一本の大欅から来る夏か　404
夏来れば面影若し今もなほ　406
天狗岩天狗杉あり夏来る　434
静かなる磐石に夏来りけり　448
噴煙の折れ曲り夏来りけり　448
玄関に蝶一つ來て夏に入る　456
みづうみの北の渚に夏來る　456

麦の秋

麦秋や城のやうなる門徒寺　145
麦秋の行人消えて老ノ坂　145
麦秋の大土間にある凹みかな　237
岩に彫る彌陀と薬師や麦の秋　330
麦秋や一揆のときも撞きし鐘　331
麦秋の川どこまでも南流す　368
行く雲の丸や四角や麦の秋　379
大鳥は雲まで上り麦の秋　385
大声の宇陀の鴉や麦の秋　394

六月

六月や火の跡のこる屋敷門　146
六月の島に一つの御陵かな　199

入梅

島にあがる魚美しき入梅かな　132
村々の梅雨に入りたる大和かな　255
鳥声のかき消えてゐる梅雨入かな　299
伊勢海のうねりそめたる入梅かな　386

梅雨寒
梅雨寒のやまももの木と知られけり　237

夏至
夏至の日は大湖の上にとどまれる　436

半夏生
花多き百姓の庭半夏生　123

晩夏
堂守の座布団うすき晩夏かな　149
乙女らにドナウは濁る晩夏かな　180

水無月
みなつきの佛間にひろふ花の塵　163
みなつきの村に落石続きけり　178
みなつきの吉備野の鴉きこえけり　187
みなづきの落葉するとき神しづか　396
みなつきや声を惜しまぬ山鴉　419
みなつきや畷に太る一つ松　436

七月
生きるはよし七月放馬濃く匂ふ　23
七月や苔つけそめし山の槇　40
七月の群羊北へ動きをり　43
七月やたのしきごとき椎の齢　45

梅雨明
蔵王堂梅雨明の月溝中まで　40
梅雨明の雷とどろけば尋ね来よ　199

夏夕べ
夏夕の鳥さへ啼かぬ大伽藍　146

夏の夜
四辻に風吹く夏の夜明かな　146

短夜
短夜の出船入船かかはらず　16
明易や一里ひがしに老ノ坂　87
短夜の山に悲しき南朝史　146
短夜や佛に近く人ねまり　186
短夜や神話の島に波くだけ　199
明易や雨の通りし麻畠　237
短夜のハワイ大学花匂ふ　254
短夜のアメリカへ発つ鞄かな　272
短夜の草に置くなり旅鞄　285
短夜や地震の過ぎたる山の寺　300
名を知らぬ木の花こぼれ明易し　413

短夜や栞してある御文章 428
短夜の火の山近く泊りけり 449
短夜の雨音にとり巻かれたる 449

土用
山神社土用の入の青箒 64
土用餅木の花遠く咲きにけり 88
若死の土用の入でありにけり 89
仏間掃き次の間を掃く土用かな 459

三伏
三伏や枝八方に屋敷松 332
三伏の鯉は朝から逆立てり 368

暑し
岩に孤舟煙硝のごと島の熱氣 26
裏山に鷺啼く夜の暑さかな 272
暑き日はライン左岸に今沈む 368

大暑
日を送り月待つ島の大暑かな 96
あばらやに人住んでゐる大暑かな 396
噴煙を鳥の横切る大暑かな 407

炎暑
野鳩越ゆ鐵路の炎暑深きとき 22

灼く
灼ける橋野菜車をいま渡す 22

涼し
山の日のすぐ高くなること涼し 13
雀猛り倉の定紋涼しさよ 36
村涼し飼屋の草履見えてをり 78
涼しさの鳶の尾楫や伊勢の海 79
神山を涼しき杣の抜けてゆく 89
朝涼しスイスより来し吾娘の葉書 123
峠には涼しき風の吹くものか 179
涼しくて薬の草の花も咲く 185
鞘堂の風がもつとも涼しくて 186
雨涼し薬の花と毒の花 216
涼しさの蟬よく飛んで霊地かな 223
ハーバード大学涼し栗鼠が来る 224
磨崖仏見し涼しさのつづきをり 230
涼風に吹き返さるる鴉かな 287
とめどなき涼風に松老いにけり 287
一筋の涼しき風を待ちにけり 301
涼しくて仏を刻む在所かな 310
涼しくて知らぬ鳥声まじりけり 374
涼風のとめどもなくて樹齢かな 396
板廂涼風どどと到りけり 420

涼風を吹き分ちをる柱かな 435
涼風のとめどもなくて淋しけれ 447

夏の果

口割つて啼く濱鴉夏の果 19
堂縁にみどり子を置く夏の果 149
夏終る友らそれぞれの大陸へ 179

夜の秋

夜の秋の布団にさはる白襖 171
夜の秋の平家におよぶ話かな 186
欄干の通り雨なり夜の秋 287

天文

夏の雲

箱根路に戸障子きれい夏の雲 110
夏雲やこたびは寄らぬ平泉 436

雲の峰

雲の峰ひとりの旅をつづけをり 15
雲の峰の尖端速し砂嚙む鯒 32
雲の峰上千本に青だたみ 45
屋根草の上なる國栖の雲の峰 78
雲の峰一茶の國に入りにけり 89
雲の峰宗旨つたへて島百戸 96
上ミ京にかなしき雲の峰となる 96
雲の峰この時布留の山しづか 187
灘に立ち墳墓に立つや雲の峰 216
雲の峰また立つ草の庵かな 238
ことのほか水牛しづか雲の峰 253
釘打つてある椰子の幹雲の峰 255
アメリカへ此度もひとり雲の峰 272
大鳥のただよふばかり雲の峰 272
雲の峰熊川宿に大崩れ 286
キラキラと雲の峰より蟬の尿 287
雲の峰今日から映る大湖かな 301
親潮の紺の上なる雲の峰 311
睡蓮に雲の峰くつがへりさう 333
雲の峰鯖街道に真新し 345
雪舟の庭に今日より雲の峰 346
又も来しこの大陸の雲の峰 347
雲の峰立つや砂漠の小家より 347
ふらふらと上る鴉や雲の峰 386
注連つけし杉のうしろの雲の峰 396
みづうみに入り来るうしほ雲の峰 427
雲の峰千年杉の上に湧く 436

夏の月

月涼し兵火山門に迫りしと 95
島に來し聖のこころ夏の月 96
夏の月おそく上りし屋島かな 288
老松のはや曳く影や夏の月 288
すぐそばの雲を照らして夏の月 373
夏の月人もをらずに上りをり 397

南風

その僧の巡錫の島大南風 96
南吹く村のはづれの大欅 449

黒南風

黒南風の林泉山へつづきをり 63
黒南風のやがて白南風長命寺 95

白南風

白南風の雀降るなり山畑 42
白南風に播磨の米屋匂ひをり 63
白南風の井を汲みに来る童子かな 229
白南風や鷹もどりゐる峰の松 254
白南風の桑名の町が好きになる 299
白南風の高千穂として天に在り 406

茅花流し

この頃は茅花流しの村の墓 185

青嵐

紫蘇を吹く播磨の國の青嵐 63
布留山も布留川もいま青嵐 187
青嵐大きな島に吹きにけり 221
消えがての昼の月あり青嵐 434

風薫る

薫風に大岩冷ゆる鞍馬かな 63
薫風や藪の空ゆく鞍馬の日 70
薫風やまつさかさまの海女の徑 70
薫風や物くはへ飛ぶ鵜あきらか 110
薫風や一舟もなき伊豆の海 111
薫風や浜に神馬の蹄あと 122
薫風に庄屋の松の男振り 199
薫風のもろもろ正午東大寺 299
薫風や塔の跡とは石一つ 330
薫風やとどまるごとき信濃川 373
法灯を継ぐといふこと風薫る 373
風薫る西田幾多郎忌なりけり 458

夕凪

夕凪や波除わたる黒き猫 21
夕凪や漁網の色に過去帳古る 26
夕凪や三河の寺に御文古り 286
夕凪の三河の寺の大蘇鉄 286

夏の雨
大声の札所の鴉夏の雨　112
夏の雨神泉すこし濁りけり　271
梅雨
この邊りいつも淋しき梅雨の月　14
梅天に立ちゐる虹のちぎれをり　14
梅雨潮の満ち満ちてゐる札所かな　52
長梅雨の鯉の水輪や靈山寺　52
梅雨名残はげしき土佐の芭蕉かな　52
梅天に心もとなき小島かな　132
梅雨の雷烈しく君が魂は去る　187
大阪の梅雨の潮へ帰国かな　255
梅雨の雷太鼓のごとし関ヶ原　286
やや青き石見の国の梅雨の月　331
梅天に暮れゆく蔓のただよへる　379
しろがねの梅雨の夕べとなりにけり　436
五月雨
人絶えし石見の山路五月雨　331
仏彫るさみだれ明り夕べまで　331
薬降る
薬降る日の香久山に登りをり　228
日もすがら薬降るなり不破の関　244
色鯉のときに乱れて薬降る　395
夕立
夕立三日南へ大きな山ばかり　90
父の忌の襖をはらふ白雨中　134
そばかすのウイーン乙女と白雨中　179
大夕立信濃を叩き甲斐へ去る　202
夕立の一端かかる大湖かな　346
夕立の中に内陣灯りをり　386
夏の露
厩戸の皇子の御寺の夏の露　133
虹
ことごとく宮殿のもの虹も亦　179
いくたびも虹立つ島の茂かな　254
雹
まつさきに弥山日あたり雹の後　396
今しがた雹の過ぎたる南部領　436
雷
歸り来て吉野の雷に座りをり　43
國栖人の貌にとどろく日雷　79
日雷熊野詣のふるみちは　123
遠雷や蝶の来てゐる松静か　136
白日や古城に迫るはたた神　179

雷近き松亭々と館かな　287
遠雷の名張に草を刈つてをり　331
雷来んとする一峰の静かなり　346
はたた神来るべし遠き一つ松　379
草山にどしんどしんと日雷　459

朝曇

朝曇王国の薔薇濃く匂ふ　253
朝曇ホノルル雀鳴きそむる　254

朝焼

朝焼のすぐさめにけり瓜畠　287

夕焼

夕焼の石段二百漁港の上　40
山鳩の間にあはざりし遅夕焼　45
蒲の穂に嫗あらはれ長夕焼　78
夕焼けて墓は日本に向くと云ふ　255

日盛

老大工分銅ゆれやむ日の盛　23
魚の腸ぬく手老いたり日の盛　40
日盛の籔淺からず古戰場　48
日盛りをみどりや齋の膳のもの　71
日盛りに見るや一茶の硯など　90
日盛りの鐘殷殷と町古りし　179
岩神も木神も老いぬ日の盛り　419
ばさと来し松の鴉や日の盛り　427

西日

美しき糸くり堂の西日かな　134

炎天

炎天の富士となりつつありしかな　13
颪いつもある白樺や炎天下　17
炎天にネバダの岩はそり返り　347

片蔭

片蔭や鐵の上来し風甘き　21
片蔭流るる野球放送父亡き町　30

旱

大旱の米の中にて光る砂　26
大甕の繼ぎ目あきらか旱雲　26
蔵王權現旱らふそく眞赤なる　32
姥捨の旱雲から岩つばめ　39
渡岸寺觀音立たす旱かな　71
大旱の月またのぼる山の国　124
大旱の堂深くある灯かな　134
沈む日に上る月ある旱かな　134
雲さびし颪もなくなる旱畑　146
大旱や日を追うて行く月ひそか　148

怖しき旱の空に日と月と 148
草山に旱の雲の浮きにけり 148
葛はみな雲にとどきて旱村 287
岩山の上を鷲飛ぶ旱かな 347
金の星銀の星出て旱かな 367
ゆつくりと大鳥通る旱かな 449

地理

夏の山
汽関車に金星ひと粒飛驒青し 23
夏山の奥へ奥へと宗旨かな 144
老松はみな丈へあり夏山家 345
夏山に古りゆく杣の屛風かな 345
夏山や監獄峠今もあり 345
夏野
蘇我入鹿亡びし夏野歩きけり 449
夏の川
夏川を渡りてのぼる御山かな 200
出水
門前の出水してをる古刹かな 111
杣の子のさみしき宵の出水かな 145
夏の海
夏の海すこしく見ゆる古刹かな 345
卯波
寄せて來る卯浪に神の錠ひそか 70
或る島に高ぶつてゐる卯波かな 373
土用波
土用浪漁家の佛壇すすけ切る 20
土用浪島の芥がながれ出す 26
蕗すこし生ひし垣根や土用浪 51
大岩を流れ落ちるや土用浪 286
草刈のたつた一人や土用浪 286
夏の潮
夏潮の断崖にわが供華は赤 124
夏潮におのころ島と言ひ伝ふ 199
夏潮は一揆の村に引いてをり 216
青葉潮
青葉潮あまり濃ければ涙かな 216
植田
この植田山神うつる暁あらむ 144
遠山の映つてゐたる植田かな 426
青田
赤子睡り鏡の中の青田も夜へ 35
青田雨妃陵の垣に吹きつけぬ 63

青田雨亡き父母來るによきところ　78
青田雨とびつく障子丑湯治　123
月山を青田の果の果に置く　224
一つ松老いし讃岐の青田かな　288
人絶えし青田の道も石見かな　413
ここからは青田に映る下校かな　436

田水沸く

鐘樓の下に來てゐる田水沸く　79
田水沸く札所の村の大鴉　79
天草やきのふも今日も田水沸く　216
大和いま神も仏も田水沸く　230
田水沸く頃の大和の太き梁　230
そのかみの隠郡田水沸く　386

清水

井戸清水峠越えくる海の雲　35

滝

瀧風といふものいつも吹いてをり　447

生活

薬狩

正面を見る木曾の犬藥の日　77
今さらに鳶は大鳥藥の日　122
藥狩神山いつも雲あそび　144
薬日や海鳥の声打ちたまり　244
松籟と濤音とあり薬の日　385
土蔵へとつづく廊下や薬の日　405
このあたり隠郡薬狩　426
薬摘む人立ち寄りぬ仏隆寺　426

更衣

更衣爪はするどき山の鳥　29
米を照らして米屋の灯濃し更衣　31
さめざめと能登の海あり更衣　51

夏衣

前の世の鴉の聲や夏衣　88
難所とはいつも白浪夏衣　122
夏衣ボストンに今来てをりて　224
夏衣貿易風の街を行く　254

セル

マッチの火燃えて黄色やセルの胸　16

夏帽子

伊豆青し麦藁帽の妻と来て　20
夏帽を襲ふ雨あり中京区　436

粽

湖のいよいよ濃ゆき粽結ふ　199

柏餅
坂本の日陰日向や柏餅 446
胡瓜揉
胡瓜もみ命日の日の高上り 89
冷し瓜
冷し瓜老よく通る村のなか 63
冷し瓜或るとき長き鳶の笛 245
いつのまに真上に来し日冷し瓜 345
梅干す
水平線に船影出没梅を干す 32
山神も木神も近し梅を干す 88
梅干して薄日尊し先住忌 123
梅干して大和の山のすべて見ゆ 200
梅干してよき松風の通り道 310
梅干の所狭しと法の庭 373
土蔵てふ静かなるもの梅を干す 386
梅むしろ鐘撞堂の前うしろ 435
梅干してまだまだ伸びる雲の先 435
夏館
沓脱の磐石ひとつ夏館 286
背皮やや傷みし本や夏館 300
今来たる鳥けたたまし夏館 384
雨過ぎて灯はなやか夏館 385
人立てばすぐに鯉来る夏館 396
夏館薪を割つては積み上げる 447
夏の灯
夏の灯の点りそめたる砂漠かな 347
夏炉
夏爐燃え越中の雨三日なり 51
雨音の又あらたまる夏炉かな 420
梁の太々とある夏炉かな 420
夏座敷
飛石を伝ひてもどる夏座敷 385
円座
蒼然とあめつち暮るる円座かな 180
宵雨のさびしき円座二三枚 188
葭戸
簀戸入れて午から子規を読むつもり 379
竹生島見ゆる葭戸を入れにけり 419
団扇
美しき忘れ団扇の山家かな 257
風鈴
風鈴は北上川の風に吊れ 284
釣忍

忍に水やつてドイツへ明日発たん　368

日傘

白日傘石地に影し歸島の娘　26
遠く来し日傘をたたむ伽藍かな　111
絶壁の下を通りし日傘かな　199

虫干

フイヒテ全集鐵片のごと曝しけり　22
蟲干や人の下り来る賤ヶ岳　48
虫干や子規に聞きたき事ひとつ　112
虫干や神杉に晝ひそむ鳥　123
虫干や門三つある百姓家　170
虫干やおくれ先立つ人ばかり　188
虫干や大湖に浮ぶ島三つ　200
七堂の空あをあをと曝書かな　212
虫干や二階に来れば近き山　222
虫干やむかし丹波の大江山　223
曝書して太平洋を明日越えん　224
虫干の物のくれなゐ山の中　245
裏愛宕とはこのあたり土用干　267
山寺に虫干法座ありにけり　286
色鯉も曝書もしづか午後一時　300
曝書して色鯉の水明りのみ　300
松風のこよなき日なり書を曝す　310
曝書して杉山の畳なはるのみ　320
曝涼やつくづく太き松の幹　346
暗き間のいくつもありて土用干　395
田舎寺一切経を曝しけり　397
白雲の一つづつ来る曝書かな　397
神山を雲のぼりゐる曝書かな　420

打水

水打つて室生は月を待つばかり　149
水打つて松江の夕日まだ沈む　200
一つ葉のところまで水打つてある　373

日向水

さまざまの物の中なる日向水　380
日向水したる石見に入りにけり　413

夜濯

夜濯や島に一つの門徒寺　96

麦刈

すぐそこに噴煙ありて麦を刈る　447

溝浚へ

溝浚すみて松風よく通る　419

代掻く

火の山の映れる代を掻いてをり　406

田植
波除の暮れゆく村の田植かな　70
陵の影長き田を植ゑてゆく　229
大川をさしはさみたる田植かな　254
石垣の聳ゆる伊賀の田植かな　344
薬師堂あけてありたる田植かな　344
神山のかならず映る田植かな　373
越の山あらまし映る田植かな　378

田草取
頼朝のひそみし村に田草取る　111

草刈
薙ぎ刈るは丹生川上の神の草　72
とむらひの日の草刈の遠くゐる　89
草刈女橘寺を抜けてゆく　133
草刈つて聖の文を読む日かな　255
草刈に北上川の行くばかり　285
草刈つてあれば蝶々早く飛ぶ　319
草刈つて頭の上となる日かな　332
刈草の流れて早き遠野かな　367
きのふけふ噴煙濃ゆし草を刈る　407

竹植う
竹植ゑて一蝶すぐに絡みけり　211
今植ゑし竹見えてゐる机かな　222
竹酔日てふ美しき日のありて　222
竹植ゑて鳥声さへも無かりけり　446

藻刈
刈藻焼く煙来るなり門徒寺　111

干草
この邊の夜は干草の上に来る　14
干草に北国の雲みな浮けり　311

上簇
上簇の大神棚となりにけり　77

鮎釣
道三つあつまる辻の囮鮎　78
とことはの谷杉清し囮鮎　78
木の花の終りて鮎がよく釣れる　133
産土のひろき木蔭の囮鮎　145

川狩
川狩や有明月の大細り　163

避暑
うすうすと月の避暑地の灯りをり　17
夕づつへ道まつすぐや避暑の町　17
松落葉踏みてはもどる避暑の荘　347

ヨット

ヨットまだ濃き朝蔭をつくりをり　13

登山

森来り森去り夜の登山道　15

泳ぎ

この村の神代の淵に泳ぎの子　80

泳ぎ子にのこる朝月日本海　290

泳ぎ子を二人見しのみ高見川　428

花火

手花火は鯖街道を照らすなり　63

水遊

若き母来て抱き去りぬ水遊び　300

伸びやまぬ雲の尖端水遊び　301

蛍狩

化けさうな一軒家あり螢狩　395

草笛

坊守の吹く草笛のよく鳴つて　340

裸

裸子が来る渡岸寺観世音　71

日焼

高原の日にうすうすと日焼かな　13

昼寝

本堂へつづく廊下や晝寝どき　15

信長が通りし村の昼寐どき　224

コウノトリ昼寐の村の上を飛ぶ　435

水中り

洞川へ古き峠や水中り　90

行事

母の日

母の日や午後から日あたる濡れ丸太　22

端午

武具飾る日本海の瑠璃かたくな　36

武具飾り松籟乱れなき山家　70

武具飾り朝冷つよき城下あり　77

木曾人に犬立ちあがる端午かな　78

武具飾り鶏鳴何とはるかなる　87

よき庭に魚籠を干したる端午かな　87

門川にくさぐさ洗ふ端午かな　199

田川みな湖へ出る端午かな　244

村々に松籟濃くて端午かな　309

薪棚のまだ新しき端午かな　358

象谷のいちばん奥に武具飾る　358

萵苣畠より飾りたる兜見ゆ　358

磐石を跳び越す水も端午かな　385

舟道の紺もりあがる端午かな 405
松はみな苔をつけたる端午かな 405
ぐいぐいと吉野川行く端午かな 456

菖蒲葺く
島深きところに菖蒲葺きにけり 199
菖蒲葺き峠の雨が横に飛ぶ 212
雨すこし残る菖蒲を葺きにけり 309
菖蒲葺いて庭つづきなる隣かな 434

幟
矢車や水の氣斷つて切通 31
幟立ち隠れ里とも思はるる 385

祭
ことごとく鱒の水輪や祭来る 42
この国の潮とどろく祭かな 111
水ナ上へ祭の山をうち重ね 132
祭人あふちの下に立ちにけり 133

御祓
山川に命さびしき御祓かな 216

安居
板匂ふ燈臺内部夏百日 26
谷空に鳥の糞散る安居かな 77
朝潮の今満ちてゐる安居かな 122
夕潮の今引いてゐる安居かな 122
高々と結夏の花の梢あり 163
夏百日花を咥へて来る鳥も 201
島見ゆる石見の寺の一夏かな 201
黎明の雨つのりゐる安居かな 245
樹の下に安居の僧の老いにけり 245
高々と安居の磴の懸りたる 397
かすかにも瀧の音ある夏書かな 397
ひんがしに高見聳ゆる一夏かな 435

夏花
谷の日の素顔渡れる夏花かな 51
島山といへども高し夏花摘 201
夏花摘み来て文机に座りをり 223
夏花摘む日の旧城下見えわたり 237
北上の岸辺にも摘む夏花かな 285
夏花摘をらずなりたる荒磯かな 331
霊峰に囲まれて摘む夏花かな 386
竹生島通ひの舟の夏花かな 419
義仲寺に今とどきたる夏花かな 456

閻魔参
畑ものに赤と黄多き閻魔かな 163
午からも空うつくしき閻魔かな 163

動物

蝙蝠

蚊喰鳥在所の月の真赤なる 134

蚊喰鳥大阪の月細りつつ 146

学校に隣りて住みて蚊喰鳥 146

蚊食鳥大川明りいつまでも 223

蝙蝠に村々暮るる大和かな 333

河鹿

日高き聖の里に河鹿鳴く 299

また別の河鹿の谷のありにけり 310

蟇

大雨に蟇出てあるく横蔵寺 407

山椒魚

はんざきに赤目の雨も三日目か 332

蠑螈

雨の日の蠑螈浮いたり沈んだり 405

蛇

静かにも夕日の前を蛇通る 185

羽抜鳥

羽抜けて鴉飛ぶなり関ヶ原 360

時鳥

時鳥注連つけてまだ太る杉 122

時鳥一つ読めざる綸旨の字 133

蔵までは飛び石三つほととぎす 271

高山之寺に今鳴くほととぎす 299

時鳥啼けば人死ぬ在所かな 299

寺領衰へたりといへども時鳥 318

挙兵あり遁世ありぬ時鳥 319

大雨の時鳥啼きつづけをり 346

高館の方にきこゆる時鳥 368

あとかたもなき七堂や時鳥 368

時鳥鳴き過ぐ夜の梲あり 379

時鳥山道ここら繕はれ 395

時鳥まだまだ薪を積み上げよ 434

時鳥鳴いてきれいな空となる 448

時鳥鳴き移りゆく雨の中 448

時鳥本を探してをれば鳴く 448

いくたびも雨いくたびも時鳥 458

郭公

郭公や一人減りたる村のもの 95

閑古鳥啼くや火鉢の灰しづか 186

筒鳥

筒鳥や如意輪寺まで子の使 132

筒鳥や熱きも熱き杣の風呂 145
筒鳥や字を習ふ日の吉野の子 272
筒鳥が鳴くとかたへの人も云ふ 433
筒鳥はいちばん遠い声で鳴く 449

慈悲心鳥

十一や海見ゆるまで磴のぼれ 223

夏雲雀

夏雲雀ひとつ高しや推古陵 309

青葉木菟

青葉木菟鳴いてこの谷行き止り 435

老鶯

魚籠の中魚はするどし夏鶯 32
老鶯や杣人とほる勅願寺 88
老鶯に臨濟の磴屹立す 88
とめどなき夏うぐひすに宮柱 187
老鶯や二軒つぶれし大藁家 187
老鶯にだんだん強くなる雨か 319

鴉の子

子鴉の峠短し明智領 87
子鴉に石段長き靈地かな 88
子鴉は僧正谷にいつも鳴く 88
子鴉は女人高野に飛びならふ 123
子鴉の顔見えてゐるきつね雨 124
美濃の子に子鴉のよく啼く日かな 271
鴉の子大内山に飛び習ふ 271
子鴉の今日から鳴くや高山寺 299
子鴉は仏を刻む里に鳴く 310
日輪のぴかりぴかりと鴉の子 338
奥宇陀の一本杉の鴉の子 426
鴉の子中仙道を歩きをり 427
子鴉のよく鳴く宇陀に来てゐたり 434
最澄の山に飛ぶなり鴉の子 435

葭切

葭雀葭をつかみて日は正午 406
日はすでに頭の真上行々子 434
葭切の二三羽よぎる行手かな 446
葭切や歩いてゆけば村はづれ 447

浮巣

この雨の百の浮巣を思ふなり 222

通し鴨

通し鴨何の木つくる日蔭かな 48

大瑠璃

大瑠璃は杉のいちばん先が好き 394

目白

水分に眼白日和のつづきけり　114

緋鯉

今日あたたか母が遺した緋鯉浮く　28

濁り鮒

濁り鮒吉備の社の前に釣る　186

鮎

この神に鮎とぶことの太古より　72
遠ざかりつつ鮎川の音はあり　133
鮎はねて濡れたる夜の框かな　133
夕風にうすくれなゐや鮎の口　145
夜の鮎庭木の中をもたらされ　229
鮎とんで夕べに近き風のいろ　244
鮎とどきたる大雨の薄暮かな　395
鮎川を分ける磐石太古より　396

黒鯛

黒鯛の海そこに来てゐる御寺かな　340

鰺

夕鰺や光りそめたる島の月　112

蟹

蟹歩くところや石に還る臼　25
夕蟹や燭得ては照る新位牌　29

夏の蝶

林泉を行くや揚羽もくちなはも　360
夏の蝶眉目あきらかに駈りけり　419
夏の蝶用あるごとく来り去る　436
荒々し女人高野の夏の蝶　448

夏蚕

玉垣や夏蠶を飼ひて唯二軒　89
門前によき風吹いて夏蚕飼ふ　266

蛍

螢とぶ熊野の闇のおそろしく　123
螢火やたたみの上の琴の爪　134
しつけまだ取らざる衣や螢の夜　134
螢火や念佛講の膳古び　146
奥宇陀の藪恐ろしき螢かな　187
前の世もその前の世も飛ぶ蛍　285
わが指をしばし伝ひし螢かな　386
上弦の月をよぎりぬ梅雨螢　395
高千穂の荒ぶる神の螢かな　406
螢火の縦深陣地ありにけり　406
蛍飛び講の提灯出してあり　435
神山に光りそめたる蛍かな　448

玉虫

玉虫を拾ひ夕日の宇陀にをり　229

離宮跡とは玉虫の飛ぶところ　332
玉虫も蟬も飛ぶなり雲の中　332
玉虫の飛ぶや室生の真昼時　396

落し文
経蔵のうしろに拾ふ落し文　397
宇治に来ていきなり拾ふ落し文　397

蟬
燈臺の芝生の青さ夜蟬落ち　20
初蟬や單線枕木まちまちなる　38
両岸の蟬強くなる簗場あり　52
青田とぶ蟬や頼朝挙兵の地　111
松濃ゆき蓮如の寺の油蟬　145
初蟬は君葬る日に鳴くものか　187
初蟬に蔵の物出す先住忌　229
青田とぶ蟬ひるがへり明智領　266
啄木の少年の日の蟬鳴けり　284
朝蟬のゆきわたりたる若狭かな　285
弥勒まだ仏に成らず蟬の夏　287
夜蟬また油の闇にひるがへり　301
朝蟬のはや鳴いてゐる薬師かな　301
蟬鳴いてゐる向日葵の雨の中　332
襖絵も欄間も暗し蟬の夏　333

空蟬
蟬の殼父の命日晴れて多雲　38

蠅
蠅とぶや喪中未明の家茫々　30

蟻地獄
蟻地獄白髪の神鎮もるか　35

蟻
山蟻のしづかに早し崇徳陵　333
蟻の道阿弥陀の前をよぎりをり　373
経蔵をさして上るや蟻の道　386
夕影をいつしかまとひ蟻の道　395

植物

余花
余花の村よりすこし奥観世音　404

牡丹
赤んぼの溺れる乳房夜の牡丹　29
仁王背後すぐに奈落や夜の牡丹　34
新しき鍬土間にある夜の牡丹　109
牡丹や夜の障子のうすじめり　144
牡丹の雨風の日の文机　215
海鳥の声落したる牡丹かな　244

静かにも牡丹の前の立話　309
牡丹の庭に今ゐる大工かな　318
牡丹の重なるもある月夜かな　318
牡丹に郵便夫来る赤子来る　318
十あまり蔵のうしろの牡丹かな　318
傘をさして見てゐる牡丹かな　318
二三輪剪つて牡丹の中に立つ　330
鐘を撞き終へしは女人夕牡丹　331
鍬二本研ぎそろへたる牡丹かな　331
二三段磴下りて剪る牡丹かな　342
牡丹の前に大工と立話　343
昼火事のすぐに消えたる牡丹かな　343
鉛筆を持つて見てゐる牡丹かな　343
牡丹の雨は小糠となるならひ　343
牡丹に今宵の月もはやのぼり　359
満月はのぼり牡丹さかりなり　359
灯籠に灯が入る頃の牡丹かな　359
夕風の吹けば牡丹からみ合ふ　359
薪を割る音や牡丹まつ盛り　359
母の手に赤子をもどす牡丹かな　359
朝日子の押し寄せてゐる牡丹かな　359
本陣のざんざ降りなる牡丹かな　360
蔵こぼつ音の止みたる牡丹かな　378
ぼうたんの花の二百を数へけり　378
磐石の上に崩れし牡丹かな　384
山寺や蒼然として夕牡丹　384
いつまでも日は西にある牡丹かな　384
女来て門をさす牡丹かな　384
牡丹を小糠の雨の中に切る　384
蝶々の止りそこねし牡丹かな　384
牡丹咲く日の信長の城訪はん　394
嬋娟として蝶を絶つ牡丹かな　405
山の月照らして暗き牡丹かな　426
赤んぼの抱かれて出たる牡丹かな　446
夕風となるぼうたんに赤子抱く　446

紫陽花

紫陽花に伊豆の廃家の大月夜　111
紫陽花を切る腕見ゆる夕明り　212
山荘や霧また襲ふ濃紫陽花　386

梔子の花

山梔子が咲きねんねこを縫ふ山家　45

杜鵑花

文読めば遠きさつきの花明り　434

泰山木の花

泰山木咲きそめ背皮の傷む本 22

凌霄の花

のうぜんの暗くなるまで門遊び 458

栗の花

栗の花糧道いまも城をさす 96
瓦焼く庭の広さよ栗の花 178
真夜中の空も青くて栗の花 222
日を包みつつ雲動く栗の花 394

柿の花

おほかたは道にこぼれて柿の花 331

青梅

青梅の村静かなる御幸かな 110
村静か実梅とること正午まで 122
いせみちにときに落として実梅採る 237
長命寺みちの青梅まだ採らず 237
青梅をとりつくしたる月夜かな 266
伊勢みちに籠置いて採る実梅かな 319
山道をのぼり来て梅落しけり 394
薬師寺に隣りて梅を落すなり 406
このあたり本堅田町実梅とる 406
青梅の中来て君を訪ひにけり 434
いせみちの坂の途中の梅落とす 447
青梅をおほかた取りし月夜かな 447
梅落とす声のしばらくしてゐたり 447
青梅を落として匂ふ神の庭 447

青胡桃

青胡桃はるかな人もさだかな道 36

早桃

律宗の門前に売る早桃かな 147

青葡萄

青葡萄山から村の時計讀む 43
青葡萄畠の中の城の窓 179

山桜桃

寺の娘のそれきり見えずゆすら梅 122

杏

杏落ち直立の燭新位牌 27
杏落ち漁家に佛壇たくましき 32
百年の杏熟れ落つ生家かな 285
方丈の杏落つるにまかせたる 427

枇杷

青枇杷や夕刊が来る路地の幅 22
雨の日の枇杷に色来る書院かな 407

夏木立

歸島少女に夏木根明るし猫坐り 26

夏木根の臼邊も過ぎて離島の歩 27
創建の蓮如をおもふ夏木立 145
千年の風こそ通へ夏木立 200
日のぼり沈む広野の夏木かな 224
一番蔵二番蔵あり夏木立 299
南北戦争といふものありき大夏木 347
夏木中人を思ひて歩きけり 378
大夏木かたむく宇治の早瀬かな 397
その僧の千回忌とや夏木立 435

若葉

山のごとき木蓮若葉百姓家 17
とむらひは若葉の奥の奥の村 132

青葉

この墓に青葉の雨のしぶく日ぞ 179

新緑

夜も新緑少年の磁石机中に醒む 21

緑蔭

緑蔭の蝶飛ぶほどの廣さかな 14

病葉

白峰の径に病葉拾ひけり 333
病葉を降らす大樹に歩み寄る 448

夏落葉

誰か掃く良寛堂の夏落葉 237

松落葉

日毎掃く姫街道の松落葉 427

卯の花

卯の花や切れ着せてゆく送り膳 144
卯の花の月夜の声は室生人 185
卯の花の峠に来れば京が見え 309
卯の花や奈良もはづれの破れ寺 378

桐の花

高きより秘境の雨や桐の花 51
産土に燭あげにゆく桐の花 69
花桐に暁の雨来る出雲崎 112
花桐やなほ北を指す旅ごころ 170
山裾に沿うて旧道桐の花 344
止みかけて又降る雨や桐の花 344
蔵壁は落つるにまかせ桐の花 344
臼置いて久しき軒や桐の花 405
きのふ来て今日帰る人桐の花 419

朴の花

山々に終りし朴や先住忌 212
一里来て又一里来て朴の花 221
朴の花まいにち増えて南部領 458

棕櫚の花
縁下の余り瓦や棕櫚の花 236
椎の花
椎の花こぼれ長押の槍錆びず 39
椎の花朝の神風わたりつつ 110
合歓の花
門川に合歓の花散る濯ぎもの 345
川に散り薪棚に散り合歓の花 345
いつまでも谷は一軒合歓の花 395
橋流れ易きこの川ねむの花 419
昼の月いつしか合歓の花のそば 427
合歓咲いて月と地球と引き合へる 434
玫瑰
玫瑰にまぬがれがたき雨となる 310
玫瑰が咲けばどこかに雲が湧く 407
桑の実
桑の實や棺をくくりし縄あまり 95
桑の実の村から登るお山かな 228
夏桑
夏桑の日照雨を上り框より 212
竹落葉
竹葉降る昼を跣足のタイ女 254
今年また竹の落葉の中を訪ふ 378
竹の皮脱ぐ
人は死に竹は皮脱ぐまひるかな 178
竹皮を脱げば宇治川渦を巻く 406
若竹
若竹や厩でひかる朝の馬 35
若竹や縁にうつりて猫とほる 77
若竹や村を出る水もり上り 88
若竹や水裂けてとぶ明智領 145
今年竹そびえ弓月が嶽そびえ 228
若宮は今年の竹にとりまかれ 229
若竹のうしろへ京の入日かな 229
篠の子
篠の子に嫗の用事何々ぞ 88
杜若
杜若風雨にあけて戸いちまい 109
渓蓀
縁側のまた折れ曲りあやめ見る 385
花菖蒲
この頃の阿弥陀の花は菖蒲かな 394
芍薬
芍薬の花のまひるを着る喪服 17

芍薬や襖しづかに百姓家　211
芍薬にあけたて重き襖かな　266
芍薬に近づいてゐる次の雨　379
芍薬や昼餉過ぎても雨と風　459

葵

立葵病廊落暉火のやうに　22
蔵へまた物出しにゆく葵かな　229

罌粟の花

芥子の昼人を見舞ひて来りしのみ　185
罌粟畑にとろける金の入日かな　348

夏菊

夏菊や山からのぼる土佐の雲　52
夏菊や縁側でするほどき物　367
夏菊は咲きその人の忌は明ける　378

蓮の花

白蓮や石屋疊の奥から夜　35
蓮の香の北國の闇赤子猛る　39
紅蓮の暮れてしまへば越後かな　124
廻廊に人立つときの蓮の花　255
朝風の通り道なる蓮かな　420

百合

鬼百合は畦の義民の墓に咲く　288

茄子苗

茄子苗につひに物音なき村か　178
茄子苗を旧本陣の前に売る　253

南瓜の花

南瓜咲き室戸の雨は湯のごとし　52
まだ若きこの惑星に南瓜咲く　379

茄子の花

横顔の朝の雀や茄子の花　200
みちのくの如来の前の茄子の花　223
旅したき心のときの茄子の花　244

馬鈴薯の花

じやがたらが咲いて長引く立話　356

蚕豆

そら豆の花に涙を落しけり　212

筍

筍や村のはづれに子供立つ　131
大和見ゆ筍藪の坂来れば　197
筍やみどり児神にまみゆる日　198
松籟の門に筍置いてあり　308
筍を提げて如来の前通る　404
筍を掘りかけてある裏の庭　446

蕗

蕗の雨廢屋の土糠のごとし　25
北航の船一つあり蕗の雨　170
木曾の雨はげし蕗の葉ひるがへり　343
山門にとどろく蕗の雨となる　405

瓜

瓜きざむ蓮如ゆかりの寺にして　285

夕顔

夕顔や音して閉まる小抽斗　135
夕顔やみどり子にはや人見知り　237
夕顔や赤子の声と猫の声　272
夕顔を見るに肘つく文机　300

夏大根

あけくれにすがる阿弥陀や夏大根　144

夏葱

夏葱や岬の寺の坂短か　71
夏葱に大湖の雨のなほつづく　110

青山椒

青山椒内部毀れて山家保つ　35

麦

麦の穂を摑みてここら衣川　367
軒の下まで麦熟れて筑紫なり　385
麦熟れて信長祭近づくか　394
麦熟れて太平洋の鳴りわたる　427

早苗

宵月の妃陵に近く苗あまる　71
光秀のやさしさ思へ早苗籠　87
村々に余りし苗や開山忌　110
夕凪や伊賀も甲賀も苗余り　121
苗はこぶのみの山路と思ひけり　222
苗運ぶ石見の山路ありにけり　319
苗運ぶ小谷の山の麓まで　342
蝶々のあとやさきなる苗運び　358
擬宝珠ある橋を渡りて苗運び　373
山みちをまだまだ上る苗運び　378

玉蜀黍の花

血族婚たうきび花粉海へこぼれ　26
花なんばん国栖の雀のぶら下り　133

青芒

青芒一人の道は行きやすし　16

青蘆

船に錠おろしてもどる青蘆中　19
青芦に出雲の日こそ高渡れ　200
青蘆に隠れてしまふ在所かな　367

夏萩

夏萩の咲けばはるけきひと一人 348

昼顔

昼顔に吉備の広野の雨は降る 187
昼顔は日本遠き墓に咲く 255
昼顔や雨降ればすぐ暴れ川 301

月見草

着くとすぐ山の夕べや月見草 14
月見草急に増えしとおもはずや 14
兵火以後は衰へし寺月見草 38
山寺や障子の外の月見草 146
小浜線通ればゆれて月見草 286
北国の入江は静か月見草 310
蝦夷と云ひし頃よりの寺月見草 310

河骨

河骨を連山かこむ國に来し 63
河骨に林泉の月夜々遅れ 244

蒲

紋服の人立つ戸口蒲の風 186

浜万年青

浜おもと島の日ぐいと昇りたる 367

現の証拠

午からもげんのしようこの花の雨 395

萱草の花

萱草が咲いて単線北上す 223
萱草が咲いてきれいな風が吹く 229
萱草が咲けば伊吹の男振り 244
萱草に釜石線がたまにゆく 285

十薬

十薬を抜きたる家の清くあり 63
岡寺に十薬抜いてゐる匂ひ 133
十薬に山寺の日の上り切る 200
十薬の花白ければ生家かな 285
十薬の花によく降る別墅かな 319
十薬の匂ふ縁から上りけり 407

射干

射干にすぐやむ雨や推古陵 71
射干が咲き朝風が吹いてゐる 396

一つ葉

一つ葉やみどり子も来し竹生島 109
一つ葉にためらはず来し暮色かな 332
一つ葉の夕暮のまだつづきをり 427
文机に一つ葉明りありにけり 448

花茗荷

心持ち夕べが早し花茗荷 420

夏蕨
おくつきへ行く人通る夏蕨 385
鴨足草
放課後の渡り廊下や鴨足草 134
苔の花
本で重き二階や果樹の苔が咲き 32
夕方はすこし日当り苔の花 245
藻の花
藻の花に日高くなりし法事かな 64
雨やみて裏返りゐる花藻かな 397
萍
萍や更けてのぼりし山の月 379
黴
竹生島見ゆる夕べの黴の宿 110
筆硯の小さき黴の書院かな 300
音立てて雨来る黴の古刹かな 405
荒布
天つ日を見上げては干す荒布かな 419

秋

時候

秋
時計鳴る秋の古江の中二階 74
疊掃く音ある秋の古江かな 74
風も去り雨も去りけり秋の家 113
よそほへば病なきごと妻の秋 267
一雲もなきミュンヘンの秋が好き 335
樫の苗つきたる秋の館かな 337
年を経て又来し秋のこの河畔 368
色町へ石段下りて寺の秋 387
裏木戸に舟着く秋の館かな 389
文月
文月や熊野は雲の湧きどころ 149
八月
燈臺や八月盡の陸の果 18
海神に八月あかき蔦一枚 41
八月の社務所掃く音聞えをり 79
八月や屋敷柱の刀疵 180
八月や鷲家の家の古襖 238
立秋
堂守に立秋の湯のたぎりをり 71
秋立つや當麻の人の縞着物 97
山寺やひとり秋立つ煤佛 135

鯉料り水郷の秋立ちにけり　135
今朝秋や立ち並びたる山の貌　150
秋立ちて仏の名ある山ばかり　255
秋立つや社に隣る杣の宿　272
我を打つ松の雫や今朝の秋　290
今朝秋の机に映る仏書かな　300
今朝秋や石臼まじる庭の石　398
今朝秋の鴉もの云ふやうに鳴く　458

残暑

百姓の今もどりたる残暑かな　72
山畑に縄張つてゐる残暑かな　112
残暑とは札所の鯉のよき水輪　150
櫻木の神に暑さの残りをり　172

新涼

新涼の庭いちめんに来りけり　387

二百十日

厄日静か座布団もある地蔵堂　136
よき松に雨降つてゐる厄日かな　238
大鯉の静かに二百十日かな　301

仲秋

仲秋や何を蒔きゐる岬の人　79
仲秋や土橋短き一軒家　90
中秋や杜をつらぬく神の川　152
仲秋やだんだん強き塔の雨　181
仲秋や立ちあがるとき濤の影　202
仲秋や針山はいま紅の糸　202
仲秋や小さき庵と小さき墓　273
仲秋やますほの小貝拾ふべく　334
仲秋の全長見ゆるラインかな　369
仲秋や海のやうなる琵琶の湖　369

葉月

月のそば帰る葉月の鴉かな　151
内宮に葉月の鴉こだまして　152
大川のしばらく濁る葉月かな　213

九月

大榧の下なつかしき九月かな　256

八朔

八朔や針箱見えて一軒家　125
八朔や板間にうつる山刀　171
八朔や畠へはこぶ湖の水　212
八朔の径大榧の家へゆく　238
八朔や湖水に映る松林　420
八朔の鴉もの云ふごとく鳴く　437
八朔の山立ち並ぶ国ざかひ　437

八朔や頭上を通るもろがへり　449

秋彼岸
藪を出て藪に入る径秋彼岸　213
秋彼岸加賀はいづこも松高く　334
ここからは高見よく見え秋彼岸　438

秋の昼
竹に来る山鳩見えて秋の晝　53
文庫まですこし上りの秋の昼　225
鐘つきにのぼる楼門秋の昼　290

秋の暮
杣の顔まだ明るくて秋の暮　321
藪を抜け橋を渡りて秋の暮　380
秋の暮青空のまだありながら　459

夜長
讀み始め讀み終りたる夜長かな　14
これよりの八角堂の夜長かな　230

秋深し
深秋の天搖れつづく乳母車　19
秋深し杖突峠越えしより　349

暮の秋
中京に帽子買ふなり暮の秋　388

行く秋
ゆく秋や屋敷の奥の車井戸　218
行く秋のよき壺に置く埃かな　232
行く秋や塔の下なる雨やどり　258
行く秋の雨の少しくけぶること　258

天文

秋の日
秋の日の観世音寺に旅の人　291
大岩のうしろへ木曾の秋入日　350
秋の日の行手さへぎるものもなし　428
文机にいま廻り来し秋日かな　428

釣瓶落し
神垣にゐる子に釣瓶落しかな　218
西海岸釣瓶落しとなりにけり　218
がうがうと釣瓶落しの熊野灘　248
みづうみの釣瓶落しに何洗ふ　275

秋晴
秋晴の土運ばれて来て匂ふ　21
蜂多き秋晴の町旅装で抜け　23
神の藻の花咲きつづく秋の晴　65
秋晴や女神を守る楠二本　65
秋晴の又も大きな水輪かな　97

秋晴や藻草はなるる鮒ひとつ 151
蘆中に棲むもろもろや秋日和 153
秋晴や水輪ひろげる一つ岩 256
秋晴や日本に似たる松の下 335
秋晴の波駆けのぼる巌かな 369

菊日和

かち渡る杣のしぶきや菊日和 81
風呂の火を焚きつけてあり菊日和 81
いさをしに菊の日和のなほつづく 126
赤んぼのくしやめしやつくり菊日和 246
菊日和あるいは蝶の三つ巴 257
裏山を百舌鳥宰領す菊日和 274
みどり子の覚めては眠る菊日和 274
奥の間のはや暮れかかり菊日和 292
高遠はときに鶏鳴菊日和 349
隼の流れしのみの菊日和 374

秋の声

本堂の裏へ廻れば秋の声 398
本堂の裏へ廻れば秋の声 414
本取りに来る二階の秋の声 428
秋声のしきりなる日の書庫にをり 428
海女ひとりゐる浦畑の秋の声 429

秋の空

ルードヴィヒ・マキシミリアン大学秋天下 336

鰯雲

鰯雲町深く海の船のぼり 21
みちのくや月渡りゐる鰯雲 92
鰯雲山の湯のやや熱かりし 98

月

暗き灯をともしてゐたり月の家 14
月の下来し人踵かへしけり 17
三日月のすでに光や清水港 18
海へゆくか石屋の前の月の道 30
宵月に刈る畦草や北近江 52
月の杣高き齢でありにけり 80
深吉野にあまり小さき月の家 97
山の月僧を葬ればさしわたり 113
まだ名無き赤子にのぼる山の月 164
杉の実の見ゆるほどなる山月夜 172
月の道国栖の翁の来つつあり 257
待つとしもなく月上る城下かな 288
月高しむかし赤穂の塩作り 289
越前の月欠けてゆくばかりにて 321
ゲルマンの森暗うして月のぼる 336

上州や月がのぼれば草の影 349
越前に御文は古りぬ月の秋 370

盆の月
門前に難所の潮や盆の月 147
盆の月草の山より上りけり 147
こもりくの初瀬に見よや盆の月 171
盆の月上りて風もすこしあり 212
村々に明るくなりぬ盆の月 387

待宵
待宵や根上り松の大山家 273
待宵の松の下なる立話 291
待宵の石段に着く渡舟かな 291
待宵や藍深めつつ古都の空 322

名月
名月や急流に向き木樵の戸 80
大鯉のはねし水輪も月今宵 256
名月やひとり老いゆく峰の松 288

良夜
たはやすく良夜の栗となりにけり 80
大鯉の跳ねしのみなる良夜かな 370
横雲のゆつくり通る良夜かな 430

無月
がちやがちやも邯鄲も鳴く無月かな 398

雨月
雄姿の松に音立て月の雨 213
中京の松うつくしき月の雨 388

立待月
立待も居待も山の畠より 257
立待ののぼるや松の左より 430

居待月
居待月出て流木を照しけり 429
居待月のぼりて暗き波間かな 429

寝待月
奥山に臥待月の上りつつ 201
星ひとつ連れて上りぬ寝待月 291
寝待月上千本に上りたる 302

宵闇
宵闇や薬草園の中の蔵 164
宵闇や父よりひくき母の墓 171
宵闇や女人高野の草の丈 202
宵闇の潮鳴つてゐる難所かな 428
宵闇やをりをり強きうしほの香 428

後の月
十三夜みちのく人に物問はん 92

後の月荼毘の煙のうしろより 114
十三夜湖は北ほど深うして 172
そこばくの雲を照らしぬ後の月 189
みづうみに残る高波十三夜 217
大阿蘇のふもとは暗し後の月 230
すぐそばをエールフランス十三夜 248
高渡る豆名月や奥吉野 257
後の月のぼりて暗き大湖かな 258
朝妻はすたれし湊十三夜 275
山畑に出て明るさよ後の月 323
いつのまに影曳く塔や後の月 335
裏門を出れば急坂後の月 335
どこまでも豆名月ののぼるなり 335
後の月ことしは寒し奥吉野 335
北国に澄みゆくばかり後の月 374
今発ちし最終便や十三夜 374
みちのくや上りつめたる後の月 421
白雲のいくつもありて十三夜 459

星月夜

星月夜より戻りたる猫が鳴く 151

天の川

山荘の夜は暗しや天の川 13
銀漢や芦でつながる村二つ 164

秋風

秋風や籔からのぼる板敷山 41
秋風のみちのくにこの門構 92
秋風の堂縁に干す薬かな 113
秋風に天地根元造りなり 114
群羊のまん中暗し秋の風 116
秋風や流木のこる籔のなか 125
秋風や大き魚棲む山の池 151
秋風に藻の花のなほ一さかり 153
大松に杖三本や秋の風 172
秋風の吹き曲りくる巖かな 181
のぼり来てただ秋風の神なりし 204
秋の風岩の間を吹きにけり 217
秋風や檜皮葺き替へ白書院 217
秋風や門の中なる一畠 225
何ゆゑに道に置く石秋の風 230
秋風や経蔵ひらく鍵一つ 239
秋風やからくれなゐの琴覆 245
山門にかぶさる山や秋の風 246
緋の花をつかむ揚羽や秋の風 246
秋風や川さかのぼる潮の色 256

秋風や猿来るといふ庭の石　257
秋風や鐘鳴るたびに古ぶ町　258
秋風の苔尊さよこの庵　274
秋風やはがねとなりし蜘蛛の糸　289
庭石の中の石臼秋の風　289
秋風や針金引きし松の枝　302
秋風は六千坊の跡に吹く　320
菩提林今なほ存す秋の風　320
紫の花を捉へて秋の風　321
長門にも古りし温泉や秋の風　322
古き湯を出でし現し身秋の風　322
薬園の径また岐れ秋の風　322
州境の一樹を吹くや秋の風　347
大楠の根もとに起り秋の風　348
秋風の吹いてゐるなり長廊下　348
街角のハイネ生家や秋の風　368
聖堂も駅舎も古りぬ秋の風　369
屯田の頃の老松秋の風　374
稿継ぎにもどる机や秋の風　387
秋風やまんまんとして神の池　388
秋風や長き廊下のつき当り　398
秋風は太平洋の上を吹く　429
秋風やいくたび曲る吉野川　430
城門のごとき山門秋の風　437
秋風のまん中に置く机かな　455
秋風のまつすぐに來る門のあり　459
秋風は草木を吹き人を吹き　459

初嵐

遠き家の戸口に猫や初あらし　72
髪白き畠の人や初あらし　180
山みちにある石段や初嵐　238
膳を吹き鴨居を吹きぬ初嵐　246

野分

神の木を裂きし野分や夜中頃　91
野分して室生佛のをさな顔　91
明智領野分の藪となりゆくも　125
野分やみ一人とほる明智領　125
丹生神の障子しづかに野分かな　180

雁渡し

雁渡し釣鐘の今ゆれてをり　231
雁渡し大絵馬に吹きあたりをり　291
雁渡し病むといふにはあらねども　301
高遠のこの墓あはれ雁渡し　349
雁渡しきのふも今日も松に吹く　350

秋の雨
山門の下に舟つく秋の雨　202
秋雨やゆきわたりたる斎の膳　217
秋雨の音いま高し白書院　247
秋雨のしぶく神事もありにけり　274
この庭のもろもろ濡れて秋の雨　437
秋雨の刻々冷ゆる書院かな　438
きのふより淋しき秋の雨と思ふ　460

秋の雷
秋雷の長引く夜の館かな　369

秋の虹
国境に全うしたる秋の虹　301
松原にすぐに薄るる秋の虹　387

霧
山の霧しきりに飛んで天氣かな　15
学生劇の看板日ざらし霧ざらし　20
今宵より丹波の霧の大襖　125
昼霧の走るのみなる国ざかひ　267
いせみちの朝霧の戸を開けてをり　274

露
露の紫苑柱時計のなほり来る　21
白露の世尊寺みちを作りをり　72
大露の黒瀧村に忌を修す　90
中尊寺正午の露の大き玉　92
飛鳥見ゆ當麻の露の畠より　97
葉生姜に天台宗の晝の露　112
猫もどりたる大露の戸口かな　136
白露や梯子掛けたる弥勒堂　148
たちまちに育ちたる火や露の畑　150
三尾といふ村の畠の芋の露　180
青芝の正午の露もハーバード　224
みどり子を抱けば露とぶ戸口かな　224
煙すぐひろがる露の畠かな　225
芋の露流れ流れて近江なり　238
午からも芋の露ある京はづれ　267
白露の源左の村に来りけり　289
全集のフィヒテは古りぬ露の家　320
大露の日ののぼりたる筑紫かな　387
袖触れて芙蓉の露のこぼれけり　388
島かげに芋の大露こぼれつぐ　421

地理

秋の山
鳥とんで玉座を遺す山の秋　52

堂守の淡きなさけや山の秋　91
秋山にみどり子を抱く別れかな　113
雲長くなれば夕べや山の秋　201
いちさきに鶏戻り秋山家　204
秋山の奥も奥なる弥陀如来　275

山粧ふ

はるばると鶏鳴渡り山粧ふ　137

花野

秀嶺の夢かとつづく花野ゆく　18
古城去り僧院は来る花野かな　42
花野よく見えてゲーテの机かな　239
この花野ゲーテの馬車の通ひけん　239
花野には畠一枚家一戸　246
星つれてすでに月ある花野かな　256
いつのまに雨降つてゐし花野かな　289
蝶々に蹤いて入りゆく花野かな　322
宮殿の石階下りてゐる花野　336
青空の見えて雨降る花野かな　348
一つ家にものの怪棲むといふ花野　349
ベルギーに入りしと思ふ花野かな　369
秀峰の色また変る花野かな　437

穭田

穭田の濕りつづけて午前過ぎぬ　24
穭田を桜井線がとほる音　348

落し水

鬼棲みし山のふもとの落し水　203

秋の水

紫のところもありて秋の水　335

水澄む

鯉の水澄み澄む宿の正午かな　46
水澄みて魚人を見る栄山寺　64
水澄みて東より来る人を待つ　189

秋の川

秋の川藪に分れて流れけり　274

秋出水

室生寺のまつくらがりの秋出水　90
再びの秋の出水の佛かな　90
秋出水見むとて登る鼓楼かな　113
秋出水この日悲しき薄みどり　188
秋出水鼓楼の下に渦を巻く　213
大藪をつらぬく秋の出水かな　230
山門の夕かたまけて秋出水　273
竹やぶの中にとどろく秋出水　398

秋の潮

石段を洗へる秋の潮かな 290

初潮

初潮に石段長く神います 80
初潮にゆきわたりたる月明り 289
葉月潮出窓の下にさしにけり 289
葉月潮鐘撞堂の真下まで 369

生活

新酒

一番星山に發火や新酒造る 33

新米

新米に月満ちてゐる大和かな 181
新米の大和の家の日向かな 226

零余子飯

むかご飯夜風も少し出て来たる 321

干柿

吊し柿牛のまつげも夕陽盛り 33
干柿やひつついて出る幼な星 59
陵守に干柿のまだ新しく 92
干柿に宇陀の荒星今宵より 98
干柿や京に近くて上天氣 98

菊膾

菊膾高處の村の音きこゆ 65

菊枕

菊枕干して吉野のよき日向 274

灯籠

灯籠やみづうみ深きこの辺り 346

秋簾

伊勢の海見えゐる秋の簾巻く 80

障子洗ふ

雨の日は阿彌陀のそばに障子貼れ 73
山頂の神守りて貼る障子かな 82
障子貼るや鼓楼の影の来るところ 138
わだつみに染まる障子を貼りにけり 152
みづうみに四五枚洗ふ障子かな 172
竹生島見ゆる障子を洗ふなり 217
貼り替へてすぐに暮れたる障子かな 389
谷空の真青なる日の障子貼る 389

松手入

いちはやく當麻に済めり松手入 380
松手入してはじめての夜の雨 387
伊勢の海晴れわたる日の松手入 429
松手入済みてすつかり暮れてゐる 429

冬支度

冬支度鷗もとほる村の空　47
冬支度山頂の神多雲かな　47
桶にある忌日の花や冬支度　73
冬支度神在す森の二つ見え　97
ものみなの果に白浪冬支度　137
竹山の静かなる日の冬支度　149
冬支度山寺の娘の美しく　173
晴れし日の高見はさびし冬支度　204
青空のこの色が好き冬支度　204
門川の鱒の渦なり冬支度　276
越は晴れ加賀さらに晴れ冬支度　321
みづうみは北ほど深し冬支度　351
ここからは比叡正面冬支度　389
島いつも見えて一つや冬支度　457

秋耕

秋耕に八角堂を置きにけり　64
秋耕の吉野へ來るや紀伊の雲　73
秋耕や南朝守りし紅血を　113
秋耕や谷を出て来る風の音　217
秋耕やいつも東に竹生島　217
僧院へ秋耕の野はやや傾ぐ　336
秋耕の今日もゐるなり国ざかひ　336

添水

鹿威ひびくは宇陀の深空かな　348
この頃は水増えてゐる添水かな　349
深吉野の奥の奥なるばつたんこ　459

案山子

案山子見て宇陀に深入りしてゐたり　202

鳥威し

鳥威あちらこちらに山を置き　320
威銃よく鳴る島に上陸す　421

鹿垣

鹿垣や念佛講は夜のこと　73
鹿垣の村に伝ふる能衣裳　188
猪垣の事々しくて村しづか　269

稲刈

晩稲刈眞赤なものを置きにけり　81
稲刈つて堂破れたる佛かな　153
稲刈つて祖霊近づく気配あり　205

稲架

十軒の念佛講に稲架の月　91
掛稲に神慮の雨のかく冷えて　99
稲架の月すこし寒くて行宮址　164
掛稲のうしろの山はみな日向　231

稲架の月どかと欠けたる吉野かな 292

籾

干籾へ柱時計の音かよふ 23
振子時計の中まで朝日籾の臼 27
ふたつぶでやみたる雨や籾筵 204
干籾の辻を曲れば當麻寺 247
籾干して玉の日一つ渡るのみ 438

豊年

豊年やゆつくり歩く村のなか 152
豊年の大湖半分ほどが見ゆ 181
豊年や鳶も鴉も古き鳥 230
豊秋の真只中へ帰国かな 239
川曲りいせみち曲り豊の秋 421
豊年や暮れてしまへば大月夜 458

新藁

新藁や塔の水煙青さだか 38
新藁の日ざしどつさり女人堂 91

藁塚

胎動たしか藁塚そろひ星満つ夜 27

秋蚕

山碧く晩秋蠶のねむり足る 46
雨風の晩秋蠶の障子かな 98
朝月は晩秋蚕の峡にあり 114
秋繭や月出るまでの真くらがり 164

蕎麦刈

蕎麦刈つてありたる月の夜道かな 258

砧

晝砧雨のあなたに聞こえけり 126

竹伐る

竹伐に日和尊き中州あり 126
川風に伐るべき竹となりにけり 151
赤子泣き竹伐る音のきこえをり 217
竹伐がよべの月夜のことを云ふ 225
竹伐と一急流をへだてたる 232
竹伐れば国栖の入日は錦かな 232
経蔵のうしろへ竹を伐りにゆく 239
開山忌近づく竹を伐りにけり 247
この頃は竹伐る音に住みにけり 273
竹伐は観世音寺のうしろより 291
竹伐の音止みて又つづきけり 322
竹伐の父につきゆく女の子 370
竹伐や晴れて伊吹の男振り 430
竹伐るや宇陀の神々上天気 430

種採

ここに住み採るべき種の何々ぞ　205
おほかたは種を採りたる日向かな　248
束の間の日向の種を採りにけり　249
種を採る日向の移り易きこと　334
大時化の来さうな種を採つてをり　414

秋蒔

秋蒔に古鐘の銘の晴れつづく　64
秋蒔や神島いつも目にありて　80
秋蒔にひねもす薄日奥吉野　90

大根蒔く

大根をきのふ蒔きたる在所かな　64
大根を蒔いて藥師は大曇り　135
大根を蒔けば山影すぐに来る　180
大根を蒔くと面長城下人　188
大根を蒔いて佛間のひるの闇　188
大根を蒔くか蒔かぬに降り出しぬ　288
行く雲の丸や四角や大根蒔く　429

薬掘る

晝月の下に藥を掘りに行く　113
高雲はひむがしすなり藥掘　126
山々は常世の遠さ薬掘る　165
薬掘りにゆくべき山の見ゆるかな　172
薬掘すこし登れば湖が見え　181
茜掘聖の山にはやまぎれ　320
夕映の雲とびとびや茜掘　321

葛掘る

葛掘れば谷の鴉の甘え声　180

豆干す

豆稲架の日和ゆるがず開山忌　164
杉山の影の来やすき小豆干す　322
豆稲架に入る日は音もなかりけり　375

胡麻干す

胡麻干して鯖街道の照るばかり　238
行在所跡とて胡麻を干すばかり　370

萩刈る

萩刈つてひるの雨来る文机　127
萩刈つてより人も来ず庭の奥　389

木賊刈る

木賊刈ゆふべの月のことを言ふ　97
木賊刈つて鐘寂寞と懸りけり　125

萱刈る

をりをりに猿来る萱を刈つてをり　277
萱刈が業平塚と言ひにけり　278
萱を刈り終れば京へ行くと言ふ　278

萱を刈り終へて雪待つ十四五戸　278
萱刈の夕日に上げし面かな　278

蘆刈

芦刈の天気一気に崩れけり　189

牧閉す

南部富士裾引く牧を閉しけり　421

囮

囮鳴く日昃りやすき村にして　126
雨が又近き小村の囮鳴く　148
囮籠大昼月の下にあり　174
囮鳴き入日は綺羅を尽しをり　232

下り簗

大木の隠れもあらず簗の秋　73
崩れ簗観音日々にうつくしく　113
下り簗見てその辺の真葛見て　202
簗崩れ信長領は上天気　248

踊

越中の山くろぐろと踊かな　334

行事

重陽

重陽の夕日をのこす奥嶺あり　81
重陽やこだまし吠ゆる杣の犬　97
重陽の音なき入日杣に憑く　126
菊の日の渚づたひに来る子かな　172
菊の日の長き汀を歩きをり　292
重陽の日は三輪山の上にあり　348

七夕

門川の大きな波や星祭　170
まんまんと吉備の田水や星祭　186
七夕の大河音無く流れけり　271

盆支度

天狗杉どこからも見え盆支度　135
山高くみづうみ深し盆支度　188
うつくしき山家の猫や盆支度　346
どこからも大山見えて盆支度　413

風の盆

この谷の稲は倒れて風の盆　334

秋祭

鶏冠に湧く山風や秋まつり　40
山風にまだ咲く茄子や秋祭　64
はるけくも秋の祭の濤の音　136
齢高き神のおもかげ秋祭　173
提灯を抱へて吊す秋まつり　203

深吉野に秋の祭の嬰を抱く 203
秋祭すみたる川の流れをり 203
魚屋町もつとも晴れて秋祭 246
秋祭すみたる浦の子供かな 274
三輪山のかぶさる秋の祭かな 348

盂蘭盆会

盆近し他木の中に老ゆ檜 35
檳林横顔でゆく盆の汽車 38
初盆やすでに實重き吉野杉 44
薪棚を出て薪赤し盆の風 45
盆近し山また山の一位籬 45
桑畑の徑湖へ出づ魂まつり 71
みづうみに盆來る老の胸乳かな 72
薪小屋の上に盆墓すこしあり 79
島人よこの杉伐るな魂祭 96
盆墓に北さす潮の蒼さかな 96
蒲の穂のすこし傾く盆の風 112
一つ家の赤子に盆の鴉鳴く 112
盆過ぎの西行谷は唯二軒 135
夕風に畦の木老いぬ魂まつり 135
海原のもろもろ暮れぬ魂祭 135
魂棚にとどく物音何々ぞ 147
盆の子に谺をかへす吉野杉 147
とことはに幼き盆の佛かな 147
盆の川棒の如くに暮るるなり 147
盆すぎの川風とほる竈かな 148
村山はもとより低し魂祭 188
西国のこの川ゆたか魂祭 201
盆近し土蔵の裏の最上川 223
盆の川すこし濁りて美しき 230
色鯉の水やや濁り盆の家 245
盆近き移民の墓に詣りけり 255
午からも盆道の風よく通る 289
盆過ぎの峡を大ゆれ伯備線 333
盆の汽車分水嶺を抜けてゆく 333
盆岬さつきの老がまた通る 345
にはとりといふもの静か盆の家 346
鳶の羽根浜に拾へば盆が来る 380
鯉の池すこし濁りて盆が来る 387
盆が来る長き土塀でありにけり 407
浦浦に入江入江に盆来る 420
表門裏門掃いて盆が來る 458

生身魂

生身魂雨あし長き日本海 39

生身魂妙高紺を全うす　90
うすうすと山川濁り生身魂　224

迎火
迎火やすこし濁りし初瀬川　171

墓参
掃苔の青葉火となる信濃かな　89
掃苔や死に別れ又生き別れ　147

送行
送行や湖水の底の山の影　89

地蔵盆
地蔵盆佐渡の夕焼さめてより　124
波に沿ふ越のふるみち地蔵盆　124
佐渡の灯はもとより見えず地蔵盆　124
黍畑にすぐ満ちし星地蔵盆　148
茶畠に提灯吊りぬ地蔵盆　171
どの橋も風吹いてゐて地蔵盆　171
大川を汐のぼり来る地蔵盆　201
ここに又湖の入江の地蔵盆　288
地べた打つ雨となりけり地蔵盆　455

子規忌
糸瓜忌や傷ふえてゆく文机　163
浦々の潮のみどりや獺祭忌　292
まつすぐに雨降つてゐる子規忌かな　388
鶏頭に一日降りぬ獺祭忌　388

日蓮忌
日蓮忌すみても低し雑木山　98

御取越
星空となりて御満座御取越　351
菜畠の中の往来や御取越　439

道元忌
山明らか水明らかや道元忌　203

一遍忌
村々の旱は長し一遍忌　152

動物

鹿
よき衣を干して一つ家鹿の聲　97
鹿啼くやうす埃置く違ひ棚　125
鹿鳴くやつくろひ多き堂障子　136
鹿鳴くや花鳥うするる大襖　165
鹿鳴くや月出る前の山かたち　257
鹿鳴くや日の入るときの国境　275
鹿の糞ありて日の入る山路かな　275
鹿鳴いて隈なくなりし月明り　374

林泉に鹿の来てゐる月夜かな　380

蛇穴に入る

物音のやむとき正午穴まどひ　30
秋の蛇鍛冶場すみずみまで午前　33
晴れながら暮るる七堂秋の蛇　65
宇陀の山みな見ゆる日の穴惑　80

鷹渡る

大峠小峠鷹の渡る頃　275
鷹渡る空と思ひぬきのふより　389
断崖の上の畠や鷹渡る　429

色鳥

宮殿に色鳥のよくこぼるる日　336
色鳥は流人の墓に又こぼれ　349
色鳥に伊勢のうしほの先が飛ぶ　438

小鳥

いくたびも伊吹の北に湧く小鳥　173
小鳥来て宮殿の径十文字　336
白山を大廻りして小鳥来る　375

燕帰る

絲巻の絲張り山は歸燕かな　46
山燕去ぬと寝巻の子があふぐ　46
燕去ぬ恵那は朝月神ながら　99

稲雀

妻遠し稲雀またうねり来る　18
稲雀いくつ空過ぐ父に抱かれ　18
みづうみに出ては戻るや稲雀　430
稲雀伊勢路に入ればうねり飛ぶ　459

鵙

鵙の贄朝月はなほ細らむと　97
どこにでも鵙どこにでも空の青　256
奥宇陀や鵙も懸巣も見えて飛ぶ　323
正面に岩手山あり鵙の秋　370

鶫

百度石日まみれ鶫太つたり　36
鶫来るふもとの村の赤子かな　188
連峰の紫紺を渡る鶫あり　189
浅井領鶫しきりに渡りけり　438

懸巣

湖明りまだある懸巣鳴きにけり　275

鶲

墓地から鶲時計に夕日あたる家　33

鶺鴒

石叩き激流ここに折れ曲り　323

啄木鳥

啄木鳥や城に棲む娘に銀の鍵 43
葛城の神々老いぬ啄木鳥 72
啄木鳥や針山が見え赤子見え 81
啄木鳥や休む日もある寺修理 81
啄木鳥やこの寺に来し渡海僧 164

雁

初雁に癒えよと思ふえにしあり 125
かりがねの来る頃太し峰の松 246
門前に売るくさぐさや雁の秋 267
木像の源左小さし雁の秋 290
仏壇も土蔵も古りぬ雁の秋 334
州境といふもののあり雁の秋 347
残りたる城門ひとつ雁の秋 370

初鴨

水尾引くは今来し鴨と思ひけり 247

鶴来る

鶴が来る頃の長押の弓と槍 231
鶴が来し日の玄海の波がしら 291

落鮎

鮎落ちて大朝月の古刹あり 64
落鮎や朝蔭ながき栄山寺 148
九頭龍の鮎落ち落ちて大月夜 320
落鮎や山峙ちて国ざかひ 388
鮎落ちて千年杉の立ち並ぶ 414

秋鯖

秋鯖の浜なほ北へつづきけり 334

鰯

鰯來て日と月とある小村かな 79

鮭

鮭すでに上りし川の深みどり 374
この頃は月夜つづきの鮭の秋 398

秋の蛍

その人の通夜の戻りの秋螢 152

秋の蝶

太宰府や人に親しき秋の蝶 291
潮風に乗りたる秋の揚羽かな 321

秋の蟬

乱れなき秋の蟬なり関ヶ原 112
墓山に減りゆくばかり秋の蟬 150

蜩

蜩や磯沿ひにしか帰れぬ家 32
蜩や北へ流るる川の幅 186
蜩の落人村へ帰りゆく 186
味噌蔵にかなかな鳴いて夕べかな 239

蜩の鳴くときさびし板庇　245
蜩の一本道を来りけり　310
蜩の青淵にまだ泳ぎをり　332
蜩の鳴けば浦波蒼くなる　346
村ごとの夕蜩の声ちがふ　387
とめどなき夕蜩となつてをり　413

法師蟬

日本はつくつく法師鳴く頃か　180

蜻蛉

蜻蛉の引く線多くなりにけり　15
蜻蛉の眼みづいろ沼の神老いたり　25
蜻蛉のとまる句帖に書きにけり　256
赤とんぼ影するたびに薬師古り　273
赤とんぼ減り淵のいろ岩のいろ　273

虫

虫の夜の星空に浮く地球かな　245
虫を聞く人もたれゐる堂柱　289
虫鳴いて因幡の闇の深さかな　290
虫鳴くや梯子かけたる洋書棚　300

松虫

ちちははに松虫鳴きし頃のこと　171
松虫は源左の村に今宵より　290
松虫は明る過ぎたる月に鳴く　430
松虫の闇くろぐろと吉野かな　437

鉦叩

初めから鳴いてをりしは鉦叩　201

螽蟖

きりぎりす木場の朝日はすぐに高し　22

轡虫

がちやがちやに夜な夜な赤き火星かな　333
がちやがちやはまつ暗がりの庭に鳴く　458

蓑虫

蓑虫に月の光は来つつあり　150

菜虫

菜蟲とる山人に月早く出て　41
菜蟲とるこの山日和つづくべし　45
神棚の燭すいとあり菜蟲取り　48
菜の虫を取るねむごろの声きこゆ　126
菜虫取山風立てば居ずなりぬ　302

植物

秋薔薇

秋薔薇に棲みて母国を忘るるか　218
秋薔薇のカリフォルニアに住み慣れて　272

木槿

朝月の大輪のこり木槿咲く　420

芙蓉

花芙蓉とは朝風をほしいまま　273
姉のあとついて行く子や花芙蓉　388
朝風は芙蓉の白にありあまる　421

南天の実

赤子まで襖二タ重や實南天　47
實南天籾すり明りしてゐたり　48

桃

桃売のゐそめて曇る栄山寺　148
日照雨して紀の国近し桃を捥ぐ　150
桃赤し翁が行きし径なれば　223
桃に色来そめし美濃の奥にあり　271

柿

猛りたる水すぐやさし柿日和　65
いくたびの日照雨の雨戸柿の秋　136
かの柿の家まで行かんかと思ふ　246
今さらに小さき庵や柿の秋　273
日だまりの熟柿に来るやみな眼白　276
日のくれや猿柿くれし在所人　278

林檎

途切れては林檎の下に径通ず　371

栗

青栗や石彫りやすき黄昏どき　35
落栗や庭から見ゆる襖の繪　52
落栗に由ある墓と思ひけり　125
山墓の二つ三つある栗拾ふ　225
月影や掃き寄せてある栗の毬　257

無花果

青伊豆の青いちじくの旅短か　21

柚子

神主の雞遠出して柚子黄なり　72

橙

橙や下校少女ら落暉へ去り　36

榠樝の実

榠樝落つ大いなる音鬼城庵　349

紅葉

雨長しむらさきもある山紅葉　53
紅葉寺静かに大工をりにけり　322
おほかたは日を失へる山紅葉　350
別の径瀧へ来てゐる紅葉かな　389

薄紅葉

この湖にとる魚は何薄紅葉　181

女声して隠れ里薄紅葉 257
薄紅葉してゐる村に入りゆく 370
薄紅葉して森があり沼があり 374

照葉
照紅葉帝の越えし峠これ 205
隠れ里よき水湧いて照葉かな 247

黄落
黄落やいつも短きドイツの雨 42

桐一葉
物かげの無きとき落つる一葉かな 287
白日をかすめて桐の一葉かな 421

木の実
風の日は玉座に近く木の実降る 205
最澄の山に響きて木の実降る 321
音高く聖徳廟に木の実降る 335
女来て古城の木の実拾ひ去る 368
木の実降る奥に家ある吉野かな 389

杉の実
杉の実の天気定まるお山かな 189

椋の実
椋の実も椎の実も掃く夕べかな 258

椎の実
夜の椎雨のごとくに降るといふ 172
この神に夜昼となく椎は降る 430
風吹いて椎拾ふ子の帰りけり 438

通草
昼月のそばの通草を引きおろす 429

竹の春
佛間掃き閨を掃くなり竹の春 80
竹の春西國の蝶ゆつくりと 91
竹の春にはとりがゐて猫がゐて 171
雨音の又あらたまり竹の春 302

破芭蕉
法鼓鳴る寺に破るる芭蕉かな 173
夜すがらの雨に破るる芭蕉かな 389
学校の芭蕉からまづ破れたる 414

蘭
奥座敷より暮れかかり蘭の秋 428

朝顔
文書いてゐる朝顔の花の前 273
朝顔に二軒つづきの藁家かな 320
朝顔や象のいちばん奥の家 332
朝顔や仕事はかどる古机 437
朝顔の雨がうがうと降つてをり 437

鶏頭
山人に鶏頭の怒氣静かなり　45
葉鶏頭
乾きゆく荒壁熱し雁来紅　23
かまつかを見る座布団を縁に置く　225
コスモス
秋桜越前すこしづつ曇る　320
分校のまた一つ消え秋桜　321
コスモスや又来しゲルリヒシュトラーセ　337
鬼灯
鬼灯の赤らむ隠岐の垣根かな　370
鳳仙花
鳳仙花漁網の裏へ燃え落つ陽　41
秋海棠
秋海棠見るとき子規を思ふなり　135
菊
尼の菊落葉をかぶらざるはなく　92
干笊の濡れゐる菊の日向かな　115
玲瓏となりゆく菊に病みにけり　115
照り昃りはげしき菊の障子かな　126
下京につのりつのりぬ菊の雨　136
黄菊白菊潮満ちてゐる伊勢の国　152
菊乱れ平家の裔と言ふばかり　173
菊の荷をきのふ出したる在所かな　247
菊暮れてまつくらがりの在所かな　267
本降りとなるたそがれの菊畠　322
菊の蕊吸ふとき蝶の翅力　335
下京にひねもす乱れ菊の雨　374
青空のここまで降りて菊薫る　460
残菊
残菊となり長崎の夜となる　231
奥宇陀のその残菊の家おもふ　258
残菊やたまに人来る山畠　276
又となき日和の菊の残りをり　350
芋
芋の葉の重なりて島重なりて　239
仏壇も露も大きく芋の秋　290
忘れたる頃に汽車来る芋の秋　290
上州の大きな星や芋の秋　349
貝割菜
鼻濡れて馬らたそがれ貝割菜　30
稲
稲の日のいまだ暑くて寺普請　72
稲明り大川明り西国は　202

見えてゐる家へ人ゆく稲の秋 246
稲秋の秀吉領に赤子泣く 247
太宰府の月まんまるし稲の秋 291
稲の花
稲の花島へゆく鳥直路なる 32
千年の温泉湧いて稲が咲く 123
大水が置き去りし岩稲の花 124
稲の花寝巻はや着て越後の子 124
死を賜ふてふことありき稲の花 134
稲咲いてらふそく二本栄山寺 147
稲の花使ひの径の行きもどり 201
砦ある山高からず稲の花 213
奥宇陀の大百姓の稲の花 216
稲の花近道とつて寺に用 217
稲咲いて明治の詩人みな淡し 238
縁側にゐて縫物や稲の花 238
稲咲いて言葉すくなき石見人 413
早稲
山鳩の向きかへて飛ぶ早稲明り 64
早稲明りしてゐる加賀に入りにけり 438
晩稲
横降りの木曾の晩稲は人も來ず 98
大晴に刈りすすみたる晩稲かな 203
いちまいの晩稲明りに廃寺跡 247
稗
稗抜いて障子灯りぬ一軒家 73
粟
粟の穂に満ちし力や道祖神 45
この月の満つれば粟を刈ると言ふ 126
豇豆
黒姫に雷ゐてささげ摘む在所 89
秋草
朝風の千草の花のおん社 202
鈴鳴つて秋草を剪る鋏かな 272
繚乱の千草に君が門はあり 337
大寺をとり巻く秋の草となる 430
止むまじき千草の雨となりにけり 437
草の花
京よりも山城が好き草の花 292
草の実
草の實や船来れば川の水高まる 42
草の実や夕日まだある飯田線 350
草紅葉
草紅葉きのふは柩通りたる 114

ミュンヘンの友の来てゐる草紅葉　150
御陣地跡とて草の紅葉かな　204

末枯

末枯や猫来て坐る落暉の前　19
末枯や出前割り出る日ののれん　19
末枯の夕日の前にゐる子かな　277

萩

白萩に来て去る神の風は見ゆ　153
白萩のこぼるる加賀のここかしこ　334
白萩の風に旅装をまだ解かず　369

芒

逞しき時化の芒となりにけり　414

蘆の花

夕方は橋に遊ぶ子芦の花　256
浜に来て返す電車や蘆の花　292

荻

荻の声ひがしの方に聞えけり　203
もろもろの音の中なる荻の声　369
荻の戸に月落ちかかりゐるところ　388

数珠玉

数珠玉に村の月また育ちつつ　136
数珠玉の日照雨二たび三たびなる　173

葛

鳥羽人や葛を刈るとき玉の汗　79
いくたびも真葛の雨の鳴りにけり　113
朝蔭の中の葛より刈りはじむ　150
名を変へてより川細る葛の秋　151
山の日のどかと入りたる真葛かな　205
かの葛の峠を上る月あらん　370

葛の花

火の山へゆく花葛の徑の幅　65
葛咲けば札所道てふ暑きもの　149
葛咲けば仏ごころと歌ごころ　256

撫子

分校の子に撫子のひるの雨　185

野菊

潮煙かたまり飛べる野菊かな　413

藪虱

みちのくのいづこで付きし草じらみ　371

曼珠沙華

神々も正午の村の曼珠沙華　152

女郎花

降つて止み降つて止む雨女郎花　333

水引の花

水引に女人高野のざんざ降り　91
水引に日暮がすこし早くなる　334

露草
露草の花のさかりの僧の墓　225

蓼の花
蓼の花鍋釜も日にあたたまる　46

烏瓜
烏瓜佛ごころも戀もあかし　73
深吉野の風雨に赤し烏瓜　91

冬

時候

冬
冬の棕櫚ポストが吸ふとき文眞白　20
冬の旅万年筆まんまんと充たし　24
峡蒼天駅長に湧く冬清水　24
冬雉子の長啼いてゐる地震かな　241

初冬
初冬や名画の女人永遠にゆたか　36
初冬や年忌の汁に顔うつり　137

神無月
山畑に猛りゐる火や神無月　46
門川を流るる砂や神無月　81
日あたりて神有月の太柱　114
山みちの掃かれてありぬ神無月　172
この沖を大魚回遊神無月　302
よき壺にたまる埃や神無月　439

立冬
落釘の錆びてはをらず冬に入る　23
宵月に冬立つ村の十戸かな　65
月さして神も佛も冬に入る　150
瀧音のまぎれもなくて冬に入る　165
簗の水まいにち晴れて冬に入る　248
さまざまの物音の中冬に入る　439

冬ざれ
冬ざれの天龍河原妹を點ず　18

小春
線香のみどり買ひ去る漁夫小春　47
産土に燭あたらしき小春かな　81
戸袋の釘のゆるみし小春かな　137
弥山まづ雪をつけたる小春かな　438

冬暖か
冬あたたか新月の下飯が噴き　38

冬ぬくし椿の花粉指につき　127
冬ぬくし遠流の船の出し浜も　350

冬麗

冬麗や神話の国にあがる濤　231
冬麗の赤子抱かれて出るところ　248
冬麗や暮るるに間ある竹生島　305
冬麗の摩文仁は悲し崖の丈　324
冬麗や鴉一つもゐなくなり　422
冬麗や足踏み変ふる松の鳶　441

霜月

その人の亡き霜月のつづきをり　92
霜月の鴉ふはりと杉に来る　218

十二月

十二月半ばの書架を背に負ひぬ　17
無住寺はさはの鳥声十二月　115
大木の下の静けさ十二月　455

大雪

大雪に鐘つく人の見ゆるかな　60
大雪に神事の鯉の匂ひけり　175
大雪や音立ててゐる筧水　416

冬至

木曾の子に犬のつきゆく冬至かな　66
大寺の隅に日の入る冬至かな　303
竹生島どこからも見え冬至かな　350

師走

燈臺に師走の旅のいたりつく　16
棕櫚高き師走の空となりにけり　18
木場深くゐて極月の馬眞白　24
塔裏の師走あかるし猫走る　24
磨かれて映りあふ石町師走　33
極月の谷深くある普請かな　53
極月の人来る塔のうしろより　391

年の暮

山人や鯉健やかに年暮るる　49
鉞の刃こぼれもなし年暮るる　49
かの國のかの寺おもふ年の暮　93
うつくしき廃寺の空も年つまる　137
一川の音すこやかに年の暮　324
あたたかき団栗山の年の暮　391
青空のどこも深くて年つまる　391
人も来ぬ離れ座敷の年の暮　415

数へ日

数へ日や万年青にかかる糸の屑　115
数へ日や手にとるやうに竹生島　240

行く年
年あゆむ大蜂の巣のある家に 66
行く年の高見を仰ぐ村ばかり 269
名を知らぬ岬の年の行かんとす 324
行く年の連山にとり巻かれをり 422
大晦日
戸袋の青淵あかり大晦日 67
大年の西行谷へ去ぬと言ふ 116
一月
桐の實にまだ一月の子守唄 44
一月の翡翠とほる御寺かな 59
一月の中流青き社務所あり 67
一月や佛を刻む木の匂ひ 139
寒の入
実南天一つも欠けず寒に入る 337
寒に入る襖の松の夕明り 423
大寒
大寒の山々名ある小村かな 68
大寒の女日あたる延命寺 75
もの音もなき大寒の空の蒼 294
大寒や濤の駆け込む島の裏 353
大寒の日のぼんやりと蔵王堂 392
大寒の日は蒼天を渡りそむ 416
寒
寒の鮠聖のごとく浮く日なり 183
寒の寺もつとも高く見ゆるかな 219
その僧を奪ひし寒の地震あはれ 241
観音のそばに寒猿来るといふ 325
短日
短日の日本海鳴る下校かな 41
短日や塵掃き寄せて槇太る 50
塔頭の箒目つよし日短か 82
塔頭にまはす廻状日短か 92
短日や草まだ青き神の庭 137
白鶴山行徳寺なり日短か 173
薪割ればよろこぶ犬や日短 174
神域の中の鐘楼日短か 181
短日の人に佛のことを言ふ 189
大木を伐つて短かき日なりけり 190
短日の小さき村の神事かな 190
黒門も銅の鳥居も日短か 204
大いなる短日の訃の到りけり 213
にはとりのいよいよ白し日短 218
大野山見て水城見て日短 231

短日の庭石づたひ土蔵まで 239
棒二本土塀支へて日短 249
青淵に映る神事や日短か 304
短日や伸びつつ早き潮の先 324
そのあとは鳥さへ鳴かず日短か 351
裂けて飛ぶ水車の水や日短か 371
短日や蔵のうしろはすぐに山 390
船がまた着く長命寺日短か 398
見舞はれて見舞ふ文書く日短 460

寒夜

寒き夜の絵襖にある瑕瑾かな 250

凍る

新居近く枯枝で埋もり氷る池 20
凍雪やひねもす蒼き楠の風 21
凍湖翔つ鳥や没日に胸燃やし 21
湖凍てて落暉の総のそよぎをり 34
蒼天に國を分ちて氷る山 43
花嫁に松毬氷る山の空 44
杉の實のよく見えて村氷るなり 67
氷る日の杣がもの言ふ雜木山 67
深山川氷りて目白歩きをり 68
凍桑にまた白雲のひつかかり 68
凍谷に耳利いてゐる兎かな 68
老松の凍れば昼の月もまた 233
凍る夜の星晨めぐる音すなり 392

厳寒

厳寒の地はうち震ひ月は照り 241

冬深し

冬深し藪へ入り込む川の砂 67

日脚伸ぶ

日脚伸びゐたり馬の眼かもめの眼 31
大風の茶畠日脚伸びてをり 61
日脚伸びたるもろもろや法隆寺 241
宇陀へ出し神武の道も日脚伸ぶ 295
浦人と話して日脚伸びにけり 295
日脚伸び鳶をかまひにゆく鴉 306
旧道に出て立話日脚伸ぶ 306

春近し

春近し山家水甕ひしと蓋 36
春隣落日受けて馬鼻白 37
開山の墓掃かれあり春隣 69
春近し松籟門の内にあり 69
葛城の禰宜に日あたり春隣 129
女の子生まれて春の隣かな 233

空の青いろいろありて春隣 242
沖を行く船みな白し春隣 353
尾の長き鳥が流れて春隣 353
春近し大昼月を鳶よぎり 441
雪山の十重二十重なる春隣 441
鳶の輪の二つとなりぬ春隣 455
大鳥のよぎりしのみの春隣 460

天文

冬日
国境の冬日まいにち沈みけり 267
冬日落つラインの鷗狂ふとき 267

冬晴
冬晴の和服の裾を蹴つて来る 18
冬晴や蓋もりあがる塩の壺 33
佛間掃く箒あたらし寒日和 117
寒晴の大樹を見上げては掃ける 191
うつくしき鶴折つてゐる寒日和 213
冬晴の留学生に森しづか 218
寒晴の伊吹の裏に来りけり 280

冬の空
冬空の紫紺の下の廃墟かな 376

冬の雲
灯るまで冬雲まみれ常夜燈 65
峰の寺寒雲松にさはりゆく 250

冬の星
昴星涙のごとくしぐれけり 17
玄海にすばやく揃ふ冬の星 231
葱畑の真上となりぬ寒昴 305

御講凪
をりをりに呉線とほる御講凪 323
大銀杏大石段や御講凪 351
この浦やきのふにつづく御講凪 375

木枯
木枯や門内に飼ふ牛二頭 82
木枯となる米屋町塩屋町 232
どの村も木枯やんで大月夜 375

北風
北風や桑を出し月すぐのぼり 59

神渡
神渡し杉に檜に吹きにけり 189
神渡し大芦原の吹き凹み 189
神渡し吹き白めたる大湖かな 204

隙間風

下京のとある座敷の隙間風　390

時雨

菜畑のしぐるる宵の女人講　74
忌日にも時雨にもまだ早けれど　110
中ぞらに時雨吹きとぶ出雲かな　114
しぐれては中将姫の空の青　137
桶の鮒いよいよ澄みて時雨かな　149
時雨れそめたる鳥のこゑ竹のこゑ　149
紫の時雨の空もありにけり　268
蒼天を濡らす時雨や鷹ヶ峰　292
大木の静かになりてしぐれけり　414
磐石に音を消したる時雨かな　414
ひとり居る時の時雨のよく聞こゆ　439

冬の雨

寒の雨いま止んでゐる墳墓かな　227
アムゼルが啼けばあがるや冬の雨　267
寒の雨岩の凹みにたまりをり　338
少しづつ真砂流るる寒の雨　441
冬の雨降りはじめ降り終りたる　457

霰

霰降る月夜の樫が町のなか　44
籔の家雨戸を閉めて霰降る　49
黒谷は月夜の松に鳴る霰　167
たそがれの霜除に来し霰かな　292
霰やみ鏡の月や山の寺　294
藪の家大笊干して霰鳴る　294
満月のおもてを走る霰かな　337

霜

霜晴やはるばると来る筧水　115

初雪

初雪の日に訪ひくれし思ひ出も　352
初雪に松が枝たわむ吉野かな　352

雪

固雪に母の忌明ける青炊煙　27
火の見の下三本出會ふ深雪道　37
雪晴れて妃陵へもどる鷄あり　49
筆硯の見えて山寺雪を待つ　74
大桑は念佛講の雪に立つ　76
雪空や桐へ下りくる山鴉　76
狐来る鷹来る雪のおくつきは　118
観音は雪かかれあり薬師は未だ　141
歳神のすこし踏みたる畦の雪　166
降りやまぬ雪の夕べの薬師かな　175
寺の子の寺へ帰るや雪の暮　176

山門やかへりみせざる雪の人 176
雪国の雪のやみたる北斗かな 176
午過ぎの女人高野へ雪の傘 233
悲しさは小谷の城の雪の暮 259
人の来て薬師を開ける深雪かな 281
堂守にまた来る雪の夕べかな 282
降る雪に池田晶子を読み始む 380
眼白去り鶯来るや深雪晴 382
薪割るやきのふ雪来し南部富士 398
内陣の灯つてゐたる深雪かな 416
昼ごろに一人通りし深雪かな 442

雪女郎

雪女郎真北へ伸びる岬かな 140
松並木とぎれしところ雪女 382

吹雪

禅寺も念佛寺も吹雪きをり 176
その鷲の行方は知らず吹雪きをり 281

雪起し

雪起し柩は山へ高になひ 140

鰤起し

真宗の天井高し鰤起し 118
鰤起し太注連張つて杉二本 119

冬霞

世尊寺の坂道来れば冬霞 390

冬の虹

冬の虹藤樹の村に立ちやすし 117
冬の虹どこにかは立つ大湖かな 277
冬の虹一本松に濃かりけり 280

地理

冬の山

冬山や鼓楼へのぼる段梯子 138
冬の山僧院ありて古城あり 268
城は燃え寺は残りぬ冬の山 415

山眠る

山眠り石で圍ひし楮畑 66
山眠り流木砂に埋れをり 68
山眠り寺の硯の大凹み 73
山眠り尼の文机見ゆるかな 182
山眠り碁盤食ひ入る古だたみ 194
眠る山フランス領を隔てたる 268
眠りたる山のふもとの水車かな 371

枯野

歩き来し枯野の道の高まりぬ 17

冬田
よべよりも月夜明るき冬田かな 47
観音の前の冬田となるばかり 165
水涸る
水涸れて肋も若き夜の仁王 31
瀧涸れてより山の星ぞろぞろと 49
池涸れて入る日出る月大きけれ 74
よき瀧の涸れてをらざる在所かな 165
水涸れて昼月にある浮力かな 324
冬の泉
径ひとつ来てゐる冬の泉かな 382
冬の浜
山門を出づればすぐに冬の浜 259
寒潮
寒潮のそのくろがねを峠より 140
寒潮ををりをりに掃く日筋かな 140
氷柱
朝日の前に馬横顔や軒氷柱 34
晝夜なき氷柱大爐火母子馬 37
金泥の日のぼる谷の氷柱かな 46
余呉人に月の出おそき氷柱かな 176
落日のひつついてゐる氷柱かな 293
夕方は青空となる氷柱かな 381
冬の滝
冬瀧の音かくれなき旦暮かな 127
冬瀧の音はつきりと暮れてをり 174
狐火
狐火や宿の廊下の大撓み 53
狐火に妃陵の錠のしかとあり 93
狐火に長門の寺の大襖 99
狐火や一滴もなき大硯 140
狐火や一揆の寺の襖の絵 140
狐火や家一軒と田二枚 183
狐火の宇陀に小峠大峠 219
狐火に代官屋敷ありたりと 219
狐火や脇往還の一軒家 371
長屋門残りて狐火が燃えて 375
狐火や襖つづきの長廊下 400
狐火を蔵の窓から見たること 400
狐火やまつくらがりの大欄間 400
狐火や今も一つの蔵の窓 401

生活

年用意

年用意朝日も夕日も大きくて 66
南天たわわ金柑たわわ年用意 191
ひよどりの来てゐる時の年用意 240
日もすがら神山晴れて年用意 249
何鳥も来る大木や年用意 249

春着縫ふ
春著縫ふ吉野も奥の松の風 249
大晴の高見の裾に春著縫ふ 278

年の市
青空に鴉また鳴く年の市 303

煤払
煤拂火の見の北はいつも蒼し 39
煤掃きし一軒神の池ほとり 93
煤掃いて宇陀は日向の山ばかり 99
煤掃いて菜畑時雨るる一軒家 115
煤掃いて北向く浜の夕べかな 138
煤掃や日向をとほる石たたき 138
煤掃や南都に晴るる一伽藍 191
茶畠の中の一戸の煤払 226
千本の桜の中に煤払 249
煤の日の東寺の鴉よく聞こえ 303
煤払よき松に日の行きわたり 422
煤掃や高見は晴れて国ざかひ 422

門松立つ
石道寺門松立ててゐるところ 303

掛乞
掛乞に若狭の潮が鳴りわたる 82

餅搗
餅搗きに山川の紺ゆく力 47
杉山を餅配る子が越えてゆく 75
海までは峠ひとつや餅配 82
餅搗のすみて夕日の前を掃く 93
餅配大和の畝のうつくしく 161
神山のみどりの下を餅配 182

年忘
雉子鮮やかに忘年の北伊吹 53
今更にして大湖なり年忘 376

寒見舞
京へ出るひくき峠や寒見舞 98
寒見舞衣笠山は松ばかり 167
茶畠を廻つてゆくや寒見舞 193
いまさらにして山深し寒見舞 193
寒見舞吉野の嶮もこのあたり 260

冬着

畦を来て羽織にほふや詣で人　65

ねんねこ

ねんねこや畦に上れば湖が見え　117
ねんねこや夕べの浜に越が見え　140

水餅

水餅やひのきの中も月はさす　41
水餅や中千本によき娘をる　83
水餅の家に岩神木神かな　193

寒餅

寒餅を搗けば日和の山の顔　193
寒餅を搗く音ひびく檜かな　193
寒餅を明日搗くといふ谷の家　211
寒餅をつく奥宇陀の家へゆく　227
寒餅と襖へだてて赤子かな　281
寒餅を搗く日の山の面がまへ　294
寒餅を搗き終り土間掃き終り　294
人も来ぬ藪の小家の寒の餅　306
裏山に雪ある寒の餅をつく　381

薬喰

山日和三日は持たず薬喰　115
ぞろぞろと高見の星や薬喰　268
月光を踏み来し人と薬喰　392

煮凝

煮凝や風やんで竹よく見ゆる　75
煮凝や詩盟おほかた遠国に　128
煮凝やにはかに暮れし裏の藪　338

寒造

大風の坂日あたりて寒造　94
神の木の立ち並びけり寒造　175

寒晒

恐しき檜山の星や寒曝　83
寒晒中將姫の寺の前　84
松に杖さくらに杖や寒晒　94
寒晒山の凹みも風が吹く　117
寒晒雪散りながら月夜かな　166
しろじろと屏風のさくら寒晒　175

大根漬く

大根を漬けてしまへば真暗がり　351

切干

切干の日南の大和言葉なり　190
切干も金星もまだ新しく　205
切干の日向あたたか隠れ里　240
切干のよき日向ある薬師かな　268
切干の大晴となる當麻かな　324

切干の真新しくて月夜なり 350
冬構
吊鐘のあらはれ出でぬ冬構 127
夕雲の一トにぎはひや冬構 174
月さして一戸一戸の冬構 276
冬籠
雪籠屏風の櫻咲きにけり 175
大鯉の動く日もあり雪籠 338
冬館
鳥絶えず来る大樹あり冬館 375
冬館林の中を来ればあり 390
北窓塞ぐ
北窓を塞ぎたる夜の正信偈 138
犬の声鶏の声する北塞ぐ 277
新しき萱足して北塞ぎけり 277
ことごとく北塞ぎたる月夜かな 277
北塞ぐ萱あをあをと余りけり 278
北窓を塞ぎて守る宗旨かな 305
北窓を塞ぎし夜の仏間かな 371
北窓を塞ぐ声して上天気 391
北窓を塞ぎしよりの月夜かな 391
目貼
目貼して難所の潮の鳴つてをり 226
霜囲
おほかたの星そろひけり霜囲 277
風除
風除や浜二十戸と法華寺 139
雪囲
雪圍して月早き村社あり 74
家裏に舟つなぎあり雪圍 75
雪圍開山堂にいちはやく 139
雪除を沁み出るけむり色ヶ浜 139
雪囲せしもろもろや村社 182
山寺や四五日すれば雪囲 182
雪囲して渦を巻く流れあり 249
雪囲すみたる棒の余りけり 371
奥越や屋敷の中に墓囲ふ 375
藪巻
藪巻に垂れたる星の鎖かな 182
藪巻の村へ行かんと思ひをり 191
藪巻の村に入れば赤子泣く 214
藪巻に或る日の空の青光り 214
藪巻に虹の立ちゐる在所かな 240
雪吊

雪吊の門前町に赤子抱く　82

冬座敷
冬座敷くぬぎ林の中にあり　191

屏風
象川の夜は聞ゆる屏風かな　94
金屏に吹き衰へぬ山颪　151
金屏に雪待つといふこと静か　174

炭
なすことの限りなくある炭をつぐ　16
諸鳥は朝日の中や炭を切る　74

炉
雨音の高まりて炉火盛んなり　371

炉開
炉開いて川音継ぎ目なかりけり　164
高山も低山も名や炉を開く　164
灯下やや暗しと思ふ炉を開く　414
鵙猛り鶫猛る日の炉を開く　439

口切
口切や瓦を積める竹の奥　49
口切やしかと音して椎の雨　415

暦売
高浪をうしろにしたり暦売　139

冬耕
冬耕のひとりの時の峯の数　117
冬耕に修道院と望楼と　258
冬耕に満ちてをりたる昼の月　377

大根引
大根を抜けば落暉の関ヶ原　174
筑紫野に引き余したる大根かな　226
長屋門入れば大根引いてをり　276
雪が来るまでに萱刈れ大根抜け　277
呉線をまたぎ大根引きにゆく　323
ことごとく大根引かれ大月夜　421

麦蒔
麦を蒔く二つの村のつづきをり　231
麦蒔いてそこら辺りの月夜かな　240
麦蒔いてありし月夜の茶々の里　259
麦蒔いて月夜は昼をあざむけり　352
上弦の月下に麦を蒔き終る　421

菜洗ふ
菜屑また流れ高時川といふ　305

大根干す
走者めく宵の明星懸大根　23
湖國晴れ寺の中まで大根干す　47

懸大根隠岐見ゆる日の人やさし 82
昴出でしばかり大根掛けしばかり 107
干大根日かげればすぐ風が吹く 127
青空の大和に大根掛けにけり 152
風吹いて青空減るや掛大根 165
みづうみの朝焼夕焼干大根 240
大琵琶の今日は高波大根干す 275
雲はみなどこかへ消えて干大根 371
寺に掛け宮居に掛ける大根かな 375
舫ひたる舟に干しある大根かな 399
玄海の紺こよなくて大根干す 431

干菜

この頃の晝月濃ゆき干菜かな 115
荒星の吹かれ片寄る干菜かな 117
雨降つて忽ち暮るる干菜かな 127
蒼天の底抜けてゐる干菜かな 165
干菜まだ青くて守る宗旨かな 174
赤星も青星もある干菜かな 182
玄海の夕焼長き干菜かな 225
菜を掛けて西空いつも透いてをり 225
菜を干して玄海日和稀と云ふ 231
その僧の上陸の地の干菜かな 375
老松に少し掛けたる干菜かな 431

寒肥

寒肥や南に日ある法隆寺 94
寒肥をやりし牡丹に夜のとばり 422

狩

兎狩隣の国も山ばかり 182
秀峰を北に重ねて狩場かな 274

罠掛く

美しき夕日三日や狐罠 50
黎明の星みな強し狐罠 151
鼬罠かけて村山高からず 161
狐罠日沈むとき月のぼる 191
狐罠かけて夕日を大きうす 268
狐罠あるといふなる径を行く 350
紋付の人また通る狸罠 400
狸罠ありてこの径ゆき止り 400

池普請

ひよどりをまた吸ふ樫や池普請 48

注連作

注連作朝月高くのこりつつ 127

齒朶刈

齒朶刈に鳥啼かぬ日の妃陵かな 66

歯朶刈の言の葉やさし裏日本　82
歯朶刈のもどる日向の一軒家　107
浦波の静かなる歯朶刈りにけり　240
歯朶刈に玉の日和の大伊吹　259
歯朶刈に夕日まんまる竹生島　376

紙漉

紙漉くや橙のまたしぐれをり　60
紙漉や日あたれば又石叩き　66

探梅

探梅は岩躍り越す水見たり　50
探梅としもなく美濃の奥にあり　227
探梅の人来る小野妹子墓　251
探梅に行きし如くに逝かれけり　294

寒釣

寒釣をさらひし浪や平家村　84

雪兎

中京区姉小路の雪うさぎ　382

行事

七五三

かうかうと高木の颪や七五三　204

柊挿す

柊をさして堅田のまくらがり　87
柊をさせば雪とぶ竹生島　241
柊をさして月影踏みにけり　296
降りしきる雪に柊さしにけり　441

神の旅

神發ちて水中の岩みな長し　53
神発ちて又一つ家となりにけり　114
神発ちて川は夕日の前に鳴る　136
神発ちて大湖の日和定まりぬ　153
神発ちて一筋日さす大湖かな　276

神送

連峰のうちかがやきて神送り　173
裏山はひよどりばかり神送り　173
鵯の声もつとも勝ちぬ神送り　398

神の留守

遠チに照る夕日の牛や神の留守　27
蹄跡まつたき中州神の留守　33
大幹の日向めでたし神の留守　98
青空が落とす雨なり神の留守　390
日がな鳴る伊良古水道神の留守　414
この沖を通る嵐か神の留守　439

神還

山々は峙ち神は還りけり 302

除夜詣

荒浪に沿うて一里や除夜詣 82

報恩講

山路来て報恩講の白襖 127
花講のだれかれ老いぬ親鸞忌 127
大根の真只中や親鸞忌 153
御正忌の菜畠日和つづくこと 153
この谷の報恩講のしんのやみ 182
くらがりに女美し親鸞忌 190
親鸞忌とは大銀杏仰ぐこと 190
御正忌の鐘聞きとむる藪はづれ 190
どの道も報恩講の星明り 190
一僧の高き齢や親鸞忌 351
真白なる報恩講の雲が浮く 390
御七夜の吉野は寒くなるばかり 390
月高く大根甘し親鸞忌 431

除夜の鐘

かの一書どこかに紛れ除夜の鐘 351
雪霏々と除夜の鐘鳴りはじめたる 415

近松忌

門川にして激しさよ近松忌 98
近松忌街道松の遠みどり 115
大阪に来て夕月夜近松忌 189
夜の川を潮のぼりをり近松忌 232

蕪村忌

下京に暗き銀屏春星忌 391

漱石忌

漱石忌また吾が母の忌なりけり 278
四時頃に書架にさす日や漱石忌 279
本郷で人を待つなり漱石忌 302
漱石忌背皮傷みし書を愛す 303
若き日の母の思ひ出漱石忌 303
朝の雨すこしけぶりて漱石忌 390

動物

狐

四足門残る在所や狐啼く 277
深吉野の月暗ければ狐啼く 278

鷹

刺羽はや渡りし空と思ひけり 275
白雲とすれ違ひたる刺羽あり 439

鷲

鷲がゐて樹頭の雪を落としけり 281

雪空を畳のやうに鷲飛ぶと　281
行く雲に見え隠れして舞ふは鷲　351

冬の雁

望楼を仰ぎ寒雁仰ぎけり　268
冬雁をしばらく仰ぐ国ざかひ　336
冬雁の渡るのみなる国境　376

冬の鵙

冬鵙や針山待針咲くがごと　33
冬鵙は弘川寺をよく通る　269
冬の鵙杉の先から藪の穂へ　276
おくつきに紛るるものは冬の鵙　280

冬の鷺

冬鷺火中出てなほ炎える鐵　31
冬鷺法難の里藁家清く　41

笹鳴

笹鳴や十能の火を書院まで　117
尼寺や笊を干すとき笹子鳴く　118
古国の古径ゆけば笹子鳴く　181
笹鳴いてゐる先生の墓へゆく　226
笹鳴やいせみちにある売屋敷　248
笹鳴けば仏をたのむ心あり　248
いち早く萱葺門に笹子鳴く　351
その本を探してをれば笹子鳴く　431

寒雀

あはあはと余震の土に寒雀　241

寒鴉

馥郁の雲にまぎるる寒鴉　280

梟

梟の月夜や甕の中までも　73
梟の闇まつさらな一軒家　293
梟の森抜けてゆく月の道　390

水鳥

浮寝鳥眞宗の國よく晴れて　46
水鳥や台詞けいこに夕日來て　99
水鳥や青空ながら山おろし　259

鴨

扁額へ一氣に朝日鴨の聲　39
濃き杜に神は寄るなり鴨日和　138
この浦や南ひらけて鴨が鳴く　276

鴛鴦

鴛鴦に山影の濃きところかな　117
山風の強き日の鴛鴦流れをり　214
鴛鴦流れ妹山背山深みどり　305
鴛鴦のはやも来てゐる茶々の里　415

鳰
鳰の水の青さも婚後なる 18
都鳥
夕晴となる下京の都鳥 191
鰤
鰤敷の荒れてゐる日の赤子抱く 118
鰤敷にみどりの星も上りたる 306
夕雲を黄金ふちどる鰤場かな 306
寒鯉
寒鯉に又きぬずれの音のして 227
大琵琶の寒鯉揚げてゐるところ 280
寒鯉を盥に飼ひて月夜かな 294
寒鯉に夜な夜な上る鎌の月 305
寒鯉やみな支へある庭の松 423
寒鮒
寒鮒や山市の夕日格子に燃え 31
寒鮒の日南さびしくなつかしく 175
凍蝶
凍蝶やみづから蒼む一巨鐘 28
凍蝶にかぶさる天の深みどり 259
冬の蠅
冬の蠅子規全集にとまりけり 376

植物

冬の梅
冬梅に短き神事すみにけり 213
宮瀧のこの冬梅に情あり 213
人をらず冬の梅散る石の上 325
早梅
戸袋に憑く川音や梅早し 49
蠟梅
臘梅を見てゐし障子閉めにけり 381
臘梅の日向があれば歩きけり 441
帰り花
空深み海蒼みつつ帰り花 218
サンフランシスコ青空帰り花 218
筧鳴りあちらこちらに帰り花 439
寒桜
寒櫻人もをらずに咲きにけり 93
産見舞忌中見舞や寒ざくら 167
薪棚あり冬桜咲いてをり 381
午からは日当りよくて冬桜 415
山の日の正しき歩み冬桜 431
冬薔薇

冬薔薇に旅の時間のありあまる　16

寒牡丹

乳すこし吐きし赤子や寒牡丹　59
寒牡丹切つて今日来る人を待つ　381

寒椿

冬椿雨戸たつ音とどろかす　19
冬椿魚籠が吐く水おびただし　41

山茶花

山茶花や青空見ゆる奥座敷　66
山茶花にまだまだ細る雨と思ふ　431

八手の花

日本に戻りて二日花八ッ手　268

茶の花

命日の星いち早し花茶垣　66
茶の花の朝月丹波中学生　203
茶が咲いていちばん遠い山が見え　203
茶の花にまだまだ沈む夕日かな　269
茶の花の大きな蕊の浜日和　438

枇杷の花

花枇杷や月のぼるまで村の闇　92
無住寺に人来る日あり枇杷の花　114
枇杷の花鳥の来る日も来ざる日も　174
写真の母年々若し枇杷の花　232
人の来ぬときは鳥来る枇杷の花　323
真下より子供が仰ぐ枇杷の花　323
少しづつ土蔵かたむく枇杷の花　431

冬紅葉

これよりの冬の紅葉の長命寺　399
ことごとく冬の紅葉の京の寺　415

落葉

夜の園のひろびろと敷く落葉かな　16
開山忌とて栗落葉おびただし　53
満月に落葉を終る欅あり　53
大木の落葉の中の講日和　138
塔の鐘鳴るとき落葉急ぐとき　258
満月はのぼり落葉はさかんなり　302
本郷の月の落葉を浴びながら　302
宮殿の月夜の落葉見ゆるかな　336
ローマ今日靴を埋める落葉かな　376
とめどなき落葉の中にローマあり　376
落葉降りやむとき月の出るならひ　399
雨音の高まり落葉降りしきり　399
星空となりて止みたる落葉かな　399
九天に舞ひはじめたる落葉かな　415

朴落葉
朴落葉はじまる山の日和かな　439
冬木
冬木根につまづきし女祠灯る　20
寒林
少女の犬寒林遅れてばかりゆく　20
名の木枯る
桑枯れて大きな木曾の家となる　66
桑枯れて小さき月の高く行く　117
枯桑の中なる夜の御陵かな　232
桑枯れて夜毎の月の高渡り　259
葡萄枯れ城のいづこの窓も雨　268
枯木
向うより徑の来てゐし枯木中　14
月の芝枯木の列の通り抜け　15
未だ枯枝産月の天拭はれて　28
未だ枯枝吉野山鳩よく流れ　44
冬枯
ヨーロッパ枯れる日の雨ガラス戸に　43
ものみなの枯れ尽くしたる日向かな　415
雪折
雪折竹巨犬の聲は語るがごと　28
雪折の音いま止みし書院かな　416
雪折の音の絶えたる夜中かな　441
柊の花
花柊暮れどきの馬なつかしや　27
柊の花の香先師一周忌　226
寒菊
寒菊や乏しからざる海の幸　140
冬菊を剪るは湖賊の裔ならん　276
水仙
水仙は咲きその人は亡かりけり　294
水仙を切れば霙にかはる雨　306
水仙にみるみるつもる夜の雪　338
水仙にたはやすく来る夜のとばり　381
万両
万両の雨見る熱き炬燵あり　167
万両にみるみるつもる昼の雪　382
冬菜
午からは黄蝶をゆるし冬菜畑　304
ガリレオの生まれし村の冬菜畑　376
大根
山國や大根辛く月はやし　49
戒壇院大根提げて通りけり　190

坂一つ大根畠の中にあり 247
奥宇陀や大根煮えて夜のとばり 248
山の月欠けゆく大根畠かな 323
大根煮る宇陀の一つ家夕間暮 324

蕪

玉座あり緋蕪洗ふ流れあり 74
緋蕪を源氏の里に洗ふなり 151

麦の芽

麦の芽に風の止み間のありもする 241

枯草

初瀬はまだ草枯の雨あたたかく 141
草枯れて昼の月ある東大寺 190
草枯れてローマ軍道貫けり 376
草枯れて地球あまねく日が当り 431

石蕗の花

針山も石蕗の日向や舊城下 81
離室への廊下あぶなし石蕗の花 137
日本に帰りて石蕗の日向あり 337

竜の玉

雨戸引くこと早き家龍の玉 137
龍の玉吾娘が嫁く日は深みどり 149
余呉人の声暮れかかる龍の玉 181
左京より上京しづか龍の玉 205
無住寺の隣の空家龍の玉 304
この頃の月の出おくれ龍の玉 305

寒芹

まな板に置けば匂ふや寒の芹 295
寒芹を宇陀の血原に摘んでをり 295
長屋門出づれば寒の芹田かな 295

新年

時候

新年

激流の上に年來る磨崖佛 59
実南天たわわにも年あらたまる 304
大空の瑠璃色に年あらたまる 399
本の中歩いて年が改まる 416

初春

一ところ堆書崩れて明の春 353

正月

むささびと棲み正月の詩書くか 75
正月の土を上げたる土竜かな 107
正月の月皓々と人死ぬる 279

まん円き正月の月のぼりけり　455

今年

海鳴りや明星すでに今年星　107
若宮に今年の雪の匂ひかな　227
南天をたわめる鶫も今年かな　241
赤子泣く国際線も今年かな　250
ことごとく今年の星となりにけり　317

去年今年

門前の一枚の田の去年今年　304

元日

元日の式台にある龍の玉　192
元日の白雲すみやかに通る　303
元日の山を見てゐる机かな　440
元日の仏の名ある山ばかり　440
元日の日向となりて人来る　440
蒼天を飛ぶ元日の落葉かな　457

三が日

菜畠にのみある雪や三ヶ日　139

二日

ことごとく遠し二日の物音は　128
紋服の二日の杣に山おろし　166
釣橋を渡り二日の家へゆく　250
松風に流れ二日の石たたき　269
みどり子の匂ふ二日の日向かな　280
懸巣よく流れて峡の二日かな　317
杣径をかはせみよぎる二日かな　353
鶺鴒の芝生を歩く二日かな　440

三日

川せみも山せみも来し三日かな　192

七日

山畑に火を放ちをる七日かな　67
人死ぬや七日の村の日暮頃　139

人日

人日の雨ややのこる舞子濱　93

松の内

水車への雪まだ踏まず松の内　50
白瀧を負へる一戸や松の内　193
針山の糸はむらさき松の内　270
山鳥の羽根散る暇松の内　280
金屏にしばらく夕日松の内　293
みづうみの岬も長し松の内　293
夕日さす書棚の端や松の内　304

天文

初空

初空といふ大いなるものの下　279
刺羽まづ渡りし峡の初御空　304
初空の下に愛欲生死あり　317
鳶は鳶からすはからす初御空　352
一鷹のしだいに高し初御空　400
一つ行く白雲はやし初御空　440
初空のみどり深まりゆくばかり　440

初日

硯海に今さして来し初日かな　399
初日出てすこし止りて上るなり　422

初凪

初凪の今吹いてゐるもの皆よ　192
初凪は一本杉に渡りつつ　192
初凪はどんぐり山に吹いてをり　269
初凪に流るるものはもろがへり　432
初凪の吹きはじめたる暇かな　457

御降

御降りやいつまで藪の一軒家　93
御降りの赤き傘なり相国寺　116
御降りや萱葺門の一在所　293
御降りの奥に鳴くなり神の鶏　416
御降りの高鳴る草の庵かな　432
はつきりと御降り音をなしにけり　460

初霞

初霞どんぐり山に棚引けり　391
初霞どんぐり山に棚引けり　422

地理

初景色

實で重き一本杉も初景色　34
兎消え竹ノ内峠初景色　192
わらんべの二人出てゐる初景色　260

生活

門松

松立てて淋しき駅でありにけり　304
門松やきのふにまさる空の蒼　317

飾

輪飾や氷を割るに山刀　116
白雲の匂ひて通る飾かな　183

鏡餅

鏡餅午からもまた山しづか　166

年賀

すぐそこを白雲の行く年賀かな 380
茶畠の中抜けてゆく年賀かな 392
吉野川眼下に鳴れる年賀かな 400

賀状
この谷の行きどまりなる賀状かな 279

初座敷
初座敷あり松籟のどまん中 353

乗初
初電車どんぐり山をすぐ抜ける 381
吉野駅出て來るところ初電車 455

薺打つ
大浪の先のちぎれる薺の日 141
みんなみの山やさしくて薺の日 251
薺打つ宇陀も吉野も雨けぶり 381

若菜摘
若菜摘む或は大河のほとりかな 280

年木
すみやかに白雲とほる年木かな 138
村々や年木を積めば伊吹澄む 259

泣初
泣初の思ひ出遠くありにけり 293

鍬始
ひんがしへ大鳥流れ鍬始 161
神々のたたかひし野に鍬始 166
鍬初の大和に満ちぬ昼の月 233
鍬初やひがしに尖る高見山 400
鍬初の白雲通る一つづつ 416
鍬始青垣山にとり巻かれ 423

山始
樵初や糸のやうなる熊野径 175
樵初や油のごとき熊野灘 250
初山のよき松にゐる懸巣かな 250
斧始鵯も懸巣も声長く 260
樵初やひがしへ向ふ雲静か 269
白雲をいくつか許し斧始 279
一瀑のしづかに懸り山始 317
樵初や紫紺となりし琵琶の湖 353
天狗杉真正面や山始 400
鵯の声もつとも長し山始 432

羽子板
羽子板をさくらの幹の中に抱く 192

羽子つき
石たたき二疋となりぬ羽子日和 59
青空に石垣反りぬ羽子日和 128

羽子日和ゆるぎもなくて奥吉野 128
松風に流れがちなる羽子をつく 250
杣の子の羽子昼月のところまで 260
青空の太陽系に羽子をつく 352
翡翠の通り抜けたる羽子日和 352
白山の少しく覗く羽子日和 352

手毬

手毬の子家へはひりぬ藪の風 83
よき毬を吉野の奥の奥につく 116
まみどりの潮の傍なる手毬唄 140
一粒も欠けぬ万両手毬唄 183

初夢

初夢に松風のただ吹きゐたる 166
初夢にさだかな君のかなしけれ 279

行事

七種

七草や源流近く日はのぼり 107
七草の虹ほのぼのと京はづれ 167
波の上に七草の雨のこりけり 226
七種や西も東も雪の山 279
七種の白猫畦を歩きをり 280
七草や南受けたる浦しづか 381

松納

松とるや燦と夕日の遠雨戸 50
松とるや伊勢も大和も晝の月 83

飾納

山神は飾とれたる川明り 49

餅花

餅花や下京の日のやはらかく 116
繭玉や日向の家のその南 167
餅花やうるしの如き夜の雨 193
餅花の見ゆる赤子を抱きにけり 281

土竜打

夕明りまだある土竜打ちにけり 423

左義長

ひんがしに鈴鹿は青し飾焚く 83
左義長の雪おく丹生の中洲かな 83
蒼天に浪くだけゐるとんどかな 128
左義長の山々天にありにけり 259
左義長の雪天心を流れけり 305
金星の生まれたてなるとんどかな 305
吉野川とことはに行くとんどかな 423

藪入

藪入の雨たまりゐる葎かな 116
藪入の鴨が大きな口で鳴く 183
藪入や吉野杉抜け熊野杉 193
藪入はうれしき淵の蒼さかな 193
藪入の鴉よく鳴く河内かな 251
藪入や象の小川をさかのぼり 392
藪入は古き峠を越えてゆく 440

初薬師

杉の雪しきりに落ちぬ初薬師 166

動物

初鴉

初鴉白雲通り抜けてゆく 337

植物

楪

楪に十時の淵のよく晴れて 40
楪に日和の山を重ねけり 67
楪や横雲長き夕ごころ 233

歯朶

裏白や灯を消してあるよき座敷 192
歯朶の塵こぼれて畳うつくしき 304

福寿草

福寿草さきほどよりも天蒼く 293

初句索引

あ

青芦に　200
青蘆に　367
青嵐　221
青伊豆の　21
青梅の
　中来て君を　434
　村静かなる　110
青梅を
　おほかた取りし　447
　落として匂ふ　447
　とりつくしたる　266
青栗や　35
青胡桃　36
青山椒　35
青芝の　224
青芒　16
青空が　390
青空と　433
青空に
　石垣反りぬ　128
　鴉また鳴く　303
青空の
　伊賀路はどこも　253
　ここまで降りて　460
　この色が好き　204
　太陽系に　352
　どこも深くて　391
　見えて雨降る　348
　大和に大根　152
青田雨
　とびつく障子　123
　亡き父母來るに　78
　妃陵の垣に　63
青田とぶ
　蟬ひるがへり　266
　蟬や頼朝　111
青葉潮　216
青葉木菟　435
青枇杷や　22
青淵に　304
青葡萄
　畠の中の　179
　山から村の　43
青麦の　196
青麥の　71
赤き日の　15
赤子泣き　217
赤子泣く　250
赤子睡り　35
赤子まで　47
赤子見ゆ　70
あかつきの
　雨に溺るる　328
　大雪となる　417
　苗売行きし　211
赤椿　417
赤とんぼ
　影するたびに　273
　減り淵のいろ　273
茜掘　320
赤星も　182
赤松の　356
赤んぼの
　溺れる乳房　29
　くしやめしやつくり　246
　抱かれて出たる　446
　睡りつづけて　356
秋風に
　天地根元　114
　藻の花のなほ　153
秋風の
　苔尊さよ　274
　堂縁に干す　113
　吹いてゐるなり　348
　吹き曲りくる　181
　まつすぐに來る　459
　まん中に置く　455
　みちのくにこの　92
秋風は
　草木を吹き　459
　太平洋の　429
　六千坊の　320
秋風や
　いくたび曲る　430
　大き魚棲む　151
　鐘鳴るたびに　258
　からくれなゐの　245
　川さかのぼる　256
　経蔵ひらく　239
　猿来るといふ　257
　長き廊下の　398
　はがねとなりし　289
　針金引きし　302
　檜皮葺き替へ　217
　まんまんとして　388
　門の中なる　225

籔からのぼる　41
流木のこる　125
秋桜　320
秋鯖の　334
秋雨の
　音いま高し　247
　刻々冷ゆる　438
　しぶく神事も　274
秋雨や　217
阿紀神社　394
秋立ちて　255
秋立つや
　當麻の人の　97
　社に隣る　272
秋出水
　この日悲しき　188
　鼓楼の下に　213
　見むとて登る　113
秋の風　217
秋の川　274
秋の暮　459
秋の日の
　観世音寺に　291
　行手さへぎる　428
秋の蛇　33
秋薔薇に　218
秋薔薇の　272
秋晴の
　土運ばれて　21
　波駆けのぼる　369
　又も大きな　97
秋晴や
　日本に似たる　335
　水輪ひろげる　256
　女神を守る　65
　藻草はなるる　151
秋彼岸　334
秋深し　349
秋蒔に
　ひねもす薄日　90
　古鐘の銘の　64
秋蒔や　80
秋祭
　すみたる浦の　274
　すみたる川の　203
秋繭や　164
秋山に　113
秋山の　275
明らかに　44
あけくれに　144
明智領　125
明易や
　雨の通りし　237
　一里ひがしに　87
吾子が嫁く　221
吾子呉れる　22
浅井領　438
朝顔に　320
朝顔の　437
朝顔や
　象のいちばん　332
　仕事はかどる　437
朝蔭の　150
朝風に　318
朝風の
　千草の花の　202
　通り道なる　420
朝風は　421
朝風や　319
朝曇
　王国の薔薇　253
　ホノルル雀　254
朝東風に　37
朝ざくら　340
朝桜　340
朝潮の　122
朝涼し　123
朝蟬の
　はや鳴いてゐる　301
　ゆきわたりたる　285
朝月の
　淡ければ雁　219
　大輪のこり　420
朝月は　114
朝妻は　275
朝の雨　390
朝のうち　236
朝日子の　359
朝日と共に　29
朝日の前に　34
朝雲雀　95
朝焼の　287
芦刈の　189
紫陽花に　111
紫陽花を　212
蘆中に　153
芦原に　196
飛鳥坐　354
飛鳥見ゆ　97
畦塗が　359

い

家裏に　75
伊賀に来て　253
伊賀の国　417
伊賀よりも　94
生身魂
　雨あし長き　39
　妙高紺を　90
生きるはよし　23
いくたびの
　日照雨の雨戸　136
　御幸の村の　86
いくたびも
　雨いくたびも　458
　伊吹の北に　173
　虹立つ島の　254
　真葛の雨の　113
池涸れて　74
いさをしに　126
石垣の　344
石段に　107
石段の
　いま照つてゐる　61
　下がもつとも　356
　燕を仰ぎ　342
石段を　290
石たたき　59
石叩き　323
石燈籠　24
伊豆青し　20
いづこへも　329
出雲より　85
伊勢海の　386
伊勢の海
　晴れわたる日の　429
　見えゐる秋の　80
いせみちと　377
いせみちに　237
伊勢みちに　319
いせみちの
　朝霧の戸を　274
　坂の途中の　447
伊勢みちや　358
鼬罠　161
板匂ふ　26
板廂　420
一雲も
　なき日の鶴の　418
　なきミュンヘンの　335
一月の
　翡翠とほる　59
　中流青き　67
一月や　139
いちさきに　204
一時過ぎ　339
一瀑の　317
いちはやく　380
いち早く　351
一番蔵　299
一番星　33
いちまいの
　晩稲明りに　247
　黄沙の天の　235
一鷹の　400
一里来て　221
一休寺　424
一川の　324
一僧の　351
一磴の　355
いつのまに
　雨降つてゐし　289
　影曳く塔や　335
　真上に来し日　345
一本の　404
いつまでも
　谷は一軒
　合歓の花　395
　針供養　327
　萵苣の山家の　243
　残る雪なり　382
　花のうしろに　425
　日は西にある　384
凍桑に　68
凍谷に　68
凍蝶に　259
凍蝶や　28
凍雪や　21
井戸清水　35
絲巻の　46
田舎寺　397
稲雀
　いくつ空過ぐ　18
　伊勢路に入れば　459
犬の声　277
稲明り　202
稲秋の　247
稲刈つて　205
稻刈つて　153
稲咲いて
　言葉すくなき　413
　明治の詩人　238

稲咲いて 147
稲の花
島へゆく鳥 32
近道とつて 217
使ひの径の 201
稲の花 124
稲の日の 72
伊吹まだ 120
今植ゑし 222
今来たる 384
いまさらに 193
今さらに
小さき庵や 273
鳶は大鳥 122
今更に 376
今しがた 436
今庄に 330
今発ちし 374
居待月
出て流木を 429
のぼりて暗き 429
芋の露 238
芋の葉の 239
色鯉の
ときに乱れて 395
水やや濁り 245
色鯉も 300
色鯉を 235
色鳥に 438
色鳥は 349
色町へ 387
岩神も 419
鰯来て 79
鰯雲
町深く海の 21
山の湯のやや 98
岩に孤舟 26
岩に彫る 330
岩山の 347
う
魚の腸 40
魚屋町 246
萍や 379
浮寝鳥 46
鷺が 358
鷺に
首据りたる 234
吉野の雨は 358
うぐひすの 443
鶯の
声の正しき 424
門に出てゐる 211
鶯は 234
うぐひすや 168
鶯や
米のとぎ汁 39
土塀を破る 356
武家町夕日 40
兎狩 182
兎消え 192
牛啼けば 265
宇治に来て 397
牛にやる 69
牛の糞 30
うすうすと
月の避暑地の 17
臼置いて
山川濁り 224
薄紅葉 405
してゐる村に 370
して森があり 374
宇陀の日は 184
宇陀の山 80
宇陀へ出し 295
うつくしき
鶴折つてゐる 213
廃寺の空も 137
山家の猫や 346
美しき
糸くり堂の 134
涅槃の雪に 161
夕日三日や 50
忘れ団扇の 257
梁の 420
海境の 169
海原の 135
卯の花の
月夜の声は 185
峠に来れば 309
卯の花や
切れ着せてゆく 144
奈良もはづれの 378
姥捨の 39
産土に
燭あげにゆく 69
燭あたらしき 81
産土の 145
厩戸の
皇子の御寺の

雀の子　185
　夏の露　133
湖明り　275
湖凍てて　34
海鳥の
　声落したる　244
　声消す雪や　327
海鳴りや　107
海へゆくか　30
海べりの　144
海までは　82
海見ゆる　235
梅落とす　447
梅咲いて　392
梅咲くや　251
梅干して
　薄日尊し　123
　まだまだ伸びる　435
　大和の山の　200
　よき松風の　310
梅干の　373
梅むしろ　435
裏愛宕　267
浦浦に　420
浦々の　292
末枯の　277
末枯や
　出前割り出る　19
　猫来て坐る　19
裏木戸に　389
裏白や　192
浦波の　240
浦人と　295
裏門を　335
裏山に
　鷺啼く夜の　272
　花残りゐる　404
　雪ある寒の　381
裏山は　173
裏山を　274
瓜きざむ　285

え

蝦夷と云ひし　310
越前に　370
越前の
　月欠けてゆく　321
　如来の前に　142
越中の　334
縁側に　238
縁側の　385
縁下の　236
炎帝の　254
炎天に　347
炎天の　13
鉛筆を　343
遠雷の　331
遠雷や　136

お

老松に　431
老松の
　凍れば昼の　233
　はや曳く影や　288
老松は　345
大阿蘇の　230
大阿蘇を　215
大雨に　407
大雨の
　草木にほひて　108
　杉菜の宵と　51
　中を春ゆく　198
　時鳥啼き　346
大銀杏　351
大いなる
　暈着て日あり　425
　神代の干潟　84
　雀隠れの　212
　短日の訃の　213
大岩の　350
大岩を　286
大柿の　69
大樫に　354
大風に
　木の実植ゑゐる　162
　さからひて摘む　442
　鶏放ちある　108
大風の
　出雲の國の　84
　坂日あたりて　94
　柴山負ひぬ　86
　茶畠日脚　61
　雲雀上りて　195
おほかたの　277
おほかたは
　種を採りたる　248
　日を失へる　350
　道にこぼれて　331
大鐘の
　あをあを懸る　309

撞木替へたる　198
大甕の　26
大榧の　256
大鴉　327
大川の　213
大川を
　さしはさみたる　254
　汐のぼり来る　201
大きな日　441
大楠の　348
大桑は　76
大鯉の
　動く日もあり　338
　静かに二百十日　301
　跳ねしのみなる　370
　はねし水輪も　256
大声の
　宇陀の鴉や　394
　札所の鴉　112
大阪に　189
大阪の　255
大桜　341
大時化の　414
大杉に　235
大杉の　325
大空の
　日は唯一つ　340
　瑠璃色に年　399
大空を　194
大露の
　黒瀧村に　90
　日ののぼりたる　387
大寺の　303
大寺や　121
大寺を　430
大峠　275
大年の　116
大鳶の　354
大鳥の
　一羽流るる　235
　ただよふばかり　272
　よぎりしのみの　460
大鳥は　385
大鳥を　295
大夏木　397
大浪の　141
大野山　231
大梁を　120
大晴に　203
大晴の　278
大琵琶の
　寒鯉揚げて　280
　今日は高波　275
大松に　172
大幹の　98
大水が　124
大藪を　230
大雪に
　鐘つく人の　60
　神事の鯉の　175
大雪や　416
大夕立　202
大瑠璃は　394
岡寺に　133
翁より　141
荻の声　203
荻の戸に　388
沖を行く　353
奥宇陀の
　一本杉の　426
　大百姓の　216
　神々語る　295
　その残菊の　258
　藪恐ろしき　187
奥宇陀や
　大根煮えて　248
　鵙も懸巣も　323
奥越や　375
奥座敷　428
おくつきに
　草芳しき　338
　紛るるものは　280
おくつきの　177
おくつきは　329
おくつきへ　385
晩稲刈　81
奥の間の　292
奥山に　201
奥山の　177
桶にある　73
桶の鮒　149
御降りの
　赤き傘なり　116
　奥に鳴くなり　416
　高鳴る草の　432
御降りや
　いつまで藪の　93
　萱葺門の　293
お辞儀する　341
御七夜の　390

鴛鴦に　117
鴛鴦の　415
鴛鴦流れ　305
雄姿の
　尾越の松や　86
松に音立て　213
遅き日の
　天の香久山　195
竹生島より　198
長谷の柱に　141
　フランス見ゆる　179
遅桜　383
恐しき　83
恐ろしき　403
怖しき　148
落鮎や
　朝蔭ながき　148
　山峙ちて　388
落釘の　23
落栗に　125
落栗や　52
遠チに照る　27
落葉降り　399
威銃　421
音高く　335
音立てて
　雨来る黴の　405
　苔吸ふ鯉も　344
乙女らに　180
音もなく　456
囮籠　174
囮鳴き　232
囮鳴く　126
鬼棲みし　203
鬼百合は　288
尾の長き
　鳥が流れて　353
　鳥も来てゐる　403
斧始　260
尾道の　253
小浜線　286
帯懸けて　329
朧月
　のぼりてここら　266
　薪の上に　307
朧夜と　296
朧夜の　378
女来て
　門をさす　384
　古城の木の実　368
表門　458
親潮の　311
泳ぎ子に　290
泳ぎ子を　428
をりをりに
　呉線とほる　323
　猿来る萱を　277
御岳の　343
御嶽の　265
女声して　257
女の子
　遊びて門辺　393
　生まれて春の　233
　をりをり通る　196
　苗代寒に　211

か

開山忌
　近づく竹を　247
　とて栗落葉　53
開山の　69
峡蒼天　24
戒壇院　190
開帳や
　赤子の声の　108
　松をゆすつて　108
　雪はしりぞく　326
廻廊に
　人立つときの　255
　みどり子を抱く　221
界隈の　443
帰り来て　43
帰る雁　197
顔老いし　62
顔に來し　85
案山子見て　202
鏡餅　166
柿接ぎし　61
柿接ぐや　84
杜若　109
柿の木の　60
蚊喰鳥
　大阪の月　146
　在所の月の　134
蚊食鳥　223
学生劇の　20
書く文の　306
香久山の　402
香久山を　402
隠れ里　247

芳しき
　草に入らんと 220
　草に日の入る 196
篁鳴り 439
掛稲に 99
掛稲の 231
掛乞に 82
懸巣よく 317
懸大根 82
暈を着る 120
火事跡の 60
樫の苗 337
鍛冶の火や 31
かすかにも 397
霞む日や 131
風いつも 17
風薫る 458
風が出て
　灌仏日和 284
　曇る大湖や 120
風が吹く 252
風出れば 197
風の日は 205
風吹いて
　青空減るや 165
　ゐる古草の 162
　椎拾ふ子の 438
　蝶の日和も 383
風も去り 113
風除や 139
数へ日や
　万年青にかかる 115
　手にとるやうに 240
片蔭流るる 30
片蔭や 21
刀打つ 119
固雪に 27
がちやがちやに 333
がちやがちやは 458
がちやがちやも 398
かち渡る 81
学校に 146
学校の 414
郭公や 95
月山を 224
葛城の
　神々老いぬ 72
　禰宜に日あたり 129
蝌蚪生れて 34
蝌蚪生れ 142
門川に
　くさぐさ洗ふ 199
　して激しさよ 98
　合歓の花散る 345
　連翹映り 418
門川の
　大きな波や 170
　鱒の渦なり 276
門川や 282
門川を 81
門松や 317
悲しさは 259
蟹歩く 25
鐘つきに 290
鐘を撞き 331
かの一書 351
かの柿の 246
かの葛の 370
かの國の 93
かの松の 355
南瓜咲き 52
かまつかを 225
かまど火の 86
蒲の穂に 78
蒲の穂の 112
神垣に
　ゐる子に釣瓶 218
　鳴る大風や 129
神々の 166
神々も 152
上ミ京に 96
神さまに 298
髪白き 180
紙漉や 66
紙漉くや 60
神発ちて
　川は夕日の 136
　大湖の日和 153
　一筋日さす 276
　又一つ家と 114
神發ちて 53
神棚の 48
神の木の 175
神の木を 91
神の名の 353
神の花 372
神の藻の 65
神山に 448
神山の
　影来る家の 295

かならず映る 373
　みどりの下を 182
神山を 89
神山を 420
神渡し
　大芦原の 189
　杉に檜に 189
　吹き白めたる 204
亀鳴くや
　安芸と石見の 355
　今も残れる 355
　天気ふたたび 432
　名刹ひとつ 130
かもしか棲み 35
鴨引いて
　庫裡の障子は 76
　真宗寺の 176
萱刈が 278
萱刈の 278
萱山の
　午から照りぬ 178
　三つ重なり 356
萱を刈り
　終へて雪待つ 278
　終れば京へ 278
傘を 318
烏瓜 73
硝子戸の 215
鴉啼く 282
鴉の子
　大内山に 271
　中仙道を 427
鴉また 62
刈蘆を 86
かりがねの 246
刈草の 367
刈藻焼く 111
雁ゆくや 298
ガリレオの 376
雁渡し
　大絵馬に吹き 291
　きのふも今日も 350
　釣鐘の今 231
　病むといふには 301
榠樝落つ 349
枯桑の 232
川風に 151
川狩や 163
乾きゆく 23
かはせみが 61
翡翠が 393
翡翠に 60
かはせみの
　一閃したる 425
　見えて飛ぶなり 444
翡翠の 352
川せみも 192
川せみを 308
河内野の 177
川に散り 345
川曲り 421
厠紙 228
瓦焼く 178
寒明の
　赤子に母が 233
　雨青松に 401
　雨たつぷりと 282
寒菊や 140
寒鯉に
　又きぬずれの 227
　夜な夜な上る 305
寒鯉や 423
寒鯉を 294
寒肥や 94
寒肥を 422
閑古鳥 186
寒櫻 93
寒晒
　中將姫の 84
　山の凹みも 117
　雪散りながら 166
元日の
　式台にある 192
　白雲すみやかに 303
　日向となりて 440
　仏の名ある 440
　山を見てゐる 440
寒芹を 295
萱草が
　咲いてきれいな 229
　咲いて単線 223
　咲けば伊吹の 244
萱草に 285
寒潮の 140
寒潮を 140
寒釣を 84
寒に入る 423
神主の 72
寒の雨
　いま止んでゐる 227

岩の凹みに　338
寒の寺　219
寒の鮠　183
観音の
　そばに寒猿　325
　前に種蒔く　404
　前につきたる　243
　前の冬田と　165
観音は　141
観音へ　243
寒晴の
　伊吹の裏に　280
　大樹を見上げ　191
灌仏の
　畦うつくしき　433
　雨は明るく　433
灌佛や
　赤んぼの聲　34
　影つれて飛ぶ　77
寒鮒の　175
寒鮒や　31
寒牡丹　381
寒見舞
　衣笠山は　167
　吉野の嶮も　260
寒餅と　281
寒餅を
　明日搗くといふ　211
　搗き終り土間　294
　つく奥宇陀の　227
　搗く音ひびく　193
　搗く日の山の　294
　搗けば日和の　193

き

消えがての　434
汽関車に　23
黄菊白菊　152
木々の芽や　168
菊暮れて　267
菊膾　65
菊の蕊　335
菊の荷を　247
菊の根を
　分ちて余り　215
　分けて日高し　119
菊の日の
　長き汀を　292
　渚づたひに　172
菊日和　257
菊枕　274
菊乱れ　173
樵初や　175
象川の　94
象谷に　393
象谷の
　家に燕の　270
　いちばん奥に　358
　入口に子が　372
　入口の畦　308
　ひこばえに又　197
雉子鮮やかに　53
雉打に　69
雉子鳴いて　119
雉子鳴くや
　翁も越えし　402
　無住寺にして　108
雉子啼くや
　有明月に　241
　嫗が住みて　195
木曽馬の　37
木曽谷の　265
木曾の雨　343
木曾の子に　66
木曾の蝶　77
木曾人に　78
北風や　59
北上の　285
北国に　374
北国の　310
北塞ぐ　278
北窓を
　開きて対す　383
　開けば見ゆる　194
　塞ぎしよりの　391
　塞ぎし夜の　371
　塞ぎたる夜の　138
　塞ぎて守る　305
　塞ぐ声して　391
義仲寺に　456
啄木鳥や
　この寺に来し　164
　城に棲む娘に　43
　針山が見え　81
　休む日もある　81
狐来る　118
狐火に
　代官屋敷　219
　長門の寺の　99
　妃陵の錠の　93

狐火の　219
狐火や
　家一軒と　183
　一揆の寺の　140
　一滴もなき　140
　今も一つの　401
　襖つづきの　400
　まつくらがりの　400
　宿の廊下の　53
　脇往還の　371
狐火を　400
狐罠
　あるといふなる　350
　かけて夕日を　268
　日沈むとき　191
歸島少女に　26
忌日にも　110
絹糸の　109
きのふ来て　419
きのふけふ　407
きのふより　460
紀の國の　69
樹の下に　245
木の花の　133
木場深く　24
黍畑に　148
擬宝珠ある　373
君逝きて　383
旧正の
　雨が朝から　281
　山の名を皆　242
　雪を加ふる　161
舊正の　83
旧正や
　いづこへ行くも　382
　山家を訪へば　338
　雪をつけたる　281
九天に　415
宮殿に　336
宮殿の
　石階下りて　336
　月夜の落葉　336
旧道に　306
胡瓜もみ　89
今日あたたか　28
教科書の　162
経蔵の
　うしろに拾ふ　397
　うしろへ竹を　239
　ほとりに二つ　338
経蔵を　386
京人や　167
京へ出る　98
京へ行く　457
京よりも　292
玉座あり　74
挙兵あり　319
キラキラと　287
きりぎりす　22
桐の實に　44
切干の
　大晴となる　324
　日南の大和　190
　日向あたたか　240
　真新しくて　350
　よき日向ある　268
切干も　205
銀漢や　164
金銀の　417
金星の
　生まれたてなる　305
　まぎれこみたる　377
金泥の　46
金の星　367
金屛に
　しばらく夕日　293
　吹き衰へぬ　151
　雪待つといふ　174

く

ぐいぐいと　456
釘打つて　255
草刈つて
　頭の上と　332
　あれば蝶々　319
　聖の文を　255
草刈に　285
草刈の　286
草刈女　133
草枯れて
　地球あまねく　431
　昼の月ある　190
　ローマ軍道　376
草の実や　350
草の實や　42
草餅や　219
草紅葉　114
草焼いて　242
草山に
　どしんどしんと　459

旱の雲の 148
　また散る雪や 194
葛咲けば
　札所道てふ 149
　仏ごころと 256
葛はみな 287
國栖人の 79
葛掘れば 180
藥狩 144
薬摘む 426
薬日や 244
薬降る 228
薬掘 181
薬掘りに 172
九頭龍の 320
崩れ簗 113
下り簗 202
口切や
　瓦を積める 49
　しかと音して 415
山梔子が 45
口割つて 19
沓脱の 286
国境 355
くぬぎ山 162
熊皮を 330
雲霧の 403
雲さびし 146
雲長く 201
雲の峰
　一茶の國に 89
　上千本に 45
　今日から映る 301
　熊川宿に 286
　この時布留の 187
　鯖街道に 345
　宗旨つたへて 96
　千年杉の 436
　立つや砂漠の 347
　ひとりの旅を 15
　また立つ草の 238
雲の峰の 32
雲はみな 371
蔵壁は 344
くらがりに 190
暗き灯を 14
暗き間の 395
蔵こぼつ
　音の止みたる 378
　埃四五日 339
蔵の中 270
蔵深く 307
蔵へまた 229
蔵までは 271
栗の花 96
呉線を 323
黒潮の 403
黒谷は 167
黒南風の
　やがて白南風 95
　林泉山へ 63
黒姫に 89
黒門も 204
桑枯れて
　大きな木曾の 66
　小さき月の 117
　夜毎の月の 259
鍬初の
　白雲通る 416
　大和に満ちぬ 233
鍬初や 400
鍬二本 331
桑の実の 228
桑の實や 95
鍬始 423
桑畑の 71
薫風に
　大岩冷ゆる 63
　庄屋の松の 199
薫風の 299
薫風や
　一舟もなき 111
　塔の跡とは 330
　とどまるごとき 373
　浜に神馬の 122
　まつさかさまの 70
　物くはへ飛ぶ 110
　藪の空ゆく 70
群羊の 116

け

鶏冠に 40
啓蟄の
　校舎没日に 20
　日は老松の 418
　日をふり仰ぐ 184
鶏頭に 388
激流の 59
今朝秋の
　鴉もの云ふ 458

机に映る 300
今朝秋や
石臼まじる 398
立ち並びたる 150
今朝引きし 377
夏至の日は 436
芥子の昼 185
罌粟畑に 348
月光を 392
血族婚 26
夏花摘 331
夏花摘み 223
夏花摘む 237
夏百日 201
煙すぐ 225
ゲルマンの 336
硯海に 399
玄海に 231
玄海の
紺こよなくて 431
夕焼長き 225
玄関に 456
厳寒の 241
げんげ田や 266
げんげんの 433

こ

恋猫に
明るすぎたる 176
月の荒磯は 169
まつくらがりの 130
鯉の池 387
鯉の水 46
鯉料り 135
高原の 13
かうかうと 204
がうがうと
千早の風や 234
釣瓶落しの 248
高山も 164
稿継ぎに 387
校庭を 394
講寺の
日輪うつる 130
日輪とまる 161
講寺や 121
コウノトリ 435
紅梅に 242
紅梅の 215
紅梅や 76
耕馬啼き 25
耕馬明眸 25
河骨に 244
河骨を 63
蝙蝠に 333
黄落や 42
氷る日の 67
凍る夜の 392
木枯と 232
木枯や 82
子鴉に 88
子鴉の
顔見えてゐる 124
今日から鳴くや 299
峠短し 87
よく鳴く宇陀に 434
子鴉は
僧正谷に 88
女人高野に 123
仏を刻む 310
濃き杜に 138
極月の
谷深くある 53
人来る塔の 391
苔咥へ 76
ここからは
青田に映る 436
海道となる 282
高見よく見え 438
比叡正面 389
湖國晴れ 47
ここに来て 283
ここに住み 205
ここに又 288
心持ち
曇るとおもふ 444
夕べが早し 420
腰掛けて 445
越の山 378
越は晴れ 321
御正忌の
鐘聞きとむる 190
菜畠日和 153
古城去り 42
古城出て 43
御陣地 204
子雀に
雨やむ宵の 111
如来の前の 184
子雀や 87

コスモスや　337
午前九時の　40
東風の木馬　25
国境に　301
国境の　267
ことごとく
　畦塗られたる　110
　北塞ぎたる　277
　宮殿のもの　179
　今年の星と　317
　姿よろしき　442
　大根引かれ　421
　遠し二日の　128
　女人高野の　271
　冬の紅葉の　415
　鱒の水輪や　42
今年竹　228
今年また　378
ことのほか　253
子供らに　194
小鳥来て　336
このあたり
　隠郡　426
　本堅田町　406
この邊り　14
この雨で　228
この雨の　222
この雨は　284
この岩を　372
この植田　144
この湖に　181
この浦や
　きのふにつづく　375
　南ひらけて　276
この沖を
　大魚回遊　302
　通る嵐か　439
この神に　430
この神に　72
この国の　111
この頃の
　阿弥陀の花は　394
　月の出おくれ　305
　晝月濃ゆき　115
この頃は
　竹伐る音に　273
　月夜つづきの　398
　茅花流しの　185
　水増えてゐる　349
この坂の　227
木の下と　185
この谷に　309
この谷の
　稲は倒れて　334
　報恩講の　182
　行きどまりなる　279
このたびは
　花残りゐる　358
　春の時雨の　216
この月の　126
この寺の　94
この庭の　437
この墓に　179
この花野　239
この春は　342
この邊の　14
木の実植う　460
木の実降る　389
この村の　80
この闇の　357
胡麻干して　238
米を照らして　31
こもりくの　171
隠国の　141
今宵より　125
樵初や
　油のごとき　250
　紫紺となりし　353
　ひがしへ向ふ　269
これよりの
　八角堂の　230
　冬の紅葉の　399
更衣　29
金色の　402

さ

再会は　340
西行忌　325
西行像　40
西国の　201
妻子置き　24
最澄の
　山に飛ぶなり　435
　山に響きて　321
囀や　357
蔵王権現　32
蔵王堂　40
酒蔵の　328
坂一つ　247
坂本の　446

左義長の
山々天に　259
雪おく丹生の　83
雪天心を　305
左京より　205
索道の　68
櫻鳥賊　85
櫻木の　172
鮭すでに　374
裂けて飛ぶ　371
笹鳴いて　226
笹鳴や
いせみちにある　248
十能の火を　117
笹鳴けば　248
山茶花に　431
山茶花や　66
挿木して　326
刺羽はや　275
刺羽まづ　304
佐渡の灯は　124
実朝忌　128
さびしさは　170
淋しさは　177
さまざまの
物音の中　439
物の中なる　380
寒き夜の　250
さめざめと　51
鞘堂の　186
早蕨や　339
三月の　161
残菊と　231
残菊や　276
残月の　423
残暑とは　150
残雪に　392
残雪や　325
山荘の　13
山荘や　386
山頂の　82
三伏の　368
三伏や　332
サンフランシスコ　218
産見舞　167
山門に
かぶさる山や　246
とどろく蕗の　405
山門の
下に舟つく　202
夕かたまけて　273
山門や　176
山門を
出づればすぐに　259
入り大椿　296

し

椎の花
朝の神風　110
こぼれ長押の　39
潮風に
一羽のときの　169
乗りたる秋の　321
潮煙　413
潮騒の　340
鹿鳴いて　374
鹿鳴くや
花鳥うするる　165
月出る前の　257
つくろひ多き　136
日の入るときの　275
鹿啼くや　125
鹿の糞　275
時雨れそめ　149
しぐれては　137
而うして　109
四国より　445
四五人に　266
鹿威　348
鹿垣の　188
猪垣の　269
鹿垣や　73
静かなる　448
静かにも
牡丹の前の　309
夕日の前を　185
沈む日に　134
地蔵堂　121
地蔵盆　124
四足門　277
紫蘇を吹く　63
歯朶刈に
玉の日和の　259
夕日まんまる　376
齒朶刈に　66
歯朶刈の　107
齒朶刈の　82
歯朶の塵　304
下萠や　75
七月の　43

七月や
　苔つけそめし　40
　たのしきごとき　45
七堂の　212
しつけまだ　134
忍に水　368
地べた打つ　455
島いつも　457
終ひまで　211
島裏の　339
島にあがる　132
島に來し　96
島人よ　96
島深き　199
島見ゆる　201
島山と　201
地蟲出づ　84
注連作　127
注連つけし　396
下京に
　暗き銀屛　391
　つのりつのりぬ　136
　ひねもす乱れ　374
下京の　390
下京や　236
霜月の　218
霜晴や　115
じやがたらが　356
石道寺　303
芍薬に
　あけたて重き　266
　近づいてゐる　379
芍薬の　17
芍薬や　211
芍藥や　459
写真の母　232
十一や　223
秋海棠　135
州境と　347
州境の　347
秋耕に　64
秋耕の
　今日もゐるなり　336
　吉野へ來るや　73
秋耕や
　いつも東に　217
　谷を出て来る　217
　南朝守りし　113
十三夜
　湖は北ほど　172
　みちのく人に　92
秋声の　428
鞦韆に　143
鞦韆や
　雲うつくしく　329
　如来の前に　122
十二月　17
十二時の
　行人絶えて　109
　藤盛りなる　51
秀峰の　437
秀峰を　274
十薬に　200
十薬の
　匂ふ縁から　407
　花白ければ　285
　花によく降る　319
十藥を　63
秋雷の　369
秀嶺の　18
数珠玉に　136
数珠玉の　173
數珠もちて　62
十軒の　91
主峰また　234
棕櫚高き　18
春菊に　167
春暁の　308
春暁や
　岩神木神　142
　屋敷の中の　426
　蓮如も聞きし　251
春曉や　29
春月に　95
春霰や
　石見に古りし　85
　夕日また射す　252
春宵や
　漁家の上なる　62
　三つ並びて　425
春雪を　417
春晝や　77
春服や　37
正月の
　月皓々と　279
　土を上げたる　107
上弦の
　月下に麦を　421
　月をよぎりぬ　395
障子貼るや　138

上州の　349
上州や　349
少女の犬　20
上簇の　77
城内に　288
上人の　357
菖蒲葺いて　434
菖蒲葺き　212
正面に　370
正面を　77
城門の　437
松籟と　385
松籟の　308
鐘楼の　402
鐘樓の　79
白瀧を　193
白露の
　源左の村に　289
　世尊寺みちを　72
白露や　148
白萩に　153
白萩の
　風に旅装を　369
　こぼるる加賀の　334
白藤や
　赤子を抱いて　404
　大工はや来て　341
　火の粉はげしき　78
白峰の　333
寺領衰へ　318
白うさぎ　68
しろがねの　436
白酒や
　金星はやき　131
　ごうと風鳴る　183
　どんどこ降つて　176
　ひよどり多き　76
しろじろと　175
城攻めの　119
白南風に　63
白南風の
　井を汲みに来る　229
　桑名の町が　299
　雀降るなり　42
　高千穂として　406
白南風や　254
城は燃え　415
白日傘　26
城山の
　月の出おそき　342
　また颪しをり　235
死を賜ふ　134
神域の　181
新居近く　20
神鶏に　121
人日の　93
深秋の　19
真宗の　118
神前を　319
新米に　181
新米の　226
親鸞忌　190
新涼の　387
新藁の　91
新藁や　38

す

水車への　50
水仙に
　たはやすく来る　381
　みるみるつもる　338
水仙は　294
水仙を　306
水平線に　32
睡蓮に　333
すかんぽに　446
杉の花　28
杉の実の
　天気定まる　189
　見ゆるほどなる　172
杉の實の　67
杉の雪　166
杉山に　169
杉山の　322
杉山を　75
すぐそこに　447
すぐそこを　380
すぐそばの　373
すぐそばを　248
すこし寒　339
少しづつ
　土蔵かたむく　431
　真砂流るる　441
涼しくて
　薬の草の　185
　知らぬ鳥声　374
　仏を刻む　310
涼しさの
　蟬よく飛んで　223
　鳶の尾楫や　79

鈴鳴つて 272
篠の子に 88
煤の日の 303
煤掃いて
　宇陀は日向の 99
　北向く浜の 138
　菜畑時雨るる 115
煤掃きし 93
煤掃や
　高見は晴れて 422
　南都に晴るる 191
　日向をとほる 138
煤払 422
煤拂 39
雀猛り 36
雀の子
　いせみちに濃き 197
　大和の家に 228
雀の巣 25
雀みな 200
巣立鳥
　あちこちすなり 427
　島の日高く 132
簀戸入れて 379
昴出でし 107
昴星 17
すみやかに
　一雲通る 401
　白雲とほる 138
　松の上ゆく 354
すみれ草 283
菫草 341

せ

生家跡 329
生家訪ひ 283
青天や 357
聖堂も 369
清明の 170
清明や
　枝さし交す 383
　をりをり揺れる 357
木樵の庭の 143
苔うつくしき 309
妙にも高き 143
背皮やや 300
惜春の
　雨は車軸を 342
　草ただ青し 222
　蕃山文庫 132
惜春や
　雨に風そふ 198
　怒れと言ひし 283
　堅田にのこる 130
　門田あふるる 244
　木下にたたむ 170
　とはに冷たき 131
　屏風の中も 178
　松うつくしき 271
青松と 131
惜別は 341
鶺鴒の 440
世尊寺の 390
雪舟の 346
絶壁の 199
蟬鳴いて 332
蟬の殻 38
芹摘みに 194
芹摘の 418
セルロイド 13
嬋妍と 405
線香の 47
全集の 320
禅寺も 176
千年の
　温泉湧いて 123
　風こそ通へ 200
千本の 249
膳を吹き 246

そ

送行や 89
僧院と 43
僧院へ 336
創建の 145
走者めく 23
早春の
　いのちを託す 184
　野をゆく人に 16
漱石忌
　背皮傷みし 303
　また吾が母の 278
蒼然と
　あめつち暮るる 180
　暮れゆく花の 444
掃苔の 89
掃苔や 147
蒼天に
　國を分ちて 43
　浪くだけゐる 128

蒼天の 165
蒼天を
　飛ぶ元日の 457
　濡らす時雨や 292
蘇我入鹿 449
そこばくの 189
袖触れて 388
そのあとは 351
そのかみの
　安土恋しや 196
　隠郡 386
その僧の
　上陸の地の 375
　千回忌とや 435
　逝きたる花の 169
その僧の 96
その僧を 241
その人の
　通夜の戻りの 152
　亡き霜月の 92
　逝きし二月の 442
　逝きたる春を 377
その辺の 308
その辺を 393
その本を 431
その山へ 424
その鷲の 281
日照雨して 150
そばかすの 179
蕎麦刈つて 258
杣の顔 321
杣の子に 197
杣の子の
　さみしき宵の 145
　羽子昼月の 260
　ひとり遊びの 243
杣径の 77
杣径を 353
空の青 242
空深み 218
そら豆の 212
ぞろぞろと 268

た

退院は 184
大旱の
　米の中にて 26
　月またのぼる 124
　堂深くある 134
大寒の
　女日あたる 75
　日のぼんやりと 392
　日は蒼天を 416
　山々名ある 68
大旱や 148
大寒や 353
醍醐寺の 242
大根煮る 324
大根咲き 25
大根の
　花に濃くなる 443
　花にもつとも 177
　真只中や 153
大根を
　きのふ蒔きたる 64
　漬けてしまへば 351
　抜けば落暉の 174
　蒔いて佛間の 188
　蒔いて藥師は 135
　蒔くか蒔かぬに 288
　蒔くと面長 188
　蒔けば山影 180
泰山木 22
大山に 297
橙や 36
胎動たしか 27
大木の
　落葉の中の 138
　隠れもあらず 73
　静かになりて 414
　下の静けさ 455
大木を 190
當麻 296
大名の 24
高うねり 424
高きより 51
高雲は 126
高々と
　青潮寄せぬ 84
　安居の磴の 397
　結夏の花の 163
　鳶の笛ある 282
　残れる花の 445
　屋根替の日の 418
　山国に来し 129
高館の 368
高千穂に 354
高千穂の 406
高遠の 349
高遠は 349

高浪に 235
高浪を 139
耕して 220
高山之 299
高渡る 257
鷹渡る 389
田川みな 244
瀧音の 165
瀧風と 447
瀧涸れて 49
薪棚
　あり冬桜 381
　まんなか減つて 296
啄木の 284
逞しき 414
竹植ゑて
　一蝶すぐに 211
　鳥声さへも 446
竹皮を 406
竹伐が 225
竹伐と 232
竹伐に 126
竹伐の
　音止みて又 322
　父につきゆく 370
竹伐は 291
竹伐や 430
竹伐るや 430
竹伐れば 232
竹に来る 53
竹の奥 129
筍や
　みどり児神に 198
　村のはづれに 131
筍を
　提げて如来の 404
　掘りかけてある 446
竹の春
　西國の蝶 91
　にはとりがゐて 171
竹葉降る 254
竹やぶの 398
竹山の 149
猛りたる 65
太宰府の 291
太宰府や 291
出し抜けに 445
たそがれの 292
畳掃く 74
立葵 22
たちまちに 150
立待の 430
立待も 257
塔頭に 92
塔頭の 82
蓼の花 46
七夕の 271
谷川の 298
谷杉に 163
谷空に 77
谷空の 389
谷の日の 51
狸罠 400
種池に 198
種芋や
　旅籠の急な 236
　室生の家の 392
種蒔いて 197
種物屋 418
種を採る 334
たはやすく 80
旅したき 244
玉垣や 89
魂棚に 147
玉虫の 396
玉虫も 332
玉虫を 229
田水沸く
　頃の大和の 230
　札所の村の 79
楤の芽や 143
誰か掃く 237
誰人の 168
断崖の 429
短日の
　小さき村の 190
　日本海鳴る 41
　庭石づたひ 239
　人に佛の 189
短日や
　草まだ青き 137
　蔵のうしろは 390
　塵掃き寄せて 50
　伸びつつ早き 324
探梅と 227
探梅に 294
探梅の 251
探梅は 50

ち

近松忌　115
竹影の　118
筑紫野に　226
竹秋の
　雨また近き　271
伊賀の山家の　253
煙どこから　243
奈落の畑を　62
村を出てくる　131
竹秋や
　籠堂まで　393
人も住まずに　342
ゆきとどきたる　445
竹酔日　222
竹生島
　通ひの舟の　419
どこからも見え　350
見ゆる障子を　217
見ゆる夕べの　110
見ゆる葭戸を　419
萵苣欠いて　330
萵苣畠　358
萵苣畑を　221
乳すこし　59
父の忌の　134
ちちははに　171
ちちはは逝き　30
黒鯛の海　340
茶が咲いて　203
茶の花に　269
茶の花の
　朝月丹波　203
大きな蕊の　438
茶畠に　171
茶畑の　59
茶畠の
　中抜けてゆく　392
中の一戸の　226
茶畠を　193
仲秋の　369
中秋や　152
仲秋や
　海のやうなる　369
立ちあがるとき　202
だんだん強き　181
小さき庵と　273
土橋短き　90
何を蒔きゐる　79
針山はいま　202
ますほの小貝　334
中尊寺　92
晝夜なき　37
蝶いまだ　37
鳥声の　299
鳥声も　163
蝶々が
　堅田湖族の　402
大和言葉の　228
蝶々に　322
蝶々の
　あとやさきなる　358
止りそこねし　384
蝶々を　339
提灯を　203
蝶飛んで
　赤子に言葉　283
宇治の田原と　318
土塀破れに　424
古屋根瓦　457
物音ひとつ　444
蝶の昼　252
長命寺
　みちの青梅　237
詣げんげと　196
重陽の
　音なき入日　126
日は三輪山の　348
夕日をのこす　81
重陽や　97

つ

束の間の　249
月影や　257
接木して　51
月さして
　一戸一戸の　276
神も佛も　150
月涼し　95
月高く　431
月高し　289
つぎつぎに　357
次の雨　344
月の下　17
月の芝　15
月のそば　151
月の杣　80
月の出の　198
月の道　257
月はいま　360
月見草　14

着くとすぐ　14
鶫来る　188
繕ひし　296
つちふつて　307
つちふると　131
つちふるや　131
筒鳥が　433
筒鳥は　449
筒鳥や
熱きも熱き　145
字を習ふ日の　272
如意輪寺まで　132
椿落つ　298
椿には　143
つばくらの　222
燕去ぬ　99
燕来て
静まりかへる　444
ひる月若し　37
燕來て　457
妻遠し　18
摘草や　162
梅雨明の　199
露草の　225
梅雨寒の　237
梅雨潮の　52
梅雨名殘　52
露の紫苑　21
梅雨の雷
太鼓のごとし　286
烈しく君が　187
強東風に　48
吊鐘の　127
釣橋を　250
鶴が来し　291
鶴が来る　231
吊し柿　33
鶴引いて　242
鶴引きし　234

て

邸内に　326
手花火は　63
手毬の子　83
寺に掛け　375
寺の子の　176
寺の娘の　122
照り戻り　126
照紅葉　205
天狗岩　434
天狗杉
天狗岩あり　325
どこからも見え　135
晴れたる村の　108
真正面や　400
天日の　236
天守閣　252
天向いて　61
天領の　85

と

塔裏の　24
灯下やや　414
渡岸寺　71
峠には　179
冬耕に
修道院と　258
満ちてをりたる　377
冬耕の　117
凍湖翔つ　21
燈臺に　16
燈臺の　20
燈臺や　18
堂塔を
沈めて谷の　270
日は塗りつぶす　62
塔の鐘　258
堂縁に　149
堂守に
また来る雪の　282
立秋の湯の　71
堂守の
淡きなさけや　91
座布団うすき　149
冬麗の
赤子抱かれて　248
摩文仁は悲し　324
冬麗や
足踏み変ふる　441
鴉一つも　422
暮るるに間ある　305
神話の国に　231
銅蓮に　353
灯籠に　359
灯籠や　346
十あまり　318
遠鴉　329
遠蛙　29
遠き家の　72
遠く来し　111

遠ざかり　133
通し鴨　48
遠山の　426
とぎ汁の　69
途切れては　371
木賊刈つて　125
木賊刈　97
時計鳴る　74
どこからか　357
どこからも
　伊吹は白し　306
　大山見えて　413
とことはに
　幼き盆の　147
　墓は語らず　283
とことはの　78
とこなつの　254
どこにでも　256
どこまでも
　朝空蒼し　325
　豆名月の　335
年あゆむ　66
歳神の　166
齢高き　173
土砂降りと　86
年用意　66
年を経て　368
土蔵てふ　386
土蔵へと　405
どの橋も　171
どの道も　190
どの村も　375
鳥羽人や　79
飛石を　385
鳶の眼下　28
鳶の巣に　432
鳶の巣の　326
鳶の羽根　380
鳶の笛　355
鳶の輪の　455
鳶は老い　284
鳶は鳶　352
鳶は舞ひ　307
鳶三たび　283
戸袋に　49
戸袋の
　青淵あかり　67
　釘のゆるみし　137
　真下まで畦　339
とむらひの　89
とむらひは　132
とめどなき
　落葉の中に　376
　夏うぐひすに　187
夕鯛と　413
涼風に松　287
灯るまで　65
豊秋の　239
土用浪
　漁家の佛壇　20
　島の芥が　26
土用餅　88
鳥威　320
鳥帰り　417
鳥帰る　214
島かげに　421
鳥雲に
　今もひとつの　270
　入りし若狭の　325
　入りたる木曽の　265
　入りてヘルンの　297
　大波あがる　119
　中腹いまも　236
　濠をめぐらす　108
鳥絶えず　375
砦ある　213
鳥とんで　52
鳥の巣に
　つのる夕風　402
　夕風つのる　184
　夕映え長き　298
鳥の巣の
　淋しや杣も　265
　つまびらかなる　445
　よく見えてゐる　445
鳥の巣や
　安芸もここらは　445
　分流以後も　32
鳥の巣を　236
洞川へ　90
屯田の　374
蜻蛉の
　とまる句帖に　256
　引く線多く　15
蜻蛉の眼　25

な

内宮に　152
内陣の　416
苗はこぶ　222

苗運ぶ
石見の山路 319
小谷の山の 342
長雨の 227
永き日の
大日寺と 417
人こそ行かね 130
中京区 382
中京に 388
中京の 388
中ぞらに 114
長梅雨の 52
長門にも 322
長屋門
出づれば寒の 295
入れば大根 276
残りて狐火が 375
長廊下 424
薙ぎ刈るは 72
泣初の 293
菜屑また 305
なすことの 16
薺打つ 381
茄子苗に 178
茄子苗を 253

灘に立ち 216
夏終る 179
なつかしき 178
夏鴉 405
夏川を 200
夏菊は 378
夏菊や
縁側でする 367
山からのぼる 52
夏木中 378
夏木根の 27
夏雲や 436
夏来れば 406
夏桑の 212
夏衣
貿易風の 254
ボストンに今 224
夏潮に 199
夏潮の 124
夏潮は 216
夏立つや 379
夏葱に 110
夏葱や 71
夏の雨 271
夏の海 345

夏の島 367
夏の蝶
眉目あきらかに 419
用あるごとく 436
夏の月
おそく上りし 288
人もをらずに 397
夏の灯の 347
夏萩の 348
夏雲雀 309
夏帽を 436
夏館 447
夏山に 345
夏山の 144
夏山や 345
夏夕の 146
夏爐燃え 51
七種の 280
七草の 167
七種や 279
七草や
源流近く 107
南受けたる 381
何鳥か
遅日の庭に 15

緋桃に来ては 443
何鳥も 249
何ゆゑに 230
菜の花に 142
菜の花の
風に河内の 195
風吹きあたる 169
ひがし風なり 42
菜の花や 283
菜の虫を 126
菜畠に 139
菜畑の 74
菜畠の
冴え返りたる 184
中の往来や 439
波音の 85
波かぶる 170
波に沿ふ 124
波の上に 226
浪除と 327
波除の 70
菜虫取 302
菜蟲とる
この山日和 45
山人に月 41

苗代に 243
苗代の 343
苗代や
　様つけて呼ぶ 170
　日と月とある 51
　まだまだ太る 426
暇みち 282
名を変へて 151
菜を掛けて 225
名を知らぬ
　木の花こぼれ 413
　岬の年の 324
菜を干して 231
難所とは 122
南天たわわ 191
南天の 242
南天を 241
南部富士 421
南北戦争と 347

に

丹生神の 180
仁王眼下に 31
仁王永久に 28
仁王背後 34
鳰の 18
煮凝や
　風やんで竹 75
　詩盟おほかた 128
　にはかに暮れし 338
濁り鮒 186
二三段 342
二三輪 330
西海岸 218
西山の 307
日輪に 425
日輪の
　おもてを流れ 456
　傾ぎて懸る 423
　ぴかりぴかりと 338
　燃ゆる音ある 328
日蓮忌 98
日蝕の 266
日本に
　帰りて石蕗の 337
　戻りて二日 268
日本は 180
入学や 357
庭石の 289
二羽となる 107
にはとりと 346
にはとりの 218
庭にゐて 329
人参抜く 24

ぬ

ぬかるみを 433

ね

葱畑の 305
猫もどり 136
猫柳 195
涅槃会や 219
涅槃西風
　暗くなるまで 339
　吹きはじめたる 326
　吹けば山家の 326
涅槃雪 355
寝待月 302
合歓咲いて 434
眠りたる 371
眠る山 268
ねんねこや
　畦に上れば 117
　夕べの浜に 140

の

のうぜんの 458
軒の下 385
残りたる 370
後の月
　ことしは寒し 335
　荼毘の煙の 114
　のぼりて暗き 258
能登線の 329
能登の海 329
野鳩越ゆ 22
野は二月 19
伸びやまぬ 301
野蒜摘 344
信長が 224
野辺送り 253
のぼり来て 204
幟立ち 385
上り簗 178
野分して 91
野分やみ 125

は

ハーバード 224

梅天に
　暮れゆく蔓の 379
　心もとなき 132
　立ちゐる虹の 14
霾天に 354
霾天や 372
蠅とぶや 30
墓山に 150
はかりなき 417
萩刈つて
　ひるの雨来る 127
　より人も来ず 389
白雲と 439
白雲の
　いくつもありて 459
　匂ひて通る 183
　一つづつ来る 397
　他来ぬ谷の 50
白雲を 279
掃く音す 87
白山の 352
白山を 375
白日や 179
白日を 421
麦秋の
　大土間にある 237
　川どこまでも 368
　行人消えて 145
麦秋や
　一揆のときも 331
　城のやうなる 145
曝書して
　色鯉の水 300
　杉山の 320
太平洋を 224
白鳥の 168
白梅の
　日向にゐたり 60
　馥郁たるに 401
曝涼や 346
はくれんの
　すぐ裏にある 372
　天辺に来て 444
化けさう 395
羽子板を 192
箱根路に 110
羽子日和 128
ばさと来し 427
稲架の月
　すこし寒くて 164
　どかと欠けたる 292
橋たもと 342
橋流れ 419
初めから 201
葉生姜に 112
蓮の香の 39
初瀬はまだ 141
畑打に
　越前の鵜の 48
　掛け流したる 120
畑打の 270
裸子が 71
はたた神 379
畑の木に 130
畑ものに 163
はだれ野に 382
蜂多き 23
八月の 79
八月や
　屋敷柱の 180
　鷲家の家の 238
初午や
　いよいよ猛る 44
　風に逆らふ 354
　鴉が鳴けば 401
　　金星先著の 37
　　鵯がいちばん 401
白鶴山 173
初霞
　どんぐり山に
　　棚引けり 391・422
初風に 432
初風の
　今吹いてゐる 192
　吹きはじめたる 457
初風は
　一本杉に 192
　どんぐり山に 269
初鴉 337
初雁に 125
初蛙 38
葉月潮
　鐘撞堂の 369
　出窓の下に 289
　はつきりと 460
八朔の
　鴉も云ふ 437
　径大榧の 238
　山立ち並ぶ 437
八朔や

板間にうつる 171
湖水に映る 420
頭上を通る 449
畠へはこぶ 212
針箱見えて 125
初座敷 353
初潮に
石段長く 80
ゆきわたりたる 289
初蟬に 229
初蟬は 187
初蟬や 38
初空と 279
初空の
下に愛欲 317
みどり深まり 440
初蝶の 325
初燕 29
初電車 381
初日出て 422
初冬や
年忌の汁に 137
名画の女人 36
初盆や 44
初山の 250
初雪に 352
初雪の 352
初夢に
さだかな君の 279
松風のただ 166
花多き 123
花風に 330
花風や 330
花からたち 29
花桐に 112
花桐や 170
花ぐもり 76
花講の 127
花衣 253
花咲いて 220
花咲けば 129
花樒 197
花種を
蒔いて夕風 198
蒔き満天の 425
まだ飛ぶ雪に 372
花どきの
鶏鳴強き 403
土をあげたる 384
峠にかかる 236
薪棚へ薪 445
山墓傾ぐ 341
花薺 25
花なんばん 133
鼻濡れて 30
花の雨
國栖の障子の 86
流れ流れて 270
本降りとなる 330
花の種 356
花野には 246
花の日に 444
花の日も 383
花の昼 339
花の山に 121
花野よく 239
花の夜は 340
花柊 27
花枇杷や 92
花吹雪
浴びて遅るる 195
浴びて横顔 341
花芙蓉 273
花満ちて
岩神木神 270
昨日につづく 340
暗き襖の 178
花御堂
雨の西海 121
溝川水の 34
わだつみ照れば 195
花桃の 236
花嫁に 44
離室への 137
羽抜けて 360
母の手に 359
母の日や 22
浜おもと 367
玫瑰が 407
玫瑰に 310
浜に来て 292
隼の 374
貼り替へて 389
針供養
海鳥声を 118
ひの木の中は 141
針まつり 118
針山の 270
針山も 81
春霰 242

春落葉 168
春風に 62
春風の
　薩摩の人と 443
　山の麓に 162
春風や 62
春著縫ふ 249
春草に 298
はるけくも 136
春氷 177
春ごとの
　畦を抱かれて 393
　すみたる畦を 327
春雨の
　女傘なり 227
　女人をかくす 141
　屏風にありし 401
春雨や
　大燈籠の 143
　林泉に向く 327
春雀 252
春蟬や 433
春近し
　大昼月を 441
　松籟門の 69
　山家水甕 36
春隣 37
春の雁 220
春の月 235
春の寺 121
春の鳶 356
春の猫
　白き千早の 234
　高石段を 432
春の日の 426
春の鮒 194
春の山
　おもひおもひに 432
　松の横から 177
春の闇 354
春の雪
　しばらくつもる 168
　眺めてをれば 442
　薪の上に 265
はるばると 137
春深く 221
春祭 60
春山に
　展墓の水の 61
　掃きしが如き 283
春行きし 109
春逝くと 426
晴れし日の 204
晴れながら 65
はんざきに 332
磐石に
　音を消したる 414
　木の根食ひ入り 317
磐石の 384
磐石を 385
半島に 298

ひ

日脚伸び
　ゐたり馬の眼 31
　たるもろもろや 241
　鳶をかまひに 306
日あたりて 114
柊の 226
柊を
　さして堅田の 87
　さして月影 296
　させば雪とぶ 241
稗抜いて 73
射干が 396
射干に 71
ひがし寺 130
日がな鳴る 414
ぴかぴかの 328
緋蕪を 151
日雷 123
魚籠の中 32
鯛の
　青淵にまだ 332
　一本道を 310
　落人村へ 186
　鳴くときさびし 245
　鳴けば浦波 346
鯛や
　磯沿ひにしか 32
　北へ流るる 186
日毎掃く 427
日盛りに 90
日盛の 48
日盛りの 179
日盛りを 71
蹄跡 33
日高き 299
日だまりの 276
筆硯の

小さき黴の　300
　見えて山寺　74
穭田の　24
穭田を　348
人をらず　325
一しきり　143
人死ぬや　139
一筋の
　涼しき風を　301
　町のさびしき　118
人絶えし
　青田の道も　413
　石見の山路　331
人立てば　396
一と谷を　318
一つだけ　355
一つ葉に　332
一つ葉の
　ところまで水　373
　夕暮のまだ　427
一つ葉や　109
ひとつ迅き　16
一粒も　183
一つ松　288
一つ家に　349
一つ家の　112
一つ行く　440
一ところ　353
人の来て　281
人の来ぬ　323
人は死に　178
人麿が　85
一むらの　297
人も来ぬ
　離れ座敷の　415
　藪の小家の　306
ひとり居る　439
人を見ざる　31
日向水　413
雛壇は　220
雛の日の
　松籟濃ゆき　266
　倒影濃ゆし　402
　葭倉にゐる　142
雛の夜の　169
日の暈の　284
日のくれや　278
緋の花を　246
日のぼり　224
火の見の下　37
火の山に　214
火の山の
　映れる代を　406
　かき曇りたる　214
火の山へ　65
日はすでに　434
日もすがら
　神山晴れて　249
　薬降るなり　244
百姓の　72
百度石　36
百年の　285
白蓮や　35
冷し瓜
　或るとき長き　245
　老よく通る　63
百ヶ日の　28
檜山出る　76
ひよどりの
　いつも出入りの　393
　来てゐる時の　240
　来る日来ぬ日の　424
　しばし狼藉　298
　高ぶる椿　443
鵯の　228
　ひよどりを　48
鵯の声
　もつとも勝ちぬ　398
　もつとも長し　432
鵯を吸ひ　342
昼顔に　187
昼顔は　255
昼顔や　301
昼火事の　343
午からは
　黄蝶をゆるし　304
　日当りよくて　415
　日のあふれたる　424
　雪消す雨や　295
午からも
　芋の露ある　267
　げんのしようこの　395
　空うつくしき　163
　盆道の風　289
晝砧　126
昼霧の　267
昼ごろに　442
午過ぎの　233
昼月の　429
晝月の

下に藥を　113
　峠にをりぬ　91
晝月を　144
昼の月　427
晝風呂の　50
昼飯の　377
弘川や　338
枇杷の花　174
日を送り　96
日を包み　394
ひんがしに
　鈴鹿は青し　83
　高見聳ゆる　435
ひんがしの
　風にとばすな　167
　花菜の風に　197
ひんがしへ　161

ふ

フイヒテ全集　22
風鈴は　284
蕗すこし　51
蕗の雨　25
蕗の薹　195
吹き降りの　220
馥郁の　280
武具飾り
　朝冷つよき　77
　鶏鳴何と　87
　松籟亂れ　70
武具飾る　36
福寿草　293
梟の
　月夜や甕の　73
　森抜けてゆく　390
　闇まつさらな　293
武家町や　196
藤浪の
　懸らぬ樹とて　344
　吉野にやがて　341
藤の嶮　359
襖絵も　333
襖取り　284
襖古り　308
再びの　90
ふたつぶで　204
二日灸
　石見は雨の　85
　海荒れてゐる　94
復活祭　196
文机に
　いま廻り来し　448
　一つ葉明り　142
佛前に
仏壇も
　露も大きく　290
　土蔵も古りぬ　334
降つて止み　333
仏間掃き　459
佛間掃き　80
佛間掃く　117
葡萄枯れ　268
舟道の　405
船がまた　398
船に錠　19
文書いて　273
文塚を　242
文月や　149
文机　446
文読めば　434
冬あたたか　38
冬鶯
　火中出てなほ　31
　法難の里　41
冬梅に　213
冬雁の　376
冬雁を　336
冬菊を　276
冬雉子の　241
冬木根に　20
冬座敷　191
冬ざれの　18
冬支度
　神在す森の　97
　鷗もとほる　47
　山頂の神　47
　山寺の娘の　173
冬空の　376
冬瀧の
　音かくれなき　127
　音はつきりと　174
冬椿
　雨戸たつ音　19
　魚籠が吐く水　41
冬ぬくし
　遠流の船の　350
　椿の花粉　127
冬の雨　457
冬の棕櫚　20
冬の旅　24

冬の虹
一本松に 280
藤樹の村に 117
どこにかは立つ 277
冬の蠅 376
冬の鵙 276
冬の山 268
冬薔薇に 16
冬晴の
留学生に 218
和服の裾を 18
冬晴や 33
冬日落つ 267
冬深し 67
冬鵙は 269
冬鵙や 33
冬館 390
冬山や 138
ふらふらと 386
鰤起し 119
振子時計の 27
鰤敷に 306
鰤敷の 118
降りしきる 441
降りやまぬ 175
古き湯を 322
古国の 181
古雛
入江の奥に 455
深雪の奥に 177
古町に 299
古町の 119
布留山も 187
降る雪に 380
ふろしきの 138
風呂の火に 129
風呂の火を 81
噴煙の
折れ曲り夏 448
真新しくて 443
噴煙を 407
分校の
子に撫子の 185
また一つ消え 321
文庫まで 225
豊後より 215

へ

兵火以後は 38
凹みたる 418
糸瓜忌や 163
別の径 389
紅蓮の 124
ベルギーに 369
扁額へ 39

ほ

放課後の 134
方丈の 427
鳳仙花 41
芳草に
小雨つづきの 307
越の潮の 326
とどろく潮や 297
とびつく伊勢の 169
日はいま高し 215
芳草の
雨は午から 457
西田幾多郎 328
芳草や 220
芳草を
踏み来て君を 297
踏みてはもどる 401
牡丹に
今宵の月も 359
郵便夫来る 318
ぼうたんの 378
牡丹の
雨風の日の 215
雨は小糠と 343
重なるもある 318
庭に今ゐる 318
前に大工と 343
牡丹や 144
牡丹を 384
法灯を 373
棒二本 249
法然の 141
豊年の 181
豊年や
暮れてしまへば 458
鳶も鴉も 230
ゆつくり歩く 152
放馬過ぎて 23
坊守の 340
望楼を 268
朴落葉 439
鬼灯の 370
朴の花 458
祝ぎごとは 456

北陸は 48
木瓜咲いて 61
干柿に 98
干柿や
　京に近くて 98
　ひつついて出る 59
干草に 311
干笊の 115
星空と
　なりて御満座 351
　なりて止みたる 399
干大根 127
星月夜 151
星つれて 256
干菜まだ 174
星ひとつ 291
干籾の 247
干籾へ 23
菩提林 320
蛍飛び 435
螢とぶ 123
螢火の 406
螢火や
　たたみの上の 134
念佛講の 146
牡丹咲く 394
墓地から鶏 33
法鼓鳴る 173
北航の 170
仏彫る 331
時鳥
　注連つけてまだ 122
　鳴いてきれいな 448
　鳴き移りゆく 448
　鳴き過ぐ夜の 379
　啼けば人死ぬ 299
　一つ読めざる 133
　本を探して 448
　まだまだ薪を 434
　山道ここら 395
盆が来る 407
本郷で 302
本郷の 302
本陣の 360
盆すぎの 148
盆過ぎの
　峡を大ゆれ 333
　西行谷は 135
盆近き 255
盆近し
　他木の中に 35
　土蔵の裏の 223
　山また山の 45
本で重き 32
本堂の
　裏へ廻れば
　　秋の声 398・414
本堂へ 15
本取りに 428
盆の川
　すこし濁りて 230
棒の如くに 147
盆の汽車 333
盆の子に 147
盆の月
　草の山より 147
　　上りて風も 212
本の中 416
盆墓に 96
本降りと 322
盆岬 345

ま

前の世の 88
前の世も 285
磨崖仏 230
薪小屋の 79
薪棚の 358
薪棚を 45
槇林 38
薪割つて 130
薪割るや 398
薪割れば 174
薪を割る
　音して草は 423
　音や牡丹 359
蒔くための 185
鉞の 49
真下より 323
真白なる 390
未だ枯枝
　　産月の天 28
　吉野山鳩 44
まだ咲かぬ 69
また通る 392
又となき 350
まだ名無き 164
また別の 310
又も来し 347
まだ若き 379

街角の 368
松落葉 347
松風に
いきなり混じる 356
流れがちなる 250
流れ二日の 269
松風の
ある日無き日や 270
うすれうすれぬ 129
かたまつて吹く 221
狂ふときある 319
こよなき日なり 310
ただ吹く二月 455
松伐りの 120
松濃ゆき 145
まつさきに 396
まつすぐに 388
松蟬や
玉壺に拾ふ 144
太鼓しづかに 70
松倒す 143
松立てて 304
マツチの火 16
松手入
してはじめての 387
済みてすつかり 429
待つとしも 288
松とるや
伊勢も大和も 83
燦と夕日の 50
松並木 382
松に来て 219
松に杖 94
松の芯 404
松はみな 405
松原に 387
松虫の 437
松虫は
明る過ぎたる 430
源左の村に 290
待宵の
石段に着く 291
松の下なる 291
待宵や
藍深めつつ 322
根上り松の 273
祭人 133
まな板に 295
まみどりの 140
豆稲架に 375
豆稲架の 164
繭玉や 167
迷ひたる 403
真夜中の 222
滿月に 53
滿月の
おもてを走る 337
はなれんとする 393
滿月は
のぼり落葉は 302
のぼり牡丹 359
まん中を 423
まん円き 455
まん丸き 327
まんまんと 186
万両に 382
万両の 167

み

見えてゐる 246
三尾といふ 180
水尾引くは 247
磨かれて 33
三日月の 18
三木城下 119
右にまた
近づき来たる
梅のあり 15
大桜 444
水分に 114
水分の 61
陵の 229
短夜の
雨音にとり 449
アメリカへ発つ 272
草に置くなり 285
出船入船 16
ハワイ大学 254
火の山近く 449
山に悲しき 146
短夜や
栞してある 428
神話の島に 199
地震の過ぎたる 300
佛に近く 186
水打つて
松江の夕日 200
室生は月を 149
みづうみに
入り来るうしほ 427

四五枚洗ふ　172
出ては戻るや　430
残る高波　217
古りし港や　120
盆來る老の　72
湖に　60
みづうみの
　朝焼夕焼　240
　北の渚に　456
　釣瓶落しに　275
　岬も長し　293
　雪に洗ひし　130
湖の　199
みづうみは　351
水涸れて
　肋も若き　31
　昼月にある　324
水澄みて
　魚人を見る　64
　東より来る　189
水鳥や
　青空ながら　259
　台詞けいこに　99
水引に
　女人高野の　91
　日暮がすこし　334
水餅の　193
水餅や
　中千本に　83
　ひのきの中も　41
弥山まづ　438
味噌蔵に　239
溝浚　419
乱れなき　112
みちのくの
　いづこで付きし　371
　如来の前の　223
みちのくや
　月渡りゐる　92
　上りつめたる　421
径ひとつ　382
道三つ　78
光秀の　87
實で重き　34
みどり子の
　覚めては眠る　274
　匂ふ二日の　280
みどり子を　224
緑立つ　132
水ナ上に　294
水ナ上へ　132
みな騒ぐ　234
みなつきの
　吉備野の鴉　187
　佛間にひろふ　163
　村に落石　178
みなづきの　396
みなつきや
　声を惜しまぬ　419
　畷に太る　436
みな低き　418
南吹く　449
実南天
　たわわにも年　304
　一つも欠けず　337
實南天　48
峰ざくら　358
峰の寺　250
美濃の子に　271
蓑虫に　150
み佛に　162
見舞はれて　460
宮瀧の
　朝月に鳴く　308
　この冬梅に　213
深山川　68
ミュンヘンの　150
深吉野に
　秋の祭の　203
　あまり小さき　97
深吉野の
　奥の奥なる　459
　月暗ければ　278
　風雨に赤し　91
弥勒まだ　287
三輪山に　243
三輪山の
　かぶさる秋の　348
　百千の椿　195
みんなみの　251

む

迎火や　171
むかご飯　321
麦熟れて
　太平洋の　427
　信長祭　394
麦の穂を　367
麦の芽に　241
麦踏に　323

麦蒔いて
ありし月夜の 259
そこら辺りの 240
月夜は昼を 352
麦を蒔く 231
椋の実も 258
向うより 14
むささびと 75
虫出しの 383
虫鳴いて 290
虫鳴くや 300
虫の夜の 245
虫干の 245
虫干や
おくれ先立つ 188
神杉に晝 123
子規に聞きたき 112
大湖に浮ぶ 200
二階に来れば 222
むかし丹波の 223
門三つある 170
蟲干や 48
無住寺に 114
無住寺の 304
無住寺は 115
虫を聞く 289
村ごとの 387
むらさきの
風呂敷包 251
雪間越えたる 176
紫の
糸あらはれし 234
時雨の空も 268
ところもありて 335
花を捉へて 321
山へ黄金の 296
村静か 122
村涼し 78
村々に
明るくなりぬ 387
余りし苗や 110
松籟濃くて 309
つちふつてゐる 307
村々の
梅雨に入りたる 255
旱は長し 152
村々や 259
村山は 188
室生寺の
僧の来給ふ 194
まつくらがりの 90

め

銘消えて 216
名月や
急流に向き 80
ひとり老いゆく 288
命日の 66
眼白去り 382
目貼して 226
芽柳の 424

も

木像の 290
木蓮に 433
木蓮や 220
喪ごころの 297
鵙猛り 439
鵙の贄 97
餅配 161
餅搗きに 47
餅搗の 93
餅花の 281
餅花や
うるしの如き 193
下京の日の 116
戻り路の 234
物音の
なくなりたれば 425
やむとき正午 30
もの音も
あらぬ山家の 243
なき大寒の 294
なくなる春の 128
物書いて 456
物かげの 287
もののふの 75
藻の花に 64
ものみなの
枯れ尽くしたる 415
果に白浪 137
紅葉寺 322
籾干して 438
桃赤し 223
桃売の 148
百千鳥
安土の頃の 196
伊勢の小島の 108
桃に色 271
桃も咲き 252

舫ひたる　399
盛りあがる　86
森来り　15
諸鳥は　74
もろもろの　369
門前に
　売るくさぐさや　267
　難所の潮や　147
　よき風吹いて　266
門前の
　一枚の田の　304
　出水してをる　111
紋付の　400
門一つ　384
紋服の
　人立つ戸口　186
　二日の杣に　166

や

八百万　354
薬園の　322
薬師寺に　406
薬師堂　344
厄日静か　136
矢車や　31
灼ける橋　22
八十たびの　95
簗崩れ　248
簗の水　248
屋根草の　78
藪入の
　雨たまりゐる　116
　鴉よく鳴く　251
　鵯が大きな　183
藪入は
　うれしき淵の　193
　古き峠を　440
藪入や
　象の小川を　392
　吉野杉抜け　193
籔の家　49
藪の家　294
藪の穂の　402
藪巻に
　或る日の空の　214
　垂れたる星の　182
　虹の立ちゐる　240
藪巻の
　村に入れば　214
　村へ行かんと　191
藪を出て　213
藪を抜け　380
山碧く　46
山明らか　203
山蟻の　333
山火事の
　騒ぎ静まり　308
　半鐘鳴つて　308
山風に　64
山風の　214
山刀　78
山神は　49
山神も　88
山川に　216
山國や　49
山桜　357
山路来て　127
山神社　64
山裾に
　葬具寄せある　62
　沿うて旧道　344
山高く
　谷深くして　446
　みづうみ深し　188
山燕　46
山寺に　286
山寺の
　荒うぐひすで　297
　ゆふぐれ寒し　86
山寺や
　四五日すれば　182
　障子の外の　146
　蒼然として　384
　つもりそめたる　326
　ひとり秋立つ　135
大和いま　230
大和見ゆ　197
山鳥の
　羽根散る畷　280
　羽根を拾ひし　418
山鳥を　281
山眠り
　尼の文机　182
　石で圍ひし　66
　碁盤食ひ入る　194
　寺の硯の　73
　流木砂に　68
山の梅　243
山の木の　76
山の霧　15

山のごとき　17
山の月
　欠けゆく大根　323
　僧を葬れば　113
　照らして暗き　426
山の日の
　すぐ高くなる　13
　正しき歩み　431
　どかと入りたる　205
山墓の
　うちかたまりて　265
　二つ三つある　225
山墓は　143
山畑に
　猛りゐる火や　46
　出て明るさよ　323
　縄張つてゐる　112
　火を放ちをる　67
山畑の　252
山畑を
　打ちては戻る　404
　打つやをりをり　61
山鳩の
　間にあはざりし　45
　向きかへて飛ぶ　64
山ひくき　120
山人に　45
山人や　49
山日和　115
山深く　235
山吹の　443
山藤に　404
山藤を　309
山みちに　238
山みちの　172
山みちを　378
山道を　394
山焼や　417
山々に　212
山々は
　峙ち神は　302
　常世の遠さ　165
止みかけて　344
止むまじき　437
やや青き　331

ゆ

夕明り　423
夕鰺や　112
夕顔や
　赤子の声と　272
　音して閉まる　135
　みどり子にはや　237
夕顔を　300
夕影を　395
夕風と　446
夕風に
　畦の木老いぬ　135
　うすくれなゐや　145
　すこし蒼みし　383
夕風の
　吹けば牡丹　359
　物の芽ふむな　142
夕風は　297
夕風や　121
夕方は
　青空となる　381
　すこし日当り　245
　橋に遊ぶ子　256
夕蟹や　29
夕雲の　174
夕雲を　306
夕ざくら　38
夕潮の　122
夕づつへ　17
夕立の
　一端かかる　346
　中に内陣　386
夕立三日　90
夕凪の　286
夕凪や
　漁網の色に　26
　波除わたる　21
　三河の寺に　286
夕映の　321
夕晴と　191
夕日さす　304
夕門を　442
夕焼けて　255
夕焼の　40
雪起し　140
雪折竹　28
雪折の
　音いま止みし　416
　音の絶えたる　441
雪が来る　277
雪囲
　して渦を巻く　249
　すみたる棒の　371
　せしもろもろや　182

雪圍
　開山堂に 139
　して月早き 74
雪国の 176
雪解水 68
雪げむり 328
雪籠 175
雪女郎 140
雪しろの 70
雪空や 76
雪空を 281
雪つけし 444
雪積もり 168
雪吊の 82
雪晴れて 49
雪霏々と 415
雪降る涅槃會 28
雪間草 94
雪みちを 68
雪山の
　十重二十重なる 441
　とりまく里の 328
雪除を 139
行く秋の
　雨の少しく 258
　よき壺に置く 232
ゆく秋や 218
行く秋や 258
行く雁や 184
行く雲に 351
行く雲の
　丸や四角や
　　大根蒔く 429
　　麦の秋 379
行く年の
　高見を仰ぐ 269
　連山にとり 422
ゆく春の
　軒破れたる 222
　水分神社 221
ゆく春や 109
行く春や
　岩と遊べる 109
　人の住まざる 237
楪に
　十時の淵の 40
　日和の山を 67
楪や 233
ゆつくりと
　大鳥通る 449
　左流れの 215
湯の町の 383
温泉はあふれ 251
ゆるやかに 306

よ

宵あさき 184
宵雨の 188
宵月に
　刈る畦草や 52
　冬立つ村の 65
宵月の
　いたどりにまだ 198
　げんげ田にをり 70
　妃陵に近く 71
宵闇の 428
宵闇や
　をりをり強き 428
　父よりひくき 171
　女人高野の 202
　薬草園の 164
ヨーロッパ 43
余花の村 404
よき衣を 97
よき瀧の 165
よき壺に 439
よき庭に
　魚籠を干したる 87
　止まずなりたる 441
よき佛 121
よき松に 238
よき松の 433
よき毬を 116
横顔の 200
横雲の
　長くて雛の 220
　ゆつくり通る 430
横飛びの 284
余呉人に 176
余呉人の 181
横降りの 98
夜桜の 403
葭切の 446
葭切や 447
葭倉の 183
四時頃に 279
吉崎や 251
葭雀 406
吉野駅 455
吉野川

眼下に鳴れる 400
　とことはに行く 423
夜すがらの 389
夜濯や 96
寄せて來る 70
夜蟬また 301
よそほへば 267
四辻に 146
ヨットまだ 13
夜の赤子 29
夜の秋の
　布団にさはる 171
　平家におよぶ 186
夜の川を 232
夜の園の 16
夜の椿 214
よべよりも 47
讀み始め 14
夜も新緑 21
頼朝の 111
夜の鮎 229
夜の梅 252
夜の椎 172

ら

雷来んと 346
雷去りて 403
雷近き 287
ライラック 343
落日に
　うづくまりたる 95
　草芳しき 297
落日の 293
落城の 296
欄干の 287

り

離宮跡 332
利休忌や 119
律宗の 147
龍の玉 149
両岸の 52
料峭や 129
涼風に 287
涼風の
　とめどもなくて
　　淋しけれ 447
　　樹齢かな 396
涼風を 435
陵守に 92
繚乱の 337
緑蔭の 14
リラ咲いて 343
林泉に 380
林泉を 360

る

ルードヴィヒ 336

れ

霊峰に 386
黎明の
　雨つのりゐる 245
　星みな強し 151
玲瓏と 115
蓮如忌の
　大雪を掻き 168
　松籟濃ゆき 84
　日はとどまると 162
　雪をおろせば 168
蓮如忌や
　堅田大責 298
　鰈を干して 84
　堂座布団の 142
　渺渺として 129
　みづうみ蒼き 162
　ものなつかしき 177
連峰の
　うちかがやきて 173
　紫紺を渡る 189

ろ

老鶯に
　だんだん強く 319
　臨濟の磴 88
老鶯や
　杣人とほる 88
　二軒つぶれし 187
老僧に 169
らふそくの 228
老大工 23
老禰宜に 132
臘梅の 441
臘梅を 381
良辨の 94
ローマ今日 376
六月の 199
六月や 146
炉開いて 164
炉塞いで

檜の中を 163
松風さへも 227
爐塞いで 85
炉塞げば 252

わ

若き母 300
若き日の 303
若草を
　母のそばまで 327
　踏んで来し子を 327
輪飾や 116
若死の 89
若竹の 229
若竹や
　厩でひかる 35
　縁にうつりて 77
　水裂けてとぶ 145
　村を出る水 88
若菜摘む 280
若宮に 227
若宮は 229
わが指を 386
病葉を 448
鷲がゐて 281
忘れたる 290
忘れては 456
早稲明り 438
海神に 41
わだつみに 152
笑ひたる 442
藁葺に 87
わらんべの
　通り抜けたる 215
　二人出てゐる 260
我を打つ 290

あとがき

『大峯あきら全句集』の刊行が決定されたのは、令和四年度の「晨」の同人総会においてであった。

大峯先生の詠まれた俳句は、将来にわたって、俳句を学ぶ人にとっての糧となりうるものと確信したからである。

刊行に向けて大峯家のご協力を賜りながら、他方で「晨」の事業として「晨」の内外から基金を募ることとした。

基金をお寄せ下さった多くの皆さまに衷心より御礼申し上げる。

また出版の労を取って下さった青磁社の永田淳氏には、心より感謝申し上げたい。

令和六年　盛夏

『大峯あきら全句集』刊行委員会

委員長　中村雅樹

委員　大西きん一・大西朋・菊田一平

中山世一・平田倫子・安田徳子

山中綾・山中多美子

大峯あきら全句集　栞

季とことばをめぐって　片山由美子

大風の中の花　岸本尚毅

造化の懐へ　角谷昌子

大峯あきら先生と「南風」　村上鞆彦

「座敷童子」の哲学的俳句　田島和生

人は死なない　草深昌子

2024年　青磁社

季とことばをめぐって

片山 由美子

一九九四年三月二十二日、龍谷大学に大峯あきら先生をお訪ねした。本阿弥書店の俳句総合誌「俳壇」の〈クローズアップ・インタビュー〉というページに先生に登場していただくことになったのだが、その日のことを三十年後のいまもよく覚えている。師系も作風も異なる鷹羽狩行門下の私からの熱烈なオファーを、大峯先生は訝しく思われたことだろう。そんなこともあっていささか緊張して伺ったのであるが、インタビューが始まると先生は気さくに応対してくださった。

当日のお話は、私にとって大峯あきらワールドを理解し、さらには俳句にとって大事なものは何かを考える上での指針となったと思っている。その後、先生が書かれた文章や講演録を読み、迷いが消えることがたびたびあった。その日も、俳句に季語が必要か不要かといった論争は、主義主張が平行線をたどる者同士では不毛だと仰ったが、それは、人間は季節内存在であるという説に明確に示されている。

「季節というものは外部に見る風景ではなく我々がその中にある世界」。したがって「俳句は季節を詠っても詠わなくてもいいというものじゃない。だから無季俳句というものは

存在論的には成り立たない」と「晨」創刊三十周年記念大会で述べられている通りである。ことばについても先生ははっきり仰っている。生きていくため、生活の道具としてのことばと、詩のことばは別物であるということ。さらには哲学者としての論ずることばもあるに違いないが、私たちが俳句を作る上では、道具や手段としてのことばと詩のことばとを使い分けること、違いを明確に意識することを教えていただいた。伝わればいい、意味が分かればいい、というのは詩のことばではない、実用語は目的を達成した途端に消えてしまうが、詩のことばは残る。ことばは我々の命より長い。こうしたお考えは、私の心に力強く響いたのだった。

大峯先生の俳句はことばに無理強いをしていない。観念的なことばや難解な言い回しの句はまずない。意味不明の句が少なくない時代に、ことばについて深く考え、大切にされてきた結果といえるだろう。何をどうことばにすれば俳句という永遠の詩になるかを、実作をもって示してこられたのだと思っている。

大峯先生の作品についての私の理解を覚束なく思われたかもしれないが、インタビュー以来、ずっとご著書を贈ってくださり、心に掛けていただいたことをありがたく思っている。時は過ぎ二〇一五年、私が蛇笏賞の選考委員として先生の句集『短夜』を推薦させていただくことになった。そんな時代がくるとは思ってもいなかったが、光栄なことだった。その三年後の二〇一八年、先生は突然逝去された。そして、先生が担当されていた毎日俳

壇の選者を私が引き継ぐことになった。これも予想外のことだったが、先生とのご縁を思わずにはいられない。

大風の中の花

岸本 尚毅

「俳句」二〇一六年七月号で「『存在者』をめぐって」と題し、金子兜太と大峯あきらが対談した。そのなかで金子は、東日本大震災を詠んだ大峯の〈はかりなき事もたらしぬ春の海〉を「いかにも客観的に、ただ作っているだけの感じ」「あの事件に対する誠意が認められない」と批判した。

その六十年前、大学院生だった大峯は「ホトトギス」一九五七年四月号に「大風の中の花」という論を寄稿した。表題は「大風の中で、花のささやきを聴け」というドイツの哲学者の言葉に由来する。

この論は社会性俳句批判である。大峯は「詩人の使命」とは「自己の詩作の動機を、自己の現存という単純だがしかし複雑な事実の一点に集中して持ち、この事実を表現すること」だと説き、内容の社会性で句を評価する社会性俳句は、詩人の使命を忘れていると指

摘した。面白いのは、引用句に対する評である。大峯は、高浜虚子の〈行年や歴史の中に今我あり〉を「ここに投げ出されている一人の人間は、社会性俳句のどの人間よりも、はるかに柔軟に社会への反応を示している」「この句が、社会と自己の中心を見事に貫いて誤たないのは、この作者が、凡そ立場なるものを独創的な仕方で脱ぎ捨てていることに由る」と評した。また松本たかしの〈天龍も行きとどこほる峡の冬〉を「この句が昭和十九年の日本の歴史的社会的現実のさ中になされたものであることはよく知られている。しかしかかる事情を知らずとも、この句を読む人は、この句のもつ一種凄愴な響きと切迫の調べのうちに(略)祖国と自己の運命に直面した詩人の、沈痛な、しかしいささかの感傷をも混えぬ、心の思いを見るであろう」と評した。

こうした評には、句の読み手としての大峯の姿勢が表れている。虚子の句の「歴史」はたんなる観念ではない。生きている自分が現在進行中の歴史の中にいる。そう感じることが「詩人の使命」である。「天龍も行きとどこほる」は天龍川の上流の景だが、そこに「祖国と自己の運命に直面した詩人」の思いが表れている。このような読みは深読みである。大峯の初学の師であった虚子も「作者の意識しないでいることを私が解釈している」という深読み派だった。十七音の俳句で大きな世界を詠おうとすれば、読み手もまた深読みをもって作者に応える必要がある。大峯の深読みとその作句姿勢は首尾一貫する。〈はかりなき事もたらしぬ春の海〉を批判する金子に対し、「人知を超えたもの」を詠ん

だ句だと大峯は説明した。金子は「なるほど。大峯あきらの表現の調子は、分かっている者には分かる句だということか」と応じた。作者の姿勢をストレートに問う金子。読者の深読みを前提とする大峯。両者の俳句観の相違に関しては、読み手の問題を含めて考える必要がある。(引用時に仮名遣い等を改変した部分がある。)

造化の懐へ　角谷昌子

大峯氏の温顔と穏やかな話しぶりが印象に残っているが、三十代の大峯氏は、「青」の波多野爽波との対談で、「ホトトギス」の写生は安易で生命感の把握が薄い、「青」の会員が爽波の写生を模倣するのは遺憾、爽波の選は自己主張が強いなど忌憚のない発言をされた。

帰り来て吉野の雷に座りをり
炎天の富士となりつつありしかな

四十二歳の時、ドイツのハイデルベルク大学に文部省在外研究員として留学、帰国して詠んだのが〈雷〉の句だ。欧州で日本の四季の推移の重要性を実感し、日本の風土と文化に根づく俳句の季感重視の態度が定まった。一句目、吉野の雷鳴轟く中、己の存在が強く自覚された。二句目、宇宙の中の普遍的な存在として富士が凝縮されてゆく。後年、俳句の「宇宙的視座」を主唱するが、すでにその姿勢は作品に現れていた。

花咲けば命一つといふことを
人は死に竹は皮脱ぐまひるかな

僧侶である大峯氏は、浄土真宗の親鸞の教えの命が唯一つ阿弥陀仏に繋がると〈命ひとつ〉と詠む。また、永遠の命の循環を説いた親鸞の教えから、〈人は死に〉には無常観ではなく、造化に抱かれた生死を描く。

虫の夜の星空に浮く地球かな
日蝕の風吹いてゐる蓬かな
青空の太陽系に羽子をつく
まだ若きこの惑星に南瓜咲く

凍る夜の星晨めぐる音すなり

どれも天体から身近な対象に焦点を絞っている。小説やドラマは人間的視座なのに対し、詩は宇宙的視座から生まれ、俳句とは、「一つの宇宙的視座を遂行する言語」と述べた大峯氏の考えを如実に反映している。

いつまでも花のうしろにある日かな
草枯れて地球あまねく日が当り
がちやがちやに夜な夜な赤き火星かな

天体と季語の交響をなすこれらの句には、ドイツロマン派の芸術論の基本概念であるフモールの味わいがある。大峯氏は、虚子の「花鳥諷詠」とは、天地運行の壮大なリズムの中に生滅する命を描くことであり、芭蕉の「風雅の誠」の敷衍、詩の本質論と述べる。哲学・宗教・俳句の根源を求め、戦時や災害時の特殊性を状況認識として文学の場へ安易に持ち込むことを避け、詩人の深い知見を希求する態度は最晩年でも決してゆるがず、八十八歳で造化の懐に還られた。

大峯あきら先生と「南風」

村上鞆彦

大峯あきら先生といえば、はるかに仰ぐべき存在として、以前より敬意を抱いてきた。

虫の夜の星空に浮く地球かな

花どきの峠にかかる柩かな

初学のころに知ったこの広やかな二句が、先生の名前をしっかりと記憶する契機になった。ほかにも歳時記や総合誌で目にして、これまで愛誦してきた句は数多い。

残念ながら直接にお話を伺う機会はなく、私個人とのご縁はなかったけれども、いま私が主宰を務めている「南風」とは、以前にいくらか関わりをお持ちだった。「南風」は大阪を中心に関西圏で発展してきた結社であるから、大峯先生とは地域的に近縁だった。また、元「南風」主宰で私の師である鷲谷七菜子とも一脈通じるところがあったようだ。俳句や俳論を見ていると、そう感じられるところがある。「晨」創刊の際には、七菜子にも声がかかっていたとも聞いた。

平成五年十一月二十日、「南風」の六十周年・六〇〇号記念大会が梅田の新阪急ホテルで開催された。その折、大峯先生が記念講演をされた。演題は「自然と言葉」。当時、私はまだ「南風」には入っていなかったが、バックナンバーに講演録が収載されているので、それによって講演の内容を窺い知ることができる。

言葉とは〝いのち〟であるということを、先生は浄土真宗の南無阿弥陀仏の名号やハイデガーの哲学や芭蕉の俳句を例にあげながら力説されている。そして、自然に耳を傾けるのと同時に、自然の語る言葉が、〝私〟を捉えてくるところに、のっぴきならない詩の言葉が生まれる。それは日常語とは違い、永遠に残る言葉である、と結ばれている。

自然との双方向的な関わり方が印象的であり、深い共感を覚える。先生がそれを見事に実践されたことは、次のような俳句を見れば明らかである。

白山を大廻りして小鳥来る
金銀の木の芽の中の大和かな
いつまでも花のうしろにある日かな

いずれも自然の語る言葉に捉えられたといった趣きがある。小さな私意の働きは感じられない。あるがままの身を自然に委ねた、安らかな息づかいが読む者にも伝わり、こわば

りがほぐされてゆくような読後感を覚える。

大峯先生は吉野にお住まいだったが、私はその辺りの土地には疎い。一、二度訪ねたことはあるが、駆け足での散策だった。いつかゆっくりと時間をかけて訪ねてみたいと思っている。その土地を知れば、先生の俳句もまたひと味違ったものとして私を捉えてくるにちがいない。

「座敷童子」の哲学的俳句

田島 和生

大峯あきら先生、もう仏になっておられますか。二〇一八年（平成三十）一月三十日、八十八歳で急逝され、早や六年になる。

生前、こう書かれた。「（阿弥陀）如来に身も心もまかせた衆生、生きとし生けるものはみな（如来の大生命の）海流に乗って浄土へ運ばれ、必ず仏になる」。「海流はそのまま転回して、浄土から現世へと還り、（略）他の衆生を救済するはたらきがなされる。（略）われわれが人生と呼ぶところのこの愛欲生死の世界は、如来の一大生命還流の一部にすぎない」（「花鳥諷詠」一九九三・四月号）

二〇二三年秋の彼岸のとき、奈良県大淀町に出かけ、住職を務められた生家の浄土真宗専立寺を訪ねた。蓮如も巡教したという由緒のある寺は小高い山あいに建ち、崖下の谷川付近は彼岸花が赤く染めていた。寺の本堂の鴨居に遺影が飾られ、にこやかな表情で何かを語られるみたいだった。

同郷の歌人、前登志夫はエッセーで、いつも吉野の山中を歩き回る先生に座敷童子というニックネームをつけたそうで、「ザシキボッコはつねに見えない場を占め、抜群の霊力を備えた存在である」と畏敬の念を込めて書いている。（「俳句」一九九〇・八月号）

さて、座敷童子が初めて俳句を作ったのは十四歳。橿原神宮に近い旧制畝傍中学二年のとき、肋膜炎にかかり一年間休養していたときである。ホトトギス派の青年僧から俳句を勧められ、句作に熱中する。病気が治ると、句会を始め、俳誌も作り、同郷の先輩の阿波野青畝にも選をしてもらう。

桐の花鉛筆の粉を窓に捨つ

苗床の夕べの空の藍は濃く

あきら俳句の発芽期ともいうべき初々しい作品である。京大入学後、「ホトトギス」に入り、高浜虚子に師事。波多野爽波の「青」をへて、宇佐美魚目、岡井省二らと同人誌「晨」

を創刊、代表同人となる。私が「晨」に入ったのは、二〇〇二年（平成十四）。林徹主宰「雉」の同人だったが、超結社、大峯代表の人間的魅力、田舎が同じ宗派─などの理由で入らせていただく。

二〇一二年（平成二十四）、先生から「本の中歩いて年が改まる」という句を印刷した賀状が届く。その横に、俳人協会の俳句カレンダー掲載句について鑑賞をどうぞよろしく、と書いてある。

花の日も西に廻りしかと思ふ

先生の哲学的俳句は好きだが、鑑賞は難しい。桜の花が彩る日も太陽はいつも通りに西へ移ってゆくのかと思う。日は単なる太陽ではなく、西方浄土をさし、輪廻転生を詠まれたのでは、といったことを書いた。あとで、先生にお会いしたとき「難しかったようだね」と笑われた。やはり鑑賞するのは難しいが、〈虫の夜の星空に浮く地球かな〉も広大無辺の不思議な世界を描いている。

人は死なない

草深　昌子

大峯あきらの「机」に憧れている。

先生は「俳句実作者には、悪戦苦闘の修羅場があるだけだ」という。修羅場の只中に、言葉に摑まれる不思議な瞬間がやって来る、その喜びの机である。

朝顔や仕事はかどる古机

清新なる朝顔を前に、急ピッチで筆が進まない訳はない。流れゆく刻々をとどめて、朝顔も人も磨き込まれた机も、今という時の命を一つにしている。朝顔と交響しつつやがてその思索は広大無辺へ出てゆく。

〈蒔くための花種を置く机かな〉〈芳草を踏みてはもどる古机〉〈文机にいま廻り来し秋日かな〉など、一瞬たりとも同じ世界は存在しないという、ダイナミックにも強靱なる詩精神の座った机である。

大峯あきら俳句の神韻は、宇宙という大いなる命を肯定する比類なきやさしさがもたら

すものであろう。

先生に初めて吉野でお会いした時、にこにこと歩み寄って「俳句は自我を出したらアカンよ」と言われた。一緒に歩かせてもらう喜びに浸って、その真意を考えもしなかった。見兼ねて、リルケの『若き詩人への手紙』を読みなさいと戒められたこともあった。

先生は、高浜虚子から「本当に感じたことを素直に言うのが俳句です」と教えられ、それが解るのに、五十年かかったという。芭蕉の言葉、虚子の言葉を継いで、自身の言葉で「俳句は自我を出さない」という信念を貫き通した生涯であった。

最晩年の言葉にこうある。――人間の言葉よりも先に人間に呼びかける宇宙の言葉がある。その言葉を聞いたら、人間の自我は破れ、その破れ目から本来の言葉が出て来る。それを詩という名で呼ぶのである――

「詩という名で呼ぶのである」という表現に、先生の僧侶としての「南無阿弥陀仏という名で呼ぶのが阿弥陀さまである」という口吻が立ち現われてくるようである。

毎年十二月一日、報恩講に参詣させていただいた。

先生は「説教は人間が話をしていると思って聞いていたら浄土へ行けませんよ、仏さまにこう言えと言われて喋っているだけ」と、まさに阿弥陀が火達磨となるような形相であった。阿弥陀は命そのもの、宇宙と同義であることが身に沁みて分かった。

亡くなる一か月前のこと。ご法話の最中に、ふと大勢の聴聞衆を前に私を指して「よき俳人です、いい俳句を作ります、私の長い間の友人です」と身を乗り出すように話されるではないか、一体どういうことであろうか。今まで報恩講に俳句の話は一切出なかった。親鸞が弟子一人も持たずとは説かれたが…誰よりも叱られたことをもって一番弟子と呼ばれていた凡愚に、仏さまの慈悲を授けて下さったのであった。

先生の教えの中で、唯一明らかに分かったことは、「人は死なない」である。月を仰ぐと思わず手を合せて拝んでしまうのは大峯あきらがそこに生きているからである。死者と共に生きるとは何と濃密なる味わいであろうか。

この世に生まれて大峯あきらと邂逅できた幸せを噛みしめている。

大峯あきら全句集

初版発行日　二〇二四年十二月十九日
著　者　大峯あきら
『大峯あきら全句集』刊行委員会編
定　価　七五〇〇円
発行者　永田　淳
発行所　青磁社
京都市北区上賀茂豊田町四〇―一（〒六〇三―八〇四五）
電話　〇七五―七〇五―二八三八
振替　〇〇九四〇―二―一二四二二四
https://seijisya.com
装　幀　加藤恒彦
印刷・製本　創栄図書印刷

ISBN978-4-86198-608-6 C0092 ¥7500E